Helldogs: Rogue

Elena MacKenzie

Einmal im Jahr muss Rogue einfach raus. Dann schnappt er sich sein Bike und fährt irgendwo in die Wildnis, baut sein Zelt auf und genießt die Einsamkeit. Dieses Mal wird seine Einsamkeit empfindlich gestört. Bei einer Wanderung findet er eine junge Frau, die offensichtlich einen Abhang runtergestürzt ist und sich den Knöchel verstaucht hat. Da es schon zu spät ist, um nachts mit einer Frau auf den Armen durch den Wald zu irren, nimmt er sie mit in sein Zelt. Die Frau wirkt nervös und verstört, aber sie sagt ihm nicht, was sie überhaupt im Wald macht. Mitten in der Nacht wird Rogue außer Gefecht gesetzt. Als er aufwacht, ist die Frau weg. Er macht sich sofort auf die Suche nach ihr und entdeckt sie, mit schweren Seilen gefesselt, in einer heruntergekommenen Hütte. Auf dem Tisch der Hütte liegt eine weitere Frau. Für die kann Rogue nichts mehr tun, aber Daria kann er retten. Der sadistische Serienmörder sieht das leider anders.

Weitere Bücher von Elena MacKenzie:

Highland Secrets 1
Highland Secrets 2
Highland Secrets 3

Hopeless (Destiny Reihe Band 1)
Hopeless 2 (Destiny Reihe Band 2)
Verliebt in einen Bad Boy (Destiny Reihe Band 3)

Buchverliebt
Highland Warrior: Caileans Fluch

The Devils Place: verführt
The Devils Place: begehrt
Verführt – bis du mich tötest

Elena MacKenzie

Rogue

Roman

Latos-Verlag
Calbe/Saale

Lektorat und Korrektorat: Michaela Marwich – Textcheck Agency

Coverfoto: © Augustino – shutterstock

Umschlaggestaltung: Nicole Döhling, Plauen

Satz: Latos-Verlag, Calbe/Saale

1. Auflage 05/2017

ISBN: 978-3-945766-20-0

www.latos-verlag.de

Liebe Leserin, lieber Leser,

bei dem vorliegenden Werk handelt es sich um ein fiktionales Werk. Das heißt, weder die Figuren noch die Handlung haben einen realen Hintergrund. Ich habe mir mit der Recherche für die Helldogs sehr viel Mühe gegeben, aber trotzdem habe ich mir gewisse Freiheiten für das Clubleben herausgenommen.

Ich habe mir außerdem erlaubt, beim Sex zwischen den Figuren, die Kondome wegzulassen, weil ich finde, dass die »Kondomsuche« den Leser aus der Erotik reißt. Damit möchte ich nicht die Verantwortung, die ich als Autorin trage, von mir weisen, deswegen kommt hier jetzt für alle der Hinweis: Kondome schützen vor ungewollter Schwangerschaft, Aids, Pilzen, Hepatitis u.s.w. ;)

Da es sich in meinen Büchern aber um fiktionale Figuren handelt, bekommen sie oben genannte Krankheiten, oder aber auch Nachwuchs aller Art, nur dann, wenn ich als Autorin der Meinung bin, dass es für die Handlung erforderlich ist.

Und für die Leser, die sich an fehlenden Kondomen stören, auch noch ein Hinweis: wenn ihr über fehlende Kondome nicht hinwegsehen könnt, dann lest dieses Buch bitte nicht.

Im Buch benutze ich für vieles die englischen Begriffe, weil diese auch in deutschen und den meisten MCs anderer Länder benutzt werden. Wenn im Buch also z.B. Pres steht, ist das die Abkürzung für das englische President. Worte wie Club, Clubhouse oder Prospect sind also nicht falschgeschrieben, sondern wurden aus der in den meisten MCs benutzten Umgangssprache übernommen.

Allen anderen wünsche ich viel Spaß!

Und: HDFFHD (Helldogs forever, forever Helldogs)

In Spanien starben im Jahr 2015 56 Frauen an den Folgen häuslicher Gewalt.

Kapitel 1

Daria wischte sich das Blut von den Wangen, das sich mit ihren Tränen vermischt hatte, und leckte sich über die Lippen. Sie schmeckte Salz und Kupfer, ein Geschmack, der ihr in den Jahren ihrer Ehe vertraut geworden war. Vorsichtig hob sie den Blick, versuchte die Kontrolle über ihr Gleichgewicht zurückzuerhalten und warf ihrem Ehemann einen entschuldigenden Blick zu. Sie wusste nicht einmal, wofür sie sich entschuldigen sollte, was sie überhaupt falsch gemacht hatte. Sie wusste nur, dass Manuel so wütend auf sie war, dass er wie so oft seine Gefühle nicht im Zaum halten konnte und sie anbrüllte.

Der nächste Fausthieb traf sie in der Magengrube, sie beugte sich vornüber, presste die Lippen fest zusammen und wagte nicht, das kleinste Wimmern über ihre Lippen dringen zu lassen, weil ihn das nur noch mehr aufregen würde. Er konnte ihre »fiepsige« Stimme nicht leiden, wenn sie heulte. Das hatte er ihr immer und immer wieder gesagt. Also hatte sie sich angewöhnt, stumm zu weinen. Das einzige, was sie nicht zurückhalten konnte, waren die Tränen, die der Schmerz seiner brutalen Schläge hervorrief.

Sie ging auf die Knie und drückte die Arme schützend vor ihren krampfenden Magen. Übelkeit stieg in ihr auf, vor ihren Augen flimmerte es. Vor dem Ohnmächtigwerden hatte sie noch mehr Angst als davor, einen Laut von sich zu geben. Sie war nur ein einziges Mal ohnmächtig geworden, danach hatte sie sich mit Schmerzen und blauen Flecken am ganzen Körper an das gemeinsame Bett gefesselt wiedergefunden. Er hatte während ihrer Bewusstlosigkeit einfach immer weiter auf sie eingetreten. Seitdem kämpfte sie immer dagegen an, das Bewusstsein zu verlieren, damit sie nicht die Kontrolle über das verlor, was mit ihrem Körper passierte. Die Vorstellung, nicht zu wissen, was er ihr antat, war so beängstigend, dass sie glaubte, daran ersticken zu müssen.

Manuel griff nach der weißen Porzellanvase, in der die dunkelroten Rosen steckten, die er ihr gestern erst als Entschuldigung für seinen Ausbruch von vor zwei Tagen mitgebracht hatte.

Er entschuldigte sich immer. Es tat ihm leid, wenn er ihr wehtat. Sobald er sich beruhigt hatte, erwachten seine Schuldgefühle. Aber Daria konnte nicht mehr. So gern sie ihm geglaubt hätte – und in den letzten zwei Jahren hatte sie ihm unzählige Male geglaubt – jetzt konnte sie es nicht mehr. Daria war müde geworden, aber was sollte sie tun? Sie konnte nirgends hin. Sie hatte kein Geld. Keine Kontrolle über ihr eigenes Leben. Ohne Manuel hatte sie nichts, außer diesem Haus.

Manuel warf die Vase mit Schwung gegen die Wand über dem Sofa, mit einem lauten Krachen verteilten sich Scherben und Wasser auf dem braunen Wildleder des Sitzmöbels. Dann schob er seine Hand in ihre schwarzen Haare und zerrte grob daran. Ein Fuß traf sie in den Unterleib. Daria schnappte heftig nach Luft, ohne wirklich welche in ihre Lungen zu bekommen. Der Schmerz breitete sich bis in den letzten Winkel ihres Körpers aus. Blut tropfte von ihrem Kinn auf den weißen Fliesenboden. Das Blut stammte aus der Wunde über ihrer Schläfe. Manuel hatte sie gegen den Türrahmen gestoßen, gleich nachdem er von der Arbeit nach Hause gekommen war. Seitdem schrie er sie ununterbrochen an und warf Gegenstände durch die Wohnung. Er beschimpfte sie als Schlampe, hinterhältige Fotze und Abschaum. Aber das tat er immer. In ein paar Minuten würde er sich irgendwo hinsetzen, durchatmen und dann würde er sie wieder Schatz nennen. Aber bis dahin würden seine Tritte noch ein paar Mal ihren Körper treffen, ihre Rippen, ihr Gesicht und ihre Glieder.

Es klingelte an der Tür, als Manuels Fuß ein weiteres Mal ihren Magen traf und Daria keuchend die Atemluft ausstieß. Manuel sah über die Schulter zurück, dann wieder nach unten, wo Daria ihn mit weit aufgerissenen Augen ansah, als jemand ungeduldig gegen die Wohnungstür hämmerte.

»Polizei, machen Sie sofort die Tür auf«, brüllte ein Mann, noch einmal klopfte es ungeduldig gegen die Tür.

Manuel sah fluchend in Richtung Flur, dann wieder zu Daria, die sich mit schmerzverzerrtem Gesicht den Magen hielt und heftig nach Luft schnappte. Der Schmerz in ihrem Oberkörper war so überwältigend groß, dass er ihr Tränen in die Augen drückte und ihr den Atem raubte. Sie hatte das Gefühl zu ersticken, gegen eine unsichtbare Barriere anzuatmen. Sie rang verzweifelt nach Luft und brach fast erleichtert zusammen, als sie endlich einen tiefen Atemzug fertigbrachte.

»Das ist deine Schuld«, zischte er. »Auf die Beine mit dir«, befahl er und zerrte sie ungeduldig am Oberarm auf die Füße. Daria schwankte, gehorchte aber, obwohl die Schmerzen, die ihren Körper in Griff hatten, so stark waren, dass sie sich kaum dazu in der Lage fühlte, irgendetwas zu tun, außer sich wimmernd auf dem Boden zu krümmen. »Wehe, du vergeigst das hier«, flüsterte er drohend und starrte sie mit wütendem Blick nieder.

Daria nickte vorsichtig, stützte sich mit einer Hand an der Wand ab und folgte Manuel in den Flur, wo wieder jemand energisch forderte, die Tür zu öffnen. Daria holte tief Luft, straffte die Schultern und atmete zischend ein, als Schmerz sich durch ihren gesamten Körper katapultierte. Manuel legte die Hand auf den Türgriff und sah sie fragend an. Sie nickte und lehnte sich mit der Schulter gegen eine Wand, um möglichst entspannt zu wirken. Aber was sollte das bringen? Bestimmt sah ihr Gesicht aus, als wäre sie gegen Rocky angetreten: rot und blutig und geschwollen. Trotzdem, sie musste das hier gut machen, damit Manuel zufrieden mit ihr war. Warum also nicht behaupten, sie wäre Boxerin? Oder hätte einen Autounfall gehabt? Welche Ausreden hatte sie die letzten Male benutzt?

Manuel öffnete die Tür, ein männlicher Polizist füllte sie mit seiner hochgewachsenen Statur und den breiten Schultern fast komplett aus. Sein Blick blieb sofort auf ihrem Gesicht haften. Obwohl sie in seinen verärgerten Augen sehen konnte, dass er die Situation sofort erfasst hatte, setzte sie ein Lächeln auf, in der Hoffnung, ihm zu signalisieren, dass alles in Ordnung wäre. Er schob sich in die Wohnung, packte blitzschnell Manuels Arm und Handgelenk und drängte ihn mit der Brust gegen die Wand. Seinen Arm verdrehte er ihm auf den Rücken und fixierte ihn so. Hinter ihm kam eine brünette Polizistin in die Wohnung. Sie war so klein, dass Daria sie erst jetzt entdeckte, wo ihr Kollege die Sicht auf sie freigegeben hatte. Sie lächelte Daria freundlich an und blieb vor ihr stehen.

»Ich habe nichts getan«, wimmerte Manuel. Das schien den Polizisten nur noch wütender zu machen, er zog Darias Ehemann ein Stück von der Wand weg und stieß ihn grob wieder dagegen. Der Polizist legte ihm Handschellen an und zerrte Manuel nun an Daria vorbei in das Wohnzimmer zurück, wo Scherben auf dem Boden verteilt lagen, der Tisch verschoben war und auch sonst alles ziemlich deutlich auf das hindeutete, was hier passiert war. Selbst wenn die Unordnung noch auf eine schlechte Haushaltsführung zu schieben wäre, das Blut auf dem Boden war es nicht.

Die Polizistin hielt Darias Oberarm und zwang sie, sich auf das Sofa zu setzen. Manuel wurde von ihrem Kollegen unsanft in den Sessel gestoßen.

»Wie geht es Ihnen?«, fragte die Polizistin, die schwanger zu sein schien. Unter ihrer Uniform wölbte sich mindestens ein Sechsmonatsbauch. Daria wunderte es, dass man sie trotzdem auf solche Einsätze schickte. Was, wenn Manuel nicht ruhig sitzen blieb, sondern sich auf sie stürzte? Bei dem Gedanken krampfte sich ihr Magen panisch zusammen. Sie hatte auch immer ein Kind gewollt, aber diesen Wunsch hatte sie ganz schnell tief in sich vergraben, als Manuel fast sofort nach der Hochzeit gezeigt hatte, was für ein Mann er wirklich war.

»Mir geht es gut«, murmelte sie mit tonloser Stimme. Sie musste sich mehr anstrengen, damit die Polizisten sobald wie möglich wieder gingen und Manuel zufrieden mit ihr war. Nur dann konnte sie sichergehen, dass sie nicht die Konsequenzen für das Auftauchen der Polizei tragen musste.

Daria wusste doch mittlerweile, wie das Spiel lief. Die Polizei war nicht zum ersten Mal hier. Sogar diese beiden waren schon hier gewesen. Sie würde ihnen wie immer eine Lüge erzählen und sie wären gezwungen, es wie immer zu glauben. Sie konnten nur handeln, wenn sie etwas zugab. Wenn sie das nicht tat, mussten sie unverrichteter Dinge wieder gehen.

»Sie sind wieder die Treppe runtergefallen?«, fragte die Polizistin mit Vorwurf in der Stimme. Daria warf dem männlichen Polizisten einen nervösen Blick zu. Er musterte sie unter seinen kohlrabenschwarzen Ponysträhnen hervor aufmerksam. Seine Stirn runzelte sich, als Daria Luft holte, um ihre Lüge aufzutischen. Er hatte Daria durchschaut, noch bevor sie etwas gesagt hatte. Wie oft er wohl schon von Frauen in ähnlichen Situationen belogen worden war?

Er schien etwa Mitte Dreißig zu sein. Jung genug, um noch nicht allzu abgestumpft gegen das zu sein, was er in seinem Berufsalltag zu sehen bekam. Alt genug, um schon zu viel gesehen zu haben in seiner Laufbahn als Polizist. Sein Gesichtsausdruck schwankte irgendwo zwischen Bitte und Gleichgültigkeit. Aber da lag noch etwas anderes in diesem Blick aus den dunklen, fast schwarzen Augen. Daria konnte es nicht deuten, aber es machte ihr Angst. Angst davor, ihn zu enttäuschen. Nur: was würde ihn enttäuschen, die schmerzhafte Wahrheit oder die Lüge? Der Blick, mit dem er sie bedachte, fühlte sich an, als würde er nach ihr greifen und sie bedrohen, wenn sie nicht die Wahrheit sagte. Er hatte eine deutliche Warnung in sich. Daria rieb sich mit ihren schwitzenden Händen über die Oberschenkel.

Der Mann hatte attraktive Gesichtszüge. Daria wusste nicht, ob sie das noch mehr verunsicherte oder ob es sie sogar ein wenig entspannte. Sie versuchte sich daran zu erinnern, was sie das letzte Mal, als er hier war, gesagt hatte. Aber es fiel ihr nicht mehr ein.

Als seine Kollegin hier war, war es also der Treppensturz. Einmal hatte sie auch behauptet, sie wäre gegen eine offen stehende Tür gerannt. Ein anderes Mal war sie gestolpert und auf dem Tisch aufgeschlagen. Damals, als ihre Nase gebrochen war, weswegen sie jetzt leicht schief stand. Daria sah zu Manuel, der sie unter zusammengekniffenen Augen drohend anstarrte. Sie wollte so gern die Wahrheit sagen, aber was dann? Wohin sollte sie gehen? Manuel würde sie wahrscheinlich umbringen, wenn er sie jemals noch einmal sehen würde. Und sie hatte nichts außer dem hier. Aber sie hatte das hier so satt. Und so wie der Polizist sie ansah, hatte er es auch satt. Er wollte mit Sicherheit kein weiteres Mal herkommen müssen.

»Ich hatte einen Unfall mit dem Fahrrad. Bin eine Böschung runtergestürzt.« Ein weiterer Unfall für die Akten der Polizei. Und sogar die Wahrheit. Sie könnte es beweisen, die Polizisten würden gehen und es wäre vorbei. Alles ginge wieder seinen normalen Gang. Bis zum nächsten Mal. Was würde Manuels Wut dann auslösen? Wie lange noch, bis sie nie wieder aufstehen würde? Seine Angriffe wurden immer brutaler. »Das Fahrrad ist hinüber, deswegen war er wütend und hat ein bisschen getobt. Aber er hat mir nichts getan.« Daria atmete aus. Wie konnte sich dieses Geständnis beklemmend und befreiend zugleich anfühlen? Ängstlich warf sie Manuel einen kurzen Blick zu, dessen Gesicht vor Wut zu brennen schien. Sie sah schnell zur Seite. Ja, er würde sie umbringen. Dieses Mal würde er es tun.

Die Polizistin zog eine Augenbraue hoch und legte entmutigt den Kopf schief. »Sie wissen, dass es Möglichkeiten gibt, Sie zu beschützen? Wir könnten ihn mitnehmen.«

Daria schüttelte verzweifelt den Kopf, in ein paar Tagen wäre er mit noch mehr Wut im Bauch wieder hier, außerdem müsste sie ihn anzeigen, was ihn noch wütender machen würde. Und wovon sollte sie dann leben? Sie besaß nichts. Daria besaß kein Konto, keine Kreditkarte, nichts Erspartes - einfach nichts, nur das Haus. Den Rest ihres Erbes hatte Manuel verwettet oder versoffen. Sie hatte nicht einmal einen Job. All das hatte er ihr immer verboten. Er hatte dafür gesorgt, dass sie für immer abhängig von ihm war.

»Wie wäre es mit dem Frauenhaus?«, schlug die Polizistin jetzt vor. Daria schüttelte wieder den Kopf. Die Polizistin legte eine Hand auf Darias Schulter. »Dort sind Sie sicher und man würde Ihnen alles stellen, was Sie brauchen, bis Sie dazu in der Lage sind, allein klarzukommen. Geld, Kleidung, ein Dach über dem Kopf.«

»Abhängigkeit«, sagte Daria leise und warf Manuel einen flüchtigen Blick zu. Er wand sich im Sessel, aber der Polizist hatte beide Hände auf seinen Schultern und verhinderte, dass er sich befreien konnte. Seine Augen sprühten vor Hass. Zumindest war er schlau genug, sich sonst ruhig zu verhalten und nicht zu schreien und zu fluchen. Aber sein Blick reichte, um Daria zu sagen, dass er sie umbringen würde, sobald sie wieder allein waren. Er war sehr, sehr wütend auf sie. Jetzt hieß es: er oder Daria. Wenn ihre Angst nur nicht so groß wäre, dass alles noch viel schlimmer werden würde, wenn sie ihn jetzt verließ.

»Keine Abhängigkeit, sie werden Ihnen eine Wohnung und einen Job besorgen. Dann wird es nur noch Sie geben. Was glauben Sie, wie lange es dauert, bis Sie nicht mehr lebend aus dieser Sache rauskommen?«, drängelte die Frau weiter.

Sie ahnte es genauso wie Daria. Aber Daria hatte panische Angst. Sie hatte solche Angst vor diesem Schritt, dass ihr Körper vor Nervosität kribbelte, als hätte sie ihre Finger in eine Steckdose gesteckt. Ihre Oberschenkel vibrierten vor Anspannung. Sie holte Luft, wappnete sich, etwas zu antworten, aber ihr blieben die Worte im Hals stecken. Es brauchte nur etwas mehr Mut. Nur ein bisschen Entschlossenheit, bevor sie gehen und Daria allein zurücklassen würden. Unabhängigkeit. Nach zwei Jahren könnte sie endlich wieder frei sein. Wenn er sie nie wieder fand. Sie musste einfach dafür sorgen, dass er sie nie wieder in seine Finger bekommen würde.

Sie würde nur endlich anfangen müssen. Jetzt. Also nickte sie, weil ihr die Worte nicht über die Lippen kommen wollten. Und dieses Nicken zwang sie fast in die Knie vor Panik. Aber tief in sich wusste sie, das hier war ihre letzte Chance. Ein weiteres Mal gäbe es nicht.

»Okay«, sagte sie heiser und brach vor Erleichterung in Tränen aus. Sie hatte es wirklich getan, den ersten Schritt aus diesem Albtraum herausgenommen.

Die Polizistin lächelte zufrieden. Ihr Kollege musterte Daria neugierig, presste die Lippen aufeinander und nickte dann. Offensichtlich war auch er zufrieden mit Darias Entscheidung.

»Dann ordern wir jetzt einen Krankenwagen. Ihren Mann nehmen wir mit und sperren ihn erstmal ein. Keine Sorge, sobald Sie untersucht wurden und Ihre Aussage gemacht haben, bringt man Sie in das Frauenhaus. Die Adresse ist geheim, niemand kennt sie. Dort werden Sie sicher sein. Und später bekommt Ihr Mann sowieso eine Haftstrafe.«

Daria nickte zögernd und sah Manuel unsicher an, der vor Wut jetzt am ganzen Körper zitterte. Sie straffte die Schultern und versuchte, Selbstsicherheit auszustrahlen. Er sollte ihr nicht ansehen können, dass diese Entscheidung ihr Kraft raubte, sie fast schon lähmte. Er sollte glauben, dass sie sich sicher war, genau das Richtige getan zu haben.

»Das wirst du bereuen«, drohte er Daria. Der Polizist lachte dunkel, zerrte ihn vom Sessel und brachte ihn weg.

»Er wird ihn in den Einsatzwagen bringen. Sie sind jetzt sicher«, sagte die Frau. Daria stöhnte schmerzhaft auf, als ihr Körper vor Erleichterung zusammensackte.

Danach ging alles ganz schnell. Sie wurde im Krankenhaus untersucht, machte eine Aussage und der männliche Polizist blieb die ganze Zeit über bei ihr. In seiner Nähe fühlte sie sich sicher, obwohl da etwas in der Art lag, mit der er sie immer wieder neugierig musterte. Als Daria mit allem fertig war, wollte sie nicht im Krankenhaus bleiben. Ihre Angst, dass Manuel aus der Haft entlassen wurde und sie hier suchen würde, war zu groß. Sollte er freikommen, wollte sie nicht an einem Ort sein, an dem er sie finden konnte. Sondern weit weg. In Freiheit! Also sagte sie dankbar zu, als der Polizist ihr anbot, sie in das Frauenhaus zu fahren. Das einzige, was ihr die Tränen in die Augen trieb und sie Zweifeln ließ, war der Verlust ihres Hauses und ihres geliebten Gartens.

Kapitel 2

Rogue stieß langsam den Atem aus, legte den Kopf in den Nacken und schloss die Augen vor der brennenden Sonne. Er nahm den Helm vom Kopf und schaltete den Motor der Harley aus. Er hatte einen schmalen, unbefestigten Wanderweg in den *Aiako Harria* Nationalpark genommen, der nur eine knappe Stunde nördlich von Tolosa lag. Weit genug, um ein ruhiges Wochenende ganz allein zu verbringen und nah genug, um im Notfall erreichbar zu sein. Auch wenn erreichbar bedeutete, dass jemand vom Club hier rauskommen und ihn im siebzig Quadratkilometer großen Naturpark zu Füßen des 821 Meter hohen *Txurrumurru* Gipfels suchen musste, was ziemlich unwahrscheinlich war.

Genau deswegen vertraute Rogue jetzt schon seit vier Jahren darauf, dass er hier draußen einfach nur für sich sein durfte. Rage, sein leiblicher Bruder und Vize, er wurde als Darran geboren, würde den Club schon nicht in einen Krieg mit den beschissenen Spanish Horses reiten während seiner Abwesenheit. Diese zwei Tage Wildnis um sich herum brauchte Rogue einfach, damit er seinen Gedanken nachhängen konnte und um ein paar Skizzen für neue Bikes anzufertigen.

Rogue stieg von der Harley, sah sich um, lauschte dem warnenden Zwitschern der Vögel, die irgendwo in der Nähe in einem der Baumwipfel saßen und ihn genau beobachteten. Aber auch sie würden ihn nicht davon abhalten, ein paar Tage Einsamkeit zu genießen. Nur er, sein Rucksack, eine Angel und die wilde, ungezähmte Natur. Fast wie in alten Zeiten. Nur flogen ihm jetzt keine Granaten und Kugeln um die Ohren. Und er musste auch nicht versuchen, seinen schwer verletzten Kameraden aus Terroristengebiet zu schaffen. Bewaffnet nur mit einem Jagdmesser.

Rogue schob die Harley ein Stück in den Wald, gerade so weit, dass sie niemand sehen konnte, der vielleicht zufällig hier vorbeikam. Er schnappte sich seine beiden Satteltaschen und die zusammengerollte Decke und stapfte dann zufrieden los. In der Hand nur seinen Kompass und eine Karte. Er hatte etwa sieben Kilometer Richtung Süden vor sich, dort - an einem kleinen See - würde er sein Lager für die nächsten Nächte aufschlagen. Diesen See hatte er letztes Jahr entdeckt, als er seinen Ausflug in den Naturpark gemacht hatte.

Er wanderte einen kleinen Pfad entlang, dann verließ er ihn und kämpfte sich nach etwa einer halben Stunde durch unwegsames Gelände, kletterte über umgestürzte Bäume, fast komplett vom Waldboden verschluckte Felsen und Gestrüpp. Für ihn ein befriedigendes Gefühl, er liebte es, seine Muskeln arbeiten zu lassen, gleichzeitig die Natur um sich zu haben und zu wissen, dass weit und breit kein Mensch in der Nähe war.

Zum See musste er einen kleinen Abhang runterklettern. Am Ufer ließ er seine Taschen und die Decke fallen und streckte genüsslich seinen Körper. Über dem See kreiste ein Gänsegeier und das Wasser glitzerte in der untergehenden Abendsonne. Der See lag zur Hälfte in einem Kessel aus Bergen. Letzte Ausläufer der Pyrenäen. Rogue breitete seine Decke auf dem sandigen Boden am Ufer aus, legte den Schlafsack darauf, dann nahm er ein Seil aus seiner Tasche mit den Lebensmitteln und band die Tasche an einen Ast eines Baumes in der Nähe. Er stellte seine Feuerschale neben sein Lager. Danach machte er sich auf die Suche nach trockenem Holz für ein kleines Feuer, bevor es zu dunkel werden würde, um noch etwas zu sehen.

Er ging am Ufer des Sees entlang und nahm sich vor, ihn einmal zu umrunden. Eigentlich weniger wegen des Feuers. Vielmehr, um die Natur, die ihn umgab, noch ein wenig auf sich wirken zu lassen. Es war sehr still geworden, die Vögel betrachteten ihn wohl nicht mehr als Bedrohung. Rogue beobachtete einige Sekunden lang das Glitzern der langsam untergehenden Sonne auf der Wasseroberfläche und dachte an seinen Freund Andrew, der seit einem Jahr zum Club gehörte. Er konnte sich noch genau an den Tag erinnern, als er durchschaut hatte, was da lief. Warum Andrew im Knast immer und immer wieder die Wange hinhalten musste. Dass sie beide McCraw zum Feind hatten, hatte sie zusammengeschweißt. Er war froh, ihn jetzt hier zu haben. Nicht nur, weil ihm das die Chance eingeräumt hatte, den Mörder seiner Frau zur Strecke zu bringen. Sondern auch, weil er in Andrew mehr als seinen Clubbruder sah. Er war für ihn wie ein leiblicher Bruder. Sie hatten beide eine Menge durchmachen müssen. Dass der Junge seine Old Lady an der Seite hatte, tat ihm gut. Phoebe war eine tolle Frau. Rogue würde alles dafür tun, dass die beiden noch lange so glücklich sein durften.

Rogue verscheuchte die Gedanken, die versuchten, sich nach oben zu drängen. Jetzt wollte er nicht an seine Frau denken. Eigentlich wollte er das nie. Die Erinnerungen an ihren Tod, die Art, wie sie sterben musste, waren zu schmerzhaft. Und er konnte mit der

Schuld bis heute nicht leben. Er sammelte kleinere getrocknete Zweige und Stöcke auf. Die Feuerschale aus Alu, die er zum Campen immer mitnahm, um nicht ungewollt einen Waldbrand auszulösen, war nur etwa so groß wie ein mittelgroßer Kochtopf, weswegen größere Holzstücke darin keinen Platz hatten. Aber was war ein Campingausflug ohne ein Steak vom Rost?

Rogue hatte den See zur Hälfte umrundet, eigentlich hatte er reichlich Holz auf seinen Armen gesammelt, er hätte also umdrehen können, aber er lief trotzdem weiter. Der Gänsegeier zog noch immer seine Kreise über dem See, fast als würde er Rogue keine Minute aus den Augen lassen wollen. Rogue verfrachtete sein Feuerholz in seinen Rucksack, um die Hände freizuhaben. Vor ihm versperrte ein Baum, dessen Wurzeln halb im Boden im Abhang steckten und aus der Erde ragten, ihm den Weg.

Die Wurzeln mussten irgendwann die Kraft nicht mehr gehabt haben, den Baum noch länger in seiner schrägen Position am Abhang halten zu können und hatten unter der Last der Baumkrone nachgegeben. Rogue kletterte über den Stamm auf die andere Seite, klopfte sich seine Hände ab und wischte dann über seine schwarzen Jeans. Als er aufsah, entdeckte er ein Stück weiter etwas leuchtend Rotes, das das Licht der untergehenden Sonne reflektierte. Er kniff die Augen zusammen, konnte aber nicht erkennen, was da am Ufer lag. Vielleicht hatte noch jemand sein Lager am See aufgeschlagen oder jemand hatte seinen Müll hier zurückgelassen. Der Gedanke verärgerte Rogue. Neugierig und mit Magengrummeln lief er weiter und je näher er kam, desto deutlicher wurde, dass da jemand am Ufer lag. Also doch ein Camper. Noch ein paar Schritte weiter erkannte Rogue nachtschwarzes langes Haar, das um den Körper herum ausgebreitet war, der zusammengerollt seitlich mit dem Rücken zu ihm lag. Rogue beschleunigte seine Schritte. Jetzt hatte er kein Magengrummeln mehr, jetzt packte ihn Panik. Da lag eine Frau. Rogue fluchte leise.

Er ging neben dem Körper auf die Knie und hoffte inständig, dass diese Frau einfach nur betrunken war, oder schlief, sich verlaufen hatte ... Alles, nur nicht tot war. Er strich ihr das Haar aus dem Gesicht, ihre Kleidung war klamm, weil sie so nah am Ufer des Sees lag, dass das Wasser sie berührte. Ihre Augen waren geschlossen, ihr Mund leicht geöffnet und sie stöhnte, als Rogue sie vorsichtig auf den Rücken drehte. Sie hatte mehrere Blessuren im Gesicht. Ihr Puls schlug kräftig und ruhig, die rote Bluse klebte feucht an ihrer Haut und die oberen Knöpfe waren offen. Sie schlug die Augen auf, als Rogue sie auf weitere Verletzungen untersuchte, stieß einen erschrockenen Schrei aus und versuchte, von ihm wegzukommen. Keuchte aber laut auf, als sie beim Versuch, ihren Fuß in den Untergrund zu stemmen, um sich von ihm wegzuschieben, wohl feststellen musste, dass der verletzt war.

»Alles okay«, sagte Rogue ruhig. »Ich will Ihnen nichts tun.« Dann schüttelte er frustriert den Kopf und wiederholte sich noch einmal mit seinen eher holprigen Spanischkenntnissen. Wenn er wie der Rest des Clubs regelmäßig den Intensivkurs der vom Club dafür angeheuerten Lehrerin besuchen würde, müsste er jetzt nicht wie ein Irrer rumstammeln. Er tastete den Knöchel der Frau ab, die erschrocken zurückzuckte, als er die Schwellung über ihrem Knöchel berührte.

»Sieht nicht gut aus«, sagte er und überlegte, wie wohl das spanische Wort für Flüssigkeitseinlagerung war. Er legte seinen Daumen auf das Sprungbein und testete, ob das Sprungbein sich nach vorne gegen das Schienbein schieben ließ.

Die Frau zischte und versuchte, ihm den Fuß zu entreißen. »Ich spreche englisch«, sagte sie dann mit gerunzelter Stirn und entzog ihm ihren Fuß.

»Gut«, warf Rogue erleichtert ein. »Das ist ein Bänderriss.« Er sah sich nach den Schuhen der Frau um.

»Haben Sie Ihre Schuhe beim Sturz verloren?«

»Ich ...« Sie zögerte, dann wich sie seinem Blick aus. »Ich weiß es nicht.«

»Die werden wir jetzt nicht finden, es ist schon zu dunkel.« Die Sonne verschwand gerade hinter den Berggipfeln.

»Ich werde Sie tragen müssen, laufen können Sie damit nicht. Mein Lager ist nicht weit weg.«

»Ich muss nach Hause«, keuchte sie auf und sah ihn mit schreckgeweiteten Augen an.

»Wohnen Sie in der Nähe?«

Sie schüttelte den Kopf. In ihrem Gesicht klebten kleine Steine. Rogue hob die Hand, um sie wegzuwischen, aber sie zuckte zurück, also ließ er es. »Nein, in Tolosa. Ich war ... ich war wandern und hab mich verlaufen und bin dann den Abhang runtergestürzt«, sagte sie mit zitternder Stimme.

Rogue runzelte die Stirn. Irgendwie hatte er das Gefühl, dass mehr hinter dieser Sache steckte, als die Frau ihm sagen wollte. »Heute gehen Sie nirgends mehr hin. Ich kann Sie nicht im Dunkeln durch den Wald tragen. Ich werde Sie jetzt hochheben«, setzte er sie in Kenntnis, damit sie nicht wieder vor ihm zurückzuckte.

Sie warf ihm einen erschreckten Blick zu. Durch das Licht seiner Taschenlampe wirkte dieser noch viel verschreckter, denn sie wehrte sich nicht, als er ihr näher kam. »Aber ich kann nicht hierbleiben.«

»Heute Nacht schon, morgen sehen wir weiter.« Rogue wäre es auch lieber, nicht mit ihr im Wald bleiben zu müssen. Viel lieber wäre er allein hier, um wie geplant seine Auszeit genießen zu können. Außerdem rief die Situation unangenehme Erinnerungen in ihm wach. Erinnerungen an die Nacht, in der er und sein Kamerad und Freund Will Harris die einzigen Überlebenden eines Angriffs durch Terroristen waren.

Sie waren damals zu Fuß unterwegs gewesen. Hinter ihnen fuhr ein Laster mit Ausrüstung für das Lager ihrer Truppe nahe des Shatt al-Arab, etwa 120 Kilometer von Basra entfernt. Ein Raketenwerfer jagte den LKW in die Luft. Will und Rogue überlebten nur, weil sie vor dem LKW liefen, um die Umgebung besser beobachten zu können.

Will wurde von einem herumfliegenden Splitter getroffen, der zwischen seinen Rippen steckenblieb. Rogue war unverletzt geblieben. Er hatte sich Will geschnappt und ihn sofort eine Böschung runtergezogen und war dann mit ihm im Wald in Deckung gegangen. Was man so in Deckung gehen nennen konnte, denn Will schrie vor Schmerzen. Rogue war nichts anderes geblieben, als seinen Freund bewusstlos zu schlagen, damit sie sich vor den Angreifern verstecken konnten. Er hatte Will auf seine Arme geladen und war mit ihm durch den Wald gelaufen. Immer in Richtung Norden, wo ihr Lager war. Fast die halbe Nacht war er mit Will gelaufen, gestolpert, hatte ihn mehrmals erschöpft ablegen müssen, ihn notdürftig versorgt und war weitergelaufen. Irgendwann nur noch mit einer Leiche auf seinen Armen. Aber das hatte ihn nicht aufgehalten. Genau wie Rogue hatte auch Will eine Frau zu Hause in Schottland, die auf ihn wartete. Auch wenn er nicht lebend zurückkommen würde, sie sollte wenigstens etwas begraben dürfen. Also war er weiter und weiter gelaufen, bis er in der Nähe des Lagers auf einen Jeep mit ihren Leuten gestoßen war. Erst da hatte er es sich erlaubt, unter der Anstrengung zusammenzubrechen.

Daria wollte nichts lieber, als hier verschwinden, aber der Fremde hatte recht, sie konnte kaum auftreten, geschweige denn aus dieser Wildnis wandern. Und das noch bei Nacht. Resigniert ließ sie sich von ihm auf die Arme heben und lehnte erschöpft ihren Kopf gegen das Leder seiner Kutte. Er war der Präsident des MC, der vor ein paar Jahren plötzlich in Tolosa aufgetaucht war. Sie hatten die alten Gebäude der ehemaligen Werkstatt gekauft. Ein paar Mal hatte sie sie schon gesehen, wenn sie mit ihren laut röhrenden, knatternden Bikes durch Tolosa gefahren waren.

Manuel hatte sich dann jedes Mal darüber brüskiert, was für ›Möchtegern-harte-Kerle‹ die Biker doch wären. Sie würden sich nur dank ihrer Kutten und Bikes so stark fühlen, hatte er dann immer gemeint. Daria hatte keine Meinung dazu, aber sie hatte sich oft und lange angehört, welche Meinung Manuel hatte. Und sie musste zugeben, dass diese harten, teilweise heruntergekommenen Männer in ihrer Lederkleidung, den löchrigen Shirts und den abgestoßenen Stiefeln ihr ein wenig Angst einjagten.

Angst, und trotzdem fand sie Bikes, Leder und Tattoos schon immer auch irgendwie sexy. Aber die Vorstellung, näheren Kontakt mit einem der Männer zu haben, hatte ihr dann wiederum nur

Unwohlsein eingejagt. Wahrscheinlich wären sie noch schlimmere Männer als ihr eigener. Diese Männer sahen rau, stark und furchteinflößend aus, weswegen sie lieber keine Bekanntschaft mit ihnen machen wollte. Aber aus der Nähe betrachtet war dieser tätowierte Kerl auf jeden Fall ansehnlich. Auch wenn diese Dunkelheit, die er ausstrahlte, ihr gehörig Respekt einflößte. Dunkelheit hatte sie in den letzten Tagen mehr als genug gehabt.

Nun hatte sie doch Bekanntschaft mit einem von ihnen gemacht. Mit dem, der mit seiner blonden Mähne, den unzähligen Tattoos auf den Armen und den tief in sein Gesicht gegrabenen Sorgenfalten noch viel gefährlicher wirkte als die anderen Männer, die sie bisher gesehen hatte. Wahrscheinlich war er deswegen auch ihr Präsident. Und ausgerechnet auf ihn war sie jetzt angewiesen.

Sie würde laut fluchen, wenn sie dazu nicht viel zu schwach wäre. Ihr blieb nichts anderes übrig, als zu hoffen, dass sie beide unentdeckt die Nacht im Wald verbringen könnten und er sie morgen früh so schnell es nur ging hier rausschaffte. Aber bis die Sonne wieder aufging, mussten sie erst einmal überleben.

Er lehnte sie gegen den Stamm eines umgefallenen Baums, der das Ufer versperrte, überkletterte ihn und half ihr dann auf die andere Seite, wo er sie wieder auf seine Arme hob. Sie konnte das Leder seiner Kutte riechen, sein würziges Aftershave und den angenehmen Duft nach Mann, während sie mit dem Kopf an seiner Schulter lehnte. Dass sein Geruch ihre Sinne so ansprach, gefiel ihr gar nicht. Nach den letzten Tagen und ihren Erfahrungen mit ihrem Ehemann sollte sie keinem Mann mehr vertrauen. Niemals wieder.

Vielleicht war sie zu müde, vielleicht hatten die vergangenen vier Tage auch ihren Verstand vernichtet und sie konnte nicht mehr klar denken, aber sie fühlte sich, wenn auch nicht geborgen, zumindest sicher in seiner Nähe. Das, was von ihr noch vorhanden war, vertraute darauf, dass er sie hier rausbringen würde. Sie schüttelte kaum merklich den Kopf. Nein, sie war eindeutig nur müde. Sie hatte kaum geschlafen, hatte jede Sekunde in den vergangenen Tagen wachsam sein und mit ihrem Tod rechnen müssen. Der Gedanke, entkommen zu sein, war schuld daran, dass sie in Versuchung geriet, einem Mann zu vertrauen. Männern konnte man nicht vertrauen. Trotz dieser Erkenntnis saugte sie mit jedem Atemzug seinen maskulinen Duft in ihre Lungen.

»Ich bin Rogue«, sagte er mit seiner dunklen, sehr rauen Stimme. Selbst seine Stimme hatte eine fast schon beruhigende Wirkung, obwohl sie so wenig zu seinen langen blonden Locken zu passen schien, die etwas von einem Engel hatten. Er schnaufte nicht einmal, obwohl er sie jetzt schon einige Minuten über unebenen Grund trug. »Wenn wir die Nacht miteinander verbringen, sollten wir wenigstens unsere Namen kennen.« Er ging auf die Knie und setzte sie auf dem Boden ab.

Daria stützte sich mit ihren Händen ab und bemerkte den weichen Stoff einer Decke unter sich. Sie sah zu ihm auf, dann an ihm vorbei. Direkt hinter ihm standen zwei Ledertaschen. Das hier war wohl das Lager, von dem er gesprochen hatte. Sie hätte mindestens ein Zelt erwartet. Vielleicht auch noch ein paar seiner Bikerfreunde, aber es gab nur seine Taschen, Decken und den Rucksack, der neben ihr auf der roten, mit Schottenkaros gemusterten Decke lag.

»Du hast also keinen Namen? Oder willst du ihn mir nicht sagen?«, fragte er und starrte ernst auf sie herab.

»Dein Name ist bestimmt auch nicht Rogue, Schurke«, sagte sie spitz und streckte vorsichtig ihren hämmernden Fuß aus.

Er nahm lachend seine Haare zusammen und legte sie auf dem Rücken ab. »Das ist der Name, unter dem jeder mich kennt, aber geboren wurde ich als Jared.«

»Daria«, antwortete sie knapp und sah in den dichten Wald oberhalb der Böschung, aber viel konnte sie nicht mehr sehen, es war schon zu dunkel. Vielleicht war sie weit genug gelaufen und sie waren hier wirklich in Sicherheit. Aber eigentlich wagte sie das kaum zu hoffen. Wie lange war sie wohl ohnmächtig gewesen? Lange genug, dass er glaubte, sie wäre ihm entkommen und hätte die Polizei alarmiert? Ihr Blick ging wieder nervös zu dem Biker, der sie aufmerksam beobachtete, während er den Rucksack von seinen Schultern nahm und den Inhalt zwischen ihnen auf den Boden schüttete.

Er zog eine Metallschüssel heran und begann, Zweige darin aufzuschichten. »Du warst also allein im Nationalpark unterwegs?« Er sah Daria an, als würde er es ihr vorwerfen, dass sie als Frau allein auf Wanderschaft gewesen war. Auch wenn Daria nicht wandern war und er das nicht wissen konnte, dieser unterschwellige Vorwurf, dass eine Frau nicht allein solche Wandertouren unternehmen sollte, verärgerte sie. Aber wenn sie ihm nicht die Wahrheit sagen wollte, dann musste sie den bitteren Nachgeschmack schlucken und diesen Vorwurf hinnehmen, also nickte sie nur stumm. Sie konnte ihm die Wahrheit einfach nicht sagen. Wer weiß, was er anstellen würde. Ob er ihr überhaupt glauben oder sie am Ende vielleicht sogar für eine entflohene Verrückte halten würde.

»Ein Wildschwein hat mich verfolgt«, log sie.

Rogue zog eine seiner Augenbrauen hoch. Die Farbe seiner Brauen war ein paar Nuancen dunkler als die seines mittelblonden Haares. »Ein Wildschwein? Dann musst du es verärgert haben. Das hätte übel ausgehen können. Solche Touren sollte man nicht allein unternehmen. Schon gar nicht als Frau«, sagte er, zündete etwas trockenes Laub an und stopfte es unter die Zweige.

»Feuer sollte man im Wald auch nicht machen, du machst es trotzdem«, gab sie schnippisch zurück und verzog das Gesicht, als Schmerz durch ihre Rippen schoss. Manuel hatte einen Abdruck auf ihrem Körper hinterlassen, der genau zu seinen Schuhen passte. Auch nach vier Tagen schmerzte sie noch jede unnötige Bewegung. Und sich über die hinterwäldlerischen Einstellungen dieses Bikers aufzuregen, verursachte unnötige Verspannungen in ihrem ganzen Körper. Wie kam sie nur immer wieder an Männer, die noch im Mittelalter lebten und glaubten, dass das weibliche Geschlecht ohne sie nichts auf die Reihe bekommen würde? Sie bewegte ihren Oberkörper ungeschickt und zuckte zusammen, worauf er sofort mit einem besorgten Blick reagierte.

»Hast du noch mehr Verletzungen davongetragen?« Er musterte unter zusammengekniffenen Augen ihre etwas verkrampfte Haltung. Sofort bemühte Daria sich, so entspannt wie möglich dazusitzen und setzte ein hoffentlich nicht zu verkrampftes Lächeln auf.

»Nein«, antwortete sie hastig. Auf keinen Fall würde sie zulassen, dass er einen Blick auf ihren geschundenen Körper warf. Dass sie von ihrem Ehemann geschlagen wurde, verursachte ihr schon immer ein so enormes Schamgefühl, dass sie sich nie hatte Hilfe holen wollen und immer geschwiegen hatte. Daria war kein schüchternes, verängstigtes Dummchen. Sie war eine Frau, die sich zu wehren wusste und die stark war. Aber Manuel war eben stärker als sie gewesen und hatte sie gebrochen. Sie hatte die Dinge, die er ihr antat, lange ertragen, weil es in ihrem Leben außer ihm niemanden gab. Ohne ihn wäre sie ganz allein auf der Welt, und davor hatte sie sich immer gefürchtet.

Und dann hatte sie sich endlich dazu durchringen können, Hilfe anzunehmen und wäre deswegen fast gestorben. Das Grauen der letzten Tage würde sie ihr ganzes Leben lang verfolgen. Daria schloss hastig die Augen und versuchte, die Bilder abzuschütteln. »Mir geht es gut.«

Rogue nickte, stand auf, öffnete eine seiner Satteltaschen und zog ein Shirt heraus. Er warf es ihr zu. »Zieh deine Sachen aus, die sind feucht. Ich häng deine Kleidung über den Ast dort«, sagte er in einem Befehlston, der keinen Widerspruch zuließ.

Daria sah unsicher an sich runter. Nicht, dass sie ein Problem damit hatte, sich vor Männern auszuziehen, aber sie hatte noch immer keine Lust auf schockierte Blicke und unangenehme Fragen. Und sie hatte ein Problem mit seinem Befehlston. So würde sie nicht mehr mit sich umspringen lassen. »Danke, sie werden schon trocken«, entgegnete sie trotzig und funkelte ihn bedrohlich an. Er sollte ihr ansehen, dass sie sich nichts sagen lassen würde.

»Scheiß drauf, werden sie nicht. Her damit, hab ich gesagt. Ich hab schon eine Menge nackte Weiber gesehen, also keine Angst, du hast nichts, was ich nicht schon gesehen habe«, knurrte er, wandte sich dann aber von ihr ab. »Ich schau auch nicht hin. Raus aus den Sachen und rein in den Schlafsack.«

Daria schnappte nach Luft. Sie wollte etwas sagen, aber bei dem Blick, den er ihr zuwarf, schluckte sie es lieber runter. Dieser Mann war es eindeutig gewohnt, Befehle zu erteilen. Und Daria war sich nicht sicher, wie sie damit umgehen sollte. Es verängstigte sie, lockte aber auch ihren Trotz hervor. Den Trotz, der ihr bei Manuel so manchen blauen Fleck eingehandelt hatte. Unentschlossen rutschte sie hin und her, entschied sich dann aber doch dafür, die feuchte Kleidung auszuziehen, denn sie fror und wollte diesen Biker nicht noch wütender machen. Schlimm genug, dass sie auf ihn angewiesen war.

Im Moment war er zwar ein Übel, aber das einzige Übel, das ihr hier raushelfen konnte. Sie selbst hatte nämlich keine Ahnung, wo genau sie sich befand. Selbst wenn sie laufen könnte, würde sie wohl so lange durch diesen Park irren, bis sie verdurstet oder verhungert zusammenbrechen würde. Und sie war ihrem Peiniger nicht entkommen, um jetzt mitten in der Wildnis draufzugehen. Nicht draufgehen beinhaltete auch, nicht an Unterkühlung, einer Lungenentzündung oder sonstigen Dingen zu krepieren, die einem mitten in einem riesig großen Park wie diesem eben so passieren konnten.

Sie schlüpfte aus ihrer Kleidung, den Blick auf den breiten Rücken des Bikers gerichtet, auf dessen Kutte ein keltisches Kreuz mit Schädeln zwischen zwei Schriftzügen zu sehen war, auf denen ›Helldogs‹ und ›Tolosa‹ stand. Als der Club hier ankam, stand auf dem unteren Patch noch ›Glasgow‹. Die ganze Stadt rätselte seither, was die Schotten nach Spanien und ausgerechnet in ihre Kleinstadt getrieben hatte.

Sie schlüpfte in das schwarze, ausgewaschene Shirt, auf dessen Brust dasselbe Logo prangte, dann kroch sie so schnell es ging in den Schlafsack, damit er die blauen Flecke auf ihren Oberschenkeln nicht sehen konnte. Sie warf einen flüchtigen Blick auf ihre Handgelenke, um die herum sich dunkelrote Ringe mit Abschürfungen gebildet hatten, und seufzte. Ihre Bluse war langärmlig und hatte dieses Problem gut verborgen. Sie schob die Hände mit in den Schlafsack und hoffte, dass das Feuer bald erlosch, damit es dunkel genug wäre, damit er nichts mehr sehen konnte, was ihn dazu veranlasste, sie zu befragen. Sie wüsste nicht, wie sie ihm diese Dinge, die sie selbst kaum glauben konnte, erklären sollte. Wenigstens war ihr sein Shirt um so vieles zu groß, dass die kurzen Ärmel ihre Arme gut verdeckten.

»Bist du fertig?«

»Äh ... ja, klar. Tut mir leid. Du kannst dich umdrehen.«

Er wandte sich zu ihr um, kam näher und bückte sich nach ihrer Kleidung. Sein Haar wurde vom Schein des Feuers angeleuchtet, was ihm etwas noch Engelhafteres verlieh. Diese unschuldig wirkenden Haare standen in so starkem Widerspruch zu seinem sonst rauen, sehr männlichen und gefährlich wirkenden Äußeren, dass Daria verwirrt blinzeln musste, als ihr Blick von dem Lichtkranz um sein Haar auf sein strenges Gesicht fiel. Daria schätzte ihn auf etwa vierzig Jahre. Damit dürfte er gut sechzehn Jahre älter sein als sie. Trotzdem reagierte ihr Körper auf ihn, auf sein Äußeres, seine Blicke, mit denen er sie musterte, mit einer ihr höchst unwillkommenen Hitze und Nervosität. Dass er mit ihrer Kleidung in der Hand vor ihr stand, verursachte ein Flattern in ihrem Magen. Es fühlte sich viel intimer an, dass er ihre Kleidung berührte, als sie sich je hätte vorstellen können. Und sein Blick erst, der auf sie gerichtet war und unzufrieden und hart wirkte. Er musterte sie, ihr Gesicht, ihr Haar und alles, was er von ihrem Körper unter dem Stoff des Schlafsacks ausmachen konnte, mit einer Intensität in den stahlblauen Augen, die Daria erzittern ließ. Sein Blick blieb auf dem Logo auf ihrer Brust hängen und seine Mundwinkel zogen sich zu einem Grinsen nach oben.

»Erzähl bloß keinem, dass ich dich die Clubfarben tragen lasse. Besonders nicht den Frauen im Club, wenn du sie mal triffst. Da fangen die nur an Dinge zu sehen, die nicht da sind.«

Daria runzelte verwirrt die Stirn. »Was meinst du?«

Rogue winkte kopfschüttelnd ab. »Nichts Wichtiges. Die Weiber drehen nur gerade etwas durch bei uns im Club. Die sehen überall potentielle Old Ladys für mich.«

»Old Ladys?«

Rogue erhob sich, stieg die Böschung nach oben und hängte Darias Sachen über einen Ast. Dann nahm er einen Rucksack von einem Ast, den er dort befestigt haben musste, und kam wieder zurück. »Unsere Old Ladys sind vergleichbar mit dem, was der Normalbürger eine Ehefrau nennt. Nur nehmen wir die Sache mit den Old Ladys etwas ernster als der Normalbürger.«

»Ernster?«, plapperte Daria nachdenklich nach. Was konnte noch ernster sein als eine Ehe? Sie konnte sich darunter nichts vorstellen.

»Ist kompliziert«, sagte Rogue und setzte sich neben sie auf die Decke. Er hielt ihr ein Sandwich hin, das sie dankbar annahm. Sie konnte sich kaum erinnern, wann sie das letzte Mal etwas gegessen hatte. Ihr Magen knurrte sofort laut und vernehmlich.

»Wohl schon eine Weile unterwegs?«, wollte Rogue wissen, aber Daria ignorierte seine Frage einfach und lenkte ihn stattdessen mit einer Gegenfrage ab.

»Warum nennt man dich Rogue?« Sie biss in ihr Sandwich, das mit Tomaten, Salat und kaltem Braten belegt war und das köstlichste Sandwich war, dass sie je zwischen ihre Zähne bekommen hatte. »Hmm«, seufzte sie.

»Ja, wir haben eine ganz anständige Köchin im Club«, sagte er. Er starrte auf die Flammen des kleinen Feuers, das kaum groß genug war, ihre Füße zu wärmen, und warf etwas in die Flammen, pulte in der Erde und warf wieder etwas in die Flammen.

»Den Namen schlepp ich jetzt schon so lange mit mir herum, dass ich mich kaum noch daran erinnern kann, warum mich alle so nennen. Aber ich glaube, mein Vater hat mich so genannt, weil ich früher beim Kartenspielen immer betrogen habe. Im Club hat jeder einen Straßennamen und das ist eben meiner. So ist das bei uns. Wenn wir uns für den Club entscheiden, legen wir unser bürgerliches Leben ab.« Er warf wieder etwas in die Flammen. »Nenn mich trotzdem Rogue, das tun alle.«

Sie biss von ihrem Sandwich ab und nickte, obwohl er sie gar nicht ansah. Sie fühlte sich angespannt so nahe neben ihm. Er machte sie nervös und sie würde nach den Tagen der ständigen Angst dieses Gefühl endlich gerne abschütteln können, aber das ging nicht. Hätte sie nicht einem Pfarrer in die Arme laufen können? Den bürgerlichen Namen ablegen. Straßennamen ... Wie komisch das alles klang.

Rogue kaute schweigend, biss von seinem Brot ab und kaute wieder. Er schien völlig in Gedanken versunken, wahrscheinlich merkte er nicht einmal, dass sie ihn misstrauisch unter die Lupe nahm und abzuschätzen versuchte, wie viel Gefahr ihr von ihm drohte, wenn sie die Nacht mit ihm hier mitten im Wald verbrachte. Sie stand seit Tagen unter Daueralarm. Ihr ganzer Körper schien nur noch aus Angst und Entsetzen und Schmerzen zu bestehen. Und wenn er so vor sich hin schwieg, dann half ihr das nicht unbedingt, ihn besser einschätzen zu können. Was wusste sie schon, wie diese Biker drauf waren. Man hörte nie Gutes über diese Motorradclubs.

»Was machst du, wenn du kein Rocker bist?«, fragte sie ihn, in der Hoffnung, dass etwas Konversation ihr ihre Angst nahm. Sie aß ihr Sandwich auf und war froh, dass er sie kaum ansah, als ihr Blick wieder auf die Abschürfungen der Fesseln um ihre Handgelenke fiel.

»Ich bin immer Rocker. Der Club kommt vor allem anderen.« Er sah über die Schulter zur Seite und runzelte die Stirn. »Warum erzähl ich dir das überhaupt?«

»Ich weiß nicht, aber du musst doch von irgendwas leben«, warf sie ein und ärgerte sich über ihr inhaltsloses Geplapper, das sie nur ihrer Angst zu verdanken hatte. Aber irgendwie beruhigte es sie nun mal, ihre Stimme zu hören. Zu reden, ihren Kopf zu beschäftigen. Und reden war im Moment das einzige, was sie von den Bildern ablenkte, die in ihrem Kopf nur darauf warteten, hervorgelassen zu werden.

»Das sind Clubangelegenheiten, darüber rede ich nicht, Mädchen«, knurrte er und runzelte wieder die Stirn, was nicht besonders freundlich aussah.

»Dann reden wir über was anderes. Irgendwas?« Sie war eindeutig lebensmüde geworden und schüttelte den Kopf. »Tut mir leid, es ist nur, du machst mich nervös.«

In seinen Augen blitzte etwas auf und er lachte dunkel. »Tu ich das? Warum?« Er schien amüsiert.

»Es ist wohl mehr diese Lederjacke.«

»Das ist eine Kutte«, korrigierte er sie.

»Okay, also gut. Wenn du nicht über deinen Club reden willst, was ich verstehe. Ich meine, man hört ja so ...« Sie riss die Augen auf und verschluckte die letzten Worte.

Er zog eine Augenbraue hoch. »Was hört man denn? Lass mich raten. Alle Biker sind Kriminelle?«

Sie nickte.

»Dachte ich es mir doch.«

»Und, seid ihr?«

»Wenn ich ja sage, rennst du dann weg?« Er grinste sie breit an und dieses Grinsen ließ ihr Herz schneller schlagen und ihre Kehle ganz trocken werden. Arrogant, hinterhältig, kalt und brutal. Und auf eine Art erregend und intensiv, dass Daria ganz schwindlig wurde.

»Nein«, krächzte sie und räusperte sich. »Entschuldige, das war dumm.«

»War es nicht. Normalerweise sind Mädchen wie du nur nicht so erstaunlich ehrlich.«

»Mädchen wie ich?«

»Mädchen, die keine Schlampen sind.«

Daria schnappte heftig nach Luft. Manchmal klang dieser Mann wirklich hart. Er hatte zwar gemeint, sie wäre keine Schlampe - das zumindest konnte sie seiner Aussage entnehmen -, aber sie fühlte sich trotzdem beleidigt. In Vertretung für alle Frauen, die er damit gemeint hatte. Sie konnte diesen Begriff einfach nicht leiden. Kerle wie er legten alles flach, was sich ihnen darbot oder auch nicht, und Frauen, die ihnen gaben, was sie wollten, waren in ihren Augen Schlampen. »Ich hasse diesen Begriff«, fuhr sie ihn an. Besonders, da Manuel ihn immer für sie benutzt hatte.

Er zog einen Mundwinkel nach oben, was wohl ein halbes Lächeln andeuten sollte. »Warum? Wenn du abends mal bei uns im Club warst, wirst du ihn verstehen.«

»Oh, ich hab von euren Partys gehört. Und ich verstehe es nicht. Ihr benutzt doch diese Frauen für eure Zwecke.«

Wieder wanderte eine Augenbraue auf seiner Stirn nach oben. »Für unsere Zwecke? Du bist definitiv keine von ihnen. Wir ficken sie«, verbesserte er Daria. »Und sie kommen freiwillig, weil sie genau das wollen, ein bisschen Spaß, ein bisschen gefickt werden.«

Daria stieß erschrocken die Luft aus und war froh, dass das Licht so schlecht war und er nicht sehen konnte, wie rot sie wurde. Daria war in einem sehr vornehmen Haushalt großgeworden. Bis zum Tod ihrer Eltern hatte sie eine sehr strenge Erziehung genossen und ein Wort wie dieses gehörte nicht zu ihrem Repertoire. Sie würde es niemals laut aussprechen. Dummerweise löste es in ihr etwas aus, so wie er es aussprach und sie dabei musternd, ja provozierend ansah. Seine Augen, die über ihren Körper glitten, während er es sagte. Daria erschauerte innerlich. Es machte sie ganz wahnsinnig, dass er sie nur ansehen musste und sie sich merkwürdig flattrig und erhitzt fühlte.

»Genau, das tut ihr. Ihr habt euren Spaß und dann beleidigt ihr sie«, konterte sie hastig, um ihre Anspannung zu überspielen.

Jetzt wurde sein Gesicht ernst. Sie würde sagen, er wirkte sogar ein wenig zornig. »Diese Frauen wissen, worauf sie sich einlassen, wenn sie zu uns kommen.«

Sie presste die Lippen aufeinander und wandte den Blick auf die Flammen. Wahrscheinlich hatte er recht. Wahrscheinlich hatte Manuels Abscheu vor den Bikern auf sie abgefärbt. Warum sonst sollte sie sich in Dinge einmischen, die sie nichts angingen? Es war besser, sie fanden ein unverfänglicheres Thema. Oder sie würde einfach versuchen, die Nacht hinter sich zu bringen und morgen ... Ja, was morgen? Darüber hatte sie noch nicht nachgedacht. Was sollte sie tun? Zur Polizei konnte sie nicht gehen. Die würden ihr wahrscheinlich nicht einmal glauben. Und sie würde diese Hütte wohl nie wiederfinden.

»Ich wollte dich nicht verschrecken«, sagte er. »Ich bin es nur nicht mehr gewohnt, mit jemanden zu sprechen, den das Wort Schlampe aus der Bahn wirft.«

Sie sah zu ihm auf und verzog das Gesicht, als er sie breit grinsend ansah. »Schon gut, es geht mich nichts an, wie du die Frauen nennst, mit denen du Verkehr hattest.«

»Verkehr nennst du es?« Er lachte dunkel auf, dann sah er sie neugierig an. »Irgendwie nett.«

»Danke.«

»Wie geht es deinem Knöchel?« Er warf einen besorgten Blick auf ihre Füße, die im Schlafsack versteckt waren.

»Gut«, sagte sie ausweichend. Er musste nicht wissen, dass das Pulsieren und der Schmerz sie fast wahnsinnig machten.

»Lüg mich nicht an.«

Sie kniff die Augen zusammen. »Ich lüge nicht«, protestierte sie lautstark.

»Und sprich nicht so mit mir«, knurrte er und wandte sich von ihr ab. »Wir sollten schlafen.«

»Das können wir tun. Aber auch wenn du mich gerettet hast, ich spreche mit dir, wie ich es für richtig und angemessen halte.«

Seine Augenbraue zuckte. Es war interessant, diese sich ständig bewegende Braue zu beobachten. »Angemessen?«, äffte er nach. »Man könnte meinen, du bist in einem dieser britischen Bonzenhaushalte aufgewachsen.«

»So etwas Ähnliches.« Trotzig legte sie sich auf die Seite und wandte ihm den Rücken zu. Sollte er sich ohne ihre Hilfe über sie lustig machen.

»Also gut«, murmelte er, dann stieß er ihr gegen die Schulter. »Auch wenn du Rocker nicht besonders magst, dieser hier hat nur diesen einen Schlafsack und diese eine Decke. Wir müssen wohl teilen.«

Sie setzte sich ruckartig wieder auf. »Was?« Nervös sah sie an sich runter und musterte den Schlafsack, der nur für eine Person war.

»Entweder zwänge ich mich mit da rein, oder wir machen ihn auf und decken uns damit beide zu.«

Daria zögerte, aber er hatte recht, diese Sachen gehörten ihm und sie konnte unmöglich von ihm verlangen, die ganze Nacht zu frieren. Es wurde fast minütlich kälter. Die Vorstellung war ihr sehr unangenehm, aber da musste sie wohl durch. »Wir machen ihn auf.«

Er grinste. »Fände ich auch besser. Für uns beide wäre da kaum Platz drin.« Auf sein Gesicht trat ein breites, sehr alarmierendes Lächeln und Daria wappnete sich. »Sonst komme ich im Traum noch auf die Idee, dich zu ficken. Wer könnte es mir übelnehmen, wenn du dich so an mich kuschelst.«

Darias Mund klappte auf. Sie war entsetzt. »Ich würde im Traum nicht mit dir kuscheln.«

»Wieso? Weil ich ein dreckiger Biker bin?«

»Das hat damit nichts zu tun«, entrüstete sie sich, bevor sie merkte, dass Rogue sie wohl nur auf den Arm nahm. Ihm schien es zu gefallen, dass sie so anders war als er. Sie ärgerte sich über ihre eigene Dummheit und dass sie auf ihn hereingefallen war. Zumindest hatte er sie von ihrem Schmerz und dem Grauen abgelenkt.

Sie öffnete den Reißverschluss des Schlafsacks und schob ihm die Hälfte davon zu, darauf bedacht, ihm ihre unter dem Stoff nackten Beine nicht zu zeigen, obwohl es jetzt so dunkel war und das Feuer nur noch glimmte, dass er ihre massiven Verletzungen sowieso nicht mehr hätte sehen können. Trotzdem versteckte sie ihre Hände sofort wieder unter dem Schlafsack und legte sich wieder hin. Sie war in den letzten Tagen von ihrem Ehemann grün und blau geprügelt und von einem weiteren Mann gefangen gehalten worden. Und jetzt war sie gezwungen, eine ganze Nacht mit einem fremden Mann zu verbringen, war gezwungen, ihm zu vertrauen.

Sie fühlte, wie er seine Hälfte hinter ihr hochhob und sich neben sie schob. Etwas streifte ihre Waden, wahrscheinlich einer seiner Füße. Als sie über ihre Schulter zurücksah, hatte er ihr den Rücken zugekehrt.

»Keine Sorge, mein Schwanz wird dich nicht berühren. Ich hab meine Hose anbehalten«, murmelte er mit dunkler Stimme.

Sie keuchte hörbar auf und zog sich den Stoff bis zu den Schultern hoch. Er lachte laut auf in ihrem Rücken. Er hatte sie schon wieder erwischt. Sie nahm sich vor, sämtliche Reaktionen auf seine Aussprache von jetzt an zu unterdrücken, damit er aufhörte, sie zu ärgern und sie aufhörte, ständig vor Scham zu verglühen.

Es dauerte nicht lange, da hörte sie ihn tief und ruhig atmen. Als sie sich nach ihm umsah, konnte sie sehen, dass seine Hand unter der Decke, direkt unter seinem Kopf, etwas umklammerte. Aber im immer dunkler werdenden Glühen des Lagerfeuers konnte sie nicht sehen, was es war. Sie legte sich auf den Rücken und starrte zum Himmel hoch, der übersät war mit Sternen. Ein wunderschöner Anblick, den sie hätte genießen können, wenn ihre Angst nicht so entsetzlich präsent gewesen wäre. Sie war erdrückend, jetzt, wo er schlief und alles ruhig war, noch viel mehr. Weil die Erinnerungen sie wieder einholten. Und das schaurige Gefühl, dass der fremde Mann neben ihr auslöste. Sie hatte noch nie neben einem anderen Mann als Manuel geschlafen. Er war nach dem Tod ihrer Eltern alles, was ihr noch geblieben war. Deswegen hatte sie es wohl auch so lange mit ihm ausgehalten. Sie wünschte sich fast, sie könnte sich wieder mit Rogue unterhalten, damit ihr Erstaunen über seine Aussprache sie weiter ablenkte.

Kapitel 3

Rogue festigte den Griff um seine Sig-Sauer, bevor er die Augen öffnete und gegen das Morgengrauen anblinzelte. Er hatte ein Geräusch gehört, das Knacken eines Zweigs, das leise Scharren der Kiesel am Seeufer. Er wusste nicht, was die Geräusche ausgelöst hatte, aber es hatte ihn aus dem Schlaf gerissen. Dazu brauchte es nicht viel, denn Rogue schlief nie besonders fest, befand sich seit seinem Aufenthalt im Knast auch nachts immer in Alarmbereitschaft. Und wenn er doch fest schlief, wurde er von Albträumen überrollt, in denen er seine Frau oder seinen Freund in seinen Armen sterben sah.

Sein Blick fiel auf ein paar schwarze Männerschuhe, abgetragen. In einer blitzschnellen Bewegung zog er seine Waffe unter seinem Kopf hervor und zielte auf das boshaft grinsende, völlig verzerrte Gesicht über ihm. Zu spät, der Mann ließ den mörderisch großen Stein fallen, den er über Rogue gehalten hatte, genau in der Sekunde, in der Rogue erkannte, was da über seinem Gesicht schwebte. Das letzte, was er wahrnahm, war das Schreien der Frau.

Hatte die Sonne sein Gehirn gebraten? Rogue öffnete die Augen und schloss sie sofort wieder, als das helle Licht wie ein Pfeil in seinen hämmernden Schädel schoss. Er stöhnte, legte mit einer Bewegung, die sich anfühlte, als würde er seinen Arm durch eine dicke Masse bewegen müssen, eine Hand auf seine Stirn und ertastete eine eingetrocknete Kruste, die quer über seine ganze Stirn lief. Blut, es musste schon eine Weile dort sein, denn es war hart. Nur langsam tauchte Rouge aus diesem vernebelten Zustand zwischen Schlaf, Ohnmacht und der Realität auf. Und mit jedem Stück Hier und Jetzt, das er sich mühsam erkämpfte, pulsierte sein Schädel noch heftiger. Er öffnete wieder die Augen und starrte auf die in der Mitte des Himmels stehende Sonne.

»Verdammt, es ist schon Mittag«, fluchte er, richtete sich auf und fluchte gleich noch einmal, weil sich alles um ihn herum drehte. Er bewegte vorsichtig den Kopf, um nach der Frau zu sehen. »Daria?«, krächzte er, dann fiel sein Blick auf den Stein. Er sprang auf, zog seine Decke weg, knurrte vor Wut. Seine Sig war weg.

»Wenn ich dieses Arschloch erwische ...« Er schüttelte den Kopf. Das musste warten. Klar, er musste dieses Schwein finden, aber nicht wegen der Waffe, zuallererst wegen der Frau. Er hatte dieser Frau versprochen, sie nach Hause zu bringen, das würde er auch tun. Die Sig war nur eine von vielen. Auch wenn er diese besonders mochte, weil er mit ihr McCraw das Hirn gelöchert hatte. Dem Mann, der seine Frau zu Tode gefoltert hatte.

»Die Frau«, fluchte er wieder. Was zur Hölle war hier los? Er musste nicht lang überlegen, die Kleine war wohl nicht wandern gewesen. Eigentlich ging ihn die Sache ja nichts an, aber er mochte Miss Perfect und er hielt sich an seine Versprechen. Er beachtete seine Sachen, die überall verstreut waren, nicht weiter, sondern suchte nach einem Hinweis, der ihn zu Daria führen könnte. Der Gedanke, dass sie sich auf ihn verlassen und er es vergeigt hatte, machte ihn wütend. Ja, er war angepisst. Er würde das hier wieder in Ordnung bringen.

Er tastete nach seinem Messer, das er unter seiner Hose an der Wade trug, holte es hervor und lief los. Der Mann hatte wohl angenommen, Rogue wäre kein Problem mehr, denn er hatte sich keine Mühe gegeben, seine Spuren zu verwischen. Eine breite Schleifspur führte einige Meter am See entlang. Er musste Daria gezogen haben. Ein Schlappschwanz, der nicht einmal eine Frau tragen konnte, hatte Rogue außer Gefecht gesetzt. Rogue fühlte sich noch mehr angepisst.

Den Hang hinauf war ein Stück Erde aufgewühlt, hier musste der Mann weggerutscht sein durch das Gewicht seiner Last, die er hier hochgezogen haben musste. Ein Stück weiter entdeckte er herausgerissenes Moos, etwas Blut, zerbrochene Zweige. Er folgte den Spuren eine Weile, bis er sie verlor, kehrte zurück zur letzten Spur und suchte nach neuen Hinweisen. Die Kopfschmerzen und die Übelkeit, die ihn plagten, machten es ihm nicht unbedingt einfacher. Es war heiß, er schwitzte und er hatte Durst. Wieso hatte er sich nichts zu trinken mitgenommen? Weil er Hals über Kopf losgestürmt war, was nicht typisch für ihn war. Er konnte es nur auf seinen dröhnenden Schädel schieben.

Er blieb stehen, tastete vorsichtig nach der Wunde oberhalb seiner Stirn und ächzte. Wenn dieser Stein ein bisschen schwerer oder Rogues Schädel nicht so dick gewesen wären, dann hätte er jetzt wohl ein Problem. Oder er hätte nie wieder ein Problem, je nachdem, wie man es betrachten mochte. Frustriert wischte er sich mit dem Unterarm über die verschwitzte, verkrustete Stirn. Er war zwar umgeben von meterhohen Bäumen, aber die konnten die Sommerschwüle nicht aus dem Wald halten. Die Bäume machten es eher noch schlimmer, weil sich die Luft zu dick zum Atmen anfühlte hier unten. Er drehte sich suchend einmal im Kreis und stoppte, als er ein Haus entdeckte, das sich direkt vor seiner Nase hinter einigen Bäumen versteckte, dunkel, unheimlich und wohl lange schon verlassen. Das ideale Versteck für einen Irren?

Rogue festigte seinen Griff um sein Jagdmesser, nahm eine halb gebeugte Haltung ein und schlich sich im Schutz der Bäume näher an das Haus. Die Fenster waren dunkle Löcher, zum großen Teil eingeschlagen, das Mauerwerk war so schmutzig, dass man unmöglich noch sagen konnte, welche Farbe der herabbröckelnde Putz mal gehabt hatte. Das Haus war nicht groß, sehr schmal, hatte aber immerhin zwei Etagen, war geziegelt. Wahrscheinlich war es mal ein Forsthaus gewesen. An der Seite stand ein Polizeiauto, wenn Rogue nicht schon genug Erfahrungen mit der Polizei gesammelt hätte, wäre er jetzt erleichtert, denn eigentlich konnte das nur bedeuten, dass die Frau schon Hilfe hatte. Aber Rogue hatte eine Menge sehr schlechter Erfahrungen mit der Polizei in Schottland gemacht. Warum sollte die in Spanien besser sein? Also schlich er sich noch näher an das Haus, warf einen vorsichtigen Blick in das Auto und dann den schlechten Weg entlang, den das Auto wohl gekommen war.

Rogue hatte ein sehr komisches Gefühl in der Magengrube, und auf dieses Gefühl konnte er sich verlassen. Bisher hatte es ihn nur einmal im Stich gelassen, als er nicht rechtzeitig kam, um seine Frau zu retten. Er hoffte sehr, dass er dieses Mal nicht wieder zu spät war. Vorsichtig drückte er sich gegen die Mauer des Hauses und schob sich langsam an das erste Fenster heran, das recht niedrig war. Er musste sich nur ein wenig nach vorne beugen, um einen Blick nach innen werfen zu können. Und was er sah, ließ ihm seinen Mageninhalt in den Rachen schießen. Rogue war nicht empfindlich, er hatte schon eine Menge schlimme Dinge gesehen, aber er war noch nie mit realen Horrorfilmszenarien konfrontiert worden. Er drückte seine Hand auf seinen Mund und schluckte die bittere Galle herunter. Wie gut, dass sein Magen leer war. Er schloss die Augen und atmete tief ein, bevor er noch einmal durch das Fenster in die Küche sah.

Die Möbel waren zum großen Teil heruntergekommen, Schranktüren hingen schief in ihren Angeln oder fehlten ganz, die Tapeten hingen in langen Fetzen von den Wänden und Kabel baumelten von der Decke. Und auf dem Tisch lag der nackte Körper einer Frau. Ihre Arme und Beine hingen herunter, ihr Haar war so lang, dass es bis zum Boden reichte. Ihr Körper wies mehrere Schnitte auf, dünne Schläuche steckten in ihrer Haut, die nach oben zur Decke verliefen und in Beuteln mit einer klaren Flüssigkeit endeten. Als hätte man die Leiche an mehrere Tropfe gehängt. Auf dem Boden verteilt standen Kanister, Fässer und Schüsseln. In einer davon entdeckte Rogue Gehirnmasse. Dieses gräulich wabblige Zeug hatte er schon gesehen und würde es immer wieder erkennen.

Rogue riss seinen Blick von dem, was er sah und schob sich weiter um das Haus herum. Durch das nächste Fenster konnte er ein Schlafzimmer sehen. Auf dem dreckigen Lumpen, der wohl mal eine Decke war, entdeckte er Daria. Ihre Hände und Füße waren gefesselt und sie starrte zur Decke. Einen Augenblick lang dachte er, sie wäre tot, aber dann hob sich ihr Brustkorb unter einem tiefen Atemzug und Rogue stöhnte erleichtert auf.

Daria rieb sich mit zitternden Fingern über die schmerzenden Handgelenke. Sie wusste nicht, was sie mehr zittern ließ: die eisige Kälte, die ihr in den Gliedern steckte oder das Entsetzen darüber, dass sie schon wieder in den grausigen Klauen dieses Irren festsaß. Sie wusste nicht einmal, ob sie es als Fortschritt betrachten konnte, dass er sie dieses Mal im Schlafzimmer des verwahrlosten Hauses festgebunden hatte, und nicht wie beim letzten Mal in der Küche, wo sie ihm dabei zusehen musste, wie er den Leichnam einer Frau ausnahm und präparierte. Haltbar machte für seine wahnsinnige Traumvorstellung von einer perfekten Bilderbuchfamilie.

Das Wort *Bilderbuchfamilie* bekam einen ganz üblen Nachgeschmack, wenn man bedachte, dass dieser Mann sich eine Familie aus Leichen zusammenbaute. Im Wohnzimmer saßen Kinder vor einer Spielkonsole, die Frau auf dem Tisch sollte ihre Tante sein, hatte den Ansprüchen des Wahnsinnigen aber nicht standgehalten und wurde deswegen zur Nachbarin degradiert, hatte er Daria in einem seiner ewig langen Monologe erklärt. Er baute sich eine Familie nach seinem kranken Idealbild. Wie viel hatte dieser Mann im Laufe seines Berufslebens gesehen, dass er sich dazu gezwungen fühlte, eine Familie zu bauen, in der es keine Gewalt gab, keine Lügen, keinen Betrug, keine Frustration?

Was für Ansprüche hatte dieser Mann? Was würde Daria tun müssen, um zumindest eine Chance auf Überleben zu haben? Daria schüttelte sich, wahrscheinlich wäre es besser, sie würde nicht leben und würde sich lieber von ihm ausstopfen lassen. Der Gedanke, sie müsste ihr Leben mit diesem Monster und seiner Leichenfamilie verbringen, erleichterte ihr die Vorstellung von einem schnellen Tod.

Daria zog an den rauen Seilen, mit denen sie an einem Ring in der Wand festgemacht war, und versuchte eine bequemere Position zu finden. Ihr Rücken schmerzte, mit dem sie gegen die raue, feuchte Wand lehnte, ihr Hintern tat weh vom Sitzen auf dem harten Boden, und auch sonst gab es kaum eine Stelle an ihrem Körper, die nicht geschunden war. Sei es durch Manuels Faustschläge oder dadurch, von dem Wahnsinnigen über den Waldboden gezerrt worden zu sein. Auch ihre Seele fühlte sich missbraucht an. Sie hatte diesem Mann vertraut und er hatte sie betäubt und hierher entführt. An einem fremden Ort aufzuwachen, gefesselt, umgeben von Tod und Grauen, war das Schlimmste, was sie je durchmachen musste. Aber noch war sie nicht tot, es konnte also noch viel schlimmer werden.

Am ersten Tag, nachdem der Polizist, der sie eigentlich hatte retten sollen, sie entführt hatte, hatte sie noch geweint und gefleht, aber sie hatte schnell begriffen, dass ihr das nicht half, denn der Wahnsinnige hatte sie ignoriert und ihr stattdessen von seinen Plänen erzählt: davon, wie sie dieses Haus gemeinsam in ein Zuhause verwandeln würden, wie sie noch mehr Kinder haben würden - mehr als die toten, die im Wohnzimmer saßen. Und welche Rolle sie zu spielen hatte. Er hätte ihr ja so viel mehr zu bieten als Manuel.

Sie starrte kraftlos an die Decke. Gestern noch hatte sie Hoffnung gehabt, als ihr die Flucht gelungen war, als der Polizist, der sie eigentlich in das Frauenhaus bringen sollte, sie für einen Augenblick allein in der Küche zurückgelassen hatte und sie sich mit Hilfe eines Skalpells, das vom Tisch gefallen war, befreien konnte. Heute, wo Moreno sie wieder in seinen Fängen hatte, fühlte sie sich leer, müde und hatte eindeutig aufgegeben. Sie versuchte nicht einmal mehr, sich zu befreien. Wie sollte sie hier auch wegkommen? Sie konnte kaum auftreten. Ein Teil von ihr hatte mit dem Leben längst abgeschlossen. Ja, sie war sich sogar sicher, dass der einzige Weg hier raus der war, sich als Belastung für den Wahnsinnigen zu erweisen, damit er sie recht bald von all dem hier befreite. Sollte er danach doch mit ihrem Körper machen, was er wollte.

Daria starrte auf einen feuchtgelben Fleck über ihrem Kopf und fühlte plötzlich eine so tiefe Ruhe in sich, dass sie für einen Augenblick sogar das Atmen vergaß. Erst ihre protestierenden Lungen zwangen sie zu einem tiefen Atemzug.

Die Frau war allein im Zimmer, als er sich davon überzeugt hatte, klopfte er gegen die dreckige Scheibe. Sie bewegte ihr Gesicht langsam zum Fenster und riss die Augen erschrocken auf, als sie ihn erkannte. Sie schüttelte so hastig den Kopf, dass Rogue befürchtete, sie würde sich jeden Moment etwas zerren. Offensichtlich wollte sie nicht, dass er zu ihr hereinkam.

Das musste sie schon ihm überlassen. Gebückt ging er weiter um das Haus herum, bis er ein eingeschlagenes Fenster fand, durch das er hineinklettern konnte. Das Wohnzimmer war ein noch schlimmerer Anblick als die Küche. Dieser Mann war wahnsinnig, ein Irrer. Rogue musste mit sich kämpfen, musste sich auf das konzentrieren, was er hier tun wollte, um nicht in eine Schockstarre zu verfallen.

Das Wohnzimmer sah aus wie jedes andere Wohnzimmer auch. Es hatte ein Sofa, einen Tisch, Schränke, ein paar Bilder an den Wänden. Alles dreckig und alt, verschlissen, aber ansonsten war es ein Wohnzimmer. Auf dem Sofa saß eine kleine Familie. Und diese Familie war es, die ihm die Übelkeit in den Magen trieb, denn sie starrten auf den zerbrochenen Bildschirm eines alten Fernsehers und waren tot. Tot – und doch wirkte diese Szene wie eine, die man in jeder Familie erwarten würde. Ein Mann - wahrscheinlich der Vater - hielt eine Flasche Bier in der Hand, trug ein Holzfällerhemd, eine alte Jogginghose und hatte seinen freien Arm um seinen Sohn gelegt. Sein Sohn hatte eine ausgestopfte Katze auf seinem Schoß liegen, seine Hände lagen auf ihrem Körper, als würde er die Katze streicheln. Und neben ihm saß die Tochter, ein blondes Mädchen von etwa zehn Jahren, mit aufgelösten Zöpfen und einer züchtigen Bluse und einem Rock, der bis zu ihren Knien reichte. In ihren Händen hielt sie ein Buch. Rogue würgte, unfähig den Blick von der Szenerie zu lösen. Er konnte nicht glauben, was er hier sah und fragte sich, wo er gelandet war. Wie er überhaupt hier gelandet war. Aber nach dem zu urteilen, was er vor Augen hatte, wusste er, er musste die Frau retten.

Er hatte zerfetzte Leichen in Kriegsgebieten gesehen, sterbende, schreiende Soldaten und Kinder. Er hatte in Glasgow Frauen gesehen, die von Menschenhändlern zu Sexsklavinnen gemacht wurden, hatte gesehen, wie dieselben Männer Kinder prostituiert hatten, aber dieser Anblick war noch einmal eine ganz andere Nummer.

»Reiß dich zusammen!«, befahl er sich und löste sich mit wackligen Beinen von der Familie. »Konzentrier dich.«

Rogue schlich aus dem Wohnzimmer, warf einen flüchtigen Blick in den Flur, bevor er dann weiter zum Schlafzimmer lief. Als er durch die Tür kam, begann Daria aufgeregt zu zappeln und den Kopf zu schütteln.

»Er ist nicht hier«, flüsterte er, um Daria zu beruhigen.

»Er wird gleich wieder da sein, er sucht nach dir.«

»Dann beeilen wir uns.« Rogue stürzte auf sie zu und schnitt in aller Eile die Fesseln durch. Er wollte die Frau hier raus haben, bevor er sich um dieses Schwein kümmern würde. Er hob sie auf seine Arme und ignorierte ihr schmerzerfülltes Stöhnen. Für Mitleid und Vorsicht war keine Zeit mehr. Nicht, dass er ein Problem damit hätte, einem Irren die Scheiße aus dem Leib zu prügeln, aber er wollte kein Risiko mit der Frau eingehen, sie hatte genug durchgemacht. Rogues missbilligender Blick fiel auf die vielen Flecken auf ihren Beinen, deren Ursprung nur Schläge sein konnten. Das machte ihn wütend, so sehr, dass er zitterte und kaum atmen konnte. Dieses Dreckschwein würde seine Strafe bekommen. Später.

»Mach die Augen zu«, befahl er ihr, als er sie zum Wohnzimmer trug. Er konnte nur hoffen, dass Daria das Grauen in diesem Haus nicht gesehen hatte.

»Ich habe sie schon gesehen«, sagte sie mit brüchiger Stimme, verbarg ihr Gesicht aber trotzdem an seiner Brust.

Er beeilte sich, aus diesem Zimmer zu kommen, um die Gänsehaut loszuwerden und auch sie nicht länger als unbedingt nötig dieser unfassbaren Szene auszusetzen. Als er fühlte, wie Feuchtigkeit seinen Hals benetzte, wären seine Knie fast weich geworden unter ihm. *Denk jetzt nicht darüber nach, was sie vielleicht erlebt hat, bis du Idiot aus dem Traumland zurückgekehrt bist.* Er setzte sie auf dem Fensterbrett ab, damit sie sich hinausschieben konnte, kletterte hinterher und hob sie sofort wieder auf seine Arme. Bevor er losrannte, vergewisserte er sich, dass niemand in der Umgebung war. Den Bruchteil einer Sekunde überlegte er, das Polizeiauto zu benutzen, um hier wegzukommen, aber als er vorhin einen Blick reingeworfen hatte, hatte er keinen Schlüssel gesehen. Und das Auto zu knacken würde wertvolle Zeit in Anspruch nehmen.

Er lief in die Richtung, aus der er gekommen war, hielt sich aber leicht nördlich, so dass er fast direkt auf sein Bike zulaufen müsste. Die Frau klammerte sich an seinen Hals und zitterte in seinen Armen. Rogue schwitzte und atmete angestrengt. *Verdammte Sommerhitze*, schimpfte er in Gedanken. Seine Handfläche war so feucht, dass sie über ihren nackten Schenkel rutschte, seine andere Hand drückte gegen ihre Rippen und er machte sich Sorgen, ob er ihr unnötig Schmerzen zufügte. Unter seinen schweren Motorradstiefeln knackten kleine Zweige und er konnte den Waldboden nicht richtig sehen, weil ihr Körper die Sicht vor seine Füße versperrte. Aber er mühte sich den Hügel hoch und hoffte, dass er in die richtige Richtung lief.

»Danke«, flüsterte sie. Sie hatte die Arme um seinen Hals geschlungen und sah ihn aus verweinten Augen an. Ihr Gesicht war schmutzig und trotzdem schön, unschuldig. *Und viel zu jung, um zu sterben*, dachte er.

»Nichts zu danken. Ich bin vielleicht ein Krimineller, aber kein Arschloch«, sagte er schwer atmend und beschloss dann, lieber die Klappe zu halten. Weder hatte er Lust auf eine erneute Diskussion über seine Sprache, noch konnte er es sich leisten, seine Atemluft und Kraft auf ein Geplänkel zu verschwenden.

Er kämpfte sich einen langsam ansteigenden Berg hinauf, auf dem er mehrmals ins Rutschen kam und Daria fast fallenließ. Er musste Bäumen ausweichen, die fast entwurzelt waren, und Daria oben am Rand eines recht steilen Abhangs kurz absetzen, um zu verschnaufen. Schwer nach Luft ringend, stützte er sich auf seine Oberschenkel. »Dich um den halben See tragen, kein Problem, aber dieser Berg …«, keuchte er entschuldigend. Es war ihm fast peinlich, das Mädchen wog keine sechzig Kilo und war nicht besonders groß. Sie würde ihm wahrscheinlich nur bis zur Brust reichen.

»Lass mich laufen«, warf sie ein und sah ihn besorgt an. Sie war um ihn besorgt? Das entlockte ihm ein Lächeln.

»Nein, wenn ich dich trage, sind wir schneller.« Die Frau stöhnte schon, wenn er sie nur vorsichtig berührte, wie wollte sie da durch den Wald fliehen? Wenn sie dazu in der Lage wäre, würde er sie allein laufen lassen, damit er sich um dieses Problem kümmern konnte.

Er bedeutete ihr, ihren Arm wieder um seinen Nacken zu legen und hob sie an.

»Detiene inmediatamente!«, sagte jemand in seinem Rücken.

»Er zielt auf uns«, flüsterte Daria und versteifte sich in seinen Armen. »Das ist der Wahnsinnige!«

Rogue hielt sie fester, rührte sich nicht und atmete mehrmals tief ein, bevor er beschloss, zu tun, was ihm gesagt wurde und stehenzubleiben, dann ließ er Daria auf ihre Füße runter. »Wenn ich es sage, rennst du.«

»Was? Nein?« Ihre Augen waren vor Schreck weit aufgerissen.

»Du tust es«, knurrte er und sah sie scharf an. Er zog sein Messer aus dem Gürtel vorne am Bauch und wandte sich langsam um.

Vor ihm stand ein recht großer Mann in Polizeiuniform. Na toll, ein irrer Bulle also. Einfach perfekt, dachte Rogue und war weniger überrascht, als er hätte sein sollen, aber er hatte einfach schon zu viel erlebt: Polizisten, die sich von der Mafia schmieren ließen, Polizisten, die selbst im Frauenhandel steckten, Polizisten, die wegsahen, wenn Kinder entführt wurden. »Señor policía«, sagte Rogue. »Meine Frau und ich machen einen Ausflug.«

Der Polizist setzte eine Grimasse auf und wedelte mit der Waffe in Rogues Richtung. »Wir wissen beide, dass sie nicht deine Frau ist.«

»Wissen wir das?« Rogue machte einen Schritt auf den Mann zu und lächelte. »Sie hat manchmal Ladehemmungen. Aber das ist noch dein geringstes Problem. Die Sig ist nicht geladen, oder glaubst du wirklich, ich schlafe mit einer geladenen Waffe neben einer Frau, die ich nicht kenne?« Der Bulle warf ihm einen verdutzten Blick zu. Rogue konnte nur hoffen, dass sein Täuschungsversuch funktionierte, denn seine Sig war natürlich geladen und ein guter Bulle hätte sich davon überzeugt, bevor er damit auf jemanden zielte. Rogue zumindest hätte sich überzeugt.

Der Bulle machte einen nervösen Schritt rückwärts und ließ das gut gefüllte Magazin aus der Waffe gleiten. Diesen Augenblick nutzte Rogue, um sich auf ihn zu stürzen. »Jetzt«, schrie er Daria zu und rammte den Bullen zu Boden. Als sie beide aufprallten, fühlte er, wie der Mann unter ihm die Luft aus den Lungen stieß. Rogue verlor bei dem Sturz sein Messer, es rutschte den Abhang herunter. Davon ließ er sich nicht beirren und setzte seine Fäuste ein. Sein erster Treffer streifte das Kinn des Bullen nur. Der traf dafür umso besser, er hieb Rogue den Griff seiner Sig auf den ohnehin schon schmerzenden Schädel. Rogue ächzte auf.

Der Bulle stieß ihn von sich runter, sprang auf und trat Rogue gegen die Rippen. Rogue wälzte sich zur Seite und rappelte sich auch auf, während der Bulle nach dem Magazin suchte. Rogue nahm sich eine Sekunde, um nach der Frau zu sehen, die wie erstarrt ein paar Meter entfernt stand.

»Ich hab gesagt, du sollst verschwinden«, brüllte er aufgebracht. Daria sah ihn verwirrt an, bewegte sich aber nicht. Warum machten die Weiber nie, was man von ihnen verlangte?

In dem Moment traf Rogue eine Faust gegen den Wangenknochen. Sein Kopf fiel zur Seite, aber er bekam sich schnell unter Kontrolle. Er hatte sich schon so oft geprügelt, so ein Schlag warf ihn nicht aus der Bahn. Er schnappte sich das Handgelenk des Mannes, drückte seinen Arm zur Seite und holte mit seiner anderen Hand aus. Seine Faust traf das Kinn seines Gegners dieses Mal punktgenau. Der Mann taumelte, rieb sich über das Kinn und wich rückwärts vor Rogue aus. Der trat mit einem grimmigen Lächeln näher und mit dem Bild der Leichen im Haus vor Augen, trat er dem Bullen in den Magen.

»Du perverse Drecksau, ich werde dich umbringen«, drohte er zufrieden. Das würde er tun. Dieser Kerl würde seine skurrile Puppenstube nicht weiter vergrößern. Bei dem Gedanken an die beiden Kinder kochte Rogue vor Wut. Sein nächster Fußtritt traf gegen die Brust des Polizisten. Er holte aus und donnerte seine Faust gegen die Schläfe des Bullen, als dieser gerade mit dem Griff der Sig auf seinen Kopf zielte.

»Mein Kopf hat heute genug abbekommen«, brummte Rogue und benutzte seine Stiefelspitze, um sie dem Bullen zwischen die Beine zu treiben.

Der Mann strauchelte, kippte, versuchte nach Rogue zu greifen und stürzte dann den Abhang hinunter. Auf seinem Weg nach unten nahm er mit seinem Körper ein paar Bäume mit. Und Rogues Sig. Rogue verzog das Gesicht, wirklich schade um die Sig.

»Ist er tot?« Daria trat neben ihn und starrte den Abhang hinunter.

»Gut möglich, aber davon überzeugen wir uns jetzt nicht.« Er musterte sie besorgt und schnappte nach Luft. »Ich hatte gesagt, du sollst verschwinden«, knurrte er sie wütend an.

»Und ich tue grundsätzlich nicht, was ein Mann mir sagt. Nicht mehr«, fügte sie leise an und sah zur Seite.

Rogue musterte sie neugierig. Er hätte zu gern mehr über dieses »nicht mehr« gewusst, aber dafür war jetzt nicht der richtige Zeitpunkt. Er trat näher an die Frau ran, als er von unten ein Keuchen hörte und sah, wie der irre Bulle sich auf die Knie kämpfte, und hob sie wieder auf seine Arme. »Schaffen wir dich erstmal hier weg, ich kümmere mich später um das Dreckschwein.«

Kapitel 4

Zum ersten Mal in ihrem Leben saß Daria auf einem Motorrad. Bisher hatte sie nie darüber nachgedacht, dass auf einem Motorrad mitzufahren hieß, jemandem körperlich so nahe zu kommen. Aber Daria war dem Biker näher als ihr lieb war, denn ihr Oberkörper drückte sich so fest gegen seinen, dass ihre Brüste ihn berührten, dass ihre Schenkel seine umklammerten und ihre Arme um seine festen Bauchmuskeln geschlungen waren. Sie konnte den ledrigen, würzigen Duft seiner Kutte riechen und sie musste zugeben, dass sie diesen Geruch mochte. Genauso wie seine steinharten Bauchmuskeln, die sich unter ihren Händen bewegten. Sie fühlte sich ganz nervös, denn sie war bisher nur Manuel je so nahegekommen. Dieses merkwürdige Gefühl in ihrer Magengrube machte sie so irre, dass sie sich auf ihren schmerzenden Knöchel konzentrierte, um nur noch ihn fühlen zu können.

Sie war müde und erschöpft und glaubte, diese Müdigkeit bis tief in jede Zelle ihres Körpers spüren zu können. Dort fühlte sie aber auch die Angst vor Manuel, denn wenn Rogue sie gleich nach Hause fahren würde - oder in das Krankenhaus - müsste sie sich mit ihrem Mann auseinandersetzen, und das würde hart werden. Besonders, nachdem sie versucht hatte, ihn zu verlassen. Wahrscheinlich war er längst wieder zu Hause und lauerte wie eine Schlange darauf, dass sie zu ihm zurückkehren würde. Dabei war sie froh gewesen, von ihm fortgekommen zu sein. Zumindest, bis sie in diesem Haus aufgewacht war, umgeben vom Gestank des Todes und Blut und den starren Augen der Frau, die auf dem Tisch lag. In diesem Augenblick wäre sie nirgendwo lieber gewesen als bei Manuel. Wenn sie ehrlich zu sich selbst war und die Angst vor der Bestrafung weit von sich schob, dann war sie auch jetzt froh, wieder nach Hause zu kommen.

Das Motorrad wurde langsamer, dann hielt es vor dem Tor der alten Werkstatt und Daria verspannte sich hinter Rogue. Solange Daria sich erinnern konnte, war an diesem mindestens drei Meter hohen Stahltor ein ›Zu Verkaufen‹-Schild angebracht gewesen. Sie war Manuel nach ihrem Abschluss vor sieben Jahren nach Tolosa gefolgt, hatte ihn geheiratet und das kleine Haus gekauft, und schon damals stand die Werkstatt zum Verkauf. Jetzt war das Schild durch das Logo ersetzt worden, das auch Rogues Rücken zierte.

Gerade als sie sich fragen wollte, warum er sie hierherbrachte, fiel ihr ein, dass er ja gar nicht wusste, wo sie wohnte. Aber er hätte sie ins Krankenhaus fahren können. Daria starrte mit klopfendem Herzen auf das Logo des Motorradclubs, während sich das Tor langsam öffnete und Rogue mit ihr an einem Mann vorbeifuhr, der sie verwundert ansah, bevor er das Tor hinter ihnen wieder schloss.

Darias Beine zitterten etwas, als sie von der Maschine abstieg und sich langsam auf dem Innenhof umsah. Sie war schon hier gewesen, als das hier noch zum Verkauf stand, damals fanden hier Trödelmärkte statt, daher kannte sie die Gebäude, die in U-Form standen. Ein Teil schien auch noch eine Werkstatt zu sein, denn rechts von sich entdeckte sie einen Mann, der an einem Auto arbeitete. An dem Gebäude geradeaus stand auf einem Holzschild *Club-*

house und aus dem linken Gebäude kam eben ein Mann gelaufen, der mit großen Schritten auf Rogue zuhielt.

»Wolltest du nicht das ganze Wochenende wegbleiben?«, wollte er von ihm wissen und wirkte besorgt.

»Kam was dazwischen«, antwortete Rogue und stellte sich neben Daria. »Vera«, rief er einer Frau zu, die gerade aus demselben Haus gelaufen kam.

Sie war eine Frau mittleren Alters mit lockigem Haar und freundlichem Gesicht. »Stimmt etwas nicht?«, hakte sie nach, während sie näher kam und Daria neugierig musterte.

»Welche der Wohnungen ist bereit für einen Gast?«, wollte Rogue wissen.

Daria schnappte nach Luft. »Ich soll hierbleiben?«

»Hast du gedacht, ich lass dich da draußen herumlaufen, solange der Irre noch lebt?«

»Welcher Irre?«, wollte der Mann jetzt wissen und wirkte plötzlich alarmiert.

»Erkläre ich gleich.« Rogue legte einen Arm um Daria und hob sie wieder hoch. Daria schnappte aufgeregt nach Luft. »Vera, die Wohnung und hol den Doc.«

»Die neben deiner«, antwortete die Frau nervös und folgte Rogue und Daria.

Daria klammerte sich an Rogues Schultern fest. »Warum bringst du mich nicht einfach ins Krankenhaus? Dann könnte ich der Polizei Bescheid geben.«

Rogue sah sie nicht einmal an, als er ihr antwortete, sondern trug sie einfach in das lange Lagerhaus. »Weil ich der Polizei nicht traue. Sie werden dir kein Wort glauben. Und im Krankenhaus bist du nicht sicher.«

Daria sah sich um, als Rogue sie eine Treppe nach oben und dann einen langen Gang entlang trug. »Ihr wohnt hier?«

»Früher einmal, mittlerweile leben die Familien in Häusern in der Stadt, aber ein paar von uns wohnen noch hier.«

Daria wand sich unbehaglich in Rogues Armen, als er vor einer Tür stehenblieb und darauf wartete, dass Vera sie für ihn öffnete. »Du kannst mich absetzen«, sagte sie. »Ich kann laufen. Und wirklich, ich will niemandem zur Last fallen. Lass das doch einfach die Polizei übernehmen.«

»Das entscheidet der Doc, ob du laufen kannst und solltest«, sagte er düster und trug sie an Vera vorbei in ein hell eingerichtetes Wohnzimmer, wo er sie auf einem weichen Sofa absetzte. »Vera kann dir alles besorgen, was du brauchst. Ich sehe nach dir, wenn ich wieder zurück bin.« Er fuhr sich durch die langen Haare, nahm sie hinten zusammen und ließ sie dann auf seinen Rücken sinken.

»Warte«, rief Daria und hielt Rogue an der Hand zurück. Rogue sah sie mit zusammengekniffenen Augen drohend an, er mochte es wohl nicht, wenn man ihn ungefragt anfasste. Davon ließ Daria sich nicht beeindrucken. Dieser Mann war gerade dabei, ihr Leben zu übernehmen, also musste er sich damit befassen, dass sie Fragen hatte.

»Später«, sagte er dunkel und befreite sich von ihr.

Daria schluckte schwer, er wollte eindeutig nicht mit ihr reden, aber sie musste es einfach wissen. »Was hast du jetzt vor?«

»Ich beende die Sache, damit er niemanden mehr umbringen kann.«

Daria schnappte hektisch nach Luft. Rogue hatte vorhin im Wald etwas von umbringen gemurmelt, aber Daria hatte gedacht, das wäre nur so dahergesagt gewesen. Wollte er wirklich einen Menschen töten? Aber was wusste sie denn schon, was Biker so tun würden? »Aber sollte das nicht die Polizei tun?«

Vera setzte sich neben Daria auf das Sofa und legte eine Hand auf ihren Unterarm. Die unerwartete Berührung ließ sie zusammenzucken. »Tut mir leid«, entschuldigte sich die rundliche Frau mit einem sanften Lächeln und zog ihre Hand wieder weg. »Er weiß, was er tut, du kannst ihm vertrauen.«

Vera nickte Rogue zu, der eilig die Wohnung verließ und sie mit Vera zurückließ. Daria verspannte sich nervös und sah sich im Raum um. Es gab eine offene Küche, ein Regal und einen Tisch. Alles in allem war das Zimmer gemütlich eingerichtet, aber spartanisch. Über ihrem Kopf drehte sich ein Deckenventilator und erst jetzt fühlte Daria, wie angenehm die Temperatur im Raum war. Für einen Moment legte sie den Kopf zurück und schloss die Augen, konzentrierte sich auf den Lufthauch auf ihrem Gesicht und das leise surrende Geräusch des Motors. Bis der tote Blick dieser Kinder sie einholte und sie erschrocken die Augen wieder aufriss. Daria war für eine Sekunde eingeschlafen, nur einen winzigen Moment lang und war zurück in der Hölle gewesen. Sie war so müde, jede Zelle ihres Körpers tat ihr weh und sie wollte so gerne einfach abschalten, aber schon in den Nächten im Haus hatte sie es nicht geschafft zu schlafen.

»Ich weiß nicht, was passiert ist, aber du bist hier sicher«, sagte Vera ruhig. »Ich rufe jetzt den Doc, damit er nach dir sieht und bringe dir etwas zu essen.« Vera blickte auf, als jemand in die Wohnung trat. »Das ist Blaze, Rogues Sohn, er wird hier bei dir bleiben.«

Daria musterte den jungen Mann, der im Türrahmen lehnte und sie anstarrte. Er sah seinem Vater sehr ähnlich, genau genommen war er seine jüngere Kopie. Seine Haare waren etwas kürzer und sein Gesicht weniger rau, seine Haare hatten einen ganz leichten Stich ins Rötliche, aber nur, wenn er den Kopf bewegte und das Sonnenlicht von draußen ihn traf.

»Hallo«, sagte er, stieß sich vom Türrahmen ab und setze sich auf einen der Barhocker, die vor dem Tresen standen, der Küche und Wohnbereich voneinander trennte. Er wandte ihr den Rücken zu, um eine Zeitschrift auf dem Tresen abzulegen. Auf seiner Kutte war kein Logo der Helldogs angebracht. Der obere Aufnäher, auf dem der Name der Helldogs stand, fehlte ebenfalls auf dieser Kutte. Und statt Tolosa stand auf Blazes Kutte *Prospect*.

Daria schwieg und sah Vera unsicher nach, die die Wohnung verließ und sie mit Blaze allein zurückließ. Blaze wandte sich ihr wieder zu und betrachtete sie neugierig. Er schob lässig die Hände in die Hosentaschen. Daria hatte das Gefühl, dass er versuchte, seinen Vater zu kopieren, aber bei ihm wirkte dieses breite Grinsen nicht ganz so beeindruckend und arrogant wie bei Rogue. »Geht es dir gut?«, wollte er wissen und das Grinsen verschwand und wurde durch Rogues harten Gesichtsausdruck ersetzt. Aber auch dieser Kopie fehlte es an Reife und Wildheit. Blaze war nicht annähernd so beängstigend wie sein Vater, was wahrscheinlich an seinem Alter lag. Daria schätzte ihn auf etwa achtzehn Jahre.

»Ja, danke.«

Blaze nickte nachdenklich. »Ich hab gehört, was passiert ist. Tut mir leid, dass du so was erleben musstest. Es gibt Sachen, die sollte niemand sehen müssen«, sagte er traurig und Daria hatte den Eindruck, dass seine Augen sich etwas verdunkelt hatten. Sie fragte sich, was Blaze wohl schon gesehen hatte.

»Schon gut«, gab sie zurück und sah sich wieder nervös im Zimmer um. Als Kind hatte Daria ein Internat in England besucht, weil ihr Vater kaum Zeit hatte, sich um sie zu kümmern. Oder weil sie ihm einfach auch nur eine Last war. Sie war die Tochter seiner Affäre gewesen, und wahrscheinlich hätte er sie seiner Frau niemals vorgestellt, wenn Darias Mutter nicht ermordet worden wäre. Aber so war ihm gar nichts anderes übriggeblieben, als seinen Betrug zu gestehen.

Damals fiel ihr der Kontakt zu fremden Menschen noch deutlich leichter als heute. In den letzten Jahren hatte Manuel dafür gesorgt, dass sie ein immer zurückgezogeneres Leben geführt hatte, deswegen fühlte sie sich in der Nähe von fremden Menschen unwohl. Es lag also nicht nur an Blaze oder Rogue, dass sie sich im Moment ganz kribbelig fühlte.

»Ihr habt aus dem alten Lagerhaus ein Wohnhaus gemacht«, stellte sie fest, nur um die unangenehme Stille zu durchbrechen.

Blaze nickte. »Ein paar der Wohnungen stehen mittlerweile leer, aber wir bekommen oft Besuch.«

Wieder Schweigen. Daria holte tief Luft, musterte ihre nackten dreckigen Füße, dann die Spuren der Seile an ihren Handgelenken und verdrängte blinzelnd die Bilder aus ihrem Kopf. *Gesprächsstoff!*, flehte sie sich selbst an. Sie brauchte etwas, das ihren Verstand beschäftigte.

»Wird dein Vater ihn wirklich töten? Also, macht ihr solche Dinge? Menschen töten, euch über das Gesetz stellen?«, fragte sie, weil sie die Vorstellung, dass Rogue den Irren einfach umbringen wollte, noch immer erschreckte, obwohl sie sich versuchte einzureden, dass er es verdient hatte. Dass es besser wäre, bevor noch mehr Menschen sterben mussten.

»Wenn er das gesagt hat, wird er das tun«, antwortet Blaze nur knapp. Die Frage, ob sich die Biker über das Gesetz stellten, ließ er unbeantwortet. Wahrscheinlich hatte Daria auch kein Recht sie zu stellen, weil sie das nichts anging. Sie wollte sich am liebsten selbst ohrfeigen, weil es einfach nicht richtig war, so klischeehaft zu denken und diese Menschen hier im Club vorzuverurteilen, nur weil sie Gerüchte über diesen und ähnliche Clubs gehört hatte. Vielleicht waren sie ja ganz normale Menschen. Okay, waren sie wohl nicht, immerhin war Rogue offensichtlich auf dem Weg, ein Menschenleben auszulöschen. Daria sollte versuchen, einfach gar nichts mehr zu sagen, so schwer es ihr auch fiel.

»Der Doc kommt«, sagte Blaze ein paar Minuten später und richtete sich auf. Sein Gesicht hellte sich deutlich auf, vielleicht hatte ihn die unangenehme Atmosphäre genauso belastet wie Daria, die sich erleichtert auf die schweren, hallenden Schritte im Korridor vor den Wohnungen konzentrierte.

Die Hitze im Wald war jetzt um die Mittagszeit schon drückend, aber Rogue ignorierte den Schweiß, der ihm von der Stirn tropfte, so gut es ging und behielt den Blick fest auf das alte Haus gerichtet. Er, Race und Harley versteckten sich mit einigem Abstand voneinander rings um das Haus herum und beobachteten es jetzt schon eine Weile. Als Rogue sich sicher war, dass alles ruhig war im Haus, machte er ein Zeichen in Richtung Harley, der es weitergab an Race, dann schlichen sie sich langsam, immer nach Deckung suchend, auf das Haus zu und stiegen durch eins der zerbrochenen Fenster ins Wohnzimmer.

»Die Leichen sind weg«, stieß Rogue frustriert hervor und starrte auf das leere Sofa. »Hier saßen drei, ausstaffiert wie zu einem Familienfernsehabend.«

Race verzog das Gesicht. »Der Gestank ist geblieben.«

»Ich kann nicht glauben, dass jemand so drauf sein kann.«

Rogue verließ das Wohnzimmer und ging in die Küche, wo die Leiche der Frau auf dem Tisch lag, an der der Irre gerade gearbeitet hatte. Die Fässer mit den Abfällen und Chemikalien waren noch da, aber sie waren umgeworfen worden und auf dem Boden hatte sich alles zu einer ekligen, stinkenden Masse verbunden.

»Verdammt«, stieß Race hinter ihm aus. »Was für eine Sauerei!«

»Raus hier«, sagte Rogue harsch und drängte Race und Harley aus der Küche. Diesen Anblick würde er sein ganzes Leben lang nicht mehr vergessen. Sein Magen wahrscheinlich auch nicht. Der Gestank nach Blut und undefinierbaren Chemikalien war einfach widerwärtig.

Plötzlich krachte es hinter Rogue und er zuckte zusammen. Irgendetwas war durch das Fenster in die Küche geflogen. Rogue sah über seine Schulter zurück und in dieser Sekunde ging die Küche in Flammen auf.

»Raus!«, brüllte Rogue jetzt noch energischer.

Er rannte hinter Race und Harley her in das Wohnzimmer. Harley blieb neben dem Fenster in Deckung der Wand stehen. »Ihr wisst, dass er dort draußen auf uns lauert. Wenn wir das Haus verlassen, wird er einen nach dem anderen von uns abknallen.«

»Ja, das wird er«, bestätigte Rogue mit einem wütenden Ziehen im Bauch. Dieses Arschloch hatte sie in eine Falle gelockt. Rogue sah sich im Zimmer um, vor der Wohnzimmertür züngelten die Flammen schon die Wände im Korridor hoch. »Wahrscheinlich rechnet er damit, dass wir den gleichen Weg rausnehmen, den wir auch reingekommen sind.« Rogue überlegte wie sie vorgehen konnten und versuchte, dabei so ruhig wie möglich zu bleiben, denn in Panik zu verfallen, würde ihnen nicht helfen. Aber angesichts der Tatsache, dass die Hitze sich schon über seinem Körper ausbreitete und er das Gefühl hatte, jeder Atemzug verbrannte seine Lunge und er fühlen konnte, wie die Haare auf seinen nackten Unterarmen versengten, war ruhig bleiben nicht so einfach.

»Das Schlafzimmer, aber auf dieser Seite gibt es überhaupt keine Deckung. Außerdem wird er damit rechnen, dass wir das Schlafzimmer wählen.« Rogue warf Race und Harley einen ernsten Blick zu. Es gab nur einen Weg hier raus, bei dem sie nicht Gefahr laufen würden, abgeknallt zu werden. Und das wussten sie alle drei.

»Also durch die Hölle«, sagte Race und strich sich mit einem nervösen Lächeln die langen dunklen Strähnen aus dem Gesicht.

»Wenn wir da durchkommen, haben wir wohl alle eine Glatze«, sagte Harley grinsend und wickelte seine langen braunen Haare zu einem Dutt auf, den er mit seinem Bandana fixierte, das er immer in der Tasche seiner Lederhose trug.

»Na ja, zumindest tragen wir alle Lederklamotten, die sollten uns ein paar Sekunden geben«, stellte Rogue breit grinsend fest. Er versuchte die Gefahr, in der sie sich befanden, mit ein wenig Humor herunterzuspielen, aber sie wussten alle drei, dass es wirklich übel aussah. »Im Flur gibt es keine Hindernisse, in der Küche steht der Tisch in der Mitte, also haltet euch links und denkt an die Fässer. Wir werden nichts sehen und kaum atmen können. Und wir müssen schnell da durch.«

Race grinste und nickte in Richtung Flur. Die Flammen hatten den Türrahmen schon erfasst. »Reden wir noch länger oder schaffen wir es hier raus?«

Rogue atmete tief ein und straffte seinen Körper. »Wir schaffen es hier raus.«

Race rannte los, zog den Kopf ein und sprintete regelrecht durch die Flammen im Türrahmen. Harley tat es ihm gleich, zog im Laufen seine Waffe und verschwand um die Ecke.

»Also dann«, murmelte Rogue und folgte den beiden. Die Hitze strich in einem merkwürdigen Kribbeln über die nackte Haut seiner Arme, als er den Flur entlangrannte, der gerade breit genug war, dass sein Körper die Flammen nicht berührte, er aber deutlich merkte, wie es sich wohl in der Hölle anfühlen musste.

Rogue konnte nichts sehen und er konnte nicht atmen. Alles, was er fühlte, war Hitze auf seinem Körper, in seinen Lungen, einfach überall. Er schaffte den Flur nur mit Mühe und eiserner Willenskraft, aber das Schlimmste stand ihm noch bevor: die Küche, in der die Chemikalien einen beißenden Geruch verbreiteten und die Flammen die Schränke erfasst hatten. Er hörte nur wenige Schritte vor sich etwas krachen, als Race fluchend gegen eines der Fässer trat.

»Vorsicht, der Fensterrahmen ist heiß«, hörte er Harley hustend sagen.

Rogue blinzelte und versuchte, durch den Rauch hindurch etwas zu sehen, aber er konnte direkt vor sich nur einen Schemen ausmachen, der sich fast schon wabernd bewegte. Trotzdem hielt er auf diesen Schemen zu, stolperte über etwas, fluchte leise und fing sich rudernd wieder, bevor er stürzen konnte. Er schob seinen Fuß vorsichtig voran, tastete sich mit seinem Fuß über den Boden voran und versuchte zu ignorieren, dass seine Lunge sich immer mehr zusammenzog und er das Gefühl hatte, seine eigene Kutte würde sich in seine Haut brennen, mit ihr verschmelzen. Er erreichte ächzend das Fenster und Race und Harley halfen ihm aus dem Haus. Der Rauch, der überall aufstieg, verschaffte ihnen eine gute Deckung. Als Rogue draußen stand, versuchte er, etwas Sauerstoff in seine Lungen zu bekommen. Er nahm atemlos die Bäume ins Visier und nickte mit dem Kinn zur Baumgrenze hin.

»Das sind drei Meter. Auf drei«, keuchte er mit extrem rauer Stimme, dann zählten sie gemeinsam und rannten auf die Deckung der rettenden Bäume zu.

»Und jetzt?«, wollte Harley mit vor Wut knurrender Stimme wissen, nachdem sie wieder zu Atem gekommen waren und die Hitze abgeschüttelt hatten. Harley leckte sich über die zackige Narbe in seiner Oberlippe, er war mit einer Gaumenspalte auf die Welt gekommen - vor siebenundvierzig Jahren. Sein Alter sah man ihm kaum an. »Der Bulle scheint sich verzogen zu haben, das war zu leicht. Warum hat er uns nicht aufgelauert?«

Rogue klopfte seinen Körper ab und fluchte leise. »Vielleicht war er sich sicher, dass wir da nicht rauskommen? Vielleicht war es ihm auch egal?«, schlug er vor, wagte einen Blick um den Baumstamm herum, hinter dem sie sich versteckt hatten, und verzog missmutig das Gesicht, als er das lichterloh brennende Haus sah. »Verschwinden wir lieber, hier wird jeden Moment alles vor Polizei wimmeln.«

»Ja, wahrscheinlich ist das Arschloch wirklich längst verschwunden.« Race hustete und beugte sich vornüber, um auszuspucken.

»Wenn er seinen Kollegen nicht erklären will, was er hier zu suchen hatte, dann ja«, gab Harley zurück und untersuchte seine Kleidung auf Verbrennungen. »Hat meine Kutte was abbekommen, wenn ja, bring ich das Arschloch persönlich um.«

Rogue musterte Harleys Rücken. »Alles bestens.«

»Dann lass uns verschwinden. Schade, dass seine Kollegen nichts finden werden in dem Haus.«

»Nein«, sagte Rogue mit einem hinterhältigen Grinsen. »Gut so, denn so können wir uns um ihn kümmern, ohne dass die Bullen uns in die Quere kommen.«

Rogue führte seine Brüder zu dem See, an dem noch immer seine Sachen liegen dürften. Der Schlafsack und all der andere Krempel waren ihm egal, aber er brauchte seinen Skizzenblock. Er hoffte sehr, dass der noch da war, ohne seine Skizzen fühlte Rogue sich nur wie ein halber Mensch. Bikes zu entwerfen, Harleys umzubauen und nach seiner Vorstellung zu Kunstwerken zu formen, das war es, was Rogue liebte, was er brauchte, um den Kopf freizubekommen. Außerdem war das Risiko zu groß, dass jemand seine Sachen fand und eine Verbindung zu dem Brand ziehen würde. Er wollte nicht, dass jemand im Club herumschnüffelte.

Dann war der Drecksack eben abgehauen, sie würden sich trotzdem um ihn kümmern. Der Club würde ihn finden und ihn für diese Scheiße bezahlen lassen. Rogue fluchte innerlich, er konnte die

Hitze noch immer überall spüren, das Herz schlug ihm sogar noch immer bis zum Hals und er schmeckte den Rauch und den Gestank von Tod auf seiner Zunge. Dieser Wahnsinnige würde nicht entkommen.

»Das ist also dein kleines Plätzchen«, sagte Race und starrte mit hochgezogenen Augenbrauen auf die Leiche des Jungen aus dem Haus, der neben der Feuerschale auf Rogues Decke lag.

Rogue brummte nur zur Antwort. Er hatte es heute wirklich satt, was für ein verflucht beschissenes Wochenende! Und dieses Wochenende sollte ihm gehören. Dieser Drecksack hatte ihm sein Wochenende genommen und spielte perverse Spiele mit ihm, das würde er nicht überleben. Rogue war so sauer, dass sein Körper vibrierte.

»Ist dir aufgefallen, dass er ein Helldogs-Shirt anhat?« Race sah zu Rogue auf und grinste breit, aber dieses Grinsen war gespielt. Sein Bruder versuchte damit nur seine wahren Gefühle zu verstecken.

»Ist es. Und ja, das ist mein Shirt aus meinem Rucksack. Der Mistkerl wollte es so aussehen lassen, als hätte ich diese Schweinerei gemacht.« Rogue zeigte auf seine Taschen, die überall verteilt lagen. Diesen Tatort würden sie beseitigen müssen. Zumindest die Leiche musste weg, damit das hier gar nicht erst ein Tatort wurde. Das Ufer frei von Spuren zu bekommen, war nahezu unmöglich, also musste die Leiche verschwinden.

Harley murmelte irgendetwas Unverständliches, dann bückte er sich nach der Leiche. »Tut mir verdammt leid, Kleiner, aber das Shirt muss ich dir ausziehen und dann müssen wir dich entsorgen.«

Rogue sah sich im Wald um und lauschte in die Stille, aber bisher war nichts Verdächtiges zu hören. Im Augenblick lief so ziemlich alles schief, was schieflaufen konnte, aber Rogue konnte wirklich froh sein, dass er so viel Wert auf seinen Skizzenblock legte, sonst wären sie nicht noch einmal hergekommen. Und dann wäre der Club wirklich am Arsch gewesen. Alles hier hätte darauf hingedeutet, dass jemand vom Club hier ein Kind umgebracht hatte. Das Gegenteil zu beweisen, wäre fast unmöglich gewesen. Den Bullen reichte es doch, jemanden mit einem Bike und einer Kutte zu sehen, um ihn für schuldig zu befinden.

Harley hatte dem Jungen das Shirt ausgezogen. Seine Haut an den Armen wirkte grau, ledrig und fleckig. Und seine Augen waren ganz blass. Mit Schaudern erinnerte sich Rogue daran, wie der Junge wie eine Puppe auf dem Sofa im Haus gesessen hatte.

»Zumindest bekommt er jetzt ein nasses Grab, das ist besser als das, was er vorher hatte«, murmelte Rogue und half Harley und Race dabei, den Schlafsack mit Steinen zu beschweren. Dann legten sie den Körper rein und verschlossen den Sack gut, bevor sie ihre Schuhe auszogen und mitsamt Hosen in den See gingen, um den Jungen so weit wie möglich vom Ufer entfernt zu versenken.

»Dieses Arschloch wird leiden«, sagte Race und starrte auf den See raus, während Rogue den Rest seiner Habseligkeiten verstaute.

»Das wird er«, sagte Rogue und klopfte Race auf die Schulter. Niemand konnte gut damit umgehen, wenn Kindern schlimme Dinge widerfuhren, aber für Race war es besonders schlimm. Seine Schwester hatte die Hölle durchgestanden und er war zu jung gewesen, um sie zu retten. Race ging das Leid von Kindern sehr nahe.

Diese Sache hier würde all die Wunden seiner Kindheit wahrscheinlich wieder aufreißen.

»Verschwinden wir«, sagte Harley und warf Rogue einen besorgten Blick zu. »Auf uns beide wartet eine ganze Flasche Macallan, Race.«

»Oder zwei«, murmelte dieser.

Kapitel 5

Daria wusste nicht, wie lange sie jetzt schon hier wartete. Sie wusste nicht einmal, worauf sie eigentlich wartete, aber sie fühlte sich, als würde sie ersticken in diesem Apartment. Die ganze Zeit schon tigerte - eigentlich humpelte sie vielmehr - durch das Zimmer: vom Sofa zum Fenster, vom Fenster zur Kaffeemaschine, von der Kaffeemaschine zum Sofa. Es machte sie ganz irre, dass Blaze so ruhig dasaß, in seinem Magazin las und wirkte, als wäre es das Normalste auf der Welt, dass sein Vater gerade einen Mörder jagte. *Er scheint sich überhaupt keine Sorgen zu machen*, dachte sie bei sich.

Daria nahm einen Schluck von ihrem Kaffee und seufzte, als sich die heiße Flüssigkeit ihre Speiseröhre hinunterarbeitete. Obwohl eine der Frauen ihr einen dicken Pullover und ein paar lange Hosen gebracht hatte, fühlte sie sich noch immer durchgefroren. Dabei war es draußen warm. Die Sonne strahlte sogar durch das große Fenster ins Zimmer. Aber in dem Haus war es die ganze Zeit über kalt und nass und eklig gewesen. Und sie hatte kaum etwas an, und das, was sie anhatte, war feucht gewesen. Ihr Körper war also vier - fast fünf - Tage einer unangenehmen Kälte ausgesetzt gewesen. Und im Augenblick war Daria davon überzeugt, dass es mindestens zehn weitere Tage dauern würde, bis sie sich wieder aufgewärmt hatte.

Sie starrte aus dem Fenster nach unten in den Hof, wo ein Prospect das Tor bewachte und immer mal wieder zu ihr nach oben sah. »Bist du dir sicher, dass ihnen nichts passiert ist?«, fragte sie Blaze beunruhigt und warf ihm einen Blick über die Schulter zu. Der Gedanke, Rogue könnte etwas passiert sein, setzte ihr kräftig zu. Sie fühlte sich schuldig, ohne sie wäre er gar nicht in der Situation gewesen. Andererseits hatte sie sich ihm ja nicht unbedingt aufgedrängt. Er hatte sie gefunden, nicht umgekehrt.

Blaze sah von seinem Heft auf. »Ganz sicher«, sagte er, nahm sein Handy und hielt es hoch. »Rage hat eben geschrieben. Der weiße Transporter, der vorhin losgefahren ist, holt sie und ihre Maschinen ab. Der Irre hat ihnen die Reifen zerstochen.«

»Er hat was?«, wollte Daria erschrocken wissen und hätte fast ihre Tasse fallen lassen.

Blaze grinste sie zufrieden an. »Er hat ihre Reifen zerstochen, während sie im Wald waren.«

»Oh, das tut mir leid.«

Blaze lachte laut auf, ließ sich von seinem Barhocker gleiten und kam auf sie zu, dann warf er einen Blick nach unten und lachte weiter. »Das muss es nicht. Das ist das Witzigste, was hier seit langem passiert ist.«

»Aber werden sie nicht stinksauer sein?« Daria betrachtete das fröhliche Gesicht von Blaze und konnte nicht verhindern, in sein Lachen einzufallen.

»Das sind sie und dafür wird der Idiot auch bezahlen, denn niemand vergreift sich an dem Bike eines Helldogs, aber die Vorstellung von ihren Gesichtern ...« Blaze verfiel wieder in Lachen und schüttelte den Kopf, dann verstummte er und sah sie ernst an. »Du solltest dich jetzt besser wieder hinsetzen. Rogue wird mir den Hintern aufreißen, wenn er sieht, dass du hier rumläufst.« Er zeigte auf die Schiene an Darias Fuß, die der Arzt ihr verpasst hatte.

Daria nickte und setzte sich, legte den Fuß auf das Sofa, genau so, wie der Arzt es ihr empfohlen hatte, als er vorhin da war, um sie zu untersuchen. Daria hatte den Arzt nicht gekannt, aber Blaze hatte ihr versichert, dass sie sich keine Sorgen machen musste, dass diese Untersuchung irgendwo auftauchte oder ihr eine Rechnung ins Haus flattern würde, weil der Arzt auf der Liste des Clubs stand, was bedeutete, dass sie ihn dafür bezahlten, dass er schwieg. Er hatte ihr ein ziemlich starkes Schmerzmittel gegeben, deswegen hatte Daria ihre Verletzung fast vergessen können, aber jetzt wo sie ruhig lag, spürte sie das dumpfe Pochen unter der Schiene doch wieder.

»Da kommen sie«, sagte Blaze und nickte zum Fenster, dann warf er ihr wieder ein breites Grinsen zu. »Wahrscheinlich werden sie sich den ganzen Tag irgendwelche Witze anhören dürfen wegen ihrer Bikes.«

Daria lächelte. Blaze war in den letzten Stunden aufgetaut und deutlich freundlicher geworden. So ließ sich das alles hier etwas leichter ertragen, aber jetzt, wo sie wusste, dass Rogue zurück war, krampfte ihr Magen doch wieder nervös und die Sorgen kehrten zurück.

Als Rogue das Apartment betrat, sah er so finster aus, dass Daria befürchtete, Blaze hatte noch untertrieben, was die Bikes betraf. Wahrscheinlich nahm Rogue den Angriff auf sein Bike sogar sehr übel. Sein Blick war so wütend, dass Daria sich automatisch kleiner machte und unsicher nach Blaze sah, als könnte der sie beschützen. Immerhin war es zum Teil auch ihre Schuld, dass Rogues Bike beschädigt worden war. Irgendwie hatte sie ihn ja in diese Sache mit hineingezogen.

»Blaze«, sagte er mit hartem Tonfall. »Dort unten stehen drei Bikes, die neue Reifen brauchen.«

Blaze wandte sich ihm zu und verengte seine Augen zu Schlitzen, als wollte er widersprechen, tat es dann aber doch nicht, sondern nickte nur und verließ das Apartment, ohne sich noch einmal nach Daria umzusehen. Darias Magen knotete sich fest zusammen und sie wollte schon aufstehen und schleunigst das Apartment verlassen, um sich in Sicherheit zu bringen. Aber dieser Mann war nicht Manuel, ganz bestimmt würde er sie nicht für etwas bestrafen, woran sie kaum die Schuld trug. Oder doch?

»Es tut mir leid«, griff sie ihm vorweg und sah bedauernd zu ihm auf. Er betrachtete sie einen Moment aus diesen eisblauen Augen, die hart wirkten, Daria aber auch irgendwie faszinierten. Sie verführten sie dazu, viel zu oft und zu lang in diesen Augen zu versinken, wenn er so vor ihr stand wie jetzt.

Sie löste den Blick von seinem Gesicht und starrte lieber auf die breiten, vollkommen tätowierten Unterarme, die er vor seiner muskulösen Brust verschränkt hatte. Die bunten Bilder von Totenköpfen, Kreuzen und anderen Symbolen lenkten sie zumindest von ihrer scheinbar immer vorhandenen, leichten Panik ab, wenn Rogue in der Nähe war. Er machte sie nervös. Alles in ihr spannte sich an. Und das galt sogar für Regionen, die sich absolut nicht anspannen sollten, wegen eines Mannes wie ihm. »Es tut mir wirklich leid«, wiederholte sie noch einmal, weil er noch immer schwieg. Wie sie es hasste, dass dieser Mann ständig schwieg. Sie wusste dann nicht, wo sie bei ihm dran war.

Rogue runzelte die Stirn. »Ich verstehe nicht, wofür du dich entschuldigst. Ich bin nur gekommen, um dir zu sagen, dass du noch eine Weile hierbleiben wirst.«

»Wie bitte?«, fuhr Daria erschrocken auf.

Rogue sah sich im Raum um, dann setzte er sich auf einen Sessel ihr gegenüber. »Wir haben den Mann nicht bekommen.« Er verzog das Gesicht. »Dafür er uns beinahe. Er hat das Haus angesteckt, während wir noch drin waren.«

Daria schnappte nach Luft und schlug eine Hand vor ihren Mund. »Ist jemand verletzt?«

»Noch nicht«, brummte Rogue und runzelte die Stirn so sehr, dass seine kräftigen Augenbrauen sich über der Nasenwurzel fast trafen. Daria erwischte sich dabei, dass sie dieses Schauspiel mit einiger Faszination beobachtete. Egal wie ungemütlich sein Gesichtsausdruck wurde, wie hart, manchmal fast schon furchterregend brutal, er verlor nie seine ihm ganz eigene Attraktivität. »Bis wir ihn haben, bleibst du unter dem Schutz des Clubs. Das heißt, du verlässt das Gelände nicht.«

Jetzt sprang Daria doch auf. Viel zu schnell, denn der entrüstete Protest, den sie geplant hatte, wurde vom erstickten Schmerzensschrei geschluckt, als ihr Fuß zu hart auf dem Boden aufkam und sie fast zusammensackte. Daria amtete tief ein, richtete sich wieder auf und warf Rogue einen zornigen Blick zu. »Ich kann doch nicht einfach hierbleiben. Ich habe ein Leben. Und du kannst nicht einfach etwas beschließen, ohne das mit mir zu besprechen.«

»Was für ein Leben? Einen Job, der dir wichtiger ist als zu überleben? Und ich kann. Dein Problem ist jetzt auch mein Problem und damit Clubangelegenheit.« Er sagte das mit einer Selbstsicherheit in seiner Stimme, als müsste sie wissen, was das zu bedeuten hatte.

Aber was interessierten sie schon seine Clubangelegenheiten. Die gaben ihm noch lange nicht das Recht, über ihren Kopf hinweg Entscheidungen zu treffen. Rogue funkelte sie zornig an und Daria empfand fast so etwas wie ein schlechtes Gewissen, immerhin hatte der Mann sie gerettet. Und was für ein Leben wartete da draußen denn schon auf sie? Damit lag Rogue nicht einmal so falsch. Sah man ihr am Ende sogar schon an, wie es um sie stand? Daria wollte nicht, dass irgendjemand ihr ansah, wie kaputt ihr Leben war. Wie hilflos sie war und wie sehr sie sich von Manuel hatte unterdrücken lassen.

»Ich bin verheiratet.«

Rogue presste die Lippen aufeinander. Er sah nicht besonders glücklich darüber aus. Ein Ehemann bedeutete für ihn wohl eine noch größere Belastung. »Dann holen wir ihn hierher.«

Daria wich seinem Blick aus, damit er nicht sehen konnte, wie sehr sie sich bei der Vorstellung verspannte. Manuel hier auf dem Clubgelände? Er würde sie keine Minute hierlassen und er würde eine riesige Szene veranstalten. Und das vor all diesen Fremden, weil er sie als sein Eigentum betrachtete. Und danach, wenn sie wieder zu Hause wären ... Daria schüttelte den Kopf. Im Moment war sie so frei wie schon lange nicht mehr. Sie hatte sich von Manuel befreit, hatte hart dafür bezahlt und wäre fast wieder eingesperrt worden. Diese Freiheit wollte sie nicht aufgeben. Auch nicht für ein paar Biker. Aber hier zu bleiben, würde sie nur für kurze Zeit einsperren. Das war besser als dem Irren in die Hände zu fallen. Oder wieder bei Manuel zu landen. Außerdem brauchte sie ein paar Tage, um sich zu überlegen, wie es weitergehen sollte. Wohin sie sich wenden sollte. Sie war obdachlos, mittellos, besaß nichts weiter als die Kleidung, die sie trug, und selbst die war nicht ihre.

»Nein, schon gut. Ich bleibe. Wahrscheinlich vermisst er mich ohnehin nicht.«

Rogue warf ihr einen verwunderten Blick zu, hakte aber nicht nach und dafür war sie ihm sehr dankbar, denn sie hätte ihm ungern erzählen wollen, wie ihre Ehe wirklich aussah. Er löste seine verschränkten Arme, dann schob er die Hände in die Taschen seiner Hose. Daria saugte den Anblick des Muskelspiels seiner Arme dabei regelrecht in sich auf. Sie hatte bislang keine Ahnung gehabt, wie erotisch nackte Arme wirken können. Rogues Arme waren sehr erotisch: lange, harte, stark ausgeprägte Muskeln, die sich unter der bunten Haut bewegten. Daria blinzelte. Sie hatte ihn schon wieder angestarrt. Er beugte sich ein wenig vor und musterte sie. »Geht es dir gut? Du wirkst blass.«

»Nur etwas kalt«, sagte sie ausweichend und musste sich zwingen, nicht zu sehr in den Tiefen seiner Augen verloren zu gehen. Rogue war genau die Art Mann, auf die sie immer hereinfiel: düster, gefährlich und gleichzeitig sanft und besorgt. Manuel war auch immer sehr um sie besorgt gewesen, bis seine Sorge dann in Wut umgeschlagen war, weil er sich hilflos gefühlt hatte, denn egal, wie sehr er versucht hatte, Daria glücklich zu machen, er hatte den grauenvollen Mord an ihrer Mutter nie aus ihren Erinnerungen auslöschen können. Die Angst und die Trauer waren immer ein Teil von Daria gewesen. Und das hatte Manuel das Gefühl gegeben, nicht gut genug für sie zu sein.

Sie wandte ihren Blick von Rogues männlich herbem Gesicht ab, bevor es peinlich werden konnte, dass sie ihn so anstarrte. »Warum wenden wir uns nicht an die Polizei?«

Als Rogue lachte, sah sie ihn wieder an. »Was glaubst du, wie hoch die Chancen stehen, dass sie dir oder mir glauben werden? Alle Beweise sind verbrannt. Auf dem Grund das Sees gibt es nur noch die Leiche des Jungen, und an der dürfte es Spuren geben, die die Polizei direkt zum Club führen würden.«

Darias Mund klappte auf. »Was ist passiert?« In ihrem Kopf formte sich das Bild des toten Jungen im Wohnzimmer. Er war etwa zehn Jahre alt gewesen, vielleicht älter, und hatte sie aus diesen weit aufgerissenen toten Augen angesehen, als der Mörder ihn als Caleb vorgestellt hatte.

»Nicht so wichtig«, sagte Rogue ausweichend, stand vom Sessel auf und sah auf sie herunter. »Wir haben uns darum gekümmert, um den Rest kümmern wir uns auch noch. Bis dahin bleibst du hier. Das ist mein letztes Wort.« Damit wandte er sich ab und verließ das Apartment.

Daria konnte nichts weiter tun, als ihm sprachlos hinterherzusehen. Sie wollte ihm wütend etwas nachrufen, aber wo sollte sie denn sonst hin? Was, wenn der Wahnsinnige sie wirklich weiter suchen würde? Nur weil sie ihm entkommen war, hieß das nicht, dass er sie vergessen würde. Frustriert stieß Daria die Luft aus und ließ sich gegen die Armlehne zurücksinken. Ihr war es unangenehm, diesen Fremden zur Last zu fallen und sie auch noch in so eine gefährliche Situation zu bringen, aber wer sonst könnte ihr helfen? Manuel? Der würde ihr nicht helfen, er würde sie bestrafen. Und was die Polizei betraf, irgendwie glaubte sie Rogue. Wieso sollten sie ihr schon glauben, dass ihr eigener Kollege sich eine Familie aus Leichen baute? Wer war sie schon? Eine Frau mit einer Akte, in der stand, dass ihr Ehemann sie gern verprügelte.

»Solange wir diesen irren Bullen nicht haben, bleibt die Frau erstmal auf dem Gelände«, sagte Rogue und ließ den Blick durch den Raum schweifen. Es war Wochenende und eigentlich hätten die Männer jetzt draußen alle Hände voll zu tun mit Weibern, ein paar Bier und all dem Zeug, das am Wochenende eben so im Club lief. Aber aufgrund der Situation mit einem Wahnsinnigen, der ihnen eine eindeutige Botschaft hinterlassen hatte, hatte Rogue eine ungeplante Messe einberufen. Die Brüder, die rund um den großen schweren Holztisch in der Kapelle saßen, murmelten zustimmend.

»Dass er dem Jungen das Shirt des Pres angezogen hat, war nicht nur der Versuch, den Club in die Scheiße zu reiten, nein, damit hat er uns eindeutig den Mittelfinger gezeigt«, warf Race wütend ein.

»Ach, du meinst, den hat er euch nicht schon gezeigt, als er eure Reifen zerstochen hat?«, wollte Rage grinsend wissen.

»Arschloch«, murmelte Harley und warf Rage einen vernichtenden Blick zu, den dieser erwiderte.

»Jungs«, ermahnte Rogue seine Brüder. »Wir sind uns einig, dass wir den Mann beseitigen müssen, denn die Bullen werden es nicht tun.«

Alle nickten. Rogue war nicht glücklich damit, jemandes Tod zu beschließen, denn er hatte seiner sterbenden Frau etwas versprochen: den Club aus allem Ärger rauszuhalten, damit ihre Kinder sicher waren. Aber immer konnte er den Club nicht aus allem Ärger heraushalten. Manchmal fiel ihnen der Ärger einfach vor die Füße. Und diesmal musste Rogue handeln und konnte nicht wegsehen, denn es ging darum, eine Frau vor einem Wahnsinnigen zu schützen. Er hatte einmal den Fehler gemacht, einen Wahnsinnigen zu unterschätzen. Das hatte Irina ihr Leben gekostet. Auch wenn Irina damals schon seine Exfrau gewesen war, sie war die Mutter seiner Kinder und er hatte sie noch immer geliebt. Und er war dafür verantwortlich gewesen, dass McCraw sie aufgeschlitzt und verblutend als Botschaft vor die Tore des Clubs geworfen hatte.

»Gibt es noch was?«, wollte Rogue wissen und sah Rage fragend an, der links neben ihm saß als sein Stellvertreter.

»Die Spanish Horses verticken ihren Stoff noch immer an der Schule. Unsere kleine Warnung haben sie wohl nicht ernst genommen«, sagte er.

Letzte Woche hatten sie eines dieser dreckigen spanischen Pferde an der Schule beim Dealen erwischt und ihn mitsamt seines Bikes als verschnürtes Paket vor dem Clubhouse der Spanish Horses abgeladen. Dieses Pack konnte überall dealen, aber nicht in Tolosa. Diese Stadt gehörte jetzt seit fünf Jahren den Helldogs. »Dann brauchen sie es wohl etwas deutlicher«, sagte Rogue und ließ den Blick über die Gesichter seiner fünfzehn Brüder schweifen. »Vorschläge?«

»Der Pres hat eine Tochter, etwa 19 Jahre alt«, warf Enzo ein. Enzo war derzeit der einzige Spanier im Chapter und erst seit ein paar Monaten Fullmember im Club. Aber er machte sich wirklich gut. Rogue war zufrieden mit seinem neuesten Bruder, weil er ohne zu fragen die Dinge tat, die getan werden mussten.

»Dann gehört die Tochter dir. Schaff sie hierher«, sagte Rogue betont trocken. Er vergriff sich an niemandes Kind gern, aber er durfte auch nicht zu weich werden, sonst würde es den Club nicht mehr lange geben. Und der Club war die einzige Familie, die viele seiner Brüder hatten. Die einzige, die er hatte. Er würde also nicht zulassen, dass irgendetwas aufbrach und die Strukturen zerstörte von etwas, das sein Vater Charlie sein halbes Leben lang gebildet hatte. »Noch etwas?«

»Ich hab vor ein paar Tagen einen Typ aus dem Lux werfen müssen, weil er eine der Stripperinnen begrapscht hat«, warf Craw ein, der die Leitung des Clubs zusammen mit seiner Frau Phoebe übernommen hatte. Craw hatte in Glasgow schon McCraws Clubs geleitet, deswegen war er die beste Wahl für diesen Job gewesen. Und seine Old Lady war eine Wahnsinnsköchin, seit sie in der Bar kochte, kamen nicht nur Männer vorbei. Die gute Küche sprach sich rum.

»Dann sieh zu, dass er den Club nie wieder von innen sieht. Keiner fasst unsere Mädchen an«, sagte Rogue missgelaunt. Er hasste es, wenn sich jemand an den Tänzerinnen vergriff. Die Frauen tanzten freiwillig im Club, das war ihm wichtig. Und sie hatten es verdient, dass sie geachtet wurden und der Club sie schützte, solange sie für ihn arbeiteten. »Okay, wenn es das war«, sagte er und warf jedem Bruder einen Blick zu, um sicher zu gehen, dass es wirklich nichts mehr zu besprechen gab. Als niemand etwas einzuwenden hatte, hob er seinen Hammer und ließ ihn auf den Tisch knallen. Damit war die Messe beendet und die Männer konnten endlich ihr Wochenende genießen.

»Oz«, hielt Rogue einen seiner Brüder auf, bevor dieser die Tür erreichen konnte.

»Pres?«, fragte er und trat wieder an den langen schweren Holztisch heran.

»Wir müssen irgendwo anfangen zu suchen und im Moment fällt mir nichts anderes ein, als uns in den Computer der Behörden zu hacken, um herauszufinden, wo dieses Arschloch wohnt.

Oz rieb sich über seinen schwarzen Vollbart. »Erledige ich.«

Rogue nickte zufrieden. »Wenn du es weißt, fahr mit jemandem hin und sieh dich um. Ist er nicht da, dann such nach leeren Lagerhäusern oder anderen Gebäuden. Er wird nicht weit weg von seinen Leichen sein, habe ich so den Eindruck.« Wenn einer das herausfinden konnte, dann Oz. Er war nicht umsonst für die Sicherheitstechnik des Clubs verantwortlich. Es gab keinen Computer, mit dem Oz nicht umzugehen wusste. Keine Firewall, die er nicht knacken konnte. »Danke, Bruder.«

»Nun sei nicht schüchtern«, spornte Vera sie an und führte Daria mit einem aufmunternden Lächeln in das Clubhouse. »Du wirst wahrscheinlich ein paar Tage hierbleiben, willst du die ganze Zeit dort oben verbringen? Du wirst vielleicht einige Dinge zu sehen bekommen, die dich ein wenig schockieren, aber du gewöhnst dich daran, dass es bei uns etwas wilder als anderswo zugeht. Das hier ist eben eine eigene Welt«, redete Vera weiter auf Daria ein und schob sie durch die Tür nach innen.

Laute Musik und der Geruch von Essen, Alkohol, Schweiß und Sex schlug ihr aus dem dämmrigen Clubhouse der Helldogs entgegen. Daria blieb wie erstarrt nur wenige Schritte von der Tür entfernt stehen. Mit dem Verband am Fuß war ihr Stand etwas wacklig, aber noch wackliger wurde er wegen dem, was sie hier sah. Vera hatte recht, denn diese Dinge hatte sie noch nie zuvor zu sehen bekommen, zumindest nicht life. Ein paar der Menschen hier hatten tatsächlich Sex. Einfach so unter den Augen aller Anwesenden. Da gab es ein Pärchen, das an der Wand unter einer schottischen Flagge stand, oder eins, das auf der großen halbrunden Couch saß, und eins, das neben dem Dart-Automaten stand und die Bewegungen, die sie machten, ließen nur diesen einen Schluss zu.

Darias Gesicht wurde heiß und sie schluckte hart gegen den Kloß an, der sich in ihrem Hals gebildet hatte. Sie versuchte schleunigst wegzusehen, aber ihre Augen landeten doch immer wieder auf einem der Paare, dabei gab es so viel anderes, das sie ansehen könnte: der Billardtisch neben dem Dart-Automaten, die Wand mit den vielen Schwarzweiß-Fotos, die Bar, hinter der ein junges Mädchen bediente, oder Rogue, der sie mit einem seiner düsteren Blicke bedachte, von denen sie langsam glaubte, dass er sie nur für sie bereithielt, denn als sich in diesem Moment eine rothaarige Frau an seine Seite schmiegte, schenkte er ihr ein anzügliches Lächeln und legte ihr einen Arm um den Rücken, um sie noch näher an sich zu ziehen.

»Du gewöhnst dich daran«, sagte Vera neben ihr. »Und irgendwann bemerkst du es gar nicht mehr. Die Groupies kommen hierher, in der Hoffnung, sie könnten sich einen unserer Männer an Land ziehen, weil sie glauben, sie würden bei ihnen Sicherheit und Geborgenheit finden. Aber das tun sie nicht.«

»Nein, weil sie euren Männern egal sind, sie benutzen sie nur«, wiederholte Daria, was sie auch schon Rogue vorgeworfen hatte. »Und die Männer, die verheiratet sind?«, wollte Daria wissen und fühlte sich bei der Vorstellung, sie würden ihre Frauen betrügen, während diese dabei zusahen, ganz unbehaglich.

Vera hakte sich bei ihr unter und zog sie mit sich zur Bar. »Das sind die Dinge, die jedes Paar für sich ausmachen muss. Mein Bear flirtet schon mal mit einem der jungen Weiber, manchmal befummelt er sie auch, aber sollte er sich mehr erlauben, dann habe ich so meine Methoden.« Vera sah mit funkelnden Augen zu ihr auf und Daria wusste, sie wollte nicht weiter nachhaken, von welchen Methoden sie da redete.

»Setz dich hier hin«, sagte Vera und deutete auf einen der Barhocker. Sie zog einen niedrigeren Stuhl näher heran und nahm Darias Fuß und legte ihn darauf ab, als könnte Daria das nicht allein. »Ich sag Angel Bescheid, dass sie dir was zu Essen bringen soll.«

»Danke«, sagte Daria, aber Vera war längst auf dem Weg hinter die Bar, um ein Glas mit Orangensaft vor Daria zu stellen.

»Erstmal was Gesundes«, kommentierte Vera mit einem Lächeln, das eher bedauernd als freundlich wirkte.

Daria verspannte sich ein wenig, sie wollte nicht, dass irgendjemand Mitleid mit ihr hatte wegen dem, was sie in den letzten Tagen durchgemacht hatte. Jeder mitleidige Blick katapultierte sie wieder zurück in dieses Haus und ließ sie die toten Augen der Frau immer und immer wieder sehen, den Geruch und den Geschmack von Blut wieder wahrnehmen. Aber Daria wollte nicht wieder zurück, sie wollte das Grauen nur einfach vergessen und auch nicht ständig daran denken müssen, dass dieser Wahnsinnige vielleicht noch immer hinter ihr her war. Aber wenn es nicht so wäre, wäre sie ja jetzt auch nicht hier, sondern ... bei Manuel? Im Frauenhaus? Auf dem Weg zu ihrer Schwester, mit der sie seit Jahren keinen Kontakt mehr hatte?

Daria nahm das Glas Orangensaft und bedankte sich mit einem gezwungenen Lächeln. Vera meinte es nur gut mit ihr. So wie wahrscheinlich alle hier. Sie wollten ihr nur helfen und duldeten sie deswegen in dieser vollkommen fremden Welt, in die jemand wie sie gar nicht gehörte. Daria konnte sich nicht erinnern, wann sie überhaupt zuletzt in einer Bar gewesen war, umgeben von anderen Menschen und Musik. Manuel war extrem eifersüchtig gewesen und hatte kaum zugelassen, dass sie das Haus überhaupt verließ. Nur um die wichtigsten Sachen zu erledigen wie den Einkauf.

Jemand lachte laut auf. Darias Augen suchten automatisch nach demjenigen und fanden einen dunkelhaarigen Mann, der einem anderen gerade auf den Rücken klopfte, weil er diesen beim Billard besiegt hatte. Der Mann war attraktiv, trug wie die meisten hier eine Lederweste mit den Farben der Helldogs und blickte auf, als er Darias Blick auf sich spürte. Er musterte sie einen Augenblick neugierig, dann sagte der Mann mit den mittelblonden Haaren neben ihm etwas zu ihm und er wandte den Blick wieder von Daria ab. Ein wenig fühlte sich Daria wie eine Attraktion im Zoo.

»Magst du Lachsnudeln mit Dillsoße?«, wollte jemand von ihr wissen.

Daria sah zur Seite. Hinter der Bar stand wieder die junge Frau, die vielleicht etwa in ihrem Alter war. Sie hatte diese dunkelrote Lockenmähne, die wild um ihr sommersprossiges Gesicht herumstand.

»Ich bin Angel, Vera ist meine Mutter«, sagte sie lächelnd. Sie schob den Teller mit Pasta näher zu Daria. »Phoebe hat mir gezeigt, wie man das kocht.« Sie fing an zu lachen und schüttelte den Kopf, als ihr wohl auffiel, dass Daria wahrscheinlich nicht wusste, wer Phoebe war. »Das ist die Old Lady von Craw, den du wahrscheinlich auch noch nicht kennst. Mach dir nichts draus, manchmal rede ich einfach zu viel.«

»Schon okay«, sagte Daria, zog den Teller näher zu sich heran und begann zu essen. »Das ist wirklich gut.«

»Danke.«

Daria ließ den Blick wieder rüber zur Dartscheibe schweifen, wo Rogue soeben mit Werfen dran war. Er ging mit großen Schritten nach vorne, zog seine Pfeile aus der Scheibe, wandte sich dann um und sein Blick traf auf ihren. Daria fühlte sich erwischt, als er die Stirn runzelte. Gefiel es ihm nicht, dass sie hier im Clubhouse war? Wahrscheinlich gehörte sie hier überhaupt nicht her. Er wandte den Blick von ihr ab, stellte sich hinter die Linie, wo er lächelnd den Arm um eine Frau legte und sie dann küsste. Zu sehen, wie freundlich Rogue mit dieser Frau umging, fühlte sich komisch für Daria an. Für sie hatte er seit seiner Rückkehr kaum fünf Minuten gehabt, dabei war er hier der Einzige, zu dem sie so etwas wie eine Verbindung spürte. Aber offensichtlich sah er in ihr nicht mehr als ein Problem, das er lösen musste.

Daria schob den leeren Teller von sich. Sie fühlte sich viel zu unbehaglich, um noch länger zu bleiben. »Das war wirklich sehr gut, aber ich denke, ich gehe jetzt besser wieder nach oben. Ich hatte nicht viel Schlaf in den letzten Tagen und mein Fuß tut noch ganz schön weh«, entschuldigte sich Daria bei Angel.

Sie ließ sich von dem Barhocker gleiten und wankte leicht, als trotz der Schiene ein heftiger Schmerz durch ihr Gelenk schoss. Jemand packte ihren Oberarm.

»Immer langsam«, sagte er.

Daria sah zu ihm auf und lächelte zurückhaltend. »Ich muss mich wohl erst an dieses Ding gewöhnen.«

»Ich bin Race«, stellte er sich vor und löste den Griff um Darias Oberarm. Race war ein großer, breitschultriger Mann von etwa dreißig Jahren. Er hatte ein freundliches Lächeln, aber seine Augen wirkten irgendwie traurig. »Ich war mit Rogue und Harley im Haus«, sagte er.

Daria verzog das Gesicht. »Ich weiß gar nicht, was ich sagen soll. Ob ich mich dafür bedanken soll oder entschuldigen. Wahrscheinlich sollte ich mich wohl entschuldigen«, sagte Daria.

»Nichts davon ist deine Schuld«, warf Race ein.

Daria warf an Race vorbei einen Blick auf Rogue, der noch immer eng neben der Frau mit den schlecht gefärbten Haaren stand, die sich an ihn schmiegte, als würde ihr Leben davon abhängen. »Ich war gerade auf dem Weg nach oben.«

»Soll ich dich begleiten?«

Daria lachte und schüttelte den Kopf. »Noch kann ich ganz gut laufen.«

»Hast du es denn schon mit der Treppe versucht? Ich wette nicht. Was wäre ich für ein Mann, wenn ich dir nicht dort hochhelfen würde.« Er wackelte mit den Augenbrauen, was ihn irgendwie viel jünger aussehen ließ.

»Also gut«, gab Daria nach und legte eine Hand auf den Unterarm, den Race ihr anbot.

Er führte sie aus dem Clubhouse, als Daria zurücksah, konnte sie Rogues wenig begeisterten Blick sehen. Daria runzelte die Stirn. Passte es ihm wirklich nicht, dass sie Kontakt zu seinen Leuten hatte? Wenn ja, dann hätte er sie nicht hierbehalten sollen. Sie war ohnehin nicht glücklich darüber, hier zu sein. Umgeben von raubeinigen Rockern, die vor aller Welt Sex mit jedem hatten.

»Du musst keine Angst vor mir haben«, sagte Race, als sie über den Hof liefen. »Ich habe nur gesehen, dass du dich nicht besonders wohl gefühlt hast im Clubhouse. Nach dem, was du durchgemacht hast, ist einem wohl nicht nach Party.«

»Nein, daran liegt es gar nicht. Ich bin es nicht gewöhnt, unter Leute zu gehen.«

»Und wahrscheinlich bist du es auch nicht gewöhnt, dass vor deiner Nase rumgevögelt wird.«

»Das auch«, gab sie zu.

Er half ihr die Stufen nach oben und stützte sie. Daria wusste gar nicht, was sie davon halten sollte, aber ihr wäre nie der Gedanke gekommen, dass Biker zuvorkommend sein könnten. Dieser hier war es aber. Oder er machte sich Hoffnungen auf etwas anderes. Daria musterte Race abschätzend. Zumindest konnte sie nichts Anzügliches in seinen Blicken entdecken.

»Ich sagte doch, du musst keine Angst haben«, murmelte er mit einem schiefen Grinsen, half ihr, die Tür zu ihrem Apartment zu öffnen und begleitete sie sogar bis zum Sofa. »Ich will nur sichergehen, dass du klarkommst. Ich war heute in dem Haus und da war es schon leer, trotzdem war es ziemlich heftig. Das muss dich ganz schön mitgenommen haben.«

Race setzte sich neben sie und Daria musterte ihn argwöhnisch. »Du hast den gleichen Auftrag wie Blaze bekommen, oder?«

Race zog eine Augenbraue hoch. »Welchen Auftrag?«

»Du sollst auf mich aufpassen«, sagte sie entrüstet.

Race wackelte mit dem Kopf hin und her, dann presste er die Lippen fest aufeinander. »Erwischt.«

»Sag deinem Boss doch ...«

»Pres«, unterbrach er sie.

»Okay, sag ihm, ich brauche keinen Babysitter. Er hat mich hierhergebracht, weil er glaubt, auf eurem Areal wäre ich sicher. Wozu lässt er mich dann noch überwachen?« Daria ärgerte sich wirklich. Rogue würdigte sie kaum eines Blickes, aber schickte ihr seine Bluthunde ständig hinterher.

»Ich werd es ihm ausrichten«, sagte Race, machte aber keine Anstalten zu gehen.

»Das musst du nicht, ich habe es gehört«, kam es von der Tür. Er warf Race einen kurzen Blick zu, den dieser mit einem Nicken kommentierte, dann verließ er das Apartment. Es reichte also nur ein einziger Blick aus, damit Rogues Männer taten, was dieser wollte.

Daria fühlte sich bei dieser Vorstellung unbehaglich. Auch sie hatte immer sofort getan, was Manuel von ihr verlangt hatte. Aus Angst. Fürchteten Rogues Männer ihn auch? Der Gedanke stieß ihr übel auf. Sie wollte nicht länger unterdrückt werden. Männer sollten ihr nicht länger sagen, was sie zu tun und zu lassen hatte. Tief in ihr drin wuchs eine Abneigung dagegen, unterdrückt zu werden, die all die Jahre so winzig gewesen war, dass sie es nicht geschafft hatte, sich von Manuel loszusagen. Aber die Ereignisse der letzten Tage hatten diese winzige Flamme zu einem Steppenbrand werden lassen. So sehr, dass sie das Gefühl hatte zu zerreißen, als Rogues harter Blick sie jetzt traf. Sie sträubte sich regelrecht gegen diesen Blick, der sie eindeutig wieder einzwängen wollte.

Daria sollte in Zukunft unbedingt darauf achten, dass die Tür immer fest verschlossen war, wenn sie wollte, dass unerwünschter Besuch fernblieb. Und irgendwie hatte sie gerade das Gefühl, dass Rogues Besuch ihr sehr unerwünscht sein sollte. Sein eiskalter Blick jagte ihr einen Schauder über den Rücken. Er war schon so, seit sie hier angekommen waren, dabei schien er am See zumindest lächeln zu können. Vielleicht war er genauso verstört von den Toten im Haus wie Daria. Und Daria war so herzlos und dachte schlecht über ihn.

»Wir sollten da etwas klarstellen«, sagte er und trat näher, blieb dann bedrohlich vor ihr stehen und starrte auf sie runter. »Das hier ist mein Club und der Club meiner Brüder. Wir haben hier das Sagen. Frauen im Allgemeinen nicht, schon gar nicht Frauen von außerhalb. Wenn ich oder einer meiner Brüder der Meinung sind, du brauchst Schutz, dann wirst du ihn akzeptieren.« Er beugte sich zu Daria runter und sah ihr fest in die Augen. »Solange du hier bist, ist der Mörder, der hinter dir her ist, nur eins deiner Probleme.«

Daria bebte innerlich vor Angst. Rogue hatte die ganze Zeit schon eine beängstigende Wirkung auf sie gehabt. Aber in diesem Augenblick raste ihr Herz und sie fühlte sich, als wäre sie in eine Falle gedrängt worden. »Welche Probleme habe ich denn noch?«, wollte sie wissen und rutschte etwas von Rogue ab, war aber stolz, dass ihre Stimme fest, ja sogar provokant klang. Nie wieder würde sie einem Mann zeigen, dass sie Angst vor ihm hatte.

Rogue richtete sich wieder auf. »Wahrscheinlich findest du das noch früh genug heraus«, sagte er, lief dann durch das Zimmer, lehnte sich gegen den Tresen, der Küche und Wohnzimmer trennte, und musterte sie nachdenklich.

Daria sah ihn mit einem Ausdruck im Gesicht an, der ihm wie eine Kriegserklärung vorkam. Sie hatte die Augen leicht zusammengekniffen und trotz ihres zierlichen Körperbaus, ihrer geradezu winzigen Größe und ihrer Verletzungen wirkte sie kein bisschen schwach in diesem Augenblick. Wenn er ehrlich war, strahlte sie mehr Entschlossenheit und Stärke aus als mancher Kerl, den er kannte. Sie wollte es ihm wirklich nicht einfach machen. Wenn er sie beschützen wollte, musste er ihr Grenzen aufzeigen. Er ließ seinen Blick über ihren Körper gleiten. Sie war eine schöne Frau: volle Lippen, eine Hautfarbe wie Karamell und glänzend schwarze Haare. Und sie schien das typische Temperament zu besitzen, das Spanierinnen nachgesagt wurde. Etwas an ihr reizte ihn und brachte ihn dazu, härter zu ihr sein zu wollen als zu anderen Frauen. Er wollte sie unbedingt auf Abstand halten, weil sie etwas in ihm berührte. Und das durfte er nicht zulassen, deswegen bedachte er sie mit abweisenden Blicken, aber eigentlich belog er sich nur selbst. Diese Frau faszinierte ihn und das, obwohl sie nichts getan hatte, was diese Faszination begründen würde. Ihre großen unschuldigen Augen sorgten nur dafür, dass er jedes Mal hart wurde, wenn sie ihn ansahen. Von ihr ging eine Gefahr für ihn aus und deswegen versuchte er, sie mit Strenge auf Abstand zu halten. Er war ein Idiot.

»In diesem Club gibt es Regeln, eine der wichtigsten ist, der Club kommt zuerst. Immer! Meine Brüder kommen zuerst! Immer! Und jeder, der nicht zu uns gehört, geht uns nichts an.«

»Also gilt das auch für mich«, stellte sie mit einem Funkeln in den Augen klar, das für wenige Herzschläge lang Rogues Puls beschleunigte und in seine Lenden schoss.

Er verzog unwillig das Gesicht und schluckte das kurze Aufflammen von Verlangen nach ihr runter. Weil er es absolut nicht wollte. »Das stimmt, du bist nur hier, weil diese Sache zur Clubangelegenheit wurde, in dem Moment, wo der Kerl mir einen Stein über den Schädel gezogen hat. So einen Angriff auf meine Person nehme ich verdammt nochmal sehr ernst. Und meine Brüder auch.«

Sie nahm ihren Fuß von dem Kissen auf dem Sofa, auf dem sie ihn gelagert hatte, und stand auf, dann lief sie durch das Zimmer unbeholfen auf ihn zu und entlockte Rogue mit ihren wankenden Schritten sogar ein Lächeln. Direkt vor ihm blieb sie stehen und sah zu ihm auf. Sie ging ihm bis zur Brust, deswegen musste sie den Kopf in den Nacken legen, was ihren wundervoll weich aussehenden Hals entblößte. Rogue überlegte, wie sie wohl schmecken und riechen würde, wenn er sie dort küssen würde. Er riss seinen Blick von ihrem Hals los und sah ihr ins Gesicht. »Du wolltest etwas sagen?«

»Warum bin ich dann hier, wenn ich so unwichtig bin? Ihr könntet die Sache doch gut auch ohne mich klären«, sagte sie ruhig mit einem Lächeln auf den Lippen, das nicht freundlich, sondern siegesgewiss war.

Rogue ließ sich von ihrem Lächeln nicht beeindrucken. »Weil in dieser Stadt die Helldogs das Sagen haben. Und wir werden nicht zulassen, dass ein Wahnsinniger hier auch nur noch einen einzigen weiteren Mord begeht. Wir lassen uns nicht ans Bein pissen«, sagte er und freute sich, als sie bei dem Wort »pissen« zusammenzuckte. Ihre Abneigung gegen Gossenjargon gefiel ihm mehr, als es sollte. Sie riss jedes Mal, wenn er etwas Dreckiges sagte, ihren Mund auf und starrte ihn aus großen Augen an. Da fragte er sich sofort, was sie wohl tun würde, wenn er sie vögelte und ihr dabei dreckige Sachen ins Ohr flüstern würde. Rogue wischte den Gedanken energisch weg. Sie war viel zu jung für ihn, eher was für seinen Sohn, er sollte gar nicht auf diese Weise an sie denken.

»Setz dich«, sagte er trocken und wies auf das Sofa.

Sie schüttelte den Kopf und verschränkte die Arme vor der Brust. »Ich bleibe stehen.«

Er senkte provokativ seinen Blick nach unten und ließ ihn auf ihren Brüsten verweilen. »Netter Anblick«, sagte er, obwohl wirklich nicht viel unter dem viel zu weiten Shirt zu sehen war.

Sie wurde rot, riss die Arme herunter und senkte den Blick.

»Das war kein Befehl«, sagte Rogue, ging um sie herum und setzte sich auf das Sofa. »Ich wollte nur nicht, dass du die ganze Zeit stehen musst, während wir uns unterhalten.«

»Also kommen da noch mehr Regeln?«

Er lachte laut auf und schüttelte den Kopf. »Vorerst nicht. Ich wollte nur, dass du weißt, wo du stehst.«

»Danke«, sagte sie schnippisch. »Ich habe verstanden, dass ich weniger wert bin, als jeder andere hier.«

Rogue lachte noch lauter auf. Er mochte ihre sture Art. Und er war es nicht gewohnt, dass jemand so mit ihm sprach. Eigentlich sollte er verärgert sein und ihr verbieten, so mit ihm zu reden. Aber solange sie allein waren, wollte er es ihr durchgehen lassen. Irgendwie fand er es sogar erfrischend.

»Nicht jeder, du bist so viel wert wie jeder von außerhalb des Clubs. Und mehr wert als die Spanish Horses oder der Drecksbulle.« Er kniff die Augen zusammen. »Jetzt setz dich und lass uns reden.«

Daria kam zum Sofa gehumpelt und ließ sich neben Rogue sinken, rutschte dann aber so weit wie möglich von ihm ab. Rogue versuchte das zu ignorieren, auch wenn es für ihn irgendwie ungewöhnlich war, dass eine Frau die Aufforderung, sich neben ihn zu setzen, nicht sofort dafür nutzte, ihm an die Wäsche zu gehen.

»Was willst du wissen?«

Rogue breitete seine Arme auf der Rücklehne aus und legte den Fußknöchel des einen Beins auf das Knie des anderen. Als er spürte, wie Daria sich neben ihm versteifte, nahm er den Arm hinter ihrem Rücken herunter und legte ihn auf sein Bein. »Von Anfang an. Um den Kerl finden zu können, müssen wir so viel wie möglich über ihn erfahren. Wie hat er dich gefunden?«

Daria verzog das Gesicht und rutschte nervös auf dem Sofa umher. Diese Frage schien ihr unangenehm zu sein. Hatte sie vielleicht ein Date mit ihm? War sie seine Geliebte? Ein heimliches Treffen? Sie sagte ja, sie wäre verheiratet. Rogue runzelte die Stirn. Ehebruch kam bei ihm gar nicht gut an. Nicht, dass er persönliche Erfahrungen hätte. Er mochte es einfach nicht. Daria fuhr mit dem Zeigefinger einen der grünlichen Flecken an ihrem Unterarm entlang.

»Er hatte den Auftrag, mich wohin zu fahren«, sagte sie und versuchte, die Wahrheit definitiv zu umgehen.

»Wohin?«, hakte Rogue nach.

Daria legte ihren Arm um ihren Brustkorb, als wollte sie sich schützen. »In eine Einrichtung für Frauen.«

Rogue stieß frustriert die Atemluft aus. »So wird das nichts. Wenn wir dem ein Ende setzen wollen und du wieder nach Hause möchtest, dann musst du ehrlich sein.«

»Ein Haus für misshandelte Frauen«, brachte Daria mit zitternder Stimme hervor und wich seinem Blick aus. Rogue konnte die Hitze in ihrem Gesicht trotzdem sehen. Er betrachtete die zierliche Frau neben sich und in ihm stieg Wut auf.

»Misshandelt?«, knurrte er und wandte sich ihr zu.

Sie legte jetzt beide Arme um ihren Brustkorb und er erinnerte sich daran, wie sie zusammengezuckt war am See. Er hatte angenommen, dass das vom Sturz herrührte. Und später hatte er angenommen, alle Verletzungen, die sie sich zugezogen hatte, stammten von dem Bullen. Dafür hätte er ihn zur Rechenschaft gezogen, sobald er ihn in die Finger bekommen hätte. »Dein Mann hat dich geschlagen? Diese Verletzungen sind nicht von dem Bullen?« Er wies auf ihre Unterarme.

»Nur die Fesselspuren und ein paar Kratzer, die entstanden sind, als er mich hinter sich hergezogen hat.«

Sie versuchte nervös, ihre Verletzungen zu verbergen, aber Rogue hielt sie ab, stattdessen strich er ihr mit den Fingern über die Arme und dann über einen Riss in ihrer Unterlippe. Er wusste nicht, warum er das machte, er fühlte sich irgendwie dazu gezwungen. Erst recht, als sie unter seiner Berührung erschauerte und sie ihn dann aus diesen großen, fast schwarzen Augen ansah und ihre volle Unterlippe zu beben begann. Der Anblick fuhr ihm direkt in die Lenden. Er fluchte innerlich und riss die Finger von ihr weg.

»Ich will nicht darüber reden«, sagte sie mit ihrer trotzigen Stimme, aber er konnte ihr die Angst, die sie gerade spürte, im Gesicht ablesen.

»Fuck«, fluchte Rogue. »Tut mir leid.« Ihm wurde klar, wie er auf sie wirken musste mit seinen Tattoos, dem wilden Äußeren und dem bemüht kalten Blick, um sie auf Abstand zu halten, weil ihre Anziehung auf ihn ihn verunsicherte. Wahrscheinlich war es eine Folter für sie, neben einem Arschloch wie ihm zu sitzen. Aber den harten Kerl ließ er nur raushängen, weil sie ihn faszinierte wie lange keine Frau mehr. Und jetzt kam dieses Gefühl, sie unbedingt schützen zu müssen, noch dazu. Er setzte ein Lächeln auf und schluckte den Kloß in seinem Hals herunter. Er konnte es einfach nicht ab, wenn Frauen misshandelt wurden. Verdammt, sie war zu jung für ihn, er sollte sie nicht wollen.

Er musste an seine erste Frau denken, die in Glasgow von Ragnarök gefoltert, misshandelt und zu Tode geprügelt wurde. Wenn er nur daran dachte, was sie hatte durchmachen müssen, stieg noch immer ohnmächtige Wut in ihm auf. Sie war in seinen Armen gestorben, vor seinem Clubhouse abgeladen worden wie Müll, und ihr letzter Wunsch war es gewesen, dass er ihre beiden gemeinsamen Kinder wegbrachte von all der Gewalt. Und er hatte sie weggebracht. Nachdem er aus dem Knast kam, weil er Ragnaröks Drogenlager in die Luft gejagt hatte, hatte er seine Kinder bei seiner zweiten Frau abgeholt und war mit dem ganzen Club nach Spanien umgezogen. Er würde nicht zulassen, dass sich die Scheiße wiederholte, deswegen musste der Bulle sterben. Und wenn es nötig war auch Darias Mann. Er würde niemals wieder wegschauen, wenn

Frauen Gewalt angetan wurde. Für Ragnarök waren Frauen nur Ware gewesen.

»Du musst keine Angst vor mir haben«, sagte er möglichst sanft. »Ich würde einer Frau niemals etwas antun. Aber, ob du wieder zu deinem Mann zurückgehen darfst, darüber reden wir noch.«

Daria sah ihn verwirrt an, entspannte sich aber sichtlich. »Der Polizist sollte mich in dieses Frauenhaus bringen. Er war sehr nett und dann plötzlich hat er mich betäubt und ich bin in diesem Haus wach geworden. Ich war gefesselt und er hat auf mich eingeredet, dass er die perfekte Familie bauen würde, ohne Gewalt, Hass und Alkoholprobleme.«

Rogue schüttelte den Kopf. »Merkwürdige Vorstellung von einer perfekten Familie.«

Daria lächelte zu ihm auf. »Das habe ich auch gedacht. Die meiste Zeit war er nicht da, ich vermute, weil er arbeiten war. Und er hat kaum mit mir gesprochen.«

»Das ist nicht viel, aber das heißt, er übt noch immer seinen Job aus. Vielleicht können wir ihn so fassen.«

Daria riss die Augenbrauen hoch. »Ihr wollt in die Polizeiwache marschieren und ihn dort rausholen?«

»Nein, aber wir könnten ihm eine Falle stellen. Ein fingierter Unfall oder so.«

»Und dann tötet ihr ihn?«, wollte Daria wissen.

Rogue brauchte nur einen kurzen Blick, um zu wissen, dass Daria für diese Antwort nicht bereit war. Die Normalos, die Menschen außerhalb seiner Welt, die konnten mit Mord schlecht umgehen. Aber ja, darauf würde es hinauslaufen. »Clubangelegenheit. Wir reden nie mit Außenstehenden über Clubangelegenheiten.«

Daria seufzte und verdrehte die Augen, trotzdem wirkte sie erleichtert auf ihn. Vielleicht irrte er sich auch. Das würde sich noch herausstellen. »Ich weiß«, sagte sie mit genervtem Unterton.

»Wenn du mir nichts mehr mitzuteilen hast, dann verschwinde ich jetzt«, sagte er, als die Stille zwischen ihnen für ihn zum Kampf gegen das Verlangen wurde, ihre Haut noch einmal zu berühren.

Er nickte, stand vom Sofa auf, wandte sich zur Tür und dann noch einmal zu ihr um. »Irgendwann reden wir beide nochmal über deinen Mann, dann solltest du bereit dazu sein, mir alles zu sagen.«

Kapitel 6

Leise schlich Daria sich aus ihrer vorübergehenden Bleibe. Sie wollte niemanden wecken, aber sie musste raus, musste sich irgendwie Luft verschaffen, denn sonst würde es sie zerreißen. Im Korridor vor den Apartments atmete sie tief ein. Alle paar Meter leuchteten schwache Lampen an den Wänden, die gerade genug Licht abgaben, damit man sich orientieren konnte. Daria begann, den Flur runterzulaufen, kehrte um und lief wieder zurück. Während sie Meter um Meter zurücklegte, versuchte sie die toten Augen loszuwerden, die sie immer wieder anblickten, seit sie aus ihrem Albtraum aufgewacht war.

In ihrem Schlafzimmer hatte sie sich schrecklich gefühlt, so als wäre sie nicht allein, als würden diese Augen würden sie aus jedem Winkel anstarren. Hier draußen fühlte sie sich, nur eine Tür von Rogue entfernt, sicher. Ob sie es wollte oder nicht, aber der Gedanke, dass er ihr so nah war, beruhigte sie etwas. Sie wusste nicht einmal warum. Vielleicht, weil er sie gerettet hatte. Weil er sich der Gefahr ausgesetzt, nach ihr gesucht, sie durch den Park getragen hatte, obwohl er selbst auch verletzt gewesen war. Er hatte das alles für eine Fremde auf sich genommen. Oder es lag an seinem Blick, diesem tiefen Schmerz, als er herausgefunden hatte, dass ihr Mann Daria schlug? Oder einfach nur daran, dass sie sich irrational zu ihm hingezogen fühlte, obwohl sie es besser wissen sollte. Sie wusste es besser, aber ihr Körper hatte seine eigenen Vorstellungen und setzte sich einfach über alle Warnungen ihres Verstandes hinweg.

Darias nackte Füße tapsten leise über den dunkelroten PVC-Boden. Sie fragte sich, ob sie jemals wieder ruhig schlafen konnte. Aber eigentlich hatte sie nie richtig geschlafen. Nicht seit Manuel begonnen hatte, sie zu schlagen. Seither war ihr Körper immer in Alarmbereitschaft gewesen. Zumindest hatte sie diese Alarmbereitschaft jetzt abgelegt. Für Daria fühlte sich das schon fast wohlig an. Jetzt müsste sie nur noch die toten Augen vergessen.

Sie lächelte und schüttelte den Kopf. Was war nur los mit ihr? Diese Biker jagten ihr mit ihren dunklen Auren einen Schauder nach dem anderen über den Rücken. Und das sollten sie auch. Rogue schaffte es, sie mit einem Blick erzittern zu lassen und mit dem nächsten, ein Kribbeln in ihren Tiefen auszulösen. Und doch fühlte sie sich zum ersten Mal seit langem annähernd geborgen. Wenn nur nicht die Albträume wären. Sie wünschte sich schon fast verzweifelt, endlich wieder richtig schlafen zu können.

Vor Rogues Tür blieb Daria stehen und lauschte nachdenklich. Nicht alle Biker wohnten hier, aber ein paar der Singles. Also war er wohl auch noch Single. Aber er hatte erwachsene Kinder. Sie schloss die Augen und stellte sich vor, wie er hinter dieser Tür in seinem Bett lag. Ob er auch in seinem eigenen Bett immer eine Waffe unter dem Kissen liegen hatte? In welcher Gefahr schwebten diese Rocker, wenn sie mit einer Waffe schlafen gingen? Daria konnte sich diese Tatsache nur damit erklären, dass, was auch immer sie in diesem Club taten, nicht alles vor dem Gesetz vertretbar war.

»Ich denke viel zu viel über ihn nach«, schimpfte Daria mit sich. Für eine verheiratete Frau war das absolut nicht normal. Aber sie hatte sich ja getrennt - irgendwie. Trotzdem. Es war falsch. Aber selbst als bis vor kurzem noch liierte Frau konnte sie nicht übersehen, dass dieser Mann etwas sehr Anziehendes an sich hatte. Verheiratet zu sein heißt ja nicht, dass man blind ist.

Ein lauter Schrei riss Daria aus ihren Gedanken. Ein Schrei, der direkt von hinter der Tür kam. Daria riss die graue Holztür auf, ohne auch nur darüber nachzudenken. Ihre Aufregung war nur an ihrem rasenden Puls zu messen. Sie schaffte nur zwei Schritte, dann erstarrte sie und blickte in den Lauf einer Waffe, die direkt auf ihren Kopf gerichtet war. Nicht ganz direkt, zwischen ihr und der Mündung waren gut drei Meter Luftlinie. Darias Herz raste jetzt noch schneller und sie hatte vergessen zu atmen, was sich nicht gut miteinander vertrug.

»Fuck«, stieß Rogue erschrocken aus, ließ die Waffe sinken, legte sie auf den Tisch und kam auf Daria zugelaufen, um sie in seine Arme zu ziehen. »Es tut mir leid«, murmelte er in ihr Haar. »Ich muss auf dem Sofa eingeschlafen sein. Manchmal habe ich Albträume.«

Daria zitterte noch immer. Offensichtlich konnte sie nicht gut mit Waffen umgehen, sie bekam vor Panik kaum Luft. Sie atmete tief ein, versuchte sich zu beruhigen und konzentrierte sich auf den herben Ledergeruch von Rogues Kutte, gegen die ihr Gesicht gedrückt wurde, weil sie diesen würzigen Duft so angenehm fand.

»Ich hätte nicht reinkommen dürfen«, murmelte sie gegen seine Brust. »Aber ich habe nicht nachgedacht. Du hast geschrien und da ...« Sie schob Rogue von sich, als sie langsam wieder klar denken konnte und merkte, wie nah sie sich waren.

»Schon gut«, sagte Rogue und fuhr sich durch sein unordentliches Haar. Er rieb sich über seinen Kiefer, seine Bartstoppeln knisterten leise. »Warum schläfst du nicht?«

»Albträume.«

Er nahm ihren Unterarm und führte sie zu seinem Sofa. Sie setzte sich und sah sich um. Sein Apartment sah nur wenig anders aus als ihres. Hier gab es eine Kutte, die an der Wand hing, ein paar Bilder und Poster von Bikes, aber sonst war die Wohnung so eingerichtet wie ihre auch.

Er setzte sich seufzend neben sie und erst jetzt glitt sein Blick über ihre nackten Oberschenkel. Daria versteifte sich, als sein Blick an dem Shirt hängenblieb, das sie zum Schlafen angezogen hatte.

»Es ist deins«, gab sie leise zu. »Vera hat es gewaschen. Ich hab leider keine eigenen Sachen.«

»Du musst dich nicht entschuldigen. Wenn überhaupt, dann dafür, dass du wahnsinnig scharf darin aussiehst.« Er sah sie an und legte eine Hand auf ihre Wange, um eine Strähne aus ihrem Gesicht zu streichen. Daria zuckte erschrocken zurück. Aber nicht, weil die Berührung sich unangenehm angefühlt hatte. Und auch nicht, weil sie Angst hatte, dass er ihr wie Manuel wehtun könnte, sondern weil sich die Berührung durch ihren ganzen Körper gebrannt hatte. Rogue nahm seine Hand weg. Für einen Augenblick dachte Daria, er sah enttäuscht aus, aber dann lehnte er sich gegen die Rücklehne zurück und schloss die Augen.

»Erzähl mir von deinen Albträumen«, sagte er ruhig und legte den Kopf zurück, er wirkte müde und erschöpft. Wahrscheinlich hätte Daria lieber gehen sollen, aber sie brachte es einfach nicht fertig, sich aufzuraffen und sich wieder allein ihren Albträumen stellen zu müssen. Sie fühlte sich viel zu geborgen, um jetzt zu gehen. Rogue starrte an die Decke und sein Brustkorb hob und senkte sich ganz ruhig. Unter seiner Weste trug er gar nichts. Seine Brust war nackt und Daria konnte jede Wölbung seiner Muskeln sehen. Bis hinunter zu dem Pfad dunkelblonder Haare, der in seiner Lederhose verschwand.

Daria löste ihren Blick von seinem Oberkörper, bevor er merken würde, was sie da tat und welche Hitze sein Anblick in ihr auslöste. Sie lehnte sich auch zurück und starrte an die Decke. »Lieber nicht, ich versuche gerade, die Bilder aus meinem Kopf zu bekommen.«

»Da hilft Whisky«, sagte Rogue und wandte den Kopf zu ihr.

»Klingt gut«, sagte Daria. Sie wusste, dass sie nicht viel vertrug. Vielleicht würde ein Schluck ihr helfen zu vergessen, müde zu werden und einfach einzuschlafen.

Rogue beugte sich nach unten und holte von irgendwo neben dem Sofa eine Flasche Whisky, schraubte sie auf und hielt sie ihr auffordernd hin. »Wir müssen wohl mit der Flasche vorliebnehmen, ich hab schon ein paar Tage nicht mehr abgewaschen.« Er zwinkerte ihr zu und löste in Daria mit diesem Zwinkern eine Welle aus, die in ihrem Magen begann und sich bis zwischen ihre Schenkel fortsetzte.

»Ist schon okay«, meinte Daria und unterdrückte das Seufzen, das ihr über die Lippen kommen wollte. Wie konnte dieser Mann nur solche körperlichen Reaktionen in ihr hervorrufen? Sie trank von dem Whisky, der sich wie Höllenfeuer ihre Kehle runterbrannte, aber als sie bemerkte, wie neugierig Rogue sie musterte, unterdrückte sie mit aller Kraft das Keuchen, das in ihr aufstieg. Sie würde keine Schwäche zeigen. Und um nichts auf der Welt jemals zulassen, dass er bemerkte, wie neben ihm zu sitzen ihren Puls in die Höhe trieb.

»Immerhin können wir unsere Dämonen zusammen vertreiben«, sagte er grinsend, nahm ihr die Flasche ab und tat einen großen Schluck. Dann schaute er sie wieder an, fuhr mit einem Finger über ein Tattoo auf seinem Unterarm und hielt es ihr dann hin.

»Eine Rose, die sich um ein Gewehr schlingt«, sagte Daria.

»Leg deine Finger darauf und fühle«, murmelte Rogue, nahm Darias Hand und legte sie auf seinen Unterarm.

Daria fuhr mit den Fingerspitzen über das Tattoo. Zuerst fühlte sie nur die Wärme seiner Haut und das Kribbeln, das durch ihre Finger floss. Sie versuchte, ihren hämmernden Herzschlag zu ignorieren und auch den Gedanken, dass sie von Rogue auf diesem Arm durch die Wildnis getragen worden war und wie nah sie beide sich da gewesen waren. Und dann fühlte sie die Erhebungen unter dem Tattoo, sie waren uneben, knotig. Daria beugte sich über Rogues Arm und stieß keuchend die Luft aus. »Eine Narbe? Unter dem Tattoo?«

»Ja, Race hat sie einfach darunter verschwinden lassen. Eine Verletzung durch einen Metallsplitter. Vielleicht ein Stück vom LKW, der uns um die Ohren geflogen ist.«

Daria fuhr noch einmal über das Tattoo und konnte kaum glauben, dass die Narbe fast unsichtbar war, denn sie war mindesten zehn Zentimeter lang und wulstig.

»Ich träume vom Krieg und davon, wie meine erste Frau in meinen Armen gestorben ist. Immer wieder und wieder. Jede Nacht stirbt sie und ich kann nichts dagegen tun. Ich verliere immer.«

»Das tut mir leid«, sagte sie leise und lehnte sich wieder zurück.

Er wich ihrem Blick aus und nahm einen weiteren Zug Whisky, sein Adamsapfel bewegte sich, als er schluckte, dann nahm er die Flasche herunter und leckte über seine Unterlippe. Daria blinzelte, als sie merkte, wie gebannt sie ihn beobachtet hatte. »Erzähl mir von deiner Frau.«

Rogue sprach nicht gern über sich oder seine Vergangenheit. Er hatte viele Fehler gemacht. Fehler, die Menschen ihr Leben gekostet hatten. Vielleicht lag es daran, dass er schon einige Schlucke Whisky getrunken hatte, bevor er auf dem Sofa eingeschlafen war, aber er wollte mit Daria über seine Frau reden. Vielleicht glaubte er auch, dass sie jemand war, die ihn nicht verurteilen würde. Oder es war ihm einfach egal, weil er sie in ein paar Tagen nie wieder sehen würde. Er legte den Kopf wieder zurück auf die Lehne und starrte an die Decke.

»Sie war wunderschön, eine liebevolle Mutter und eine perfekte Old Lady. Sie war schon an meiner Seite, als ich zum Prospect wurde, ich war etwa 19 damals. Jedenfalls habe ich immer geglaubt, dass sie glücklich war, aber im Laufe der Jahre sind wir wohl beide vom Weg abgekommen. Ich habe mit dem Club die Richtung eingeschlagen, die dazu geführt hat, dass der Mafiakönig von Glasgow uns den Krieg erklärt hat. Und sie hat sich in die andere Richtung bewegt, weg von mir, weg von dem Club und allem, was mit ihm zusammenhing. Sie hat dieses Leben mehr und mehr gehasst und ich war blind genug, es nicht zu sehen. Ich wollte es nicht sehen. Selbst dann nicht, als sie die Scheidung eingereicht hat und mit den Kindern gegangen ist.« Rogue seufzte, richtete sich kurz auf, nahm einen Schluck aus der Flasche und musterte Daria kurz. Aber bisher war keinerlei Verurteilung in ihrem Blick zu erkennen. »Ich war so beschäftigt damit, meinen Krieg gegen McCraw zu führen und um die Sauberkeit auf den Straßen von Glasgow zu kämpfen, dass ich nicht mal auf den Gedanken gekommen bin, McCraw könnte sich an mir rächen wollen, indem er sich an meiner Frau vergreift. Sie hat nicht mehr in Glasgow gelebt, also hatte ich nicht damit gerechnet, dass er sich für sie interessieren würde. Aber das hat er. Er hat sie entführt, gefoltert und dafür gesorgt, dass sie in meinen Armen stirbt.«

In Darias Blick lag kein Mitleid und auch kein Zorn. Er spiegelte vielmehr Verstehen wider. Das Verständnis, dass er tatsächlich Schuld am Tod seiner Frau hatte. Statt auf seine Geschichte einzugehen, schwieg sie einen Moment nachdenklich. »Und deine zweite Frau?«, wollte sie nach einer Weile mit heiserer Stimme wissen.

»Ich hab nicht sofort aus meinen Fehlern gelernt. Ich hab es vorhin schon erzählt, ich war blind vor Zorn und habe eine seiner Lagerhallen abgefackelt. Wir hatten nie eine richtige Beziehung, was nicht heißt, dass wir nichts miteinander hatten, aber ich wollte nicht, dass die Kinder in fremde Familien gesteckt werden, während ich meine Zeit absitzen musste, also hab ich sie geheiratet. Sie war die Freundin meiner Frau und die Kinder kannten sie schon ihr ganzes Leben lang. Das war die einzig richtige Lösung. Das Beste, das ich für sie tun konnte.«

Daria nickte und nahm Rogue die Flasche ab, um einen kräftigen Schluck zu nehmen. Rogue lächelte, als die kleine zierliche Frau neben ihm sich räusperte und mit der Hand über ihre Lippen fuhr, bevor sie sie ableckte. Rogue kam der Gedanke, dass er ihre Lippen auch gerne abgeleckt hätte. Er schüttelte ihn ab. Diese Frau war so nicht, das konnte er deutlich erkennen. Sie stand nicht für das zur

Verfügung, was er von Frauen wollte: einen schnellen Fick und dann seine Ruhe.

»Ich bin alles andere als ein toller Kerl«, fügte er mit einem bitteren Lächeln an.

»Ja, das stimmt wohl«, warf sie ernst ein. »Warum hast du den Club nicht aufgegeben?«

Rogue zog eine Augenbraue hoch. »Einmal Helldog, immer Helldog. Das hier ist das einzige Leben, das ich kenne und liebe. Man kann die Kutte nicht einfach ausziehen. Wenn du dich für sie entschieden hast, dann ein ganzes Leben lang.«

Daria schnaubte. »Dafür, dass ihr Biker angeblich frei seid und macht, was ihr wollt, habt ihr eine Menge Regeln.«

Rogue lachte düster. »Das ist wahr.« Er nahm einen Schluck aus der Flasche und musterte Darias Gesicht, das vom Alkohol gerötet war. »Jetzt bist du dran.«

»Ich weiß nicht«, wand sie sich und verschränkte die Hände im Schoß. Damit lenkte sie Rogues Blick auf ihre nackten Oberschenkel, wohlgeformt, nicht zu dürr. Er hatte sie vorhin unbewusst dort berührt, aber was er genau gefühlt hatte, war, wie weich und zart ihre Haut dort war und wie sie unter seiner Berührung erschaudert war.

»Ich hab dir gerade mehr erzählt, als die meisten anderen von mir wissen. Du bist dran. Wie kommt ein spanisches Mädchen auf eine gute Schule in England?«

Was Rogue ihr da erzählt hatte, schockierte Daria. Sie empfand Mitleid mit seiner ersten Frau und auch mit den Kindern. Und sie verstand nicht, wie ihm der Club so wichtig sein konnte. Noch immer, obwohl es offensichtlich seine Liebe zum Club war, die seiner Frau das Leben gekostet hatte. Seinen Kindern die Mutter genommen hatte. Sie konnte Rogue deswegen aber auch nicht verachten, denn sie verstand zu wenig von dem, was das Clubleben ihm und allen anderen hier bedeutete. Sie waren so etwas wie eine Familie, standen füreinander ein. Sie waren sich wichtig. Aber wichtiger als die eigene Frau, die Kinder?

»Ich bin das Kuckuckskind, das mein Vater seiner Ehefrau ins Nest gelegt hat. Mein Vater war als Geschäftsmann viel im Ausland unterwegs. Sehr oft auch in London. Nur dass die meisten seiner Geschäftsreisen nach London keine waren. Er hatte dort eine zweite Familie, meine Mutter und mich.« Daria richtete sich auf dem Sofa auf und versuchte, sich bequemer hinzusetzen. Weil sie aber keine gute Position für ihren Fuß auf dem Boden fand und sie ihn auch nicht auf den Tisch legen wollte, stieß sie frustriert den Atem aus und gab es auf. Sie lehnte sich wieder zurück und überlegte, ob sie Rogue wirklich alles erzählen sollte. Aber warum eigentlich nicht? Sie nahm noch einen weiteren Schluck aus der Flasche und jedes Mal, wenn sie das tat, war sie sich mehr als alles andere bewusst, dass ihre Lippen an der selben Stelle lagen, die seine zuvor berührt hatten. Etwas, das sich intim anfühlte und ihr kleine Hitzeschauer bis in den Magen und noch viel tiefer rieseln ließ. Sie wusste nicht, wann sie zum letzten Mal dieses nervöse Flattern überall gespürt hatte. Und wenn sie nicht schon so betrunken gewesen wäre, hätte sie sich dafür auch geschämt.

Sie versuchte noch einmal, ihren Fuß irgendwie bequemer zu lagern, aber egal, was sie unternahm, sie war sich dem Pulsieren unter dem Verband einfach viel zu bewusst. Aber nachdem sie für ihre

Verhältnisse nicht wenig Whisky getrunken hatte, wollte sie nicht noch mehr Medikamente nehmen. Rogue schnaufte neben ihr und beugte sich plötzlich nach vorne, schnappte sich ihr Bein und legte es auf seinen Schoß. Daria zuckte erschrocken zusammen und versteifte sich, aber verschluckte ihren Protest, als Rogue sie warnend ansah.

»Erzähl weiter«, sagte er streng.

Eigentlich sprach sie mit niemandem darüber, sie hatte gelernt, ihre Vergangenheit allein für sich zu behalten, weil Manuel ihre Geschichte als das Problem in ihrer Ehe betrachtete. Etwas, das zwischen ihnen stand, aber alles, was zwischen ihnen stand, war er selbst.

Doch Rogue war offen zu ihr gewesen und Daria hatte genug Alkohol im Blut, um genauso ehrlich sein zu können. »Eines Nachts, ich war sieben Jahre alt, ist jemand in unser Haus in London eingebrochen. Ich konnte mich in meinem Zimmer verstecken. Hinter der Verkleidung gab es einen Hohlraum, in dem ich mich, als ich jünger war, immer vor meiner Mutter versteckt habe. Aber meine Mutter konnte sich nicht mehr verstecken, sie ist in dieser Nacht gestorben. Mein Vater war gerade wieder in Spanien bei seiner anderen Familie. Als meine Mutter tot war, blieb ihm nichts anderes übrig, als seiner Ehefrau von mir zu erzählen. Sie haben mich aufgenommen, aber als mein Vater ein paar Jahre später bei einem Unfall mit seinem Auto ums Leben kam, wollte seine Frau mich nicht länger in ihrer Nähe. Sie hat mich zurück nach London geschickt auf ein Internat. Sie hat sich und wohl auch mir eingeredet, dass ich mich dort, wo ich herkomme, wohler fühlen würde. Ich denke, das habe ich auch, dort hatte ich zumindest meine

Großmutter, bis sie gestorben ist. Als vom Geld meines Vaters nichts mehr übrig war und meine Stiefmutter sich das Internat nicht mehr leisten konnte, hat sie mich ein Jahr vor meinem Abschluss zurückgeholt. Hier in der Schule hab ich dann Manuel kennengelernt.«

Jetzt hatte sie Rogue wirklich alles erzählt. Jedes Detail aus ihrem Leben. Obwohl es sich merkwürdig anfühlte, war es auch irgendwie befreiend, sich mal wieder mit jemandem unterhalten zu können. Die Chance dazu hatte Daria in den letzten Jahren nur selten gehabt.

Rogue hatte eine seiner Hände auf Darias nackten Unterschenkel gelegt und begonnen, ihn zu streicheln. Wahrscheinlich war ihm nicht einmal bewusst, dass er es tat. Dafür war es Daria umso bewusster und sie versuchte mit aller Macht, es zu ignorieren. »Wie alt warst du, als du auf das Internat geschickt wurdest?«, wollte er wissen.

»Zwölf, fast dreizehn.«

Er malte kleine Kreise auf ihr Knie, die Daria direkt zwischen die Schenkel zu wirbeln schienen. Sie war wirklich versucht, ihm ihr Bein wieder zu entziehen, aber ihr fehlte die Kraft dazu. Also trank sie lieber noch einen Schluck von dem Whisky, damit das Brennen in ihrem Magen sie ablenkte. »Deswegen sprichst du so gut Englisch, du bist gar keine Spanierin.«

Sie nickte unsicher, atmete zitternd ein, als seine Hand langsam über die Innenseite ihres Oberschenkels strich, kurz vor dem Saum des Shirts kehrtmachte und wieder nach unten wanderte, um dort wieder umzukehren und nach oben zu wandern. Als er ihrem Höschen gefährlich nahekam, schnappte sie verängstigt nach Luft. »Rogue!«, schrie sie hektisch auf.

Er blinzelte, starrte auf seine Hand und sah sie dann an. Er hatte es nicht mitbekommen. Würde er sich jetzt entschuldigen, die Hand wegziehen und sie nicht mehr berühren? Sie hatte sich zwar erschrocken und seinen Namen gerufen, aber wenn sie jetzt darüber nachdachte, wusste sie, sie würde die Wärme seiner Hand vermissen. Und wie es sich angefühlt hatte, so zärtlich berührt zu werden. So etwas hatte sie schon viel zu lange nicht mehr spüren dürfen. Auf einmal fühlte sie sich regelrecht verdurstet nach Zärtlichkeit.

Rogue runzelte die Stirn, dann nahm er seine Hand weg und legte den Kopf wieder auf die Rücklehne und lachte dunkel. »Normalerweise, wenn ich mitten in der Nacht mit einer Frau zusammen bin, die genauso wenig schlafen kann wie ich, dann vertreibe ich uns die Zeit auf eine andere Weise. Eigentlich rede ich auch nicht stundenlang mit einer Frau, die halbnackt neben mir liegt«, sagte er seufzend, dann sah er Daria an. »Du hast eine Menge Mist durchgemacht, genauso wie ich. Das mit deinen Eltern tut mir leid. Du hast etwas ganz anderes verdient als ein Arschloch wie mich. Ich würde dich nur benutzen und wir beide wissen, dass das nichts für dich ist.«

Daria lächelte müde. Irgendwo hinter dem alkoholgeschwängerten Nebel in ihrem Kopf verstand sie, was Rogue ihr sagen wollte. Sie war nicht das, was er brauchte. Obwohl sie das ein wenig traurig stimmte und in ihrer Brust sich etwas enttäuscht zusammenzog, war sie erleichtert, dass er laut aussprach, was ihr Verstand längst wusste, aber ihre Hormone nicht wahrhaben wollten. »Vielleicht bist du weniger Arschloch, als du glaubst«, sagte sie und stolperte über das

Wort Arschloch, aber er hatte es benutzt und deswegen wollte sie es auch benutzen, um ihm zu zeigen, dass es ihr ernst damit war. Sie nahm ihr Bein von seinem Schoß und richtete sich auf, um in ihr Zimmer zu gehen, da legte er ihr eine Hand auf die Schulter und zog sie zurück gegen seinen Körper.

»Bleib noch etwas«, sagte er. »Ich mag dich vielleicht nicht besonders, aber man kann gut mit dir reden. Und noch besser kann man mit dir trinken.« Seine Stimme klang müde und er legte einen Arm um ihre Schulter.

Darias Puls hämmerte heftig in ihren Ohren, aber sie schmiegte sich an seine Seite und lehnte ihren Kopf gegen seine Schulter. In ihrem Kopf fühlte sich alles ganz wattig an, aber ihre Nerven waren zum ersten Mal seit einer Ewigkeit völlig entspannt. Sie fühlte nicht den kleinsten Funken Angst. Obwohl sie das sollte, so nah neben jemandem, der niemals ohne eine Waffe war und mit einem Serienmörder in ihrem Rücken.

»Wo waren wir stehengeblieben?«, wollte Rogue wissen und hielt ihr die Flasche vor die Nase.

Kapitel 7

Rogue öffnete die Augen und starrte auf die große Helldogsflagge, die über seinem Bett an der Decke angebracht war. Die schwarzen leeren Augen des Wikingerschädels, der auf einem Thorhammer thronte, starrten auf ihn herunter und verhöhnten ihn. Er hatte es verdient. Sein Schädel hämmerte, als wäre er auf einem Technokonzert und die Bässe dieser lachhaften elektronischen Musik würden ihm direkt durch die Augenhöhlen in den Schädel gepresst.

Als er seinen Arm über seine Augen legen wollte, bemerkte er, dass jemand auf ihm lag. Hatte er sich gestern eins der Groupies mit in seine Wohnung genommen? Rogue stieß einen derben Fluch aus. Er nahm nie eine dieser Schlampen mit nach oben. Wenn er es sich besorgen lassen wollte, dann unten im Clubhouse. In seiner Wohnung war ihm das zu persönlich. Und persönlicher Sex war alles andere als das, was er wollte. Er wollte, dass es bedeutungslos war, dass die Sache ihm nicht unter die Haut ging, denn er hatte sich geschworen, dass er niemals wieder eine Frau in sein Leben lassen würde. Die Gefahr, dass sie endete wie seine Frau, war zu groß.

Seine Frau hatte sich dieses Leben nicht ausgesucht, und als sie davor geflohen war, hatte es sie trotzdem umgebracht. Rogue gefiel es schon nicht, dass auch sein Sohn sich für dieses Leben entschieden hatte, weil er damit aufgewachsen war. Dass Blaze jetzt Teil dieses Clubs war, bewegte ihn noch mehr dazu, dafür zu kämpfen, dass der MC sauber blieb und nicht in Schwierigkeiten geriet. Aber so sehr er es auch versuchte, kleine oder große Probleme tauchten immer auf. Da er aber nicht bereit war, all das am Clubleben aufzugeben, das gut war und das er so sehr liebte wie jeder andere von seinen Brüdern, war kämpfen die einzige Option.

Rogue zog seinen Arm unter dem Kopf des Mädchens hervor und runzelte verwundert die Stirn, als er bemerkte, dass sie beide noch angezogen waren. War er so betrunken gewesen, dass er eingeschlafen war, bevor es überhaupt nett wurde? Er betrachtete die nackten, wohlgeformten Oberschenkel, die unter einem schwarzen Shirt verschwanden, das dem Club gehörte. Dann fiel sein Blick auf die langen mitternachtsschwarzen Haare, von denen er sich jedes Mal, wenn er sie sah, wünschte, sie berühren zu können. Und so wie sein Schwanz auf diesen Anblick reagierte, wusste er auch ohne ihr Gesicht sehen zu können, wer da neben ihm im Bett lag.

»Fuck!«, fluchte er und sprang auf, als liefe er Gefahr, von einer Klapperschlange gebissen zu werden. Er starrte auf Daria runter, die in seinem Bett lag, das Haar wie ein Schleier über ihrem Gesicht ausgebreitet, das Shirt im Rücken bis zum Ansatz ihres Hinterns so weit hochgerutscht, dass er die schwarze Seide darunter erahnen konnte.

Rogue riss sich von dem Anblick los und stürmte aus dem Schlafzimmer in die Küche, um sich einen Kaffee zu machen. Nur er konnte so idiotisch sein, sich mit einer Frau, deren Anblick seinen Schwanz jedes Mal auferstehen ließ, zu besaufen. Er musste sie auf Abstand halten, weil er tief in sich wusste, dass sie ihm gefährlich werden konnte. Das wusste er in dem Moment, in dem sie ihm ihre Arme um den Körper gelegt hatte und er mit ihr zusammen auf seinem Bike losgefahren war. Vielleicht wusste er es auch schon, als sie sich zusammen seinen Schlafsack geteilt hatten. Oder am See, als er ihr in diese unendlich schwarzen Augen geschaut hatte, die so sanft und unschuldig wirkten wie die eines Pferdes. Wie die eines Pferdes? Rogue spuckte in das Spülbecken. Was zur Hölle war in ihn gefahren?

Er drehte das Wasser auf und füllte die Kanne der Kaffeemaschine. Er brauchte jetzt unbedingt einen Kaffee, damit er wieder klar im Kopf wurde. Wieso hatte er sie in sein Bett getragen, statt in ihres? Er musste völlig den Verstand verloren haben.

»Verdammter Whisky«, fluchte er leise. Eigentlich hielt er sich zurück, was nicht hieß, dass er nicht gerne einen Schluck Whisky trank. Aber er ließ nie zu, dass er die Kontrolle verlor. Es musste ihn doch mehr beschäftigen, als er geglaubt hatte, dass sein Sohn heute seine Kutte bekommen würde. Hatte er sich gewünscht, er würde nicht in seine Fußstapfen treten? Manchmal schon. Aber wenn er ehrlich war, machte es ihn auch ein wenig stolz, dass sein Sohn in ein paar Stunden seine Taufe haben würde und dann einer seiner Brüder sein würde. Außenstehende verstanden die Bedeutung dessen nicht. Sie wussten nicht, wie eng die Mitglieder eines Clubs zusammenstanden. Sie würden einander mit dem Leben schützen. Seine Frau hatte das auch nie verstanden, sie hatte nur die Gefahr und die Gewalt gesehen, die dieser Club irgendwann einmal bedeutet hatte. Aber das hatten sie hinter sich gelassen. Fast. Erst mussten sie die drogendealenden Spanish Horses noch loswerden.

Rogue schenkte sich einen Kaffee ein und wandte sich um, um sich gegen den Küchenschrank lehnen zu können. Er erstarrte.

»Guten Morgen«, grüßte sie ihn mit Haar, das vom Schlafen verstrubbelt war. Aber es hätten auch seine Hände sein können, die es verstrubbelt hatten, zumindest war es das, was ihm sofort in den Sinn kam. Er leckte sich über die Lippen. Dieser Anblick, sie in seinem Shirt, aus seinem Schlafzimmer kommend, verschlafen mit nackten Beinen. Nicht einmal die Schiene an ihrem Fuß konnte diese Perfektion verderben. Er räusperte sich heiser. Sein Schwanz war schon wieder hart und er hatte nur seine Lederhose an, die absolut nichts verbarg. Schnell machte er einen Schritt nach vorn zum Tresen, um seine Erektion vor ihr zu verbergen. Wenn er nicht so verdammt scharf darauf wäre, sie vor allem zu beschützen, auch vor sich selbst, dann würde er sie jetzt sofort wieder in sein Schlafzimmer zerren und sich so tief zwischen ihren Schenkeln vergraben, wie ihr Körper es zuließ. Aber Sex kam nicht infrage, sie bei sich schlafen zu lassen war schon viel zu weit gegangen. Aber er hatte lange nicht mehr so gut geschlafen. Was vielleicht auch an der Flasche Whisky lag, die sie beide geleert hatten.

»Ich bin wohl auf deinem Sofa eingeschlafen«, sagte sie unschuldig und kam langsam näher, ging um den Tresen herum und nahm sich eine Tasse aus seinem Schrank, bevor sie sich von seinem Kaffee nahm, als wäre sie hier zu Hause. Bei jedem anderen hätte ihn das zur Weißglut gebracht, er konnte es nicht ab, wenn sich jemand in seiner Wohnung benahm, als gehörte sie ihm. Aber bei ihr breitete sich dieses merkwürdige Gefühl in seinen Eingeweiden aus. Und er hasste es.

»Ich werde Phoebe sagen, sie soll dir ein paar ihrer Sachen bringen. Oder ich schick sie einkaufen«, murmelte Rogue, drängte sich näher an den Küchentresen und hoffte, sie würde ihn nicht zu genau ansehen. Er wollte ihr keinen Schock einjagen, schließlich war sie hier, um in Sicherheit zu sein. Und im Augenblick sah Rogue nicht sehr sicher aus.

Daria sah an sich runter, als sie wieder aufschaute, waren ihre Wangen erhitzt und sie strich sich die Haare aus dem Gesicht. Wahrscheinlich nur eine nervöse Reaktion auf die Scham, die seine Worte gerade in ihr ausgelöst hatten. Rogue sollte wirklich lernen, die Fresse zu halten, wenn es gerade wichtig war. Nicht, dass es ihm leidtat, sie beschämt zu haben, aber ihr Anblick schoss ihm sofort wieder in die Lenden, und dabei wollte er doch endlich nur hier wegkommen. Aber das konnte er nicht, solange seine Lederhose vorn unter der Schnürung eine deutliche Beule aufwies.

»Können wir beide nicht was aus meinem Haus holen?«

»Nein«, entgegnete Rogue etwas zu hart, denn sie verkrampfte sich sofort wieder. Er schluckte den Kloß in seiner Kehle herunter und amtete tief durch. Er wollte sie nicht erschrecken, aber das passierte ihm immer wieder. Was weniger an ihm und mehr an ihrer Vergangenheit lag. Und genau deswegen sollte er dringend mehr Abstand halten. »Er wird dort auf dich warten. Das ist zu gefährlich. Ich schicke eine der Frauen.«

»Aber ich habe kein Geld«, protestierte sie.

»Das übernimmt der Club.« Rogue trank hastig von seinem Kaffee. »Die Frauen haben das Frühstück bestimmt schon fertig, wir haben heute ein volles Haus, eine Kuttentaufe. Eine Überraschungsparty für Blaze, er sollte also nicht wissen, dass die Party für ihn stattfindet. Vielleicht bleibst du besser in deinem Zimmer, wenn sie losgeht. Geht manchmal wild zu auf unseren Partys«, sagte er bestimmt.

Sie trat um den Tresen herum und stellte ihre Tasse darauf ab. »Das hab ich mitbekommen.«

Rogue grinste. »Das war noch gar nichts. Heute kommen ein paar andere Chapter und auch ein paar Biker aus befreundeten Clubs. Hier wird es also richtig abgehen.« Rogue trat einen Schritt vom Tresen weg und schielte auf seinen Schritt, nur um sicher zu gehen. »Ich schick Phoebe gleich zu dir«, sagte er, bevor er schleunigst aus der Küche trat, seine Kutte vom Sofa nahm und sie über seinen nackten Oberkörper zog.

»Ich möchte euch helfen«, sagte Daria, nachdem sie mit frischer, geborgter Kleidung aus ihrem Schlafzimmer kam. Sie band ihr noch ein wenig feuchtes Haar in einen lockeren Dutt zurück und schlüpfte in die flachen Turnschuhe, die auch Phoebe gehörten.

»Gut, dass wir die gleiche Größe haben, aber Angel ist schon unterwegs und kauft dir ein paar eigene Sachen.« Phoebe grinste und ihre grauen Augen leuchteten belustigt auf. »Ich hoffe, du hast nichts gegen schwarz. Angels Geschmack ist etwas einfarbig.«

Daria schüttelte den Kopf. »Die Hauptsache ist doch, ich habe überhaupt etwas, das ich anziehen kann. Also, wie kann ich euch helfen? Rogue hat gemeint, heute kommen eine Menge Gäste. Wird Blaze keinen Verdacht schöpfen, wenn so viel los ist?«

»Nein, Rogue hat ihn mit zwei anderen losgeschickt, eine Liste leerstehender Häuser im Umkreis zu durchsuchen. Er wird also nichts von all dem mitbekommen. Gehen wir erstmal frühstücken. Ich habe dir etwas zurückgestellt, die Männer sind sonst nicht zu bremsen.« Phoebe stand vom Sofa auf und hakte sich bei Daria unter, als könnte diese nicht allein laufen. Aber Daria mochte Phoebe, bewunderte ihr kupferfarbenes Haar, ihre lockere, selbstbewusste Art und die Tatsache, dass sie mit Daria redete, als würden sie sich schon ewig kennen. Sie waren fast im gleichen Alter und verstanden sich auf Anhieb gut. Daria stellte sich vor, dass, hätte sie eine Freundin gehabt, sie vielleicht genauso wäre wie Phoebe. Und Phoebe war die erste hier im Club, die Daria völlig normal vorkam, obwohl sie von allen Prinzessin genannt wurde. Aber das wurde sie nicht, weil sie sich wie eine benahm. Phoebe hatte ihr erklärt, dass sie die Tochter des Mannes war, der Rogues Frau ermordet hatte, und den hatten alle Ragnarök genannt. Er war eine Art Mafiakönig von Glasgow gewesen.

»Warum durchsuchen sie leerstehende Häuser?«, wollte Daria wissen und ließ sich von Phoebe in die Küche des Clubs begleiten.

»Setz dich einfach irgendwo hin«, sagte Phoebe, schenkte Vera ein Lächeln, die an einem langen Tisch stand und Essen zubereitete, das für eine Armee reichen würde.

»Sie suchen nach diesem Bullen. Er muss die Leichen irgendwo versteckt haben.« Phoebe stellte ihr einen Teller mit Toast und Omelette hin. »Rogue meinte, du kannst heute was Kräftiges gebrauchen. Ihr habt wirklich eine Flasche Whisky geleert?«

Daria lachte. »Zu meiner Verteidigung muss ich vorbringen, dass die Flasche schon zur Hälfte leer war, als ich kam.«

Die Frauen lachten.

»Ist das nicht gefährlich für die Männer?«, wollte Daria wissen. Blaze war kaum erwachsen und brachte sich schon in solche Gefahren.

»Sie wissen, was sie tun. Wir haben schon Schlimmeres erlebt.« Vera verzog traurig das Gesicht. Daria musste nicht nachfragen, was sie meinte, sie hoffte nur, dass der Club nicht noch Schlimmeres erlebt hatte als den Mord an Rogues erster Frau.

Daria begann zu essen und beobachtete Vera und Phoebe dabei, wie sie Platten anrichteten, die mit denen eines professionellen Caterings mithalten konnten. »Sie nennen euch Old Ladys, was bedeutet das?«

Vera lächelte und auch auf Phoebes Gesicht trat Zufriedenheit. »Es bedeutet, dass wir zu ihnen gehören. Das klingt belangloser als es ist, aber eigentlich bedeutet es viel mehr, als diese Worte ausdrücken können. Wir bekommen nicht nur die Männer und ihre Herzen, wir bekommen auch diese Kutten.« Vera wandte sich um und Darias verwunderter Blick viel auf einen Schriftzug, der unten auf der Kutte angebracht war: Property of Bear.

Daria schnappte erstaunt nach Luft. »Ihr seid ihr Eigentum?« Jemandes Eigentum zu sein erinnerte sie zu sehr an Manuel. Auch er hatte immer behauptet, Daria gehöre ihm. Und so war es wohl auch gewesen, denn ein eigenes Leben hatte sie nie gehabt.

»Das klingt schlimmer, als es ist. Zuallererst schützt es uns, die Old Lady von einem Helldog zu sein. Niemand würde es wagen, sich an der Frau eines Bruders zu vergreifen. Das würden auch andere nicht machen, die hierher kommen. Und es erklärt unseren Status, wir stehen über den Groupies. Und ansonsten gehört es zu unseren Aufgaben, Essen zu machen.« Vera zwinkerte grinsend. »Das stimmt nicht. Wir kümmern uns um unsere Männer und ihre Brüder, und das machen wir gern. Wir sind eine Familie. Es fühlt sich gut an, hier im Club zu sein, ich kann mir nichts Schöneres vorstellen, als meine Zeit mit den anderen Frauen hier zu verbringen.«

Daria schob ihren leeren Teller von sich und stand von ihrem Stuhl auf. »Also, wie kann ich helfen?«

»Das kannst du gar nicht«, schimpfte Vera. »Was glaubst du wohl, wie lange du stehen kannst? Du solltest für heute Abend ausgeruht sein.« Vera wedelte aufgebracht mit dem Messer herum, mit dem sie eben Tomaten geschnitten hatte.

»Rogue meinte, ich sollte lieber oben bleiben.«

Phoebe und Vera tauschten Blicke aus, dann grinsten beide breit. »So einfach machen wir es ihm nicht«, sagte Phoebe.

»Was meinst du damit?«, hakte Daria verwirrt nach.

Phoebe konzentrierte sich kichernd darauf, Gurken in Scheiben zu schneiden. »Rogue hat dich hergebracht, er wird auch die Verantwortung für dich übernehmen. Wir lassen nicht zu, dass er sich drückt.«

»Ich will ihm nicht zur Last fallen«, warf Daria beschämt ein. »Er macht schon genug für mich.«

Vera schüttelte den Kopf. »Du wirst doch die Taufe unseres Jungen nicht verpassen wollen. Das wird der wichtigste Tag seines Lebens heute. Das lassen wir auf gar keinen Fall zu.«

»Sollte ich nicht doch auf Rogue hören, immerhin ist er euer Präsident?«

»Diesmal nicht«, sagte Vera entschlossen. »Und jetzt sieh dich ein bisschen um. Und wenn du dabei bist, könntest du rüber zu Race ins Tattoo-Studio gehen und ihm ausrichten, dass Angel es sich anders überlegt hat mit dem Tattoo. Sie möchte doch keins.«

Phoebe sah Vera erstaunt an und hörte auf, gekochte Eier zu schälen. »Hat sie das?«

»Natürlich nicht«, schimpfte Vera. »Aber ich habe es.«

Phoebe schüttelte den Kopf. »Sie ist alt genug, wusstest du das?«

»Ich bin ihre Mutter.« Vera holte mit ihren mächtigen Hüften aus und stieß gegen die schlanke Phoebe. Beide Frauen gackerten und sahen dann wieder zu Daria auf.

»Soll ich es ihm ausrichten oder war das nur ein Spaß?«

»Kein Spaß«, sagte Vera ernst.

Daria zuckte mit den Schultern. »Also gut, aber ich denke nicht, dass das Angel abhalten wird. Ich hab sie nur kurz kennengelernt, aber sie kommt mir nicht wie jemand vor, der sich etwas verbieten lässt.«

Vera seufzte. »Da hast du leider recht.«

»Wo ist das Studio?«

»Gleich neben der Werkstatt.«

Kapitel 8

Daria sah sich neugierig im Wartezimmer des Studios um. An den Wänden hingen Fotos von Tattoos, die alle so aussahen, als wären sie direkt nach dem Stechen gemacht worden: das Logo des Clubs auf einem muskulösen Rücken. Am Morgen hatte Daria gesehen, dass auch Rogue das Logo auf seinem Rücken trug. Vielleicht war das sein Rücken auf diesem Foto? Auf einem anderen Bild entdeckte Daria einen Unterarm, auf dem auf einem Bike ein Pinup-Girl saß. Auf den unteren Fingergelenken der Faust, die dieser Arm in die Kamera hielt, standen die Buchstaben HDFFHD auf vier Fingern.

Daria wandte sich zu dem kleinen Tresen um, der auf der anderen Seite stand, und nahm sich einen Flyer aus einem der Ständer. Sie war allein im Warteraum, aber sie hörte aus dem hinteren Bereich ein leises Surren, also hatte Race wohl einen Kunden. Daria betrachtete nachdenklich die Abbildungen auf dem Flyer. Sie hatte nie darüber nachgedacht, sich ein Tattoo stechen zu lassen, Manuel hasste Tattoos und sowieso hätte er ihr nichts erlaubt. Sie musste um die kleinsten Selbstverständlichkeiten betteln. Das einzige, was er ihr auch so gab, waren blaue Flecken auf ihrer Haut und die Narbe, die eine Scherbe über ihrem Hüftknochen hinterlassen hatte, als Daria gestürzt und in die Überreste einer zerbrochenen Vase gefallen war, die er kurz zuvor nach ihr geworfen hatte.

Aber jetzt wäre sie frei zu tun, was auch immer sie wollte. Sobald sie ihren Serienkiller los war. Sie betrachtete ein Vorher-Nachher-Foto. Zuerst war da eine Narbe auf einem Oberarm und dann wurde sie von einem Drachenkopf verdeckt. Daria tastete nach der etwa fünf Zentimeter langen Narbe auf ihrem Bauch. Natürlich war sie nicht groß genug, um sie durch den Stoff des Tops zu ertasten, aber sie wusste, dass sie da war. Und sie wusste, diese Narbe würde sie immer an Manuel erinnern. Sie fragte sich, ob ein Tattoo für sie infrage kommen würde. Dieser Gedanke fühlte sich aufregend an. Sie dachte an die versteckte Narbe auf Rogues Unterarm, sie war nicht zu sehen gewesen. Daria würde einen Bikini tragen können, jetzt, wo sie überhaupt wieder mal an einen See fahren konnte, oder in ein Schwimmbad. Vielleicht würde sie sogar wieder in den Spiegel sehen können, ohne sich jedes Mal daran zu erinnern, wie diese Narbe dorthin gekommen war. Aber sie hatte natürlich kein Geld. Und wahrscheinlich auch viel zu viel Angst, um es durchzuziehen.

»Hast du etwas gefunden?«

Daria sah auf und erkannte Race sofort wieder. Dieses breite, ein wenig anzügliche, Grinsen legte er wohl niemals ab. Sie legte den Flyer zurück zu den anderen.

»Nein, ich kann mir so was gar nicht leisten. Ich bin gekommen, um dir von Vera auszurichten, dass Angel es sich anders überlegt hat.«

»Was sie wahrscheinlich nicht hat. Vera versucht es immer wieder. Wenn sie wüsste, dass ich schon so ziemlich jede Körperstelle ihrer Tochter unter der Nadel hatte, die sie gut verstecken kann, würde sie mich wahrscheinlich ermorden.«

Daria zog erstaunt die Augenbrauen hoch. »Du hast sie schon tätowiert?«

Race zog die Gummihandschuhe aus, die ganz bunt und fleckig waren, ging hinter den Tresen und warf sie weg. »Das Mädchen ist erwachsen, ist nur leider bei Vera noch nicht angekommen.«

»Vielleicht doch ein wenig, Vera lässt sie immerhin im Clubhouse bedienen.«

Race lachte laut auf und fuhr sich durch das dunkle Haar. »Was Sex angeht, ist sie wohl der Meinung, das ist etwas, das sie nicht verhindern kann, ein Tattoo schon.« Er lehnte sich auf den Tresen auf und zog eine Braue hoch. »Also, was hast du gefunden?«

Daria nahm den Flyer und zeigte auf die Narbe. »Funktioniert das wirklich? Ich meine, kannst du eine Narbe einfach so verschwinden lassen, so wie bei Rogue? Also, geht das mit jeder Narbe?« Darias Stimme zitterte ein wenig, als sie ihn fragte. Vielleicht aus Angst, vielleicht aus Hoffnung, darüber wollte sie nicht nachdenken.

»Nicht jede Narbe, aber ja. Zeig mal her«, sagte er und kam um den Tresen herum auf Daria zu.

»Nein, ist egal. Ich kann dich nicht bezahlen.«

Race verschränkte die mit bunten Bildern überzogenen Arme vor der Brust. »Wie wichtig wäre dir das?«

Daria dachte darüber nach. Wie wichtig war es ihr, die Narbe verschwinden zu lassen und damit vielleicht auch ein paar der Dinge, die Manuel ihr angetan hatte? Sie einfach auszulöschen und ihm zu zeigen, dass er keine Macht mehr über sie hatte? Sie hatte das Gefühl, wenn sie das tun würde, würde es ihr noch ein Stück mehr

Freiheit zurückgeben. »Ich würde deswegen nicht mit dir schlafen«, sagte sie.

»Dann formuliere ich es anders: Bist du dir wirklich sicher, oder ist es nur ein plötzlicher Gedanke? Denn an einem Tattoo ist nichts plötzlich, es bleibt für immer.«

Daria presste die Lippen zusammen. »Ich will frei sein, nicht nur einen Moment lang, sondern für immer.«

»Dann tun wir es und du musst nichts bezahlen. Niemand hier im Club bezahlt für ein Tattoo.«

»Ich gehöre nicht zum Club«, korrigierte sie ihn und fühlte Verzweiflung in sich aufsteigen, denn sie wollte nicht, dass er es sich anders überlegte, aber sie wollte ihn auch nicht um etwas bringen, das ihm zustand für seine Arbeit. Und da sie kein Mitglied war, noch nicht einmal jemand, der regelmäßig herkam, stand es ihr nicht zu, ihn zu belügen.

»Willst du das Tattoo oder möchtest du streiten?«

»Ich will es.«

Race nickte zufrieden. »Dann komm mit nach hinten und zeig mir deine Narbe, vorher kann ich dir nichts versprechen.«

Daria folgte ihm hinter einen Vorhang und dann in ein Zimmer, in dem es eine Liege gab, Schränke und Handschuhe und sehr viel mehr, das ihren Magen grummeln ließ, denn es sah ein bisschen aus wie in einem Krankenhaus. Race wandte sich zu ihr um und sah sie abwartend an.

»Also, zeigst du mir deine Narbe?«

Unsicher zog Daria den Saum des Tops aus der Jeans und zog es dann weiter bis zu ihrem Bauchnabel nach oben. »Sie ist nicht groß«, sagte sie vorsichtig. »Aber ich mag sie nicht.«

Race beugte sich nach unten, griff über Darias Kopf und zog sich eine Lampe, wie Daria sie von Zahnärzten kannte, näher heran. »Willst du mir sagen, was passiert ist?«

»Eine Scherbe«, sagte sie ausweichend.

Race betastete die Narbe und blickte dann zu ihr auf. »Die sollte kein Problem darstellen. Jetzt brauchen wir also nur noch ein Motiv. Hast du eine Vorstellung, etwas, das dir gefällt?«

Daria nickte, sie fühlte sich etwas unsicher, angespannt und panisch, aber das lag vielmehr daran, dass sie Race ihren Oberkörper hatte zeigen müssen, auf dem noch immer ein zu Manuels Schuh passender Abdruck in unzähligen Farben leuchtete, aber wahrscheinlich machte sie sich umsonst Sorgen, denn bestimmt wussten längst alle Bescheid, weil Rogue sie über Darias Situation aufgeklärt hatte. Zumindest hatte sie nicht bemerkt, dass jemand sie wegen der Verletzungen auf ihren nackten Armen oder in ihrem Gesicht anstarrte. Race starrte auch nicht, als er jetzt noch einmal die Narbe abtastete, die zwar nicht groß, aber gezackt und wulstig war.

»Ein Motiv, das etwas in dir berührt«, schlug Race jetzt vor.

Manchmal hatte sie den Traum gehabt, Manuel einfach davonfliegen zu können, einfach ihre Flügel ausbreiten und in den Himmel aufsteigen zu können. »Eine Möwe«, sagte sie entschlossen.

Zwanzig Minuten später hatte Race auf einem Blatt Papier eine Möwe skizziert, deren Flügel weit ausgebreitet waren. Aber sie war nicht einfach nur eine Möwe. Statt sie einfach auszumalen, bestand die Möwe aus ineinander verlaufenden Herzen, Ranken und Blüten, so dass sie ein buntes Gesamtbild ergab. »Gefällt dir das?«, wollte er wissen und Daria lachte glücklich auf.

»Das ist perfekt.«

Rogue wusste nicht, was er mehr war, so wütend, dass er einen Mord begehen könnte, oder so besorgt, dass er sich sämtliche Haare ausreißen könnte. Es war wohl ein wenig von beidem. Er war wirklich schon überall gewesen und hatte diese Frau gesucht, die er sich selbst aufgehalst hatte. Sie war wie ein Fisch, scheinbar musste er sie nur Minuten aus den Augen lassen und sie war weg. Und wie konnte es sein, dass seine Männer alle den Auftrag hatten, sie nicht aus den Augen zu lassen und keiner wusste, wo sie steckte? Konnte man denn nicht einmal mehr die einfachsten Aufgaben von ihnen verlangen?

Mit viel zu viel Schwung stieß er die Tür zur Küche auf, Daria konnte eigentlich nur noch bei den Frauen sein. Aber er hatte vorhin schon einmal einen kurzen Blick in die Küche geworfen und nur Sweety, Vera und die Prinzessin gesehen. Die Frauen sahen erschrocken von ihrer Arbeit auf und verstummten sofort. Vera riss den Mund auf, aber als sie seinen mörderischen Blick sah, den er auf sie abfeuerte, klappte sie ihn sofort wieder zu.

»Wo ist sie?«, knurrte er.

»Wen meinst du?«, hakte Vera nach. War das ein scheinheiliges Funkeln in den Augen der alten Frau? Rogue kniff alarmiert die Augen zusammen und atmete tief durch. Er war zwar hier der Pres, aber manchmal kam es ihm so vor, als hätte Vera hier das Sagen. Wenn er ehrlich war, hatte er auch eine gehörige Portion Respekt vor ihr. Vera war eine Frau, die immer alles unter Kontrolle hatte, die ihrem Old Man Bear nichts durchgehen ließ und ihn ordentlich an die Leine gelegt hatte. Und das wollte was heißen, denn Bear war ein Mann, der so gefährlich wie rücksichtsvoll sein konnte. Er konnte in der einen Minute der verlässlichste und besonnenste seiner

Brüder sein und in der nächsten ein ganzes Magazin in einen Mann feuern, der sich an einem Kind vergriffen hatte. Als sie vor ein paar Jahren eins der Häuser ausgeräuchert hatten, in denen McCraw Frauen gefangen hielt und missbrauchte, hatte er wie ein Berserker um sich geschossen. Rogue schätzte, dass von den Männern, die den Angriff der Helldogs überlebt hatten, kein einziger mehr seine Eier hatte.

»Wen zur Hölle meine ich wohl? Die Frau.«

Vera hob das Messer, das sie in der Hand hielt, und zeigte mit grimmiger Maske auf ihn. »Sie hat einen Namen.«

Rogue presste die Lippen aufeinander, wenn sie nicht Bears Frau wäre und die anderen Old Ladys so gut unter Kontrolle hätte, dann würde er ihr jetzt zeigen, wer hier wirklich das Sagen hatte. »Siehst du, was auf diesem Patch steht?«, fragte er und zeigte auf seine Kutte.

Vera verzog das Gesicht, aber sie verstand, dass Rogue im Moment so sehr unter Anspannung stand, dass er keine Lust auf ihre Erziehungsversuche hatte. Die anderen Frauen wandten ihre Blicke ab und arbeiteten hastig weiter. Sie wussten schon, dass Vera sich manchmal gefährlich nah am Abgrund bewegte. »Ich hab sie zu Race rübergeschickt.«

»Wieso solltest du das getan haben?«, wollte er harsch wissen. Er hatte Race schon gestern viel zu oft und zu nah bei Daria gesehen und er wollte nicht, dass die Männer dachten, sie wäre leicht zu haben, so wie die Groupies, die hier im Club verkehrten. Er dachte eigentlich, er hätte sich da klar ausgedrückt.

»Damit sie Angels Termin absagt. Races Nadeln kommen nicht an die Haut meines Mädchens.« Vera fuchtelte warnend mit ihrem

Messer herum und Rogue verdrehte genervt die Augen. So gut diese Frau ihren Mann unter Kontrolle hatte, aber ihre Tochter kannte sie kein bisschen. Irgendwer musste diese Sache beenden, denn sie wurde langsam lächerlich.

»Race hatte seine Nadeln schon unzählige Male auf dem Körper deiner Tochter, bist denn du wirklich so blind, Frau? Das Mädchen ist erwachsen, wird Zeit, dass du das verstehst.« Damit wandte sich Rogue von Vera ab und lief zum Studio rüber.

Er öffnete die Tür und lief direkt nach hinten durch. Rogue war es immer egal, ob Race gerade einen Kunden hatte, wenn er etwas von ihm wollte, nahm er darauf keine Rücksicht. Das hier war Helldogs-Areal und wem das nicht passte, der konnte bleiben, wo er herkam.

Er stürmte in das Behandlungszimmer und erstarrte, sobald er durch die Tür kam. Daria hatte nur noch ihre Unterwäsche an und hing am Hals von Race, der seine Arme um sie geschlungen hatte. Rogue stieß einen langgezogenen Laut aus, der ihm einfach so entkam und der ein wenig wie ein Wolfsknurren klang. Offensichtlich hatte er sich nicht klar genug ausgedrückt. Das Bild, das sich ihm bot, machte Rogue rasend, er konnte es nicht leiden, wenn man sich über seine Befehle hinwegsetzte. Noch weniger passte es ihm, dass Race seine verdammten Pfoten auf Daria hatte.

»Race!«, brüllte er wie ein Dämon.

Race erstarrte und löste seine Arme von Darias Körper, schob sie ein wenig von sich und sah dann um sie herum zu Rogue. »Warum zur Hölle brüllst du so?«, wollte dieser verwirrt wissen.

»Warum ich brülle? Weil ich etwas angeordnet habe.« In Rogues Brust vibrierte etwas, und das war nicht nur Wut. Nein, er raste innerlich vor Eifersucht. War das Eifersucht? Nein, natürlich nicht. Eigentlich konnte es ihm egal sein, von welchem seiner Brüder Daria sich vögeln ließ. Und doch, sein Herz sprang ihm schmerzhaft gegen die Brust und in seiner Nase hing plötzlich der Geruch ihres Haares.

Race blinzelte verwirrt, dann sah er zu Daria hin, die noch immer nur ihre Unterwäsche anhatte und versuchte, ihren BH vor Rogues Blicken mit ihren Armen zu verdecken. Außerdem hatte sie ihm den Rücken zugewandt. Was absolut nichts brachte, denn sie stand vor dem Ganzkörperspiegel, den Race benutzte, um seinen Kunden ihre fertigen Tattoos zu zeigen.

»Hier ist nichts gelaufen«, verteidigte sich Race.

In diesem Moment fiel Rogues Blick auf das frische Tattoo im Spiegel. »Du hast ihr ein Tattoo verpasst?«, wollte Rogue wissen. Seine Kehle fühlte sich irgendwie eng an. Er konnte den Blick einfach nicht von Darias Spiegelbild lösen. Diese Frau stand fast nackt vor ihm und ihm zog sich deswegen alles zusammen. Aber sie stand auch fast nackt vor Race, und er wollte nicht wissen, was dem durch den Kopf ging. Race war ein Mann, der nicht viele andere Sachen machte als zu vögeln. Aus seinem Studio kam selten eine hübsche Frau raus, ohne seinen Schwanz kennengelernt zu haben.

Race fuhr sich durch sein dichtes Haar und sah Rogue nervös an. »Du hast nicht gesagt, dass ich sie nicht tätowieren darf.«

»Mir ist das Tattoo scheißegal«, sagte Rogue. »Ich hab sie überall gesucht.« Dann schweifte sein Blick wieder zu Daria, die noch immer völlig verkrampft vor dem Spiegel stand und ein schuldbewusstes Gesicht machte.

»Ich habe ihn darum gebeten«, sagte sie. »Es war mir wichtig.«

»Wieso ist sie nackt? Du hast echt einen beschissenen Humor«, sagte Rogue.

Race begann zu lachen, riss ein Stück Folie von einer Rolle und nahm eine Tube Salbe von einem Tischchen neben seiner Behandlungsliege, bevor er wieder zu Rogue sah. »Damit hab ich nichts zu tun. Sie wollte Phoebes Sachen nicht einsauen.«

»Deck das Tattoo ab und dann schick sie zu mir raus«, sagte Rogue schlechtgelaunt. Er verließ das Behandlungszimmer mit einem gewaltigen Knoten im Magen. Er war eifersüchtig gewesen. Das war absolut nicht hinnehmbar. Aber verdammt, irgendwie war es auch verständlich, diese Frau sah wie eine waschechte Highland-Elfe aus einem Märchenbuch aus. Er hatte das Zimmer nur so schnell verlassen, damit es nicht peinlich wurde für sie alle.

»Warum hast du nach mir gesucht?«, wollte Daria wissen, als sie in das Wartezimmer trat. Rogue warf einen Blick auf den Vorhang, der hinter ihr noch ein wenig schaukelte, dann sah er sie wieder an und entdeckte, dass sie unter dem dunklen Stoff den Knopf der Jeans offengelassen haben musste, weil der Bund wohl auf das Tattoo drückte.

»Angel ist mit deiner Kleidung zurück. Vielleicht ist da was dabei, das du nicht offenlassen musst.«

Daria runzelte die Stirn und musterte ihn nachdenklich. »Und deswegen brüllst du Race so an?«

»Nein, ich habe Race angebrüllt, weil ich etwas angeordnet habe und er es offensichtlich nicht ganz verstanden hat.«

»Was hast du denn angeordnet?«

»Das geht dich nichts an.«

Daria zog eine Augenbraue hoch. »Die Frauen hier im Club sterben zumindest nicht an Infodumping, so viel ist mal sicher«, sagte sie und ging mit erhobenem Kinn an ihm vorbei. »Ich finde Angel allein.«

»Musst du nicht, sie ist in deinem Apartment«, schnaubte Rogue und sah ihr noch immer schlecht gelaunt nach.

»Danke«, rief sie über die Schulter zurück.

Kapitel 9

Mit einem Lachen schob Daria sich an Sweety vorbei, die versuchte, sie daran zu hindern, in die Küche zu kommen, um den anderen Frauen zu helfen. »Ich kann vielleicht nicht lange stehen, aber ich kann wenigstens versuchen, euch dabei zu helfen, die unzähligen Spareribs einzulegen.« Daria humpelte bis an die Arbeitsfläche heran, die mittlerweile so befüllt mit Lebensmitteln war, dass man daran gar nicht mehr arbeiten konnte. »Erwartet ihr eine Armee?«

Vera tauchte neben ihr auf, packte sie an den Schultern und schob sie zur Küchentür. »Die Spareribs sind fertig für den Grill und die Armee dürfte in ein paar Minuten ankommen. Thorne war eben hier und hat erzählt, dass Charlie vor dreißig Minuten angerufen hat, sie sind in zwanzig Minuten da.«

»Und wer ist Charlie?«, hakte Daria neugierig nach, versuchte sich von der sichtlich aufgeregten Vera zu befreien und sie daran zu hindern, sie aus der Küche zu schieben.

»Charlie ist Rogues Vater, Blazes Großvater. Er hat dafür gesorgt, dass alle Besucher sich ein paar Kilometer vor der Stadt auf einem Autobahnrastplatz treffen, damit alle zusammen ankommen und Blaze wirklich bis zuletzt nichts ahnt.«

Daria zeigte auf den überfüllten Tisch. »War er denn den ganzen Tag noch nicht in der Küche?«

»Nein, er ist noch immer unterwegs mit ein paar Männern. Sie lenken ihn ab, bis Rogue ihnen sagt, dass sie herkommen dürfen.«

In dem Augenblick, in dem Vera das sagte, ertönte ein Grollen, das den Boden beben ließ und die Wände erzittern. Es war schon fast ohrenbetäubend. Daria ließ sich von Vera mitziehen, deren rundliches Gesicht plötzlich noch grimmiger wirkte als sonst. »Sie sind da, jetzt geht es hier gleich rund. Du wirst dir vorkommen, als wärst du Teil eines Gruppensexvideos, wenn die Männer erstmal richtig loslegen und die Groupies ins Clubhouse mitbringen.«

»Alle Männer?«, wollte Daria wissen und beobachtete, wie die Biker, die eben noch im Clubhouse verteilt herumgesessen hatten, aufsprangen und nach draußen drängten. Rogue warf ihr einen kurzen Blick über die Schulter zu, der sich nicht deuten ließ, dann folgte er den anderen. Würde er auch gleich an dieser Gruppensexveranstaltung teilnehmen? Und was waren das überhaupt für Partys, auf denen es nur darum zu gehen schien? Sie konnte sich nicht vorstellen, dass es wirklich so schlimm werden würde und sich in ein paar Stunden alle benehmen würden wie brunftige Hirsche und rollige Katzen.

Vera sah sie kurz an und half ihr weiter aus dem Clubhouse, wo laute Stimmen sich mit röhrenden Motoren mischten. »Nicht alle, meinem Bear würde ich das nicht erlauben, und Phoebe würde Craws Eier morgen zum Frühstück servieren, aber die Singles und auch viele der Biker, die ihre Old Ladys zu Hause gelassen haben.«

Daria sah Vera verdutzt an und hinderte sie daran, sie weiter mit sich zu ziehen. »Dann würde Bear es tun, wenn er auf einer Party in einem anderen Club wäre?«

Vera presste die Lippen fest aufeinander, dann sah sie ungeduldig den anderen nach, die alle schon draußen waren, um die Gäste zu begrüßen. Sie kämmte sich mit den Fingern ihre dunklen Locken, aber die waren so widerspenstig, dass sich an Veras wilder Frisur überhaupt nichts änderte. »Ich weiß nicht, was passiert, wenn sie woanders feiern. Die Männer reden darüber nicht, weil ...«

»... das Clubangelegenheiten sind«, setzte Daria genervt fort. Sie dachte über das nach, was Vera gesagt hatte, und in ihrer Kehle stieg Übelkeit auf. Sie glaubte nicht, dass sie mit der Möglichkeit leben könnte, dass ihr Mann sie mit einer anderen Frau betrog.

Vera legte ihr eine Hand auf die Schulter und sah ihr tief in die Augen. »Sieh mal, es ist so. Bear und ich haben eine Abmachung, sollte es mal passieren, dann will ich es nicht wissen und dann darf es nur mit einem Groupie sein. Mit derselben Frau nur einmal.« Sie seufzte. »Wenn du dich in einen Biker verliebst, dann musst du lernen, auch den Club zu lieben. Die Männer werden ihn nie aufgeben, sie haben den Club gewählt, weil sie dieses Leben wollen. Und jetzt komm«, sagte sie ernst. »Wir begrüßen die Gäste immer gemeinsam, das gehört auch dazu.«

Daria folgte Vera, konnte ihre letzten Worte aber nicht aus dem Kopf bekommen, aber gerade sie hatte kein Recht, das, was zum Leben der Biker gehörte, zu verurteilen. Und doch tat sie es, denn wenn sie sich vorstellte, sie wäre mit einem von ihnen zusammen - vielleicht mit Rogue - und er würde Tage, vielleicht Wochen unterwegs sein und sie müsste sich jede Minute fragen, was er mit wem tun würde, es würde sie wahnsinnig verletzen.

Aber auch sie hatte fast zwei Jahre lang damit gelebt, dass Manuel sie alle paar Monate, manchmal sogar alle paar Wochen geschlagen hatte, und die ganze Zeit ein Leben gelebt, das andere nicht verstehen würden. Mit einem leisen Stöhnen legte sie eine Hand auf ihr neues Tattoo. Durch den Stoff der dünnen Leggings konnte sie die leichten Erhebungen der Folie fühlen, mit der es abgedeckt war. Auch wenn die Stelle ein wenig schmerzte, sie war froh, dass von der Narbe nichts mehr zu sehen war. Damit hatte sie wieder ein Stück ihrer Vergangenheit ausgelöscht. Und ihr war es herzlich egal, was Rogue davon hielt. Der musste sich gerade aufregen! Sie hatte seinen über und über tätowierten Oberkörper gesehen. Was war da schon eine kleine bunte Möwe, die ihren Flug in die Freiheit signalisierte. Sie wollte etwas, das sie auch in Wochen und Monaten und Jahren daran erinnerte, wie entschlossen sie war, nie wieder auch nur eine Sekunde daran zu denken, zurück zu Manuel zu gehen. Sich nie wieder von einem Mann verletzen zu lassen.

Daria stellte sich zu den anderen Frauen, obwohl sie das Gefühl hatte, dass sie gar nicht dazugehörte, sie war ja keine Old Lady. Aber Vera hatte darauf bestanden, dass sie mit nach draußen kam, also tat sie einfach so, als gehörte sie dazu. Das Geräusch der Motoren verstummte langsam und im Hof und auf der gesamten Straße vor dem Club - soweit Daria durch das Tor sehen konnte, und wahrscheinlich noch viel weiter - standen schwarze, bunt bemalte und stark verchromte Bikes. Die Männer begrüßten sich lautstark. Auf ein paar Kutten konnte Daria das Helldogs-Logo sehen, aber die Orte auf den unteren Patches waren andere: Frankfurt, Lion und ein paarmal tauchten auch völlig andere Logos auf von anderen Clubs: Black Devils und Red Riders. Es mussten mindestens siebzig Biker sein, die sich jetzt im Hof verteilten. Und sie hatten nochmal etwa zwanzig Frauen mitgebracht, von denen einige selbst Kutten trugen, auf denen stand, dass sie das Eigentum von jemanden waren: Property of Spike stand auf einer. Auf einer anderen stand: Property of Headshot. Daria wollte lieber nicht wissen, warum jemand Headshot genannt wurde.

»Willkommen in Tolosa Freunde, Brüder und Dad«, sagte Rogue und legte einem älteren Herren einen Arm um die Schultern. Als Rogue seine Stimme erhob, verstummten alle anderen Stimmen und die Männer stellten sich in einem lockeren Kreis um die Mitte des Hofs auf. Rogue strahlte zufrieden, als er seinen Blick über all die Menschen schweifen ließ. Sein Strahlen verlor nur kurz an Leuchtkraft, als er Daria neben Vera und Angel entdeckte. Er trug eine Jeans, die sehr locker an seinem Körper saß und darüber nur noch seine Weste.

Darias Blick saugte sich fast an der von seinem Schweiß glänzenden, breiten Brust fest, die bei der einen Bewegung mal mehr, bei der anderen mal weniger unter seiner Kutte zu sehen war. Er sah so selbstbewusst, arrogant und unnahbar aus, dass Daria das Wasser im Munde zusammenlief. Er stand inmitten all dieser Männer, die selbst vor Kraft strotzten, aber keiner von ihnen kam an die Wirkung heran, die er in diesem Moment auf Daria hatte. Ihr wurde ganz heiß und in ihrem Magen flatterte es. Sie musste sich selbst ermahnen, dass sie sich zu keinem falscheren Mann so hingezogen fühlen konnte.

»Ich bin dankbar, dass ihr alle gekommen seid, um einen neuen Bruder in unserer Mitte zu begrüßen. Blaze wird ab heute nicht mehr nur mein Sohn, er wird auch mein Bruder sein. Der Junge hat noch keine Ahnung, aber ich werde Thorne jetzt anrufen und ihm sagen, dass sie jetzt nach Hause kommen können, damit ihr nicht mehr viel länger auf etwas zu trinken warten müsst. Ich seh euch an, dass ihr Durst habt. Die Mädchen aus dem Lux müssten auch jeden Moment kommen, sie werden für euch tanzen.«

Race trat neben Rogue und machte eine Bewegung, als würde er Hühner scheuchen, daraufhin beruhigten sich die Männer, die bei dem Wort *Mädchen* angefangen hatten zu pfeifen und zu klatschen und gingen auf das Clubhouse zu, andere wiederum blieben neben den Bikes stehen, drei Männer, auf deren Kutten *Prospect* stand, gesellten sich zu dem Prospect der Helldogs, der schon am Tor stand.

Daria beobachtete Rogue, der mit jemandem telefonierte und dann einem Prospect Anweisungen zurief. Kurz drauf brachten ein paar Männer einen Stuhl, stellten ihn in die Mitte des Hofs und legten Seile dazu. Vera und die Frauen öffneten Bierflaschen und gaben sie an die ›durstigen‹ Männer aus.

»Setz dich hier auf die Bank«, schlug Angel vor und half Daria, sich auf eine der Bänke zu setzen, die um die Mitte des Hofs aufgestellt waren. Kaum hatte sie sich gesetzt, hörte sie wieder Motorräder näherkommen, dieses Mal waren es aber höchsten fünf Maschinen, die die Straße runterkamen.

»Sie kommen«, rief einer der Prospects, dann wurde das Tor geöffnet, alle Biker stellten sich im Kreis auf. Die Biker, auf deren Kutten *Tolosa* stand, stellten sich um den Stuhl herum auf. Die Sonne ging gerade unter und tauchte die ganze Szenerie in ein warmes, orangenes Licht. Daria sah gespannt zu. Zum ersten Mal, seit sie hier war, hatte sie das Gefühl, sich nicht mehr fremd zu fühlen. Die gute Stimmung schien auf sie überzugreifen und sie empfand eine gewisse Faszination, als sie sah, wie nahe sich alle standen.

Die Motorräder hielten mitten auf dem Platz. Als Daria Blazes verwunderte Miene sah, musste sie grinsen. Er hatte wirklich keine Ahnung, was hier passierte. Noch bevor er etwas begreifen konnte, schnappten Rogue, Race, der Mann, der Rogues Vater war, und Craw sich Blaze, rissen ihm seine Kutte vom Leib und zogen ihm eine neue an, danach fesselten sie ihn auf den Stuhl unter lauten Anfeuerungsrufen aller Zuschauer.

»Schau mal, wie er grinst. Er hat schon begriffen, was gerade passiert«, flüsterte Angel Daria zu und stieß ihr aufgeregt gegen die Schulter. Sie strahlte glücklich und war sichtlich stolz auf ihn.

Rogue trat neben Blaze, in seiner Hand hielt er eine Flasche Bier. Neben ihm standen jetzt fünfzehn weitere Männer. »Sie gehören alle zum Tolosa Chapter«, erklärte Angel. »Sie werden ihren neuen Bruder jetzt gehörig willkommen heißen.« Sie lachte in ihre erhobene Hand.

»Blaze«, setzte Rogue breit grinsend an und alle Männer trampelten mit ihren schweren Stiefeln auf den geteerten Boden. »Diese Idioten hier neben mir dachten, es wäre eine gute Idee, dich als Bruder in der Familie willkommen zu heißen.« Die Männer lachten. »Als dein Vater ist es ja meine Aufgabe, dich immer auf den Boden zurückzuholen, also lass mich das noch ein letztes Mal tun: Lass uns das nicht bereuen. Als dein Bruder sage ich aber: Ich weiß, du wirst uns stolz machen. Wir lieben dich, Bruder.«

Die Helldogs erklärten Blaze auch ihre Liebe, dann stellten sie sich um Blaze herum auf und kippten ihre Bierflaschen über ihm aus. Daria klatschte mit allen anderen zusammen, sie hätte nicht gedacht, dass diese Szene sie so bewegen würde. Obwohl sie Blaze kaum kannte, fühlte auch sie Stolz und freute sich für ihn.

Danny, eine der Stripperinnen aus dem Lux, schmiegte sich an ihn und schob ihre Zunge in seine Ohrmuschel. Rogue legte ihr einen Arm um die Taille, hob seine Flasche an seine Lippen und trank von dem würzigen, dunklen Bier. Die Frau leckte ihm über die Kehle, als er seinen Kopf in den Nacken legte, dabei strichen ihre blonden Locken ihm über die Wange. Um ihn herum war die Party in vollem Gange. Männer lachten lauter als die Musik. Sie war nur noch ein Hintergrundrauschen. Ein paar Frauen kicherten. Ein paar andere rieben sich an Schwänzen.

»Lass uns in eins der Zimmer verschwinden«, bettelte Danny und drückte ihr Becken gegen seinen Unterleib.

Rogue schob sie auf Abstand. »Tut mir leid, Süße, ich bin noch nicht betrunken genug.«

»Dann trink schneller«, sagte sie schmollend.

»Such dir jemand anders.« Rogue ließ sie stehen und ging rüber zu Charlie, der sich mit Bull von den Red Riders unterhielt.

»Gut, dass du kommst«, sagte Charlie und legte ihm einen Arm um die Schulter. »Bull hier hat eins eurer Bikes in der Werkstatt gesehen und fragt sich, ob du ihm wohl auch ein eigenes bauen könntest. Etwas, das zu seinem Namen passt.«

Rogue begrüßte Bull mit einem Nicken. Bull war ein riesiger Kerl mit breiten Schultern und einem dunkelblauem Irokesen. Rogue kannte ihn noch nicht so gut. Die Red Riders unterstützten die Helldogs noch nicht sehr lange.

»Ich bau dir jedes Bike, das du willst. Aber ich bevorzuge es, wenn du mich machen lässt. Du erzählst mir ein bisschen was über dich und ich entwerfe dir das Bike, das nur zu dir passt.«

»Mein Junge macht die besten Bikes. Du wirst das Gefühl haben, dein Bike ist ein Teil von dir.« Charlie grinste stolz.

Rogue presste die Lippen aufeinander. Er mochte es nicht, wenn jemand ihn wegen der Bikes lobte und so tat, als gäbe es keine besseren auf diesem Planeten. Er liebte es, sich mit Bikes zu beschäftigen, aber er hasste es, wenn man ihm deswegen zu viel Aufmerksamkeit zukommen ließ, deswegen ging er nicht weiter darauf ein, während Charlie neben ihm stand und die Künste seines Sohns anpries.

Rogue sah sich im Club um. Vorhin hatte er Daria bei den Frauen gesehen. Er war nicht glücklich damit, dass sie seine Bitte ignoriert hatte. Ihm wäre es wirklich lieber, sie wäre in ihrem Apartment geblieben. Wegen des Tattoos trug sie eine Leggings, die ihren Körper so eng umschmeichelte, dass sie eigentlich auch nichts tragen brauchte. Dazu noch dieses Top, das ihr wie ein viel zu kurz geratenes Kleid gerade mal bis knapp unter den Arsch reichte. Angel hätte ihr ruhig etwas weniger Aufregendes kaufen können. Wahrscheinlich war das nicht einmal Darias Stil. Er machte sich Sorgen, dass jemand aufdringlich werden könnte und sie nicht damit klarkam. Ein wenig machte er sich auch darum Sorgen, dass jemand aufdringlich werden könnte und es ihr gefiel. Aber das ging ihn eigentlich nichts an. Trotzdem gefiel es ihm gar nicht, dass sie hier rumhumpelte. Er hatte die Verantwortung für sie. Sie stand unter seinem Schutz, das bezog auch alles mit ein, was hier auf dem Areal lief und nicht nur diesen irren Serienmörder.

»Ich seh mich mal um«, sagte Rogue nervös, als er sie nirgends entdecken konnte, stellte seine leere Bierflasche auf einem kleinen Tisch ab und griff im Vorbeigehen in einen der Kästen, die überall verteilt standen, und nahm sich ein neues Bier.

Er sah sich im Clubhouse um und fragte sich, warum er überhaupt nach ihr suchte, wenn einer der Männer oder auch mehr sie abschleppten, dann war das doch ihre Entscheidung, außerdem hatte er sie gewarnt. Es war nicht seine Aufgabe, sie davon abzuhalten, mit wem auch immer zu vögeln. Das sollte ihm egal sein.

»Wenn du die Kleine suchst, sie steht draußen und unterhält sich mit einem der Devils. Zumindest haben sie sich eben noch unterhalten. Bronco gilt ja als jemand, der schnell zur Sache kommt«, meinte Race mit einem breiten Grinsen.

»Und warum sollte mich das interessieren?«

»Weil du heute Mittag fast durchgedreht bist, als du die Kleine bei mir gefunden hast. Sie lässt dich nicht kalt, oder?«

»Red kein Blech, mich lässt jede Frau kalt«, brummte Rogue und warf Race einen vernichtenden Blick zu. Ihn musste jede Frau kalt lassen, denn alles andere würde sie in Gefahr bringen. Trotzdem bildete sich ein Knoten in Rogues Magen, als er daran dachte, dass Daria dort draußen mit Bronco abhing. Dieser Kerl war bekannt dafür, dass er über Frauen kam wie ein Unwetter und sie ihm kaum etwas entgegensetzen konnten. Sie verwandelten sich in seiner Nähe in so etwas wie bibbernde Häschen.

Rogue ging eilig an Race vorbei aus dem Clubhouse und sah sich nervös im Hof um. »Verdammt, wo steckt sie?« Er versuchte sich einzureden, dass er sie nur vor Bronco schützen wollte, sie hatte genug durchgemacht und musste da nicht ausgerechnet eins der vielen Opfer von einem Kerl werden, der seine etwas merkwürdigen Vorlieben für Sex mit völlig wehrlosen Frauen auslebte. Einige der Mädchen konnten wochenlang nicht laufen, wenn er mit ihnen fertig war. Okay, mindestens eine Woche lang nicht.

Er entdeckte Bronco ganz in der Nähe der Werkstatt. Er hatte ihm den Rücken zugewandt und beide Hände schwer gegen eine Wand gestemmt und blickte auf irgendetwas runter. Für Rogue sah das verdammt nochmal danach aus, als würde der Kerl gerade seinen Schwanz im Mund einer Frau haben. Rogues Magen zog sich mit einer solchen Heftigkeit zusammen, dass ihm sein Bier wieder in die Kehle stieg. Er drückte irgendjemandem seine Flasche in die Hand und stapfte wütend auf den Riesen von einem Kerl zu. Rogue hatte gehört, dass eine Frau leicht an dem Schwanz dieses Arschlochs ersticken konnte, weil er so groß war und der Typ gerne die Kontrolle über sich verlor.

»Ja, da«, hörte er Bronco mit tiefer Stimme sagen, als er näherkam.

Rogue packte ihn an der Schulter und zerrte ihn von der Wand weg. Der Riese torkelte, kämpfte mit dem Gleichgewicht und landete auf seinem Hintern.

»Was ist los?«, knurrte er und sah aus glasigen Augen zu Rogue auf. Er ruderte mit den Armen wie ein Käfer, der auf dem Panzer gelandet war, und kippte sich dabei sein Bier über das Gesicht. Der Kerl war total betrunken.

»Was sollte das?«, herrschte Daria ihn an. Sie kniete auf dem Boden und sah Rogue überrascht an.

»Ich wollte verhindern, dass du einen Fehler machst«, sagte er zornig und ballte die Hände zu Fäusten.

»Einen Fehler? Wie kann es ein Fehler sein, einen Glückscent zu suchen?«

Rogue schnappte nach Luft. »Glückscent?«

»Er wollte ihn mir zeigen und dabei ist er runtergefallen. Und weil er nicht mehr allein stehen konnte, geschweige denn auf dem Boden nach einem Cent suchen, hab ich ihm geholfen. Was hast du denn gedacht, was ich hier mache?«

Rogue sah nach dem Riesen, der neben ihm versuchte, irgendwie wieder auf die Beine zu kommen, aber immer wieder zusammenbrach, dann richtete er seine Aufmerksamkeit wieder auf Daria, die ihn wütend ansah. Er griff nach unten, schnappte sich eins ihrer Handgelenke, zog sie auf ihre Füße und dann hinter sich her zum Wohnhaus.

»Was machst du? Nicht so schnell«, schimpfte sie.

»Ich hab dir gesagt, das hier ist nichts für dich.«

»Warum? Bis eben ging es mir noch gut.«

Rogue ging nicht auf ihren Kommentar ein, zog sie weiter hinter sich her und drückte sie dann gegen die Tür zu ihrem Apartment. Er war sich bewusst, dass er sich wie ein Arschloch aufführte und eine Frau hinter sich her zerrte, die kaum laufen konnte. Aber er war stinksauer, weil sie offensichtlich nicht dazu in der Lage war, auf sich aufzupassen.

»Hast du auch nur einen Blick auf seinen Cent werfen können, bevor er ihn verloren hat?« Er stemmte die Hände neben ihrem Kopf gegen die Tür und amtete heftig, so außer Kontrolle waren seine Gefühle.

Sie schüttelte den Kopf.

»Es gab keinen Cent«, sagte Rogue, löste sich von der Tür und öffnete sie, dann schob er Daria nach drinnen und warf die Tür hinter ihnen wieder zu.

Jetzt standen sie sich wie zwei Hunde gegenüber, die nur darauf warteten, dass der andere zum Angriff überging.

»Er wollte dein Gesicht auf Höhe seines Schwanzes haben.«

»Penis«, korrigierte sie ihn.

Rogue blinzelte verwirrt. »Penis? Ist das dein Ernst?« Er wischte sich mit beiden Händen über das Gesicht. »Ich erzähle dir gerade, dass dieser Kerl versucht hat, sich von dir den Schwanz lutschen zu lassen und du korrigierst mich?« Rogue konnte es nicht glauben. Er stand hier vor ihr, drehte halb durch vor Wut und sie korrigierte ihn.

Daria verschränkte die Arme vor der Brust. »Ich wüsste nicht, was dich das angehen sollte. Vielleicht hätte ich ja sogar Lust darauf gehabt.«

Rogue liefen die Nerven über. Er stand völlig unter Strom. Und noch schlimmer, er sah sie ständig in Unterwäsche vor sich. Und dann redeten sie auch noch über Schwänze. »Dazu hättest du bestimmt keine Lust gehabt«, brüllte er und erstarrte, als sie einen Schritt vor ihm zurückwich.

Sie leckte sich über ihre vollen Lippen, drehte sich um und ließ ihn einfach stehen. »Es ist ja nicht so, als hätte ich nicht gewusst, was da unten so läuft. Ich wollte ohnehin gerade gehen.« Sie humpelte zum Sofa und ließ sich in die Kissen sinken. »Mein Fuß tut weh vom Stehen. Du kannst wieder gehen und dich beruhigen. Ich bleibe hier. Ich versteh nur nicht, warum du ausgerechnet mich behandelst, als wäre ich zerbrechlich, Angel ist auch dort unten. Deinen Sohn hast du heute offiziell in dieses Leben eingeführt.«

»Sie wissen damit umzugehen, du nicht. Ich muss jetzt wieder dort runter. Ich schick dir einen der Prospects hoch.«

Daria winkte ab. »Danke, ich komm alleine klar.«

Rogue kniff die Augen zusammen und ballte seine Hände an den Seiten. Er würde jetzt nicht schon wieder mit ihr darüber diskutieren. Bevor er sich noch vergessen würde, verließ er die Wohnung. Er würde es sowieso nicht noch viel länger schaffen, sich darauf zu konzentrieren, ihr einfach zu zeigen, wie wenig sie alles unter Kontrolle hatte. Wenn er nämlich erst einmal seine Finger in ihr Höschen geschoben hatte, würde er dafür sorgen, dass sie ihren Verstand verlor. Dann hätte sie gar nichts mehr unter Kontrolle. Aber er. Er hätte alles unter Kontrolle. Ihren Herzschlag, ihren Atem. Ihren Körper. Es war idiotisch, das wusste er, aber er sehnte sich danach, ihren Körper unter seine Kontrolle zu bringen und sie seinen Namen schreien zu hören. Er war so scharf darauf, dass er dabei war zu vergessen, dass er sich geschworen hatte, nie wieder eine Frau an sich heranzulassen, die solche Reaktionen in ihm hervorrufen konnte. Die ihm vielleicht etwas bedeuten könnte.

Kapitel 10

Innerlich bebend vor Anspannung, zog Rogue die Tür hinter sich zu, holte tief Luft und versuchte, sich zu beruhigen. Das war wirklich knapp gewesen. Nicht viel mehr und er hätte sich einfach auf sie gestürzt und sie geküsst. Es fiel ihm von Mal zu Mal schwerer, sich unter Kontrolle zu halten. Wenn sie wie jede andere Frau wäre, wäre es ihm egal gewesen. Er hätte sie gevögelt und damit abgeschlossen. Aber sie war nicht wie jede andere Frau, denn andere Frauen brachten ihn nicht fast um den Verstand mit ihrem Verhalten und ließen ihn nicht fast explodieren vor Lust, wenn sie nur in seiner Nähe waren. Jede Faser seines Körpers verlangte danach, wieder in dieses Zimmer zurückzugehen und sie sich zu nehmen.

Mit einem frustrierten Stöhnen verließ er das Wohnhaus und war wild entschlossen, etwas gegen seine ständigen Erektionen zu unternehmen. Seit er am Freitag aufgebrochen war, hatte er keine Frau mehr gehabt, wahrscheinlich stand er nur deswegen so unter Strom. Er musste den Druck einfach abbauen lassen.

»Pres!«, rief Thorne, als er in den Hof trat, und stellte sich ihm in den Weg. »Ich versuch dich schon seit Stunden zu sprechen.«

Rogue rieb sich verzweifelt über das Kinn. Sie sorgte offensichtlich dafür, dass er sogar vergaß, zu erledigen, weswegen sie hier war. »Was habt ihr rausgefunden?«, wollte er erschöpft wissen.

»Nichts, absolut gar nichts«, sagte Thorne verzweifelt und warf hilflos die Arme in die Luft. »Wo auch immer er die Leichen versteckt hält, das tut er nicht in einem leerstehenden Haus in der Gegend. Wir haben sogar sein eigenes Haus durchsucht, da scheint er schon seit Tagen nicht mehr gewesen zu sein. Der Briefkasten quillt über und der Rasen ist so hoch, man sieht den Garten nicht mehr.«

Rogue brummte enttäuscht. »Wäre wohl auch zu einfach gewesen. Der Scheißkerl ist kein Idiot.«

»Ich hab einen der Prospects in der Nähe seiner Dienststelle geparkt, aber bisher ist er da nicht aufgetaucht. Vielleicht arbeitet er gar nicht mehr.«

»Kann sein, er wird damit rechnen, dass wir ihm irgendwo auflauern.« Rogue rieb sich wieder über den Kiefer, seine Stoppeln kratzten dabei vernehmlich über die Haut seiner Finger.

Er sah nachdenklich nach oben, wo er sehen konnte, dass sie hinter dem Fenster stand und herausschaute. Solange sie den Irren nicht hatten, war sie nicht sicher. Und solange sie nicht sicher war, war Rogue nicht sicher. Er hatte so etwas schon Jahre nicht mehr gefühlt, aber er wusste noch ganz genau, was es bedeutete, wenn man sich zu jemandem so stark hingezogen fühlte, dass jeder Gedanke an ihn von Magenkrämpfen begleitet wurde, dass jede zufällige Berührung sich wie Feuer durch die Venen brannte. Und deswegen wusste er auch, dass er das nicht zulassen durfte, weil er niemals wieder jemanden verlieren wollte, den er so sehr liebte, dass sein Verlust ihn wahnsinnig werden ließ. Und Rogue hatte keine Ahnung, wie lange er noch stark genug sein konnte, der Versuchung ihrer unschuldigen Augen und ihres verführerischen Körpers zu widerstehen.

»Lass mich darüber nachdenken, wenn ich erstmal meinen Schwanz zwischen den Lippen eines Groupies hatte, fällt mir schon was ein.«

Thorne grinste und schlug ihm gegen die Schulter. Rogue entließ Thorne mit einem kurzen Nicken und ging direkt auf die nächste Frau zu, die zwischen ihm und dem Eingang zum Clubhouse stand. Es war die brünette Mela aus dem Lux. Er konnte sich vage daran erinnern, schon einmal mit ihr zu tun gehabt zu haben und sie hatte ihre Aufgabe wohl gut erledigt. Sie würde also reichen. Er musterte ihre Rückfront, während er langsam auf sie zuschritt. Sie trug eins dieser superscharfen Kostüme, die die Mädels für ihre Auftritte benutzten. Ein lila glitzernder Tanga, der zwischen ihren runden Backen verschwand und von dem man nur das kleine Dreieck über ihrem Hintern sehen konnte. Ihre Haare waren so lang, dass die Spitzen über das Dreieck strichen, wenn sie sich bewegte. Soweit er sehen konnte, trug sie außer diesem Tanga nur noch ein Bustier, das wohl gerade so ihre Titten verhüllte.

Er umfasste ihren Arm und zog sie mit sich. »Gibt Arbeit für dich, Süße«, sagte er, ohne sie anzusehen, und führte sie direkt in sein Büro im hinteren Bereich des Clubs.

»Pres«, wurde er von Enzo begrüßt, der direkt neben der Tür stand und eine Rothaarige gegen die Wand fickte.

Rogue stieß seine Bürotür auf und ignorierte die Rothaarige, die ihm einen vor Lust verhangenen Blick zuwarf, der eine offene Einladung aussprach. Ihm war heute nicht nach viel Arbeit, er wollte schnell und effektiv ans Ziel gebracht werden. Er zog Mela in sein

Büro, warf die Tür mit Schwung zu und steuerte mit der Frau direkt das rissige schwarze Ledersofa an, das schon einiges mehr als nur Blowjobs und Sex erlebt hatte. Vor zwei Jahren hatten sie auf diesem Sofa einen Mann mit einer Kugel ins Gehirn überrascht, der versucht hatte, sich an der kleinen Tochter von Sweety zu vergehen. Wahrscheinlich war er nicht einmal überrascht von der Kugel, die ihm sein Leben genommen hat, denn dazu war er zu schnell tot.

»Auf die Knie, Süße«, befahl Rogue, öffnete seine Jeans und ließ sich auf das Sofa fallen. Er hatte seine Hose aufgemacht, den Rest würde er ihr überlassen.

Mela lächelte zufrieden, so war Rogue es gewohnt. Die Frauen waren glücklich, wenn sie ihn glücklich machen durften und das wiederum machte ihn glücklich. So einfach war das eigentlich. Jede Frau, die hier in den Club kam, wusste, was er erwartete - eine gute Nummer -, und was er absolut nicht wollte - Komplikationen.

Rogue lehnte den Kopf zurück und beschwor den Anblick von Daria herauf, den sie heute in Unterwäsche geboten hatte. Ihr dunkles Haar, die großen unschuldigen Augen, der Schwung ihrer Taille und der so flache Bauch. Er stellte sich sogar vor, wie er seine Zunge in ihren Nabel tauchen würde, über ihr Tattoo lecken würde.

Lippen schoben sich um seine Eichel, er atmete hart und tief ein, sein Becken zuckte und er stöhnte laut, als an ihm gesaugt wurde. Er behielt seine Augen geschlossen, weil er Daria sehen wollte und nicht die Frau, die zwischen seinen Beinen kniete. Er war nicht wegen ihr hart. Diese Erektion gehörte Daria. Und dafür hasste er sich, denn sie war kaum älter als sein Sohn. Seit sie in sein Leben gefallen war, lief irgendwie alles aus dem Ruder.

»Oh mein Gott!«, zerriss eine Frauenstimme die Stille. Es war kein erregter Aufschrei, sondern ein so schockierter, dass Rogue die Augen aufriss.

»Es tut mir leid, Pres, aber sie hat sich nicht aufhalten lassen«, entschuldigte sich Enzo.

Daria hatte das dringende Bedürfnis, sich die Hand vor den Mund zu schlagen, aber damit hätte sie Rogue nur gezeigt, wie tief der Schock in ihr saß. Und das wollte sie auf keinen Fall. Ihr Aufschrei hatte ihm schon zu viel verraten, aber den hatte sie nicht zurückhalten können. Sie straffte die Schultern und setzte eine ungerührte Miene auf, dann lächelte sie unverbindlich. Sie wollte Rogues Meinung über sie nicht noch unterstützen, er hielt sie ohnehin schon für ein weinerliches Mädchen.

Sie trotzte seinem zornigen Blick, indem sie ihn einfach ignorierte und so tat, als würde er nicht gerade so aussehen, als wolle er sie ermorden. »Ich hab ihn gesehen, er steht direkt vor eurem Tor. Auf der anderen Straßenseite. Ich dachte, du wolltest das vielleicht wissen«, sagte sie entschlossen und so ruhig es ihr möglich war.

Rogue schob die Frau von sich, stand auf und schloss seine Hose. Daria versuchte, nicht hinzusehen, aber ihre Augen hatten wohl einen eigenen Willen und senkten sich von ganz allein auf die Erektion, die Rogue hastig hinter seinem Hosenschlitz zu verstecken versuchte.

»Ein anderes Mal«, sagte er zu der Brünetten, die sich mit einem Schmollen von den Knien erhob und das Zimmer verließ, nicht ohne Daria einen Blick zuzuwerfen, der sie wütend machte. Diese

Frau hatte eben noch zwischen Rogues Beinen gekniet und jetzt sah sie Daria verurteilend an?

»Enzo, sieh nach«, sagte Rogue ruhig zu dem Mann, der versucht hatte, Daria davon abzuhalten, in dieses Büro zu stürmen, während er gleichzeitig mit einer Frau zu tun hatte.

Dieser Anblick würde Daria noch sehr lange verfolgen. Genauso wie der von Rogue und der Brünetten, die fast nichts anhatte. Daria schüttelte sich innerlich und versuchte, den Zorn in sich zu bekämpfen, aber es erschien ihr unmöglich. Sie fühlte einen tiefen Schmerz, wenn sie an Rogue und diese Frau dachte. Dabei hatte sie kein Recht dazu. Trotzdem saß in ihrer Kehle ein Kloß, der ihr das Atmen schwermachte.

Hinter Daria schloss sich die Tür und plötzlich war sie allein in diesem Raum mit Rogue. Die Wut und die Enttäuschung, die ihr eben noch so viel Kraft gegeben hatten, verließen sie und zurück blieb nur noch dieses erstickende Angstgefühl. Daria hatte kein Recht dazu gehabt, hier hereinzuplatzen. Aber sie war so zornig gewesen wegen dem, was Rogue gesagt hatte und weil er sie wie ein Kind auf ihr Zimmer gebracht hatte, dass sie explodiert war, als sie Moreno direkt vor den Toren des Clubs von ihrem Fenster aus entdeckt hatte. Sie hatte das Gefühl, dass Rogue sie im Stich gelassen hatte. Denn wie konnte es sein, dass der Mann nach dem sie suchten, einfach dort vor dem Tor stand und keiner etwas unternahm?

Daria ging langsam rückwärts auf die Tür zu. Sie hatte einen Fehler gemacht. Sie hätte jedem anderen Helldog Bescheid geben können und er hätte sich darum gekümmert, aber sie wollte unbedingt zu Rogue. Wollte ihm vielleicht damit sogar unter die Nase reiben, dass er seine Aufgabe nicht erledigte. Sein Versprechen nicht einlöste, sie zu schützen. Und das nur, weil sie so wütend auf ihn gewesen war.

»Es tut mir leid, ich hätte hier nicht reinkommen sollen«, sagte sie, wandte sich zur Tür um und legte ihre Hand auf den Griff. Rogue war hinter ihr, bevor sie die Tür aufziehen konnte, drückte sie wieder zu und drehte den Schlüssel im Schloss um.

»Du hast mich bei etwas unterbrochen, das ich jetzt dringend gebraucht habe«, sagte er bedrohlich. Sein Gesicht war ihrem dabei so nah, dass sie seinen Atem auf ihrer Wange spüren konnte. Er war ihr so nah, dass sie seine Hitze in ihrem Rücken spüren konnte.

Darias Herz raste: eine Mischung aus Erregung und Angst. Wenn er ihr nahe war, fühlte sie immer, wie Verlangen von ihr Besitz ergriff, wie es sich bis zwischen ihre Schenkel grub und ihr ganz heiß wurde. Sie fühlte aber auch diese Angst davor, er könnte sie jeden Moment packen, sie schubsen, schlagen, ihr so wehtun, wie sie es von Manuel kannte. Sie konnte diese Sorge nicht bekämpfen, weil sie wahrscheinlich von Männern nichts anderes mehr erwartete, aber auch, weil sein ganzes Auftreten, sein wildes Aussehen und seine dunkle Ausstrahlung ihr immer wieder sagten, dieser Mann bedeutet Gefahr. Sie atmete zitternd ein und wagte es nicht, sich zu bewegen, um ihn nicht zu provozieren. Und um die Hitze weiter auskosten zu können, die Erregung, die durch sie hindurchkroch wie warmer Honig. Was stimmte nur mit ihr nicht, dass ihr Körper sich immer wieder zu Männern hingezogen fühlte, vor denen ihr Verstand sie warnte?

»Es tut mir wirklich leid«, sagte sie flüsternd. Ihr Atem ging stoßweise, ob aus Angst oder Lust konnte sie nicht sagen. Beides vermischte sich mit jeder Sekunde zu einer mehr und mehr berauschenden Droge, die durch ihre Adern brannte.

Rogue drückte sich gegen sie, presste ihre Brust gegen die Holztür und vergrub sein Gesicht in ihrem Haar. »Seit Tagen rennst du rum, trägst mal meine Shirts, diese scheiß engen Leggings oder nur Unterwäsche, wenn ich dich sehe. Du scheinst es nicht zu wissen, aber du bist scharf, unglaublich sexy, und das macht Dinge mit einem Mann, die seinen Verstand löchern.« Er legte eine Hand flach auf ihren Unterkörper und presste sie damit gegen seinen Unterleib.

Seine Erektion drückte sich unnachgiebig in Darias Poritze. Durch Darias Körper arbeitete sich ein Zittern, sie öffnete die Lippen leicht und amtete hastig ein. Sie fühlte sich plötzlich zu schwach, um zu stehen. Gut, dass er sie hielt. Aber sie konnte nicht vergessen, dass er diese Erektion nicht wegen ihr hatte, sondern wegen der Frau, die ihn eben noch zwischen ihren Lippen hatte. Und das machte sie zornig. Sie versuchte sich von ihm zu befreien, indem sie sich wand und gegen die Tür stemmte, ihre Hände fest gegen das Holz drückte.

Plötzlich lagen seine Hände auf ihren Schultern und im nächsten Augenblick fand sie sich ihm von Angesicht zu Angesicht wieder. Mit dem Rücken gegen die Tür gepresst, hielt er sie gefangen. Er stand nur wenige Zentimeter vor ihr und sein Gesicht war zornig, kalt und zugleich von Lust und Schmerz verzerrt.

Er sah sie fest an und seufzte. »Du solltest wirklich lernen zuzuhören, wenn man mit dir spricht. Ich habe dir gesagt, das hier unten ist nichts für dich. Du könntest Dinge zu sehen bekommen, die dich verstören, davor wollte ich dich beschützen.« Er legte seine Hand an ihre Wange, schob die Finger unter ihr Haar und hielt sie im Nacken fest. Seine Hand war heiß und rau und die Berührung ließ Daria erschauern. Sie zuckte zurück und sah ihn wimmernd an. Er lehnte sich gegen sie. »Ich habe dir auch gesagt, dass du keine Angst vor mir haben sollst. Ich würde dir nie wehtun. Und ich werde nicht zulassen, dass dir das jemals wieder jemand antut.« Er verzog das Gesicht und lächelte. »Vielleicht würde ich dir doch wehtun, aber nur, wenn du mich anflehst, es zu tun.« Seine Augen funkelten, dann wurde sein Griff um ihren Nacken fester.

Mit seiner freien Hand schnappte er sich ihre Hand, legte sie auf seine Erektion und schloss stöhnend die Augen. Daria spannte sich mit hämmerndem Herzen an. Sie hatte gehört, dass er ihr nicht wehtun wollte, aber darüber konnte sie im Moment nicht nachdenken. Ihr Gehirn war noch nicht bereit, das zu erfassen. Sie war mit dem Rauschen beschäftigt, dass durch ihren Körper raste, mit ihrem viel zu schnellen Puls und mit der Hitze zwischen ihren Beinen, deswegen konnte sie die Reaktionen ihres Körpers nicht auch noch kontrollieren, also versteifte sie sich ganz von allein, als er sie packte und ihre Hand festhielt.

Rogue lehnte seine Stirn schwer atmend gegen ihre. »Das machst du mit mir und ich kann es nicht verhindern. Daria«, flüsterte er verzweifelt. »Ich weiß, du hast Angst vor mir, aber ich will dich so sehr, dass ich noch wahnsinnig werde.«

Daria schluckte hart. Er wollte sie so sehr und doch nahm er sich nicht einfach, was er wollte. Stattdessen schien er darauf zu warten, dass sie entschied, was sie mit dem anfangen wollte, was sie jetzt wusste. Daria wünschte sich, dass er sie einfach küssen würde, dann müsste sie sich nicht entscheiden. In ihr kämpften Angst und Verlangen noch immer und es schien einfach keinen Sieger zu geben, dabei wusste sie längst, was sie wollte. Sie wollte noch mehr von diesem Mann. Wollte ihn viel näher spüren, wollte, dass er das Verlangen stillte. Wollte endlich wieder etwas anderes als Angst fühlen. Sie wollte endlich wieder Leidenschaft und Sex. Sie hatte schon viel zu lange auf beides verzichten müssen. Sie war ausgehungert danach. Manuel hatte sie schon sehr lange nicht mehr angefasst, weil sie immer zu einem Brett erstarrt war, wenn er sie berührt hatte. Das hatte sie nie abstellen können, seit er angefangen hatte, sie zu schlagen.

Daria hob ihre freie Hand und legte sie auf Rogues Wange. Ihre Finger zitterten dabei heftig. Ihre Lippen auch. Sie atmete tief ein und nahm allen Mut zusammen, um nur drei Worte hervorstoßen zu können. »Ich will dich.«

Durch Rogues Körper lief eine Welle, bevor er seine Stirn von ihrer löste und seine Lippen mit brutaler Entschlossenheit auf ihre presste. Daria wimmerte leise, als ein so heftiges Kribbeln sich in ihrem Körper ausbreitete, dass ihre Brustwarzen sich aufstellten und es in ihrem Unterleib erwartungsvoll zuckte. Rogue hatte sie überrascht mit diesem Kuss, der voll Verlangen war, der sich anfühlte wie Sehnsucht, doch dann entspannte sie sich, er legte seine Arme um sie und hob sie hoch, damit sie ihre Beine um seine Taille legen konnte. Dann drückte er sie wieder gegen die Tür und drang mit seiner Zunge in ihren Mund ein. Sein Kuss war stürmisch und er schmeckte nach Bier und würzig und nach Mann, genau so, wie sie es sich vorgestellt hatte. Seine Zunge umkreiste ihre, drang tief in ihren Mund ein.

Daria stöhnte gegen seinen Mund, ihr Herz raste, sie fühlte sich ganz zittrig und war froh, dass sie nicht stehen musste. Keuchend löste sich Rogue von ihrem Mund. Ihre Lippen pulsierten von der Heftigkeit, mit der er über sie hergefallen war. Und weiter unten zwischen ihren Beinen pulsierte sie auch.

»Schätzchen, ich hab dich wohl unterschätzt«, sagte er heftig atmend, legte beide Hände um ihren Hals und streichelte mit seinen Daumen ihren Kiefer. Er bewegte sein Becken gegen sie und rieb seine Erektion gegen Darias Schamlippen. Der Stoff der Leggings und ihres Höschens waren viel zu dünn, um das Gefühl zu dämpfen, das er damit in ihr auslöste.

»Rogue«, stöhnte sie auf und fühlte sich hin- und hergerissen zwischen Flucht und Sehnsucht nach mehr.

Als er wieder zustieß, stöhnte sie laut und presste sich fester gegen ihn. In jeder Zelle ihres Körpers prickelte Lust.

»Pres, da ist niemand«, rief Enzo durch die Tür. »Auf der ganzen verdammten Straße ist niemand.«

»Verschwinde«, knurrte Rogue und rieb sich noch fester gegen Daria. Daria keuchte auf. Ihr war ganz heiß und schwindlig. Sie schob ihre Hände in Rogues Haar und zog sein Gesicht wieder an ihres.

Sie wollte unbedingt ignorieren, dass jemand auf der anderen Seite dieser Tür war, damit das schöne Gefühl zwischen ihren Schenkeln nicht aufhörte. Rogue hob den Blick und lächelte sie angestrengt an. Er schob eine Hand unter ihr Shirt, strich mit seinen rauen Fingern über ihre Seite und legte eine Hand auf ihre schmerzenden Brüste. Er drückte sie sanft, löste den Blick dabei nicht von ihrem Gesicht und rieb dann mit dem Daumen über ihre harte Knospe. Daria atmete zischend ein, als er ihre Brust befreite und ihre Warze zwischen zwei Fingern zwirbelte.

»Du bist so verdammt schön, wenn du erregt bist. Ich kann mich nicht daran sattsehen, wie deine Augen aussehen, deine leicht geöffneten Lippen, die Hitze in deinem Gesicht«, flüsterte Rogue und stieß mit seinem Becken wieder gegen sie. Er begann sich heftiger zu bewegen, mit Stößen, die Strom durch Darias Körper katapultierten. Ihr Höschen fühlte sich klitschnass zwischen ihren Beinen an, ihr Unterleib spannte sich an, zog sich fest zusammen. Daria keuchte laut auf, stieß ihren Kopf gegen die Tür.

»Oh Rogue, hör nicht auf. Hör nicht auf.«

»Verdammt«, stöhnte Rogue, als jemand grob gegen die Tür hämmerte. »Was ist los?«, sagte er mit heiserer Stimme und keuchte in Darias Ohr. Daria hielt sich an seinen Schultern fest und kämpfte damit, sich nicht zu rühren, denn wenn sie sich auch nur einen Millimeter bewegte, würde sie kommen. Und sie würde schreien, und jeder wüsste, was sie getan hätten. Denn sie stand kurz davor zu explodieren.

»Rogue«, wimmerte sie verzweifelt und löste ihre Beine von seiner Taille.

»Dort draußen ist die Hölle los. Du solltest rauskommen.«

»Verdammt, kann Rage das nicht klären?«, knurrte er düster und löste sich von Daria, der Widerwille war ihm deutlich anzusehen. Er lehnte seine Stirn gegen ihre und atmete heftig.

»Rage ist das Problem.«

Rogue stieß frustriert die Luft aus und sah Daria an. »Wir sind noch nicht fertig.« Er zog Daria von der Tür und an seine harte Brust, küsste sie schnell und eilte dann mit grimmigem Blick aus dem Büro.

Daria sah ihm nach, versuchte zu Atem zu kommen und nicht mit rasendem Herzen und zitternden Knien ohnmächtig zu werden. Alles in ihr glühte noch immer. Sie konnte Rogues wilde Küsse noch fühlen, die Reibung zwischen ihren Beinen, den so nahen Orgasmus. Sie rieb sich mit den Händen über die Wangen. Die lauten Stimmen, die Schreie, das alles nahm sie nur wie durch Watte wahr. Sie hatte eben fast Sex mit einem Biker. Nein, das war noch nicht das Schlimmste. Sie hatte eben fast Sex mit einem Biker und der war nicht ihr Ehemann. Und es war ihr egal. Völlig egal. Nein, es fühlte sich sogar irgendwie befreiend an. So, als hätte sie Manuel noch ein Stück mehr hinter sich gelassen.

Kapitel 11

Mit geballten Fäusten eilte Rogue durch das Clubhouse nach draußen. Wenn er nicht so besorgt um seinen Bruder wäre, dann würde er ihm seine Fäuste jetzt gern gegen den Kiefer schlagen. Diese Leidenschaft, diese intensiven Gefühle, die Daria in ihm ausgelöst hatte. Sie hatten ihn fast verschlungen und er war darin auferstanden wie ein Phönix aus der Asche. Es hatte sich angefühlt, als wäre er ein anderer Mensch. Ein Mensch, der nicht mehr leer war, der sich nicht mehr fühlte, als gäbe es nichts anderes als Trauer und Schuldgefühle.

Aber er konnte nicht egoistisch sein. Rage brauchte ihn, und das konnte Rogue unmöglich ignorieren, denn keiner von ihnen konnte nachvollziehen, was in Rage vor sich ging, wenn seine Vergangenheit ihn einholte. Niemand wusste, wie es sich anfühlte, die Dinge erlebt zu haben, die Rage erlebt hatte. Und selbst wenn es Rogue schien, als hätte es in diesem Moment nichts Wichtigeres geben können, als zwischen Darias Schenkel zu tauchen, wusste er, dass eine Frau nie wichtiger sein durfte als seine Brüder. All seine Brüder.

Rogue trat hinaus in den Hof und wurde vom Schein des Feuers, das in der Mitte des Hofs in einer großen Stahlschale brannte, begrüßt. Diese Schale war eins von zwei Endstücken eines Öltanks gewesen und irgendjemand war schlau genug gewesen, ihr vier Füße zu verpassen. Jetzt gehörte sie zu den Partys des Clubs wie Weiber und Bier.

Nicht weit entfernt vom Feuer hatte jemand Rage an den Mittelpfosten des Werkstatt-Tors gebunden. Er brüllte und zerrte an den Fesseln, als wäre er irre geworden. Was er wahrscheinlich auch war. Irgendjemand sollte darauf achten, dass Rage nicht zu viel trank, es endete jedes Mal so: er betrank sich und die Dämonen seiner Vergangenheit holten ihn ein. Überrannten und zerknickten ihn, als wäre er nichts weiter als ein Halm im Wind. Und dann gab es Verletzte. So wie Zero von den Black Devils, der mit völlig demolierter Nase auf einer Bank saß und von Sweety versorgt wurde. Verdammt, hatte Rage den Pres der Devils zugerichtet. Da konnten die Helldogs froh sein, dass die Beziehungen zu dem anderen Club so gut liefen.

»Macht mich los, ihr Arschlöcher! Sofort!«, brüllte Rage wie ein Wahnsinniger.

»Alles klar?«, wollte Rogue von Zero wissen. Der Mann war eine dreiundvierzigjährige Bulldogge, die so breit wie hoch war. Und jedes Gramm an diesem Körper waren Muskeln. Wenn Rage ihn so verdroschen hatte, dann konnte er froh sein, dass er noch fähig war, so herumzubrüllen.

Zero hob die Hand, mit der er nicht sein Gesicht kühlte, und nickte.

»Tut mir leid«, sagte Rogue mit einem verbissenen Lächeln und baute sich dann vor Rage auf. Er sah sich um, die meisten Biker waren mit ihrem eigenen Kram beschäftigt und interessierten sich gar nicht für das, was hier passierte.

»Was zur Hölle ist los mit dir? Den Pres der Devils?«, wollte Rogue harsch wissen.

Rage sah ihn mit vor Wut verzerrtem Gesicht an, seine Brust hob sich unter heftigen Atemzügen. Um ihn schien die Luft vor Aggression zu flirren. Seine Lippe war aufgerissen, das war alles, was er abbekommen hatte. »Er hat mich provoziert«, sagte Rage mit rauer Stimme.

Rogue zog eine Braue hoch. »Du weißt, du verträgst nichts.«

»Leck mich!«, knurrte Rage und zerrte wieder an seinen Fesseln. »Ich will hier verdammt nochmal weg.«

Rogue schob die Hände in seine Hosentaschen. »Das ist keine gute Idee, nicht wenn du so drauf bist. Du bringst noch jemanden um. Also, was ist passiert?«

»Er hat mir an den Arsch gegriffen.«

Rogue versteifte sich innerlich, versuchte aber, sich nichts anmerken zu lassen, um Rage nicht noch zu ermutigen. Klar, er verstand, dass Rage ausgeflippt war. Wenn Männer ihn anfassten, selbst wenn es nur ein Spaß war, dann war das der schlimmste Trigger überhaupt. Wenn das passierte, brauchte es eine Menge Fesseln, um Rage davon abzuhalten, jemanden umzubringen.

»Er hat es nicht so gemeint«, versuchte Rogue seinen Bruder zu beruhigen. »Wie wäre es, wenn du dir eins der Mädchen schnappst und mit ihr in dein Schlafzimmer verschwindest. Krieg den Kopf wieder frei. Vergiss einfach, dass das eben passiert ist. Du hast dem Mann die Nase zertrümmert, er wird dir garantiert nie wieder zu nahe kommen.« Rogue beobachtete seinen Bruder genau. Seine Atmung hatte sich beruhigt und er zerrte nicht mehr so sehr an den Fesseln. Auch die tiefen Falten und die Abscheu waren aus seinem

Gesicht verschwunden. Rogue hoffte, dass er mit seinen Worten zu ihm durchdrang, also redete er weiter. »Der Mann wird tagelang mit einem Brummschädel rumrennen. Vielleicht kann der nie wieder durch seine Nase atmen. Und sieh dir seinen kleinen Finger an. Wie ist das denn passiert, hast du versucht, ihn auszureißen? Ich denke, er hat genug.«

Rage brummte seine Zustimmung und Rogue trat hinter ihn, um ihn zu befreien. Er warf Enzo einen Blick zu, der gleich in der Nähe stand, damit dieser sich bereitmachte, falls Rage es sich doch nochmal anders überlegen wollte.

»Okay, ich mach dich jetzt los. Dir geht es gut und du kommst einfach mit mir nach oben. Ich hab gehört, Nina ist eine gute Krankenschwester.« Rogue zwinkerte Nina zu, die ein zufriedenes Lächeln aufsetzte.

Nina war das Groupie, das ziemlich häufig bei Rage im Bett landete. Rogue bezweifelte, dass er etwas für sie empfand, aber irgendwas machte das Mädchen wohl richtig. Rogue wollte diese Sache jetzt wirklich so schnell wie möglich geklärt haben, denn auf ihn wartete auch ein Mädchen, das so einiges richtig machte.

Er packte Rages Arm, der wankte, Rogue aus trüben Augen ansah und sich dann schwerfällig mit ihm auf das Wohnhaus zubewegte. Nina folgte ihnen. Sie würde heute Nacht bei Rage bleiben und dafür sorgen, dass er im Bett blieb. Zumindest hoffte Rogue das, denn er hatte keine Lust, den Babysitter zu spielen, während Daria auf ihn wartete. Zur Sicherheit würde er einen Bruder vor Rages Tür stellen.

Rogue ließ Rage ächzend auf sein Bett fallen, hievte seine Beine auf die Decke und zog ihm die Schuhe aus, dann nickte er Nina kurz zu und machte sich auf den Weg in sein Büro. Rage und Alkohol waren keine guten Freunde, sein Bruder wusste das, aber manchmal ließ er sich doch hinreißen. Er würde mit ihm reden, wenn er nüchtern war. Aber Rogue verstand auch, dass Rage das manchmal brauchte, um wieder atmen zu können.

Sein Büro war leer. Wieso war sein Büro leer? Musste er sie schon wieder suchen? Warum machte sie nie, was ihr gesagt wurde? Was war an »Wir sind noch nicht fertig« nicht zu verstehen? Wütend schmetterte er seine Faust gegen die Wand seines Büros. Putz rieselte herunter und Schmerz schoss seinen Arm hinauf. Rogue hatte eine sehr genaue Vorstellung von dem gehabt, was er jetzt mit ihr tun wollte. Und jetzt war sie weg. Dabei war er schon wieder so hart, dass er die Zähne zusammenbeißen musste. Er musste nur an sie denken und seine Hose wurde eng. Und nach dem Mist von eben brauchte er jetzt wirklich ein bisschen Ablenkung. Er würde sie suchen, und wenn er sie gefunden hatte, dann würde er ihr beibringen, was es hieß, gehorsam zu sein. Oder auch nicht, denn bei ihr musste er sich zurückhalten. Sie hatte Vorsicht und Verständnis verdient. Aber sein Verständnis hatte Grenzen.

Daria starrte nach unten auf das Treiben im Hof. In der Mitte flackerte ein Feuer und Glut stieg davon auf. Von hier oben, wo sie die Stimmen und das Gelächter nur leise wahrnahm, wirkte das alles romantisch und gemütlich. Aber dort unten aus der Nähe verlor alles seine Romantik und zurück blieben nur noch Sex und Gewalt.

Als Daria vorhin den brüllenden Rage gesehen hatte und sein blutüberströmtes Opfer, da war ihr mit einem Mal wieder klargeworden, wo sie hier war. Es gab hier zwei Seiten, die familiäre, die sie in den letzten Tagen hatte kennenlernen dürfen, und die brutale. Sie hatte sich zu sehr von der familiären verführen lassen und so vergessen, wie gefährlich die andere Seite war. Sie wusste, dass sie diese Seite nicht vergessen sollte, aber wenn sie Rogues Nähe fühlte, dann war es viel zu einfach, all das zu vergessen, was sie am Club fürchtete. Rogue verwirrte sie, auch er hatte diese zwei Seiten, er konnte grob und hart sein, und zärtlich und leidenschaftlich. Und beide Seiten zogen sie an. Er hatte sie geküsst und nur das allein hatte in ihr eine Leidenschaft geweckt, die sie nie wieder vergessen würde. Sie wollte sie auch nicht mehr vermissen müssen. Aber genau dazu würde es kommen. Ein Mann wie Rogue wollte nur Sex, darüber hinaus wollte er nichts. Und um an sein Ziel zu kommen, würde er ihr alles erzählen. Und vielleicht war es genau das, was sie an ihm so anzog, obwohl sie gar nicht der Typ dafür war. Aber jemand wie Rogue versprach ihr die Sicherheit, dass er ihr geben würde, was sie brauchte, und danach einfach wieder verschwinden würde. Sie sollte sich nehmen, was er ihr bot, denn zu mehr war sie nicht bereit.

»Hatte ich dir nicht gesagt, dass du lernen sollst, zu tun, was man dir sagt?« Arme schlangen sich von hinten um ihre Taille, zogen sie gegen einen festen Körper. Daria erzitterte und atmete hastig ein. Sie schmiegte sich an Rogues Wange und legte die Hände auf seine Arme.

»Langsam solltest du wissen, dass ich das nie tun werde.« Weil ich nie mehr zulassen werde, dass ein Mann mich kontrolliert.

»Wir müssen da noch etwas zu Ende bringen«, sagte Rogue, und ehe Daria reagieren konnte, hatte er sie auf seine Arme geladen und brachte sie in ihr Schlafzimmer. Er warf sie auf das Bett und zog seine Kutte aus. »Außer du hast es dir anders überlegt.«

Daria schluckte nervös und sah Rogue mit weit aufgerissenen Augen an. Hatte sie es sich anders überlegt? Ihr Verstand schrie laut und deutlich Nein, aber viel tiefer in ihrem Körper zog sich alles erwartungsvoll zusammen. Es ging eigentlich nur darum, ob sie Rogue vertrauen konnte. Ob sie in ihm nur den wilden Biker sah oder den Mann, der sie durch den Naturschutzpark getragen hatte, der zurückgekommen war, um sie zu retten, obwohl er einfach hätte verschwinden können, der fast in einem brennenden Haus gestorben war, um dafür zu sorgen, dass sie in Sicherheit war.

»Ich habe es mir nicht anders überlegt«, flüsterte sie verlegen.

Über Rogues Lippen bewegte sich ein Lächeln, aber sein Blick verdunkelte sich. »Baby, das ist genau, was ich hören wollte.« Er sah auf sie herab, öffnete seine Hose und schob sie einfach von seinen Hüften.

Daria hörte ihr Blut in ihren Ohren rauschen, fühlte, wie ihr Herz hämmerte und leckte sich panisch über die Lippen. Plötzlich konnte sie an nichts anderes mehr denken als daran, dass sie bisher nur mit Manuel geschlafen hatte, und dass selbst das schon so lange her war, dass sie glaubte, sie könnte verlernt haben, worauf es ankam. Nervös krallte sie ihre Finger in die Decke unter sich und ließ ihren Blick über Rogues nackten Körper wandern. Hitze stieg in ihre Wangen, sie konnte fühlen, wie sie brannten.

Er war hart und muskulös, hatte breite Schultern, mächtige Oberarmmuskeln und sein Bauch bestand aus sexy festen Paketen. Die vielen Tattoos schienen seine Muskeln nicht zu verbergen, sie betonten sie noch und ließen sie noch gefährlicher wirken. Und sein

Penis war voll erigiert: breit und lang mit einer prallen Eichel, die im Licht der kleinen Nachttischlampe neben dem Bett glänzte.

»Du hast mich genug angestarrt«, sagte Rogue, dessen langes Haar fast seine Brustwarzen erreichte. Er sah aus wie ein Krieger, ein Wikinger, als er sich über sie beugte und auf das Bett kroch.

Daria stockte der Atem, sie trieb ihre Fingernägel noch tiefer in den Stoff der Decke und war überzeugt, dass ihr Herz nicht mehr schneller rasen konnte, es hatte seine Höchstleistung erreicht und gleich würde es ihr aus der Brust springen. Sie hob die Hände und legte sie auf Rogues Brust und wusste für einen Augenblick selbst nicht, ob sie ihn wegstoßen oder zu sich heranziehen wollte. Als sie seine festen Muskeln fühlte und wie sie sich unter ihren Fingern bewegten, als er noch näherkam, war es, als würde mit dem Sauerstoff aus ihren Lungen auch ihr Verstand rausgesogen werden. Sie ließ ihre Hände in Rogues Nacken gleiten und zog seinen Mund auf ihren.

Er hatte nichts getrunken, weswegen sie auf seinen Lippen nur ihn schmeckte. Sie seufzte leise, als er seine Zunge zwischen ihre Lippen schob, stöhnte, als seine Zunge auf ihre traf. Seine Lippen bewegten sich sanft auf ihren, dann wieder stürmisch und fordernd. Er zupfte mit seinen Zähnen an ihrer Unterlippe und saugte an ihrer Zunge.

In Darias Unterleib sammelte sich Hitze und sie konnte fühlen, wie ihr Höschen immer feuchter wurde. Sie wand sich unter Rogue, legte ihre Hände auf seine Schultern, ließ sie über seine Oberarme gleiten und erkundete jede Wölbung mit ihren Fingerspitzen.

»Wo waren wir stehengeblieben?«, flüsterte Rogue und sah sie mit dunklem Blick an. Er schob sein Becken zwischen ihre Schenkel und rieb seine Erektion an ihr.

Daria hob ihm ihr Becken entgegen, die sanfte Reibung löste ein wundervolles Kribbeln in ihr aus. Der Stoff ihrer Leggings war wahrscheinlich schön völlig durchnässt. Jede Zelle ihres Körpers vibrierte. Rogue senkte seine Lippen auf ihren Hals, leckte mit seiner Zunge über ihre Haut und biss sie sanft, gerade genug, um eine kleine Schmerzwelle durch ihren Körper zu jagen. Sie erschauerte seufzend, rieb ihren Unterleib an seiner Erektion und versuchte verzweifelt, den Druck zu erhöhen, indem sie ein Stück nach unten rutschte.

Rogue stieß ein verzweifeltes Keuchen aus, als sie sich an ihm auf und ab bewegte und erstarrte für einen Augenblick über ihr. »Süße, du machst mich wahnsinnig«, sagte er, dann setzte er sich auf ihre Oberschenkel, strich mit seinen Fingern am Bund ihrer Hose entlang und schob ihr Shirt langsam über ihren Körper nach oben. Er zögerte, als er ihr Tattoo befreit hatte, strich vorsichtig über die Ränder der Folie, die die frische Wunde abdeckte, und zog Daria dann weiter aus. Er warf das Shirt achtlos zu Boden und erkundete dann mit seinen Fingern ihren Oberkörper, als er über den Fleck strich, der von Manuels Schuh stammte, verzog er das Gesicht. »Das tut mir leid«, sagte er sanft, nahm dann ihre Hände, betrachtete die Schürfwunden, die die Fesseln dort hinterlassen hatten. »Das auch.«

Sie lächelte nur und legte dann ihre Hände in seinen Nacken. »Sorg einfach dafür, dass ich an etwas anderes denken kann.«

Rogue grinste und ließ sich von Daria auf ihren Körper ziehen. »Das werde ich«, hauchte er in ihr Ohr, strich die Träger ihres BHs nach unten und befreite dann ihre Brüste aus den Schalen. Er stieß einen leisen Pfiff aus, senkte dann seine Lippen auf eine der sehnsüchtig wartenden Knospen und saugte sie in seine feuchte, heiße Mundhöhle.

Daria stöhnte, als er heftig an ihr saugte und Schmerz und Erregung durch ihren Körper peitschten wie ein Orkan. Sie krallte sich mit beiden Händen in seinem Haar fest und hob ihm ihre Brüste entgegen. Rogues Zunge glitt erst über die eine, dann über die andere verhärtete Knospe. Darias Brüste fühlten sich schwer und heiß an. Sie schlang ihre Beine um Rogues Taille, um endlich wieder seine Härte zu spüren, um sich wieder an ihm reiben zu können und das dumpfe Pochen zwischen ihren Schenkeln verstummen zu lassen.

Rogue keuchte, schob sich an ihrem Körper nach unten und leckte eine feuchte Spur bis zum Bund ihrer Leggings, befreite sich von ihren Beinen und mit einem teuflischen Blitzen in den Augen zog er Daria die Hose zusammen mit ihrem Tanga vom Körper. Er kniete sich wieder zwischen ihre Beine, atmete heftig, während er von oben auf ihren Körper starrte und jeden Zentimeter in sich aufzusaugen schien.

»Fuck«, stöhnte er und rieb sich mit beiden Händen über die Wangen, dann griff er nach Darias Händen und drückte sie auf seine Erektion. »Ich bin so steinhart, Baby, dass ich gleich umkomme vor Schmerzen«, sagte er stöhnend.

Daria umfasste mit der einen Hand seinen Schaft, mit der anderen seine Hoden. Rogue reagierte mit einem langgezogenen Seufzer und stieß sich in ihre Faust. Er ließ seine Hände über ihre Oberschenkel wandern, strich mit den Fingern über die empfindlichen Innenseiten und dann über ihre Schamlippen.

»Beine breit«, befahl er dunkel.

Daria öffnete ihre Beine, ließ ihre Knie nach außen fallen und entblößte sich so vollkommen vor ihm. Sie atmete aufgeregt ein, biss sich auf die Unterlippe und konzentrierte sich darauf, mit ihren Fingern die samtweiche Beschaffenheit seines Penis zu erkunden, die zarte Haut, die Härte darunter, die pralle, feuchte Eichel.

Rogue legte seine Hand auf ihr Schambein und drückte fest gegen ihre Klitoris. Daria bäumte sich ungeduldig auf. Sie hatte längst vergessen, wie diese heißen Stromstöße sich anfühlten, wie schmerzhaft Verlangen sein konnte. Gut möglich, dass sie es nie in dieser Heftigkeit empfunden hatte.

»Nimm die Arme über deinen Kopf«, verlangte Rogue.

Daria streckte sich aus. Wie zur Belohnung für ihren Gehorsam schob Rogue einen Finger in sie, stieß schnell und hart zu und nahm einen zweiten dazu. Daria stöhnte und wand sich, krallte ihre Finger in das Bettlaken. »Rogue«, wimmerte sie.

Rogue drückte seinen Daumen auf Darias Klitoris und reizte sie mit kreisenden Bewegungen, bis sie glaubte, jeden Moment den Verstand zu verlieren. Sie bäumte sich auf und explodierte zuckend um Rogues Finger. »Du bist so heiß, wenn du kommst«, stieß er aus, senkte seinen Mund auf ihre Scham und leckte ihre noch immer empfindliche Klitoris. Daria stöhnte auf, schrie, wand sich, als so viele Empfindungen auf sie einstürmten und Rogue sich fast schon gnadenlos nahm, was er wollte.

»Und du schmeckst gut«, flüsterte er heiser, als er zu ihr aufblickte, sein Mund glänzte von ihrer Feuchtigkeit. Daria wäre fast sofort noch einmal gekommen. Rogue glitt mit seiner Zunge durch ihre Spalte, stieß die Spitze in sie und drückte mit seinen Händen ihre Oberschenkel fest gegen ihren Unterleib, öffnete sie weit für sich. Er richtete sich über ihr aus, nahm seinen Schaft in seine Faust und drückte seine Eichel gegen ihren Eingang.

Daria wimmerte leise, konnte nur noch daran denken, ihn endlich in sich zu spüren, sehnte sich danach, ausgefüllt zu werden. »Rogue«, bettelte sie.

Rogue runzelte angestrengt die Stirn, blickte zu ihr auf und schob sich langsam in sie. Er dehnte sie nur langsam, schob sich nur wenige Zentimeter in sie, stöhnte mit geschlossenen Augen und zog sich wieder zurück, um sich kurz darauf mit einem langgezogenen Seufzer wieder in sie zu schieben. »Du bist verdammt eng, Süße«, keuchte er, zog sich zurück und stieß diesmal kräftig zu.

Daria stöhnte auf, als süßer Schmerz durch ihr Innerstes katapultiert wurde, suchte mit ihren Händen nach den Eisenstäben des Kopfteils und hielt sich daran fest. Rogue begann in einem trägen Rhythmus in sie zu stoßen, behielt seinen Blick fest auf sie gerichtet und drang so tief in sie ein, dass Daria Blitze in ihrem Unterleib spürte. Sie fühlte die Reibung seiner Erektion in sich, spürte die Erregung, die immer weiter anwuchs, die mit jedem Stoß von ihm an Intensität zunahm, und ertrank in der Zärtlichkeit, die in seinen Augen zu sehen war. Zärtlichkeit, nach der sie sich so lange schon sehnte, die sie von Manuel lange nicht mehr bekommen hatte.

Darias Puls raste, sie wurde von Empfindungen überwältigt, die sie erzittern ließen. Rogue ließ ihre Beine los, beugte sich über sie und küsste sie, während er weiter, schneller und kräftiger in sie stieß. Sie schmeckte ihn in ihrem Mund, seine Zunge rieb im gleichen Rhythmus über ihre, wie er in sie stieß. Sie roch ihn, den Duft seiner Erregung, seinen Schweiß, fühlte die Hitze, die wie träge Lava durch ihren Körper waberte. Rogue schob seine Hand zwischen ihre Körper, rieb über ihre Klitoris und sah aus diesen Eisaugen auf sie herab. Ihr Unterleib zog sich immer mehr zusammen, sie drängte sich ihm entgegen, ihr Körper kribbelte und dann brach die Welle der Lust über ihr zusammen, erfasste ihren Körper und ließ sie heftig zuckend kommen.

Rogue stöhnte über ihr auf, stieß schneller und härter in sie, entlockte ihrem Körper mit seinem Finger an ihrer Klitoris Welle um Welle, dann erstarrte er über ihr, stieß noch einmal in sie und brach mit einem lauten Keuchen auf ihr zusammen.

Daria legte die Arme um ihn, sie fühlte sein rasendes Herz, spürte seine heftigen Atemzüge und den Schweiß auf seiner Haut. Er küsste ihren Hals, knabberte an ihrem Kiefer und rollte sich dann mit ihr in seinen Armen herum. Sie schmiegte sich an seine Brust und lauschte seinem kräftigen Herzschlag. Sie hatte sich einem Menschen schon lange nicht mehr so nah gefühlt. Sie hatte sich ihm ausgeliefert, ohne Angst zu haben, ohne auch nur eine Sekunde zu zweifeln. Und sie hatte es nicht bereut, dass sie sich von ihren Sehnsüchten und Gefühlen hatte steuern lassen. Nach den Jahren der Angst hatte sie sich diese Augenblicke verdient. Sich einfach fallenlassen zu können. Rogue hatte etwas an sich, dass sie vergessen ließ, sobald er sie berührte.

Kapitel 12

Rogue schlug die Augen auf und sah in das entspannte, exotische Gesicht einer schlafenden Frau, die die halbe Nacht von ihm gevögelt worden war. Ihr Haar lag zerzaust auf den Kissen, ihre Lippen waren von seinen Küssen noch immer geschwollen und als sein Blick auf ihre nackten Brüste fiel, wollte Rogue nichts anderes, als sie wieder in seinen Mund zu saugen. Er wollte diese Frau, die ihn so verzauberte wie keine andere, noch einmal schmecken, ihre leisen Seufzer in sich aufsaugen, wenn sie sich unter ihm wand, wollte, dass ihre enge Hitze sich wieder um seinen Schwanz zusammenzog, bis er glaubte, Sterne vor seinen Augen flimmern zu sehen.

Aber es war nicht die Erektion, die ihn geweckt hatte, sondern sein verdammtes Handy. Er zog seinen Arm vorsichtig unter Darias Kopf hervor und angelte halb aus dem Bett gebeugt nach seiner Hose. Sein Handy vibrierte schon wieder. Er zog es aus der Hose und starrte auf die Zeitanzeige. »Was zur Hölle ...«, fluchte er leise. Es war gerade mal 7:34 Uhr, nach einer Party im Club eine Zeit, um die kein Handy zu klingeln hatte.

»Prospect?«, knurrte er ungehalten in das Telefon und setzte sich auf. Hinter ihm stöhnte Daria leise, was Rogue wieder an seine Erektion erinnerte, die erwartungsvoll zuckte bei diesem Klang. Diese Frau ließ ihn zum besitzergreifenden, dauergeilen Tier mutieren. Er wollte sie, wenn er nur an sie dachte, dabei hatte er gehofft, dass sie nur einmal zu vögeln ausreichen würde, um dieses Verlangen nach ihr unter Kontrolle zu bekommen. Und obwohl er sie in der vergangenen Nacht immer und immer wieder genommen hatte, wollte er sie noch immer nicht weniger.

Rogue stand auf und verließ das Schlafzimmer, weil er sie nicht wecken wollte. Er hatte sie letzte Nacht so oft und hart genommen, dass sie sich etwas Ruhe verdient hatte. Offensichtlich war sein Schwanz da anderer Meinung.

»Pres, da stehen Bullen vor unserem Tor. Sie haben einen Durchsuchungsbeschluss«, sagte Torero mit unsicherer Stimme. Torero war noch nicht lange da und eigentlich machte er seinem Namen nicht alle Ehre. Von dem Mut, den er auf seinem Bike zeigte, war noch nicht viel zu merken, wenn es darum ging, selbst mal das Hirn einzuschalten.

»Hast du sie gefragt, was gegen uns vorliegt?«, wollte Rogue genervt wissen, trat an das Fenster im Wohnzimmer, um sich selbst ein Bild der Lage zu machen. Vor dem Tor konnte er mehrere Uniformierte sehen, auf der anderen Straßenseite stand ein Mannschaftsbus. Wahrscheinlich standen die Straße runter noch mehr Fahrzeuge. Bestimmt hatten sie sich Verstärkung vom Bezirk geholt. Allein wären die Kleinstadtbullen nie zum Club gekommen.

Bisher hatten die Helldogs kein schlechtes Verhältnis mit den Bullen hier in der Stadt gehabt. Ihr Verhältnis bestand darin, sich gegenseitig zu ignorieren und sich möglichst aus dem Weg zu gehen. Die Bullen konnten sogar froh sein, dass es den Club hierher verschlagen hatte, sie hielten die Gegend frei von Drogen und Zwangsprostitution. Zumindest weitestgehend, die Spanish Horses hatten noch nicht ganz gelernt, die neuen Regeln zu akzeptieren.

Rogue hörte, dass der Prospect mit jemandem redete. Im Hof unten lagen noch überall schlafende Männer rum und nackte Weiber. Der Anblick würde den Bullen wohl einiges erklären über die vergangene Nacht. Sie hatten nicht umsonst etwas in einem Industriegebiet bezogen.

»Also?«, wollte Rogue ungeduldig wissen. Er stand nackt hinter dem Fenster, aber das würde hier niemanden interessieren. Hier waren sie doch ständig nackt. Trotzdem würde er sich wohl jetzt was anziehen müssen, wenn die Bullen hier alles auseinander nahmen.

»Sie sagen, es liegt eine Anzeige wegen Entführung und Freiheitsentzuges vor.«

Rogue verzog das Gesicht, dann lachte er dumpf. Der Wahnsinnige hatte also den nächsten Schachzug getan. Ihm sollte es nur recht sein. »Ich komm gleich runter.«

Rogue warf das Handy auf das Sofa, ging ins Schlafzimmer und rieb sich grinsend über das Gesicht. Wenn die Bullen einmal einen Beschluss hatten, würden sie hier alles auf den Kopf stellen. Er hoffte nur, dass seine Brüder nirgends Waffen rumliegen hatten. Beim Umbau der Gebäude hatten sie auch diese Möglichkeiten bedacht und überall kleine Waffenverstecke eingebaut, von denen nur die Brüder wussten. So waren die Waffen unsichtbar, aber jederzeit griffbereit.

Rogue griff unter sein Kissen und zog seine Automatik hervor, sicherte sie und trat an den Schrank. In jedem Zimmer befanden sich diese Verstecke an der gleichen Stelle, so dass jeder Bruder im Notfall genau wusste, wo er an eine Waffe kam. Er kniete sich neben den Schrank, drückte gegen die Zierleiste an der Wand und ein kleines Fach öffnete sich, in das er seine Waffe legte, dann stand er auf, schlüpfte in seine Hose und blieb neben dem Bett stehen.

»Baby, du musst jetzt leider aus diesem Bett kriechen und dir was anziehen«, sagte er, beugte sich zu ihr nach unten, nahm eine ihrer Brustwarzen zwischen seine Lippen und zog vorsichtig daran, bevor er seine Zunge um die Knospe gleiten ließ.

Daria seufzte, reckte sich und sah ihn verschlafen an. Verdammt, er könnte die Bullen jetzt wirklich umbringen, weil sie ihn um dieses wundervolle Gefühl eines Morgens danach beraubten. Mit ihr stundenlang zu kuscheln, sie noch einmal zu nehmen und den Tag im Bett zu verbringen, sich einander noch näher zu kommen und zu hoffen, dass er ihr so sehr unter die Haut ging wie sie ihm.

»Was ist los?«, wollte sie mit rauer Stimme wissen.

Rogue lächelte. »Hier trampeln gleich eine Menge Bullen durch, also zieh dir besser was an. Dann halt dich an mich. Weich mir nicht von der Seite, ich beschütze dich. Und sag nichts über den Irren, das macht es nur komplizierter. Du bist freiwillig hier. Das ist das Einzige, was du ihnen sagen wirst«, sagte er ernst und hoffte, dass sie dieses Mal zuhören würde.

»Wäre das jetzt nicht die Möglichkeit, die Polizei einzuschalten?«, warf Daria ein und zog die Decke über ihre Brüste, als würde er nicht schon jeden Zentimeter davon erkundet haben.

Rogue gab sich Mühe, nicht laut aufzustöhnen. Die Bullen standen vor der Tür und sie wollte diskutieren. »Wir haben keine Beweise und ich gehe jede Wette ein, dass er das hier eingefädelt hat. Was willst du ihnen sagen?«

Daria presste die Lippen fest aufeinander. »Okay, ich zieh mich an.«

Sie würde auf keinen Fall von Rogues Seite weichen, denn ganz anders als alle anderen im Club fühlte Daria sich, als würde sie gleich zerreißen. Sie hatte geglaubt, alle würden wie aufgescheuchte Hühner herumrennen, aber als sie hinter Rogue in den Hof trat, schien es fast so, als wüsste noch niemand, dass vor den Toren die Polizei wartete. Das Einzige, das vermuten ließ, dass hier drinnen alle Bescheid wussten, waren die verdächtig bekleideten Frauen, die auf Bänken saßen und Kaffee tranken. Die Männer standen neben ihren Motorrädern, vor der Werkstatt oder unterhielten sich.

Daria folgte Rogue, bis dieser sie bat, neben Race stehenzubleiben und zu warten, dann ging er zum Tor, nickte einem Prospect zu, der das Tor öffnete.

Rogue begrüßte die Polizisten, die sofort in den Hof strömten, mit einem lauten »Guten Morgen« und warf dann einen Blick auf ein Dokument, das ihm jemand reichte. Daria war nervös und sie hatte Angst. Als dann Moreno den Hof betrat und seinen Blick sofort mit einem gierigen Lächeln auf sie richtete, begann ihr Herz so heftig zu rasen, dass sie Punkte vor den Augen sah. Sie schob sich vorsichtig an Races Seite, der ihr einen Arm um die Schulter legte, als er ihren Gesichtsausdruck bemerkte.

»Das ist das Arschloch?« Race zog sie noch näher an seine Seite und lächelte sie beruhigend an.

»Das ist er«, sagte sie mit tonloser Stimme. Es war vielmehr ein heiseres Krächzen, aber Race verstand sie trotzdem.

»Dir kann nichts passieren, nicht hier drin, und schon gar nicht, wenn all seine Kollegen um ihn herum sind.«

Daria schaffte es kaum, ihren Blick von ihm zu lösen, als er mit einem so teuflischen Grinsen auf sie zukam, dass sie zu zittern begann. Plötzlich waren alle grauenhaften Bilder wieder zurück, der Geruch und die widerwärtigen Geräusche, die die Leiche der Frau von sich gegeben hatte, als er sie präpariert hatte. Sie stand kurz davor, vor Verzweiflung aufzuschreien, als Rogue neben ihr auftauchte und sie an sich zog.

Er hatte einen weiteren Mann mit sich gebracht, der Daria jetzt musterte. Der Irre blieb neben dem Mann stehen und starrte sie an, ohne auch nur eine Sekunde wegzusehen. Daria versuchte, ihn zu ignorieren und konzentrierte sich auf die Wärme von Rogues Körper an ihrem und das Gesicht des Mannes vor ihr.

»Señorita Torres?«

Daria versteifte sich neben Rogue, als der Mann sie ansprach. Sie nickte. »Ja, wie kann ich Ihnen helfen?«

»Comisario Mendez, guten Morgen. Manuel Torres, ist das Ihr Ehemann?«, wollte der Comisario wissen.

Jetzt versteifte sich Rogue neben ihr. Sie sah zu ihm hoch, aber er verzog keine Miene, wahrscheinlich wollte er sich nichts anmerken lassen.

»Ja, Comisario.«

»Er hat Sie als vermisst gemeldet und den Verdacht geäußert, Sie würden hier gefangen gehalten.« Der Comisario musterte sie abwartend mit hochgezogenen Augenbrauen. Sie hatte das Gefühl, dass er darauf hoffte, sie würde das bestätigen. Daria sah kurz zu Moreno, dessen Lippen ein listiges Lächeln umgab.

»Das stimmt nicht.« Daria sah sich um, als sie laute Stimmen hörte und ein paar der Mädchen herumkreischten und dagegen protestierten, dass ihre Personalien aufgenommen werden sollten.

Eine dunkelhaarige Frau entriss einem Beamten sogar seine Notizen und warf sie auf den Boden.

»Sie sind also freiwillig hier?«, wollte Mendez wissen.

Daria versuchte so selbstsicher und ruhig wie möglich zu wirken. »Das bin ich.«

»Señorita, ich bezweifle, dass Sie eine Frau wie diese sind.« Er zeigte auf eine Blondine, die ein knappes Glitzerkostüm trug.

»Ist sie nicht, sie gehört zu mir«, brummte Rogue, dann lächelte er gefährlich. »Ziehen Sie jetzt Ihre Männer wieder ab, bevor die hier alles kurz und klein schlagen?« Rogue wies mit dem Kinn auf die Polizisten, die mittlerweile scheinbar überall waren.

»Wir haben einen Durchsuchungsbefehl und den werden wir durchführen. Wir möchten nicht vielleicht doch einen Hinweis auf eine Gefangenschaft der jungen Dame übersehen«, sagte der Irre, und als er sprach, liefen Schauer über Darias Arme. »Ihr Mann macht sich große Sorgen um Sie. Und er hat deutlich gemacht, dass das hier kein Umgang ist, den Sie sonst pflegen.«

Daria schnaubte und sie hatte wirklich mit sich zu kämpfen, nicht einfach damit herauszuplatzen, dass ihr Mann auch kein guter Umgang war. Und Moreno selbst sowieso nicht. Stattdessen holte sie tief Luft, um sich zu beruhigen. »Sie sehen doch, dass es mir gut geht.«

»Dann wären Sie bitte so nett, uns noch zu zeigen, wo Sie derzeit wohnen?« Der Comisario musterte sie wieder ganz genau. Vielleicht hoffte er, dass sie auf diese Aufforderung irgendwie auffällig reagierte.

»Also gut«, sagte sie gelassen. Sie wandte sich zum Wohnhaus um, als Rogue ihr folgen wollte, blieb Mendez stehen.

»Das würden wir gern ohne Sie erledigen.«

»Keine Sorge, ich halte Abstand«, sagte Rogue. »Aber ich werde sie nicht allein mit euch lassen.« Sein Blick war so tödlich, dass der Irre wegsah. Daria grinste, Rogue konnte sogar ihm mit seiner Ausstrahlung Angst einjagen. Sie fühlte sich gleich etwas wohler, als sie neben Mendez zum Haus lief. Rogue würde nicht zulassen, dass ihr etwas passierte.

Mendez und Moreno sahen sich in ihrem Zimmer um, fanden ihre neue Kleidung, erkundigten sich nach ihrem Verband und begleiteten sie wieder in den Hof. Die ganze Zeit über war Rogue immer nur eine Armlänge von Daria entfernt gewesen, hatte sie keine Sekunde aus den Augen gelassen, obwohl die anderen Polizisten sämtliche Gebäude auf dem Clubgelände durchsuchten. Daria hatte sich in ihrem ganzen Leben niemals so sicher gefühlt. Ihr gelang es sogar, dem Irren ein siegesgewisses Lächeln zuzuwerfen.

»Sie können meinem Mann ausrichten, dass es mir sehr gut geht und ich im Moment keinen Anlass sehe, nach Hause zu kommen.« Sie lächelte freundlich, wünschte sich aber eigentlich nur, dass sie endlich wieder verschwanden. Sie wollte keine Sekunde länger in der Nähe dieses Mörders bleiben.

Als sie den Hof betraten, nahm Daria erleichtert Rogues Hand und lief neben ihm her dorthin, wo noch immer die Feuerschale stand, vor der die Polizei vier Männer und eine Frau gestellt hatte, deren Hände hinter ihren Rücken gefesselt waren.

»Was ist hier los?«, grollte Rogue, als sie näherkamen. Er blieb vor Rage stehen und verzog wütend das Gesicht, als er den Polizisten taxierte, der Rages Oberarm gepackt hatte.

»Wir haben bei ihm dieses Messer gefunden«, sagte der Uniformierte und hielt ein eingetütetes, blutiges Messer hoch.

Rogue zog eine Augenbraue hoch und sah den Polizisten ungläubig an. »Das ist sein eigenes Blut. Schauen Sie sich seine Arme an«, sagte Rogue ungeduldig.

Der junge Polizist warf einen verwunderten Blick auf Rages Arme, griff dann nach den Ärmeln des langärmeligen Shirts und zog sie hoch. Daria versuchte etwas zu sehen, aber da er die Hände auf dem Rücken hatte, konnte sie nichts sehen. Der Polizist runzelte die Stirn. »Er verletzt sich selbst, fuck«, fluchte der Polizist und wollte Rage gerade die Handschellen abnehmen, als der Comisario ihn aufhielt.

»Noch nicht, wir nehmen ihn erstmal mit und gleichen das Blut ab.«

»Das werdet ihr nicht, weil ihr außer einem beschmierten Messer nichts gegen ihn vorliegen habt«, sagte Rogue trocken. »Kommt wieder, wenn ihr mehr habt.«

Moreno murmelte etwas, nickte dann aber widerwillig. »Nimm sie ab.«

»Was ist mit den anderen?«, wollte Rogue mit ruhiger Stimme wissen.

In der Reihe standen noch zwei Männer von den Devils und ein Mann, der wohl keinem MC angehörte, er trug keine Kutte. Die Frau gehörte aber zu denen, die Rogue immer als Groupies bezeichnete.

Der Polizist trat hinter Rage vor. »Drogenbesitz, Drogenbesitz, Haftbefehl und Verstoß gegen die Bewährungsauflagen und Drogenbesitz.«

Rogues Hand umfasste Darias härter. Was er hörte, gefiel ihm nicht, das konnte sie spüren. Ihr gefiel es auch nicht. Aber es hätte ihr klar sein müssen, dass auf Bikerpartys auch Drogen eine Rolle spielten. Sie hasste Drogen und unterdrückte das Zittern, das nur allein der Gedanke daran in ihr auslöste. Der Mann, der ihre Mutter ermordet hatte, war bei ihnen eingebrochen, weil er geglaubt hatte, er würde Drogen im Haus finden. Das Verlangen nach dem nächsten Schuss hatte ihn dazu getrieben.

Rogue trat einen Schritt zurück, legte seinen Arm um ihre Schultern und hielt sie an seine Seite gedrückt. Hatte er die Veränderung in ihr gespürt? Wahrscheinlich war er aber nur zurückgetreten, um den Polizisten zu signalisieren, dass er hier auch nichts mehr tun konnte, denn drei Uniformierte griffen jetzt nach den Männern und führten sie zusammen mit der Frau vom Hof.

Diese Durchsuchung fand wegen Daria statt, aber war das, wie das Leben in einem MC aussah, denn wenn Daria sich umsah, dann sah sie nur wenig überraschte Gesichter. Alle wirkten so, als würden solche Dinge zu ihren Leben dazugehören. Als wäre es normal, dass die Polizei Leute aus ihrer Mitte verhaftete. Daria zog sich bei dem Gedanken das Herz zusammen. Selbst die Old Ladys, die nur wenige Meter von Daria entfernt in einer Gruppe standen, verzogen keine Miene. Wenn überhaupt, dann konnte sie ein wenig Wut in ihren Gesichtern sehen.

»Ich rate Ihnen, gehen Sie nach Hause«, sagte Moreno, bevor er seinen Leuten folgte.

Die Prospects schlossen die Tore, nachdem alle Polizisten mitsamt ihren Utensilien zur Spurensicherung von was auch immer sie gefunden und gehofft hatten zu finden, das Areal verlassen hatten.

Erst als das Tor zu war, wagte Daria es sich, aufzuatmen und die Anspannung aus ihrem Körper zu lassen.

Kapitel 13

Rogue starrte den Polizisten schlecht gelaunt hinterher, dann tauschte er mit dem Präsidenten der Black Devils einen kurzen Blick aus, der ihm mitteilen sollte, dass ihm die Sache leidtat und dass sie das irgendwie hinbekommen würden. Irgendwie bedeutete, dass Rogue gleich ihren Anwalt in der Stadt anrufen würde. Sollte der sich was einfallen lassen, dafür wurde er von ihnen bezahlt.

Daria neben ihm wirkte blass. Sobald er dieses Arschloch zwischen die Finger bekäme, würde er ihn umbringen. Der war wie eine Kakerlake, die man einfach nicht losbekam. Und dieser Angriff auf den Club würde ihm noch leidtun. Rogue fühlte sich persönlich angepisst.

»Es geht dir nicht gut«, sagte Rogue, zog Daria näher und küsste sie auf den Scheitel.

»Er war bei Manuel«, sagte sie mit zittriger Stimme und sah zu ihm auf. »Manuel würde nie auf den Gedanken kommen, mich vermisst zu melden.«

Rogue legte seine Arme um Daria und hielt sie fest, um sie zu beruhigen. Er atmete den Geruch ihres Haars ein und fühlte die Bewegung ihres Brustkorbs bei jedem Atemzug. Er war niemand, der schnell Mitgefühl mit anderen Menschen hatte. Aber bei ihr war das anders. Er wollte nichts anderes, als dass sie sicher war. »Offenbar will er dich unbedingt.« Wahrscheinlich wollte dieser Kerl sie so sehr, wie Rogue sie wollte. Sein Problem, denn Rogue verlor nicht.

Er winkte Angel zu sich.

»Geh mit Angel nach oben«, sagte er ruhig zu Daria. »Ich besorg dir was zu Essen. Ich muss vorher nur noch kurz mit meinen Brüdern reden.« Rogue runzelte über sich selbst die Stirn, als ihm auffiel, was er hier tat. Er kümmerte sich viel zu intensiv um eine Außenstehende, statt um seine Brüder. Das war so nicht richtig. Die Männer musterten ihn schon mit fragenden Blicken. Aber irgendwas trieb ihn dazu, sich um die Frau mehr Sorgen zu machen. Das machte Rogue wiederum Sorgen. Es gefiel ihm gar nicht. Er schob Daria von sich. »Nun mach schon«, stieß er düster hervor. Sie sollte endlich machen, was man ihr sagte.

Er wandte sich von ihr ab, nachdem Angel ihr eine Hand um den Oberarm gelegt hatte, und ging auf Rage zu, der ein Gesicht zog, als wolle er jeden im Umkreis von 100 Meilen die Kehle aufschlitzen. Wahrscheinlich würde er Rogue jetzt die Kehle aufschlitzen. Die Bullen hatten sein Messer mitgenommen, um die Spuren zu sichern. Rage ohne sein Messer, das war, als würde man einem Kleinkind seine Flasche wegnehmen, sein liebstes Kuscheltier. Er brauchte dieses Messer, musste es immer bei sich haben. Mit diesem Messer verschaffte er sich und seinen Dämonen Ruhe, ließ den Druck aus sich raus. Wenn er diesen Druck nicht loswurde, dann war er eine tickende Zeitbombe für sie alle.

»Wir holen es dir zurück. Ich ruf Huelva gleich an.« Er legte Rage eine Hand auf die Schulter und fühlte das Zittern, das seinen leiblichen Bruder schüttelte. Ihm zu sagen, er soll ein anderes Messer nehmen, würde nichts bringen. Nur dass die Bombe vorzeitig hochging. Rogue hatte nie erfahren, warum es dieses Messer sein musste. Er wusste nur, dass Rage es niemals aus der Hand gab. Es brachte auch nichts, Rage zu sagen, er solle sich beruhigen, denn er hatte das nicht unter Kontrolle.

Rogue nahm sein Handy und wählte die Nummer ihres Anwalts in der Stadt. »Huelva, bei uns gab es eine Razzia. Sie haben ein paar Devils wegen Drogenbesitzes mitgenommen. Und eins der Mädchen.«

Gegen die anderen Clubs konnte er nichts machen, wenn die hier waren, musste er akzeptieren, dass ein paar von ihnen Drogen nahmen, was andere Clubs taten, das ging ihn nichts an. Aber die Frauen, die regelmäßig auf dem Gelände waren, hatten sauber zu sein. Er wollte mit dem Scheiß nichts zu tun haben, deswegen würde er Huelva zwar bitten, die Frau rauszuholen, aber danach hatte sie auf dem Gelände der Helldogs nichts mehr zu suchen. »Sie haben Darrans Messer, du musst es wiederbeschaffen. Und zwar schnell.«

Huelva fluchte, jeder, der mit den Helldogs zu tun hatte, wusste, wie Rage drauf war und dass es für ihn manchmal nur dieses Messer gab, das ihn vom Wahnsinn abhielt. »Ich bin schon unterwegs.« Huelva war hoffentlich sein Geld wert. Bisher hatten sie noch nicht viele Gelegenheiten, ihn zu testen. Bisher gab es auch noch keinen Grund, die Bullen waren froh gewesen, dass der Club die Stadt weitestgehend von Drogen und den Spanish Horses freihielt. Bevor der Club vor fünf Jahren hierherkam, waren die Klappergäule dabei, die Stadt zu übernehmen. Eine Kleinstadt wie diese in deren Händen, hätte die Stadt in ein Kriegsgebiet verwandelt. Rogue legte auf und wandte sich Rage zu.

»Halt nur noch ein bisschen durch, Bruder«, sagte er, griff nach der Flasche Whisky, die Craw ihm brachte, und hielt sie Rage an die Lippen. Besser einen randalierenden Rage als einen wahnsinnigen. »Haben sie irgendwas gefunden?«, wollte er von Craw wissen. Kaum jemanden vertraute er so sehr wie dem Mann, mit dem er zusammen im Knast saß und den er schon als Bruder betrachtet hatte, noch bevor er eine Kutte des Clubs bekam.

»Nein, nichts. Kam mir nicht so vor, als hätten sie wirklich nach was gesucht. War wohl nur ein Einschüchterungsversuch.« Craw grinste und fuhr sich durch das dunkelblonde Haar. Diesen Mann und seine Old Lady hatten sie in halb Europa als Bonny und Clyde gesucht. Er war in das Belvedere in Österreich eingebrochen, um einen Klimt erst zu klauen, ihn dann von Charlie kopieren zu lassen und ihn später wieder zurückzubringen. »Ich kümmere mich um Rage«, sagte er, nahm den Whisky und setzte sich neben Rage auf die Bank.

Rogue bedankte sich bei ihm, Craw konnte er vertrauen, dann sah er sich auf dem Gelände um. So gut wie jeder half dabei, wieder Ordnung zu schaffen. Kaum einer wirkte, als hätte ihn der Besuch durch die Bullen beeindruckt. Rogue könnte fast zufrieden damit sein, wie es abgelaufen war. Wenn das hier eine normale Durchsuchung gewesen wäre. Aber das hier war ein mordendes Bullenarschloch gewesen, das ihm ans Bein gepinkelt hatte. In seinem Revier, und das würde Rogue ihm nicht durchgehen lassen.

Rogue war gerade auf dem Weg in die Küche, als sein Handy klingelte. Er blieb stehen, zog es aus der Tasche seiner Hose und runzelte mit einem nervösen Zucken im Magen die Stirn. Hatte er Angel nicht gerade erst nach oben geschickt?

»Ja?«, wollte er ungeduldig wissen.

»Du solltest sofort hochkommen, denn ich werde diese Irre nicht mehr lange hier festhalten können«, brüllte Angel ins Telefon.

Rogue verzog das Gesicht, lauschte dann auf die Hintergrundgeräusche, die ihm durch das Telefon entgegenschlugen. Etwas klirrte, dann keuchte jemand.

»Lass mich sofort gehen«, hörte er Daria schimpfen, dann war das Gespräch unterbrochen.

Rogue fluchte laut, wandte sich vom Eingang des Clubhouses ab und lief mit großen Schritten auf das Wohnhaus zu. Er wusste nicht, war er wütend oder besorgt, aber egal, für was er sich entschied, er würde diese Frauen umbringen, wenn er sie nicht einmal mehr für zehn Minuten aus den Augen lassen konnte.

Daria gab ihre Versuche, an Angel vorbei aus dem Apartment zu kommen, auf und setzte sich auf das Sofa. Ohne ihre Fußverletzung hätte sie es leicht geschafft, aber diese Schiene verhinderte, dass sie sich schneller als eine Schildkröte bewegen konnte, und ihr Gleichgewicht war auch erheblich gestört.

Sie nahm den Zettel, den sie auf ihrem Bett gefunden hatte, in die Hand und starrte darauf, ohne viel erkennen zu können, denn die Tränen in ihren Augen ließen alles verschwimmen. Trotzdem kannte sie jedes einzelne Wort, weil sie sich schon beim ersten Lesen in ihr Gehirn gebrannt hatten und dort jetzt ununterbrochen gegen ihre Schläfen trommelten: *Du gehörst mir. Ich bin immer nur einen Atemzug von dir entfernt. Oder einen Mord. Wie viele willst du vor dir gehen lassen?*

Daria schluchzte verzweifelt auf. Sie fühlte sich so schuldig an dem, was heute passiert war. Und sie hatte panische Angst. Er hatte es bis in den Club geschafft. Bis in ihr Schlafzimmer. Er hatte ihr und jedem anderen damit bewiesen, dass er sie immer erreichen würde, wenn er wollte. Und irgendwann wäre sie allein. Sie konnte sich ja nicht ewig hinter diesen Mauern verstecken.

»Wir müssen das beenden. Ich hätte nicht weglaufen sollen, jetzt sind nur noch mehr Menschen in Gefahr. Ein paar von euch haben Kinder. Er ist ein Polizist, er könnte überall einfach rein. In jedes Haus. So wie hier.« Daria schnappte verzweifelt nach Luft.

»Bist du verrückt? Dann wärst du jetzt tot, ausgestopft!«, stieß Angel zornig aus. Sie hatte sich mit in die Hüften gestemmten Fäusten vor dem Tisch im Wohnzimmer aufgebaut, ihr Haar war durch den Kampf mit Daria noch chaotischer als sonst, und sie starrte sie mit wutverzerrtem Blick nieder.

Daria wischte sich verzweifelt über die Augen. »Ja, aber jetzt trifft es nicht nur mich, sondern jeden. Wie viele denn noch? Ich sollte mich ihm ausliefern.« Sie warf wieder einen Blick auf den Zettel. Der Irre musste ihn auf ihrem Bett hinterlassen haben, als sie mit ihm und seinem Vorgesetzten hier oben gewesen war. Wenn Daria ihn nur schon da gesehen hätte, dann hätte sie es Moreno zeigen können und alles wäre endlich zu Ende gewesen.

»Was ist hier los?«, dröhnte Rogues Stimme, als er in das Apartment platzte. Sein Blick fiel sofort auf Daria und als er die Tränen in ihrem Gesicht entdeckte, verschwand der Zorn aus seinem und er setzte sich neben sie und zog sie an seine Seite. Er riss Daria den Zettel aus der Hand und sah fragend zu Angel auf.

»Von ihm«, sagte sie und klang hilflos.

So fühlte Daria sich auch. Sie befreite sich aus Rogues Armen und rückte von ihm ab. »Er wird wieder töten, nur wegen mir.«

»Wird er nicht«, sagte Rogue und klang dabei sehr selbstsicher, aber Daria wusste, er irrte sich. Natürlich würde dieser Mann töten, das war es, was er nun mal tat.

»Wir werden den Club abriegeln, dann sind alle sicher, bis wir die Sache geklärt haben.«

»Abriegeln?«

»Das heißt, wir lassen alle auf das Gelände kommen, die Frauen, die Kinder. Alle. Hier sind sie sicher. Und solange sie hier sind, werden wir die Sache beenden.«

Daria holte zitternd Luft und richtete sich auf. Sie wischte ihre Augen trocken und warf Rogue einen entschlossenen Blick zu. »Dann müssen wir mich eben ausliefern.«

Rogue schüttelte den Kopf. »Kommt nicht infrage.«

»Aber könnt ihr ihn nicht bei der Übergabe schnappen? Wir locken ihn mit einer Übergabe raus«, stieß Daria hoffnungsvoll aus.

Rogue lachte düster auf und auch Angel zog ungläubig eine Augenbraue hoch. Hielten die beiden Daria etwa für blöd? Daria spürte, wie Zorn in ihr aufstieg. Sie war wirklich verzweifelt und alles, was die beiden taten, war sie auszulachen.

»Das ist kein Kinofilm«, warf Rogue ein. »So funktioniert das im wahren Leben nicht. Wir werden uns schon etwas schlauer anstellen müssen.« Er stand auf, beugte sich zu Daria herunter und küsste sie auf den Scheitel, dann sah er Angel ermahnend an. »Pass auf sie auf.«

Daria sprang entrüstet auf. »Was heißt, pass auf sie auf?« Sie ballte die Hände zu Fäusten und schnappte wütend nach Luft.

»Das heißt, sie soll darauf achten, dass dir nichts passiert.«

»Und was wirst du jetzt tun?«

Rogue grinste breit. »Ich kümmer mich darum.«

Daria sah ihn fassungslos an, aber sie wusste, wenn sie ihn danach fragen würde, würde er ihr wieder nicht antworten. Trotzdem fühlte sie sich nicht gerade wohl dabei zuzusehen, wie Rogue ging, um sich darum zu kümmern. Nach dem, was sie in den letzten Tagen im Club erlebt hatte, konnte das alles bedeuten.

»Gibt es was Neues?«, wollte Rogue ungeduldig wissen, als Thorne mit seiner Harley auf das Clubgelände fuhr und vor ihm stehenblieb.

Thorne nahm seinen Helm ab und sah über die Schulter zurück auf die Straße. Das Tor zum Clubgelände wurde gerade geschlossen. Heute Vormittag hatte Rogue veranlasst, es von innen mit Brettern zu vernageln. Er hatte es satt, in die grinsenden Fressen der Bullen starren zu müssen, jedes Mal, wenn er einen Schritt in den Hof machte. Seit drei Tagen observierte die Polizei das Gelände schon. Sie standen auf der Straße, zwei Autos, manchmal nur eins, und beobachteten jeden Schritt, den die Helldogs machten.

»Neues? Nichts. Wenn die mich noch ein einziges Mal anhalten, wenn ich das Gelände verlasse, bekomme ich einen Anfall«, brummte er genervt.

Rogue verzog das Gesicht, er hatte es genauso satt, dass die Bullen vor dem Clubgelände campierten. In ein paar Tagen sollte Craws Babyparty stattfinden. Diese Party wollten sie für einen ersten Probekampf nutzen. Der Club hatte vor, sich ein paar Euros mit Mixed Arts-Kämpfen dazu zu verdienen. Freundschaftskämpfe zwischen verschiedenen Bikern. Für die MCs, die bisher Interesse angemeldet hatten, nichts weiter als ein Spaß, die Gesetzeshüter würden das anders sehen.

Rogue schnaubte frustriert. »Wir sollten die Suche nicht aufgeben, aber wir müssen uns etwas anderes einfallen lassen. Mehr Druck auf Moreno ausüben.« So wie der Kerl Druck auf uns ausübt, indem er den Club von seinen Kollegen belagern lässt, dachte Rogue zornig.

Sie alle waren seit drei Tagen hier drin eingesperrt, Kinder, Frauen, sogar die Mädchen aus dem Lux hatte Rogue auf das Gelände geholt, damit Moreno seine Drohung nicht wahrmachen konnte. Aber so sehr seine Brüder und er Frauen liebten, drei Tage auf so engem Raum mit einem Stall voll Weiber waren die Hölle. In den letzten Tagen wollte er nur noch eine Frau um sich haben, und das war die Frau, die dieser Irre haben wollte. Wegen der er das alles hier veranstaltete. Im Moment kam es ihm so vor, als würde Moreno ihm die Schlinge immer enger um den Hals legen, während er und seine Brüder wie blinde Hühner herumstocherten.

»Ich denke, wir sind dran. Wir sollten unsere eigene Schlinge auswerfen und die Chance nutzen, die sich uns gerade bietet. Wenn die gesamte Polizei von Tolosa hier bei uns festsitzt, dann räumt uns das die Freiheit ein, ihren Kollegen umzubringen.« Rogue verkniff sich ein zufriedenes Lächeln. In den letzten Tagen hatte er eine Idee ausgearbeitet, die war jetzt reif.

Er sah über die Schulter zurück, als er Darias Blick auf sich spürte. Er musste nicht wissen, dass sie da war und ihn ansah, er fühlte es einfach. Und wenn er sie fühlte, war es, als würde er zu ihr hingezogen. Sie stand vor dem Clubhouse und unterhielt sich mit

Race. Sie und Race schienen sich gut zu verstehen. Während sie sprach, starrte sie ihn an, als würde sie von ihm genauso angezogen. Rogues Magen zog sich flatternd zusammen. Er wusste, Race würde sie niemals anfassen, nicht, nachdem Rogue sich ziemlich deutlich dazu geäußert hatte, aber die Eifersucht, die Rogue empfand, konnte er einfach nicht unterdrücken. Es grub ihm den Magen um, sie so eng neben Race zu sehen. Er wollte, dass diese Frau nur noch ihm gehörte. Er wollte sie ganz für sich allein, weil er ziemlich egoistisch war. Und verrückt danach, sie unter sich zu haben. In drei Tagen und drei Nächten war er sehr oft auf und in ihr gewesen und er bekam einfach nicht genug von ihr. Nur hier zu stehen und sie anzusehen, reichte schon aus, um sie wieder zu wollen. Und genau daran dachte sie auch, ihr Blick sagte es, ihre Zunge, die über ihre Lippen strich, deutete es an. Sie kamen beide nicht voneinander los. Für seine Brüder war diese Abriegelung die Hölle, für ihn war es der Himmel. Vielleicht sollte er ein schlechtes Gewissen haben, dass er immer wieder die gleichen Männer nach draußen schickte, während er mit seinem Mädchen zwischen den Laken spielte.

Kapitel 14

Daria nahm ihr Handy und wählte die Nummer der Polizeidienststelle von Tolosa. Ihr Atem ging ein wenig zu schnell, sie war aufgeregt, hatte Angst. Sie warf Manuel einen verunsicherten Blick zu. Er saß ihr gegenüber auf dem Sessel und sein Blick sprühte so viel Abscheu aus, dass es Daria schwerfiel, die richtigen Zahlen auf dem Display des Telefons zu erwischen.

»Hallo?«, sagte sie mit heiserer Stimme, als sich am anderen Ende eine Frau meldete, deren Stimme müde und gelangweilt klang. Fast schon monoton ratterte sie ihren Spruch herunter.

»Polizeidienststelle Tolosa, Policia Hernandez am Telefon. Was kann ich für Sie tun?«

»Mein Name ist Daria Torres. Ich möchte gern mit Señor Moreno sprechen.«

»Señor Moreno ist im Moment nicht da. Vielleicht kann ich Ihnen helfen.«

Daria sah kurz zu Manuel, dann zu Rogue, der Manuel eine Waffe an den Kopf hielt und mit der anderen Hand Manuels Mund verschlossen hielt. Als Darias Blick auf die Waffe in Rogues Hand fiel, überlief sie ein Schauer. Rogues Gesicht wirkte so entschlossen, dass sie sich fragte, wie oft er schon jemanden mit einer Waffe bedroht hatte. Seine Finger zitterten nicht, er atmete völlig ruhig. Ganz, als hätte er so etwas schon unzählige Male getan.

»Wann kommt er denn zurück?« Zitterte Darias Stimme? Sie räusperte sich.

»Er hat sich krankgemeldet. Kann nicht jemand anders Ihnen helfen?«, wollte die Frau jetzt ungeduldig wissen. »Um was geht es denn, bitte?«

»Es liegt eine Vermisstenanzeige wegen mir vor.« Sie hörte, wie im Hintergrund die Tastatur eines Computers klackerte. »Ich wollte nur Bescheid geben, dass ich jetzt wieder zu Hause bin. Es geht mir gut.«

»Okay«, sagte die Frau. »Aber laut meiner Akte gilt die Sache als geklärt.«

Daria verdrehte die Augen. »Können Sie es bitte nur einfach Señor Moreno ausrichten. Er hat sich sehr große Sorgen um mich gemacht. Er hat meinen Fall von häuslicher Gewalt bearbeitet. Er möchte diese Information bestimmt haben.« Daria legte genug Nachdruck in ihre Stimme und betonte ihren Fall von häuslicher Gewalt, in der Hoffnung, dass die Polizistin anbiss, da sie ja jetzt wusste, dass Daria wieder zu Hause war. Das sollte doch irgendetwas in ihr dazu bringen, aus ihrer Monotonie auszubrechen und zu tun, was Rogue sich von ihr erhoffte.

»Wenn es Ihnen so wichtig ist, werde ich ihn sofort anrufen.«

»Danke«, stieß Daria erleichtert aus. »Es ist mir wirklich sehr wichtig. Und ihm wahrscheinlich auch. Werden Sie ihn noch heute anrufen?«

Die Frau seufzte. »Ich kontaktiere ihn über seine Bereitschaftsnummer.«

»Das ist sehr nett, danke.« Daria verabschiedete sich und legte auf, dann sah sie zu Rogue auf, der die Pistole von Manuels Kopf nahm und seine Hand von seinem Mund löste.

»Dann hoffen wir mal, dass sie auch wirklich tut, was sie tun soll, sonst geht unser Plan nicht auf.«

Manuel rieb sich angewidert über seinen Mund, die Blicke, die er Daria zuwarf, waren die gleichen, die er ihr immer zuwarf, bevor er auf sie einprügelte. Nur noch ein Funken und er würde sich auf sie stürzen. Daria schluckte und versuchte, die aufsteigende Panik zurückzudrängen. Sie befahl sich selbst, ihn einfach zu ignorieren. Wenn das nur so einfach wäre!

»Glaubst du wirklich, er wird darauf hereinfallen und herkommen, um mich zu holen?«

Manuel lachte laut auf. »Das ist ein Bulle und kein Idiot.«

»Nein, der Idiot bist du«, sagte Rogue bedrohlich, holte mit der Faust aus und schlug Manuel so heftig ins Gesicht, dass er ohnmächtig im Sessel zusammensank. Manuels Gesicht war von Rogues Fäusten schon ganz rot und blau.

Daria zuckte zusammen und versuchte, den Blick von ihrem Mann abzuwenden. Ihn so zu sehen, tat ihr weh. Sie wusste, dass das dumm war, und mancher würde wohl sagen, er hatte es verdient. Vielleicht hatte er das auch, aber Daria erschreckte die Gewalt, die aus Rogue herausbrechen konnte. Es verwirrte sie und sie fühlte sich zerrissen. Sie hatte nun mal ein gespaltenes Verhältnis zu Gewalt und konnte gar nicht gut damit umgehen. Auch nicht, wenn es jemanden wie Manuel traf. Außerdem hatte sie diesen Mann irgendwann mal geliebt. Vielleicht tat ein Teil von ihr das auch heute noch. Ihn also jetzt so vor sich zu sehen, weckte keine Genugtuung in ihr, sondern eher Mitleid.

»Ich hoffe, dass die Möglichkeit, an dich heranzukommen, ihn unvorsichtig machen wird. Es hat ihn unvorsichtig genug gemacht, um in unseren Club zu kommen, was ein verfickter Fehler war.«

Daria zuckte bei »verfickt« zusammen, aber es war nur noch eine rein körperliche Reaktion auf diesen Ausdruck und die Schärfe in seiner Stimme. In den Tagen im Club hatte sie sich daran gewöhnt, dass die Männer Flüche und Gossensprache inflationär benutzten. Sich darüber aufzuregen, veranlasste sie nur dazu, über Daria zu lachen.

»Wir halten uns einfach an den Plan. Er soll glauben, du bist wieder zu Hause. Und er soll ruhig auch glauben, dass das hier eine Falle ist. Wenn wir nur lange genug warten, wird er trotzdem versuchen zuzuschlagen. Wir haben die beiden Prospects vor dem Haus, die ihm einreden sollen, du stehst noch immer unter Bewachung des Clubs. Ich denke, alles, was wir brauchen werden, ist Geduld.« Rogue warf einem der Männer aus dem Club einen kurzen Blick zu und lächelte. »Und ein bisschen Hilfe durch Oz könnte auch nicht schaden.«

Daria folgte seinem Blick. Rogue, Oz und sie waren im Schutz der Dunkelheit gekommen und hatten sich durch die Hintertür in das Haus geschlichen. Oz hatte sofort damit angefangen, Fenster und Türen zu präparieren und die Kabel gut zu verstecken. Er schien Darias Haus in ein Hochsicherheitsgefängnis zu verwandeln. Und während er seine Arbeit machte, achtete er genau darauf, dass er von außen nicht durch die Scheiben gesehen werden konnte.

Manuel stöhnte leise, hob den Kopf, ließ ihn schwer gegen die Rücklehne fallen und öffnete blinzelnd die Augen. Er sah sich um und brauchte offensichtlich einige Sekunden, bis er sich orientiert hatte. Als sein Blick auf Rogue neben sich fiel, versteifte er sich und er rückte etwas von ihm ab. Daria konnte es verstehen, Rogue hatte diese Wirkung auf Menschen. Zumindest hatte er sie auf Daria. Das hatte sich auch nicht geändert, seit sie beide miteinander geschlafen hatten und seit Daria kaum noch an etwas anders denken konnte als die Sehnsucht, die seine Berührungen in ihr auslösen konnten, und den Wunsch danach, dass er sie bald wieder berührte. Aber dann sah sie, was diese zärtlichen Hände mit dem Körper eines anderen Menschen noch anstellen konnten und dieser Anblick ließ sie innerlich erstarren.

»Du hättest ihn nicht so zurichten dürfen«, flüsterte sie leise.

Rogue warf ihr einen verwunderten Blick zu und schnaubte. »Eigentlich hätte ich sogar noch heftiger zuschlagen sollen. Das Arschloch ist noch viel zu leicht davongekommen.« Er kam auf sie zu, setzte sich neben sie und nahm eine ihrer Hände in seine. Sein Daumen strich über ihre Fingerknöchel, Daria wusste, seine waren nach den festen Schlägen gegen Manuels Gesicht und Körper aufgerissen, sie war von der Gewaltszene noch immer ganz erschüttert. »Ich habe dich gesehen, die blauen Flecken, die Narbe, die du versuchst unter diesem Tattoo zu verstecken, er hat dir das angetan. Und der Gedanke, dass dieses Arschloch seine Hände benutzt hat, um dir wehzutun, macht mich so wütend, dass ich rotgesehen habe.« Er legte eine Hand an ihre Wange und streichelte sie mit dem Daumen, sein Blick war fest auf ihre Augen gerichtet. Diese intime Geste vor den Augen ihres Ehemanns machte Daria ganz nervös, ihr Magen flatterte, und obwohl sie wusste, dass er ihnen zusah, fühlte sie, wie sich ihr Unterleib zusammenzog und Feuchtigkeit ihr Höschen durchtränkte. »Wenn es dir hilft, es tut mir leid. Aber nur, dass ich so ein Idiot war und es nicht gemacht habe, wenn du nicht zusehen kannst.«

Rogue beugte sich vor und küsste Daria. Sie lehnte sich gegen ihn und genoss einen Augenblick lang seine Lippen auf ihren, bevor Manuels wütendes Knurren sie daran erinnerte, dass sie nicht allein war mit Rogue. Aber dass er hier war, änderte nichts daran, dass ihr Puls raste und sie sich danach sehnte, Rogue noch viel näher kommen zu können.

Rogue musste sich von ihren Lippen lösen, bevor er sich nicht mehr zurückhalten konnte. Nicht, dass es ihn interessierte, was ihr Mann davon halten würde, wenn er Daria hier vor seinen Augen ficken würde, er hielt sich für Daria zurück. Obwohl er sich wirklich gern bis zu den Eiern in ihr vergraben wollte. Er musste zugeben, dass der Gedanke, es mit ihr vor ihrem Mann zu tun, ihn sogar antörnte. Das hatte nichts damit zu tun, dass Rogue besonders auf Zuschauer stand, es war vielmehr so, dass ihn der Gedanke erregte, diesem Arschloch so weh wie möglich zu tun. Denn obwohl er Daria misshandelte, schien dieser Kranke sie doch zu lieben. Um ihn noch ein wenig mehr zu provozieren, zog er Daria auf seinen Schoß, legte seine Lippen auf ihren Hals und knabberte an ihrer zarten Haut. Sie erschauderte, was Rogue gefiel, es machte ihn halb wahnsinnig, dass er solche Reaktionen in ihr auslöste. Er wurde hart und musste sich auf dem Sofa zurücklehnen, zog Daria mit sich und sorgte dafür, dass sie ihren Kopf auf seine Brust legte.

Daria atmete tief ein, das tat sie immer, wenn sie ihm nahekam. Er selbst bemerkte es schon lange nicht mehr, aber für Daria war der Geruch seiner Kutte neu. Sie schien ihn jedes Mal zu inhalieren, wenn er sie an sich zog. Rogue schloss für eine Sekunde die Augen und schluckte den Kloß in seiner Kehle runter. Er fühlte sich dieser Frau viel zu nahe. Er warf Manuel ein Lächeln zu, küsste Daria auf den Scheitel und strich ihr Haar zurück. »Was du da riechst, Süße, ist Leder und echter Mann.«

Sie hob den Kopf und sah ihn mit glühenden Wangen an. »Ich sollte uns etwas Kaffee machen.« Sie schob sich von Rogues Schoß. »Für Kaffee ist es wohl schon zu spät. Wie wäre es mit Tee.« Sie stotterte nervös und sah weder Rogue noch ihren Mann an.

»Eine abgefuckte Lederkutte, ein paar Aufnäher und Tattoos machen aus dir noch keinen echten Mann«, knurrte Manuel, als Daria das Wohnzimmer verlassen hatte.

Rogue sprang vom Sofa auf, zog seine Knarre und richtete sie auf die Stirn des Arschlochs, das eben seinen Club, sein Leben, seine Familie beleidigt hatte. Er kniff die Augen zusammen, presste die Lippen fest aufeinander und knurrte: »Hast du eben meinen Club beleidigt?«

Das Arschloch zuckte zusammen, drückte sich mit dem Rücken gegen die Lehne des Sessels und sah mit geweiteten Augen zu Rogue auf. Ihm stand die Panik ins Gesicht geschrieben, aber das reichte Rogue noch nicht. »Ich kann dich gleich umlegen oder ich warte noch, bis wir mit dem anderen Arschloch fertig sind.« Rogue wiegte den Kopf hin und her, als würde er nachdenken. »Eigentlich brauchen wir dich nicht mehr, Arschloch. Und wenn du tot wärst, könnte ich meine Frau nehmen und mit ihr Spaß haben, denn ehrlich, ich kann im Moment an kaum etwas anderes denken, als sie zu vögeln.«

Hatte Rogue eben *meine Frau* gesagt? Es war ihm nur so herausgerutscht, aber es zu sagen und sich dabei Daria vorzustellen mit seiner Old Lady-Kutte, schoss ihm heiß in die Lenden. Er wurde von einer Besitzgier ergriffen, die seinen Puls rasen ließ, als ihm klar wurde, dass er diese Frau wirklich besitzen wollte. Nicht nur einen kurzen Moment lang. Für immer. Er rieb sich über sein Kinn. Das war gar nicht gut.

»Sie ist meine Frau«, sagte der wimmernde Scheißkerl kleinlaut. Er hasste es, wie es klang, wenn dieser Typ sie als seine Frau bezeichnete. Da zogen sich in seinem Inneren sämtliche Eingeweide zusammen. Es klang für Rogue besser, wenn Daria ihm gehörte, auch wenn er wusste, dass das genauso falsch war.

»Sieh euch als geschieden an.« Rogue drückte die Waffe noch fester gegen die Stirn des Kerls. Er verabscheute Typen wie ihn, die sich an Frauen vergriffen. Sie sollten nicht das Glück haben, eine Frau zu haben. Sie verdienten sie nicht. Rogue war vielleicht nicht immer der beste Ehemann für seine Frau gewesen, für ihn kam der Club nun mal zuerst, aber er hatte noch niemals in seinem Leben einer Frau Gewalt angetan. Okay, niemals war gelogen, manchmal mochte er es ein bisschen härter im Bett, aber auch das nahm er sich nur, wenn die Frau es wollte.

Als Rogue am Nachmittag die Messe einberufen hatte und sie gemeinsam beschlossen hatten, nicht länger abzuwarten, dass der Bulle sich zeigte, sondern dafür zu *sorgen*, dass er sich zeigte, war der Gedanke, Darias Ehemann - Ex, sie gehörte ihm nicht mehr - in die Finger zu bekommen, das Bonbon an ihrem Plan gewesen. Seine

Fäuste hatten während der gesamten Messe gejuckt. Und als er dann vor ihnen gestanden hatte, den Mund weit offen, in den Händen eine Flasche Fusel, da hatte er sich nicht mehr unter Kontrolle. Er hatte all die aufgestaute Wut auf jeden blauen Fleck auf Darias wundervollen Körper an dem Drecksack ausgelassen. Hätten seine Brüder ihn nicht zurückgehalten, wäre der Mann jetzt eine Leiche.

Oz tauchte neben ihm auf, verschränkte die Arme vor seiner breiten Brust und grinste mit schief gelegtem Kopf. »Weißt du, was ich an einem echten Mann zu schätzen weiß? Dass er sich nicht gleich bepisst, wenn man ihm eine Waffe an den Schädel hält.«

Rogue grinste, warf einen Blick auf die nasse Hose des Arschlochs und steckte seine Waffe wieder zurück. Daria kam in das kleine Wohnzimmer, sie lächelte und Rogue fühlte sich von diesem Lächeln so angezogen, dass er glatt vergaß, dass er Manuel eigentlich ein paar Zähne ausschlagen wollte. Sie stellte ein Tablett auf einen niedrigen Tisch im Wohnzimmer, Rogues Blick heftete sich auf ihre Arschbacken, die aus ihrer kurzen Shorts lugten, als sie sich vorbeugte. Er leckte sich über die Lippen, trat neben sie und legte seine Hand auf ihren Hintern.

»Der Hund hat in die Wohnung gepisst«, sagte er. »Deswegen wollte ich nie einen haben. Wir sollten ihn schnell wieder loswerden, Babe.« Er zog sie an sich, küsste sie und rieb seine Erektion gegen ihren Bauch. Sie schnappte nach Luft, legte aber ihre Hände auf seine Oberarme, ertastete vorsichtig seine Muskeln und seufzte. Rogue war aufgefallen, dass sie das immer wieder tat, sie berührte seine Brustmuskeln, seine Oberarme, seinen Bauch und bekam dann diesen heißen, verträumten Blick. »Wenn du so drauf stehst, dann verspreche ich, werde ich den Fitnessraum im Club noch viel öfters besuchen.«

Sie sah zu ihm auf und leckte sich unsicher über die Lippen. »Wenn du solche Dinge sagst, habe ich das Gefühl, du denkst darüber nach, dass wir mehr sein könnten als ein Abenteuer. Du und ich wissen, dass wir nicht zusammenpassen.«

Rogue grinste. »Letzte Nacht habe ich dir bewiesen, wie gut ich in dich reinpasse. Immer wieder.« Er zwinkerte ihr zu und drückte seinen Unterleib noch einmal fest gegen sie, dann ließ er sie los, wandte sich zu Manuel um, der ihn wütend ansah und dann seinem Blick auswich. »Ehrlich, du stinkst, zieh dich um.«

Daria schnappte neben ihm nach Luft, sie schien erst jetzt zu bemerken, was Rogue vorhin gemeint hatte. »Oh, er hat wirklich ... Wieso?«

»Schlappschwänze machen so was«, sagte Oz nur, setzte sich auf das Sofa, nahm sich eine der Teetassen vom Tablett und grinste. »Ich bin dann hier fertig.«

»Gut, dann kannst du zurück zum Club. Morgen früh sollen zwei Brüder die Prospects ablösen vor dem Haus.«

Ein paar Minuten später begleitete Rogue Oz nach draußen, schaltete hinter ihm die Alarmanlage an und warf einen Blick auf die dunkle Straße. Vor dem Haus standen zwei Bikes, die beiden Prospects standen auf der Straße, gut sichtbar unter einer Laterne. Es war jetzt fast 4:00 Uhr morgens. Rogue würde gern ein paar Stunden schlafen, auch Daria sah erschöpft und blass aus. Der Tag war lang. Und er konnte nur hoffen, dass ihr Plan funktionierte. Was, wenn Moreno eine ewig währende Geduld hätte?

Als er sich umwandte, erstarrte er. Er hatte es gewusst, aber Daria zuliebe darauf verzichtet, den Drecksack an den Sessel zu fesseln. »Wo hast du Arschloch das Messer her?«, wollte Rogue ruhig wissen und nahm den Blick nicht von Manuel, obwohl er viel lieber sichergehen wollte, dass es Daria gut ging, aber seine Augen von Manuel zu lösen, bedeutete, ihm nur den Bruchteil einer Sekunde die Chance einzuräumen, eine Dummheit zu begehen.

Manuel stand hinter Daria, mit einem Arm hielt er ihren Körper umschlungen, mit dem anderen hielt er ihr ein Messer an die Kehle. Irgendein Küchenmesser, aber die Klinge war lang genug, um zum Problem zu werden. Er hatte ein feistes, siegesgewisses Lächeln aufgesetzt. »Nachdem der Bulle hier reingeplatzt ist, mir eine Waffe an den Kopf gehalten hat und was davon gefaselt hat, dass ich zu dreckig wäre für seine Familie, er mich aber trotzdem umbringen wolle, wenn ich ihm nicht helfen würde, habe ich dafür gesorgt, dass ich an ein paar Stellen im Haus Waffen habe. So wie dieses Messer, ich saß die ganze Zeit mit dem Arsch drauf.«

Rogue zog eine Braue hoch, das war ihm wohl entgangen. Er hätte den Sessel untersuchen sollen, bevor er den Dreckskerl dorthin verfrachtet hatte. Der Kerl war also kein vollkommener Idiot. Trotzdem blieb Rogue ruhig und ließ sich nichts anmerken. »Hast du schon mal einen Menschen getötet? Stell dir nur eine Sekunde lang vor, wie es wäre, dieses Messer über ihre Kehle zu ziehen, ihre Haut zu öffnen, das Blut heraussickern zu sehen, es zu riechen, ihr in die Augen zu sehen. Ein langer, unschöner Kampf. Sie wird dich anstarren, aus schreckgeweiteten Augen, du wirst sie röcheln hören, ihre Versuche zu atmen. Aber das Blut in ihrer Luftröhre wird das nicht zulassen. Das läuft nicht so wie im Fernsehen. Und wenn du sie tötest, was glaubst du, was mich dann noch davon abhalten wird, dich zu töten? Und dein Tod wird das Schlimmste sein, das du dir vorstellen kannst.« Rogue setzte ein zufriedenes Grinsen auf. »Schlimmer, denn ich weiß, wie ich deinen Tod hinauszögern kann. Ich bin ein dreckiger Biker«, sagte Rogue bedrohlich. Er hatte nicht vergessen, was Daria ihm erzählt hatte über Manuels Meinung über Biker.

Manuels Hand zitterte, seine Atmung ging hastig. Er hatte Angst, große, weil er wusste, dass jedes Wort wahr war. Er straffte seine Haltung, ließ seinen Blick nicht von Rogues Gesicht schweifen, dann sackte er förmlich in sich zusammen, nahm seine Hand runter und ließ das Messer klappernd auf den Boden fallen. Ihm musste klar sein, dass Rogue nicht nur drohte, er würde ihn töten, sobald Daria tot war. Nichts würde Rogue dann noch aufhalten. Er hob die Hände und setzte sich wieder in seinen Sessel. Wenigstens benutzte er wieder den Sessel, den er bepisst hatte, dachte Rogue zufrieden.

Daria stürzte auf Rogue zu, schlang ihre Arme um seinen Hals und drückte sich eng an seinen Körper. Sie schlackerte, die Panik saß ihr in den Gliedern. Rogue wollte Manuel am liebsten seine Fäuste ins Gesicht hämmern. Er zog sie fest an sich, küsste sie auf die Stirn und rieb beruhigend über ihren Rücken. Wie sehr er es liebte, sie in den Armen zu halten. Sie fühlte sich perfekt an. Warm, weich, anschmiegsam, wie für ihn geschaffen. Sie weckte dieses Gefühl in ihm, eine Mischung aus Hoffnung und Angst. Ja, diese Frau konnte ihm wirklich Angst machen, weil sie es schaffte, ihm unter die Haut zu gehen wie keine andere. Zu sehen, wie Manuel dieses Messer an ihren Hals drückte, hatte sein Herz schmerzhaft rasen lassen und ihm die Luft zum Atmen genommen. Dieser Anblick hatte ihm eins klargemacht, er würde morden, wenn er sie verlor. Auch wenn er es nicht glauben wollte, sie war ihm viel wichtiger, als er geglaubt hatte.

»Du solltest schlafen gehen«, sagte Rogue.

»Das solltest du auch.« Sie sah aus diesen dunklen Augen zu ihm auf.

»Na ja, dazu müsste ich ihn verpacken dürfen, sonst bringt er sich noch selbst um, er kann ja nicht mal ein Messer halten.« Rogue grinste und strich mit einer Hand über ihr Haar. »Er braucht Windeln.«

Daria musterte Manuel. »Sperr ihn in den Keller.«

»Nur wenn ich ihn verpacken darf.«

»Darfst du.«

Kapitel 15

Daria schlüpfte aus ihrer Kleidung, drehte das Wasser in der Dusche auf und bewegte ihren Kopf, um ihre Nackenmuskeln zu entspannen. Sie hatte sich in Manuels Armen ganz versteift. Sie hatte sich vor seiner Berührung geekelt und wollte sie jetzt nur noch von sich waschen. Sie konnte nicht sagen, was sie an diesem Mann einmal so interessant gefunden hatte, dass sie ihn geheiratet hatte. Aber er war auch mal ein anderer Mann gewesen, charmant, fürsorglich, romantisch. Und dann hatte er sie immer mehr eingeengt, hatte sich verändert, sie nicht mehr aus den Augen gelassen, so eifersüchtig war er gewesen. Jetzt empfand sie nur noch Abscheu für ihn.

Aber was empfand sie für Rogue? Sein Leben war auch von Gewalt geprägt. Prügeleien im Club, Drogen, Mädchen, Alkohol, die Gewalt, zu der er selbst auch fähig war. Auch das sollte sie abstoßen, aber ihr Körper schien einen eigenen Willen zu haben, wenn es um Rogue ging. Ihr Körper wollte nur eins: ihn spüren, ihn fühlen, sich von ihm besitzen lassen. Jede Sekunde in seinen Armen, und wenn es nur eine tröstende Umarmung war wie vorhin, sorgte dafür, dass sie weit mehr wollte. Sie sehnte sich selbst jetzt nach weit mehr. Sie sollte sich unwohl fühlen, wenn er sie küsste, während Manuel im gleichen Raum war, aber das tat sie nicht, weil sie Manuel in der Sekunde vergaß, in der Rogues Haut auf ihre traf.

Daria stieg in die Dusche und schloss die Kabine hinter sich. Sie ließ das heiße Wasser über ihren Körper laufen, hob das Gesicht in den Strahl und genoss mit geschlossenen Augen das prickelnde Gefühl, das das viel zu heiße Wasser auf ihrer Haut auslöste.

Sie war so in Gedanken versunken, dass sie zusammenzuckte und fast in der Dusche ausgerutscht wäre, als sich die Duschkabine hinter ihr öffnete. Rogue schlüpfte herein, drängte sich mit einem teuflischen Grinsen zu ihr unter die Dusche und legte seine Hände auf ihren Hintern. »Süße, es tut mir ja leid, aber du musst diese Dusche mit mir teilen. Ich hab sie nämlich genauso dringend nötig wie du.«

Er zog sie an sich, drängte seine Erektion gegen ihren Bauch, seine feste Brust gegen ihre und senkte seine Lippen hart auf ihren Mund. Zwischen Darias Beinen begann es sofort wild zu pochen. Sie öffnete ihren Mund, um ihn einzulassen, spielte mit seiner Zunge, knabberte an seiner Unterlippe.

»Süße, ich freu mich schon seit Stunden darauf, endlich wieder mit dir allein zu sein.« Er knetete ihren Hintern, hob sie hoch und drückte sie gegen die Wand. Daria schlang ihre Beine um seine Taille, drückte ihre Scham gegen seine Härte und seufzte, als Blitze durch ihren Unterleib zuckten.

Ihr Rücken rutschte über die Fliesen, als Rogue grob gegen ihren Unterleib stieß. Daria stöhnte, als seine gesamte Länge über ihre Klitoris rieb. Rogue senkte sein Gesicht auf ihren Hals, leckte über die empfindliche Stelle unter ihrem Ohr, knabberte grob an ihrem flatternden Puls und bis sanft in ihren Kiefer. Er stöhnte keuchend in ihr Ohr und rieb sich ungeduldig an ihr.

Sie strich mit ihren Händen über seine harten Schultern, über seine Oberarme, liebkoste die Muskelberge, die sie immer wieder in wilde Schwärmerei verfallen ließen. Sie betete die Schönheit seines Körpers an, und die Heftigkeit, mit der er über sie hinweg rollte und eine Hitze in ihr hervorrief, die schmerzlich schön war und jede Zelle in ihr vibrieren ließ.

»Nimm deine Beine runter«, sagte er keuchend, drehte sie hastig mit dem Gesicht zur Wand, drückte sie mit dem Körper gegen die Fliesen und nahm ihre Haare mit seinen Händen zu einem Zopf zusammen, den er in einer Faust festhielt. »Du hast einen wunderschönen Nacken«, sagte er, dann biss er ihr in die Rundung, die Schulter und Hals vereinte, saugte an der Stelle, während der ziehende Schmerz seines Bisses noch immer durch sie hindurchrollte und zwischen ihren Schenkeln explodierte. Daria keuchte auf und war verwundert darüber, welch süße Wonnen die richtige Art Schmerz in ihr auslösen konnte.

Rogue zog ihren Kopf in den Nacken, legte seinen Mund auf ihre Kehle und fuhr mit den Zähnen über die zarte Haut. Daria erschauderte. Er zog sie noch weiter zurück, so dass nur noch ihr Oberkörper sich gegen die Fliesen drückte und Daria ihren Rücken weit durchbog, dann legte er seine freie Hand auf ihre Brust, drückte sie erst vorsichtig, dann etwas grober. Ihre Brüste wurden schwer, ein süßer Schmerz flammte in ihnen auf. Rogue nahm ihre Brustwarze zwischen zwei Finger und zwirbelte sie, zog an der Knospe und Hitze schoss direkt zwischen Darias Beine. Sie stöhnte, schob ihm ihren Hintern entgegen, bis sie seine Erektion an ihrer Poritze spüren konnte und drückte leicht dagegen.

Daria atmete heftig ein, als seine Hand über ihre Seite strich und ihren Körper liebkoste, sich dann auf ihren Hintern legte, zudrückte, weiter nach unten fuhr und zwischen ihre Schenkel glitt. Ein Daumen schob sich in sie, ein zweiter Finger öffnete ihre Schamlippen und legte sich auf Darias wild pochende Klitoris. Darias Unterleib zuckte und sie versuchte, sich stärker gegen Rogues Hand zu drängen. Sie wollte mehr, brauchte mehr von den köstlichen Gefühlen, dem Verlangen und der Sehnsucht, die er in ihr auslöste. Sie wimmerte leise.

Rogues Finger umkreiste ihre Perle, jagte Stromstöße durch ihren Körper, ihr Unterkörper vibrierte und zog sich zusammen. Sie leckte sich über die Lippen, als warme Wellen sie erfassten. Sie konnte den Orgasmus schon auf ihrer Zunge schmecken, konnte fühlen, wie Rogues Finger sie auf die Erlösung zutrieb.

Er entriss ihr seine Hand, packte ihre Hüfte und zog sie ein Stück von der Wand weg. Noch immer hielt die andere Hand ihre Haare. »Mach die Beine breit, Babe. Ich will dringend in dich rein«, sagte er schwer atmend.

Daria gehorchte, öffnete die Schenkel, stemmte ihre Hände fester gegen die Fliesen, reckte ihm ihren Hintern entgegen.

»Fuck, was für ein Anblick. Wenn du wüsstest, wie unglaublich scharf du gerade aussiehst.« Rogues Stimme klang trocken, heiser. Er nahm die Faust von ihrem Haar, legte beide Hände auf ihren Hintern und zog mit den Daumen ihre Spalte auf. Seine Eichel drückte sich gegen ihren Eingang, dann schob er sich langsam in sie, so weit, bis er innen anstieß. »Fuck«, stöhnte er wieder. Er packte ihre Taille mit beiden Händen, zog sich aus ihr zurück.

Daria fühlte jeden Zentimeter, der über ihr Innerstes rieb, fühlte, wie sie ihn umschloss, er langsam wieder in sie eindrang, stoppte, aus ihr herausglitt und grob wieder zustieß. Sie stieß einen spitzen Schrei aus, als ein Blitz durch sie hindurchzuckte, öffnete ihre Beine noch weiter und stemmte sich gegen die kraftvollen Stöße, die jetzt auf sie einstürmten. Daria stöhnte, fühlte überall Hitze, zuckende Blitze.

Rogue griff um sie herum und legte eine Hand auf ihr Schambein, schob einen Finger zwischen ihre Schamlippen und bearbeitete Darias pochende Klit. Sie wimmerte, stöhnte, kam Rogues immer schnelleren, immer gröberen Stößen entgegen. Fühlte nur noch ihn, seine Hände auf ihrem Körper, hörte ihr gemeinsames Stöhnen, das in der Dusche widerhallte und das Klatschen von feuchter Haut auf feuchter Haut. Ihr ganzer Körper war überhitzt, überempfindlich, aufgeladen und angespannt. Ihr Unterleib zog sich zusammen und explodierte dann in heftigen Wellen, die sich zuckend bis in alle Nervenenden ausbreiteten.

Rogue versteifte sich hinter ihr, sein Unterleib zuckte, er stöhnte laut auf, dann fühlte sie, wie er sich in ihr verströmte. Er schlang einen Arm um sie, zog sie an sich und lehnte sie beide schwer gegen die Fliesen. Sein keuchender Atem strich über ihre Wange. Darias Beine zitterten, sie fühlte sich schwach und ausgelaugt, aber herrlich zufrieden.

»Das Wasser ist fast kalt«, stellte Rogue heiser fest. »Bist du okay?«, wollte er wissen.

Sie wandte sich zu ihm um, dabei rutschte er aus ihr heraus. »Mehr als das.« Daria küsste ihn, schmiegte sich an ihn und strich ihm die langen, nassen Haare aus dem Gesicht. Diese nassen Haare ließen ihn wie einen römischen Gott aussehen. Sie mochte es. Und sie mochte es, wie besorgt er sie hielt, wie zärtlich er war, gleich sofort, nachdem er sie grob genommen hatte. Er konnte ein so wunderbarer Mann sein, der so viel Wärme zu geben hatte. Das alles steckte unter diesem harten Äußeren. »Ich will dich einseifen«, sagte Daria und griff nach dem Shampoo.

Daria legte die belegten Brötchen auf mehrere Teller und stellte danach die Kaffeemaschine an. Sie fühlte sich herrlich entspannt heute Morgen, selbst der süße Schmerz zwischen ihren Schenkeln rief in ihr nur Zufriedenheit hervor. Rogue war ein faszinierender Mann, der so unterschiedliche Seiten zeigte. Er konnte hart und erbarmungslos sein, wenn es darum ging, seine Familie zu beschützen. Er hatte aber auch eine liebevolle, fürsorgliche Seite, und die zeigte er nur dann, wenn er mit Daria allein war. Daria fühlte sich deswegen etwas hin und her gerissen, denn sie konnte sich nicht entscheiden, ob es gefährlich war, ihn noch näher an sich heranzulassen oder nicht. Sie war erschrocken darüber zu sehen, wie leicht er mit Gewalt umgehen konnte und wie leicht er sie vor sich selbst und anderen rechtfertigte. Und sie war erstaunt darüber, wie sehr er sich selbst um jemanden wie sie, die er kaum kannte, sorgte.

»Mein Frühstück ist schon fertig«, flüsterte Rogue und schlang ihr von hinten seine Arme um den Körper.

»Ich hoffe, du magst es. Eier waren leider keine mehr da«, sagte Daria und ihr Herz begann heftig zu schlagen, als Rogues Zunge über ihren Nacken strich.

Er knabberte an ihrem Hals und schob seine Hände unter das locker sitzende Top, das Daria heute angezogen hatte, glücklich darüber, endlich wieder ihre eigene Kleidung tragen zu dürfen.

»Und wie ich es mag«, säuselte Rogue, schwang Daria ruckartig herum, hob sie an der Taille hoch und setzte sie auf die Arbeitsfläche der sonnengelben Siebziger-Jahre-Küche, die schon so alt war wie das Haus selbst. Daria hatte das Haus damals von ihrem Erbe gekauft, von dem, was übrig geblieben war, was ihr ihre Stiefmutter gelassen hatte von dem Verkauf des Hauses in London.

Rogue trat zwischen Darias Beine und zog eine Tube Salbe aus seiner Hosentasche. »Habe ich im Bad gefunden.« Rogue zog Darias Top über ihren Bauch nach oben, öffnete die Tube und trug vorsichtig etwas Vaseline auf ihr frisches Tattoo auf. Er sah konzentriert auf seine Hand, die die Möwe einrieb, dann griff er nach der Küchenrolle hinter Daria und wischte sich die Finger sauber.

»Und jetzt mein Frühstück«, sagte er leise mit einem breiten Lächeln.

»Hast du schon nach Manuel gesehen? Vielleicht sollten wir ihm auch was zu essen bringen?«

Rogue runzelte ernst die Stirn, sein Gesicht verfinsterte sich regelrecht und ließ Darias Puls schneller werden. Sie ermahnte sich selbst für ihre Reaktion, aber sie konnte ihre Ängste nicht einfach abschütteln, trotzdem sagte sie sich, Rogue war Rogue und nicht Manuel. Sie entspannte sich wieder und lächelte unsicher.

»Er bekommt nichts von meinem Frühstück, das gehört nur mir allein. Warum machst du dir überhaupt noch immer Sorgen um ihn?« Er legte seine Hände auf ihre Oberschenkel und strich über den Stoff ihrer Jogginghose. »Ich war mit ihm auf dem Töpfchen, er hat saubere Kleidung, fürs erste reicht das. Erst mein Frühstück, dann seins.«

Daria schob Rogue von sich und wollte von der Arbeitsplatte rutschen, um die Kaffeemaschine anzuschalten, aber Rogue hielt sie auf, indem er sich wieder zwischen ihre Beine drängte.

»Ich wollte dir dein Essen fertigmachen«, meinte Daria und sah ihn ratlos an.

Rogue drückte ihren Oberkörper nach hinten, zog am Bund ihrer Hose, bis Daria ihren Hintern nach oben stemmte und er ihr die Hose und ihren Slip ausziehen konnte. »Ist schon fertig«, sagte Rogue, kniete sich vor Daria und schob mit seinen Händen ihre Knie auseinander.

Daria sah überrascht zu ihm runter. Noch bevor sie etwas sagen konnte, glitt Rogues Zunge zwischen Darias Schamlippen. Ihr Unterleib zuckte, sie keuchte laut auf und schlang ihre Finger in Rogues Haar. »Rogue«, stöhnte sie. Er brummte zwischen ihren Beinen und das Vibrieren, das er auslöste, rollte durch ihren ganzen Körper. Daria lehnte sich zurück, stützte sich so gut es ging auf einem Ellbogen auf, mit der anderen Hand zog sie Rogues Gesicht noch fester gegen ihre Hitze. Rogues Zunge umkreiste ihre Perle, er knabberte sanft daran, saugte, tauchte mit der Zungenspitze in sie ein, leckte ihre Feuchtigkeit auf.

»Gutes Frühstück«, stöhnte Rogue, sah zu ihr auf und lächelte, als er die Erregung in Darias Gesicht erkannte. Er senkte sein Gesicht wieder und malträtierte Daria weiter mit seiner Zunge, seinen Lippen, den leichten Stoppeln auf seinem Kinn, die über ihre empfindlichen, geschwollenen Schamlippen rieben.

Darias Unterleib zuckte unkontrolliert, sie stöhnte, keuchte, schrie, als sich alles in ihr zusammenzog und sie von einem heftigen Höhepunkt weggerissen wurde. Mit einem breiten Grinsen tauchte

Rogue zwischen ihren Schenkeln wieder auf, öffnete hastig seine Hose, ohne auch nur einen Augenblick seine leuchtenden Augen von ihrem Gesicht zu nehmen. Er schob seine Hose auf seine Oberschenkel runter, nahm seine Erektion in seine Faust, rieb darüber und zog dann Daria von der Arbeitsfläche.

»Ich will deine sexy Lippen auf ihm spüren«, sagte er mit dunkler Stimme, übte Druck auf Darias Schultern aus, bis diese sich vor ihn kniete. Daria sah zu ihm auf, leckte sich über die Lippen und fühlte sich nervös, angespannt und zugleich aufregend verrucht. Sie hatte das hier schon sehr lange nicht mehr getan und hoffte, dass sie es noch konnte und mit den Frauen mithalten konnte, die das sonst für Rogue taten. So wie die Frau im Club.

Aber Daria wollte das auch für ihn tun, wollte ihn schmecken, an ihm saugen und ihn mit ihrem Mund in Ekstase versetzen. Sie legte ihre Finger um Rogues Härte, erkundete seine Länge einmal mit der geschlossenen Faust, ertastete seine Hoden, knetete sie vorsichtig, spürte, wie sie sich unter ihrer Berührung noch fester zusammenzogen, dann leckte sie über die Spitze seiner Eichel, umstrich sie einmal, bevor sie sie in den Mund nahm. Rogue stöhnte laut auf, er spannte sich an und eine Hand schlang sich in ihr Haar.

Daria nahm ihn in sich auf, so weit sie konnte, saugte, bearbeitete die Wurzel seiner Erektion mit der einen Hand, seine Hoden mit der anderen und seine Länge mit ihrem Mund. Sie sah zu Rogue auf und ihre Blicke trafen sich und Daria war sicher, noch nie etwas so Intimes erlebt zu haben. Sie schmeckte seinen salzigen Geschmack, glitt mit ihrer Zunge an ihm entlang.

Rogues Faust umschloss ihre Haare fester, mit seinem Unterleib pumpte er sich in ihren Mund, er stieß ein lautes Grunzen aus, sie konnte fühlen, wie er sich noch stärker anspannte, dann riss er sich aus ihr zurück und mit einem heftigen Keuchen zog er Daria hoch, drehte sie wortlos zum Küchenschrank um und beugte ihren Oberkörper so weit nach unten, dass ihre Brüste auf die Arbeitsplatte gedrückt wurden. Daria spreizte ihre Beine, reckte ihm ihren Hintern entgegen und stieß einen spitzen Schrei aus, als er seinen Penis gegen sie drückte und mit einem heftigen, fast schon wütenden Stoß in sie eindrang.

Rogue stöhnte hinter ihr, packte ihre Hüften, zog sich zurück und stieß schnell und hart wieder zu. Darias Unterkörper prickelte, es zog heftig in ihr, als er begann, sich immer wieder und wieder tief in sie zu stoßen. Daria keuchte heftig, sie war ganz feucht und Hitze pulsierte durch ihre Venen, ihr Herz raste und sie fühlte nur noch Erregung und Verlangen.

»Daria, Süße. Ich komme«, stieß Rogue mit tiefer, heiserer Stimme aus. Er drückte einen Finger auf ihre Klitoris und katapultierte Daria sofort über die Schwelle. Sie zog sich in heftigen Wellen um Rogue zusammen, brach keuchend auf der Arbeitsplatte zusammen und kämpfte um jeden zitternden Atemzug. Rogue stieß noch einmal in sie, bevor er sich schwer auf sie lehnte und ihren Nacken küsste. »Das nenne ich ein Frühstück.«

Kapitel 16

Ungeduldig warf Rogue immer wieder einen Blick aus dem Küchenfenster. Vorne überwachten mittlerweile Thorne und Blaze die Straße. Eigentlich überwachten sie sie nicht, sie standen dort, um gesehen zu werden. Der Irre sollte annehmen, Daria wäre wirklich zu Hause und der MC würde sie weiter überwachen. Hinter dem Haus gab es nur den Garten, den kleinen Wald dahinter und die Terrasse, auf der Daria auf einer Liege lag und in einem Magazin las. Und dann gab es noch Rogue und die Alarmanlage. Natürlich wusste Moreno weder von der Alarmanlage noch von Rogue. Daria wurde ihm auf dem Tablett serviert, aber der Idiot griff einfach nicht zu.

Rogue nahm sein Handy und schrieb Race eine Nachricht: Irgendwas Neues im Club?

Nur Sekunden später antwortete Race: Wir suchen weiter die Stadt ab, aber keine Spur von ihm oder den Leichen. Er war auch nicht zu Hause. Spielst du noch den Köder?

Rogue: Wahrscheinlich nicht gut genug. Entweder ist der Kerl ein feiges Arschloch oder er wartet ab, wer von uns am ehesten aufgibt.

Race: Dann musst du ihn hervorlocken. Reiz ihn, bring ihn dazu, seine Deckung zu verlassen.

Rogue betrachtete das Display und dachte darüber nach, ohne Zweifel hatte Race recht. Nur wie sollte Rogue den Mann denn noch locken? Das, was er begehrte, lag zum Greifen nahe auf der Terrasse. Er musste doch nur zugreifen. Aber wenn der Mann wirklich feige war, würde er die Sache aussitzen. Würde warten, bis alle glaubten, er hätte das Interesse verloren. Oder er würde sich ein neues Opfer suchen. Eins, das nicht vom Club beschützt wurde. Rogue wollte auf keinen Fall zulassen, dass jemand sterben musste. Egal wer. Er rieb sich den Kiefer. »Also was würde ihn dazu bringen zu vergessen, was für ein verdammter Feigling er ist?«, überlegte Rogue laut. »Wenn das, was er begehrt, in Gefahr schwebt«, beantwortete er sich selbst die Frage.

Das wäre das, was Rogue dazu bringen würde, alles andere zu vergessen. Wenn er sich vorstellte, jemand würde Daria etwas antun, denn würde er die Kontrolle verlieren, vor Angst alles vergessen und Dinge tun, die ihn sonst den Kopf schütteln lassen würden. Er würde nicht noch einmal eine Frau verlieren wollen, die ihm wichtig war. Und Daria war ihm wichtig. In jeder Minute, die sie gemeinsam verbrachten, mehr. Er war süchtig nach ihr, nach ihrem Duft und danach, wie sie zusammenzuckte, wenn er etwas Dreckiges sagte. Sie faszinierte ihn weit über das Körperliche hinaus.

Rogue öffnete das Fenster einen Spalt weit und flüsterte Daria zu: »Süße, ich werde dich wohl verprügeln müssen.« Er beobachtete, wie sie erstarrte und die Seiten des Magazins zu zittern begannen. »Sieh nicht her«, hielt er sie auf, bevor sie den Blick zu ihm heben konnte. »So meinte ich das nicht, aber wenn wir hier nicht ewig darauf warten wollen, dass der Idiot in unsere Falle tappt, dann werden wir ihm eine Show liefern müssen.«

»Du willst mich schlagen?« Darias Stimme klang völlig falsch in Rogues Ohren und er versteifte sich.

»Nein, komm rein. Ich erklär es dir.«

Zögernd stand Daria auf, legte die Zeitung auf einen kleinen Beistelltisch und kam ins Haus. Rogue stellte die Alarmanlage an, sobald sie drin war, ließ die Tür aber weit offen stehen. Der Alarm würde in dem Moment losgehen, in dem jemand durch die Tür treten und den Mechanismus unter der Türmatte aktivieren würde.

Rogue trat tiefer ins Haus mit Daria und legte dann beide Hände auf ihre Wangen. Er küsste sie zärtlich und strich dann mit einem Daumen über ihre Lippen. »Ich wollte dich nicht erschrecken.«

»Was hast du denn vor?«, wollte sie wissen und ihr Blick wirkte verstört, was Rogue einen Stich im Herzen versetzte. Er war ein Arschloch, sie so zu erschrecken. Ein Trampel. Das hätte er auch anders sagen können, weniger direkt.

Rogue presste die Lippen aufeinander, er wollte ihr das nicht antun. »Das wird nicht einfach für dich werden. Also tun wir es nur, wenn du es auch wirklich willst.«

Für mich wird das auch nicht einfach, dachte er und sein Magen zog sich zusammen. Er küsste sie noch einmal, er war süchtig danach, sie zu küssen. Und er hatte vor diesem Schritt Angst, aber er sah kaum einen anderen Weg und er wollte Daria endlich in Sicherheit wissen. So wie die Familien, die im Club eingesperrt waren, solange das hier dauerte, auch.

Daria legte ihre Hände auf seine Brust und schob sie unter seine Kutte. Rogue genoss für einen Augenblick die Wärme ihrer Hände auf seiner nackten Haut. Von jetzt an würde er nie wieder ein Shirt unter dieser Kutte tragen, damit er ihre Hände immer direkt auf seiner Haut spüren konnte. Immer? Rogue erstarrte für einen Moment. Dieses kleine Wörtchen hallte in seinem Kopf nach, trommelte gegen seine Schläfen wie sein Herz gegen seine Brust. Er hatte nie wieder eine Old Lady gewollt. Aber genau das war es, was er in ihr sehen wollte. Er wollte sie nicht mehr hergeben, hatte ganz ursprüngliche, besitzgierige Gefühle für sie.

»Was hast du vor?«, fragte sie und berührte seine Wange, als er nicht sofort reagierte.

Rogue versteifte sich, strich mit seinen Daumen über Darias Kiefer und starrte auf ihre vollen Lippen. Er verdrängte das Bild, das sich auf ewig in sein Gedächtnis gebrannt hatte: den Anblick ihrer Lippen, die sich um seinen Schwanz schlossen. »Ich tue das, weswegen ich hier bin. Ich übernehme Manuels Rolle.«

Daria erstarrte mit hämmerndem Herzen und blinzelte die Tränen in ihren Augen aufgeregt weg. Ihr war sofort klar, Rogue würde sie niemals schlagen, dafür verabscheute er zu sehr, was Manuel ihr angetan hatte, trotzdem erschreckten seine Worte sie und trieben ihr die Tränen in die Augen. Es lag an den Erinnerungen, die Manuel hinterlassen hatte. Sie biss sich auf die Unterlippe, damit Rogue nicht sehen konnte, dass sie zitterte und wich seinem Blick aus.

»Ich werde dir nichts tun«, versprach er hastig und zog sie an seine Brust. Sie drückte ihre Nase gegen ihn und sog seinen würzigen Duft in sich auf. Sie liebte es, wie er roch. So viel mehr nach Mann, als sie es von Manuel kannte. Nicht unangenehm, sondern sexy und erotisch. Sie lauschte auf seinen rasenden Herzschlag. Auch er war beunruhigt, aber von ihm gehalten zu werden, entspannte sie und verdrängte die Erinnerungen.

»Ich weiß«, murmelte sie gegen seine Brust.

»Tut mir leid, war eine dumme Idee.«

»Nein, war es nicht.« Sie hob den Blick und sah ihn an. »Es sind nur die Dämonen in meinem Kopf.«

Rogue küsste sie sanft. »Vor denen musst du keine Angst haben. Du schreist, ich poltere, du bewirfst mich mit Vasen.« Er grinste und seine Augen funkelten belustigt.

Daria lachte bei der Vorstellung, mit Vasen nach Rogue zu werfen. »Wird er nicht Verdacht schöpfen, wenn deine Brüder nicht sofort das Haus stürmen?«

»Ich schick sie auf einen Spaziergang. Sie sollen so tun, als würden sie die Gegend untersuchen. Wir setzen unsere ganze Hoffnung darauf, dass dieser Wahnsinnige dich so dringend besitzen will, dass er nicht zulassen wird, dass dir etwas zustößt.«

»Also gut, was glaubst du, wie viele Vasen wir brauchen werden?«

Rogue lachte. »Wie viele hast du denn?« Er teilte ihre Lippen mit seinem Daumen und schob ihn in ihren Mund. Ihre Zungenspitze berührte schüchtern seine Kuppe, bevor sie ihre Lippen um ihn schloss und an seinem Finger saugte. Er zog seinen Daumen mit Hitze im Blick wieder aus ihrem Mund. »Irgendwie macht mich der Gedanke, dich so temperamentvoll zu sehen, ganz scharf. Glaubst du, du hast nach der Show noch genug Kraft, um von mir gefickt zu werden?«

Daria grinste und wurde ganz rot. Sie würde sich wohl nie daran gewöhnen, dass er solche Worte zu ihr sagte. Und ganz offensichtlich machte es ihm auch noch Spaß, dass sie jedes Mal heftig schlucken musste und ein paar Atemzüge benötigte, um sich wieder unter Kontrolle zu bekommen. »Ich werde mir etwas Kraft aufsparen.«

Rogue zog sein Telefon aus seiner Jeans und tippte eine Nachricht. »Sie wissen Bescheid. Sie gehen nicht weit, nur ein paar Meter, sobald der Alarm losgeht, kommen sie wieder zurück. Bist du bereit?«

»Okay«, sagte Daria und ihr Magen zog sich zusammen. Sie konzentrierte sich einfach auf Rogues Worte, darauf, dass er gesagt hatte, dass es ihn ganz scharfmachen würde, wenn sie mit Sachen nach ihm warf. »Also dann.« Sie löste sich aus Rogues warmer Umarmung und ging an ihm vorbei, öffnete einen der oberen Schränke in der Küche, nahm ein paar Teller und überlegte, wo sie am wenigsten Schaden anrichten würden.

»Der Flur«, sagte sie seufzend und trat mit ihrer Fracht vor Rogue. Sie hatte ein ganz mulmiges Gefühl im Magen. Nicht nur, weil sie einen der Kämpfe nachstellen wollten, die sie mit Manuel hatte ertragen müssen, sondern auch, weil sie wohlmöglich gleich dem Mann wiederbegegnen würde, der sie unbedingt töten, aus ihr eine Mumie für seine widerwärtige Sammlung machen wollte. Sie atmete zitternd ein, als sie an das Haus im Wald dachte und die Dinge, die er dort getan hatte.

»Ich werde nicht schreien, damit er nicht an meiner Stimme merkt, dass ich es bin und nicht Manuel. Aber du schreist und bettelst«, sagte er.

Statt zu antworten nahm Daria einen Teller, straffte die Schultern, nahm all ihren Mut zusammen und warf ihn schwungvoll auf den Boden. Der Teller zerbrach klirrend. Daria holte Luft und räusperte sich. »Nein, nicht. Lass mich, bitte«, rief sie kläglich und verzog das Gesicht, weil sie fand, dass ihr Gejammer nicht echt genug klang.

Rogue ging um sie herum, strich dabei sanft über ihren Unterarm, griff nach der Küchentür und warf sie lautstark zu, die Wände bebten.

»Nicht, du tust mir weh«, jammerte Daria, ließ einen Teller fallen und grinste. Sie sah zu Rogue auf und schüttelte den Kopf. Okay, das war albern. Wovor hatte sie eigentlich Angst gehabt? Sie stand hier in ihrem Haus, warf Teller auf den Boden und sie wusste nicht, ob sie es lustig oder beängstigend finden sollte. Wahrscheinlich fiel Moreno sowieso nicht darauf herein.

»Du Schlampe«, schimpfte Rogue und versuchte Manuels etwas hellere Stimme zu kopieren, zog Daria an sich und küsste sie schnell. »Tut mir leid.«

»Manuel, au!«, schrie Daria und ließ den Stapel Teller fallen, der laut tosend auf dem Boden zerschellte.

Rogue drängte sie mit seinem Körper ins Wohnzimmer, wo sie von der offenen Tür aus nicht gesehen werden konnten, grinste und küsste sie kurz aber stürmisch. Er ging zielstrebig auf den Sessel zu, in dem Manuel gestern saß, hob ihn hoch und ließ ihn in den Wohnzimmertisch fallen. Er krachte durch die Glasscheibe des Tischs. Dann schrie Rogue jammernd auf und wiederholte mehrmals heulend Darias Namen. »Es tut mir so leid, das wollte ich nicht. Stirb nicht!« Er wimmerte und sah grinsend zu Daria auf. In dem Augenblick, in dem Daria fast aufgegeben hätte gegen einen Lachanfall anzukämpfen, ging der Alarm los. Auf Rogues Gesicht trat ein zufriedenes Grinsen. Er schnappte sich Darias Arm und zog sie hinter sich.

Und dann starrten sie beide auf die Waffe, die vor Rogues Brust gehalten wurde.

Auf Morenos Gesicht trat ein Lächeln, das erst erstarrte, als er erkannte, wer vor ihm stand. Noch bevor Moreno auch nur mit den Wimpern zucken konnte, hatte Rogue ihn entwaffnet. Ein Schuss knallte in die Decke, Putz rieselte herunter und strich Rogue über das Gesicht. Der Geruch von Schießpulver verteilte sich. Das Arschloch hatte nicht damit gerechnet, dass jemand direkt hinter der Ecke auf ihn lauern würde. Aber Rogue hatte gewusst, dass der Mann um diese Ecke kommen musste.

Rogue donnerte Moreno seine eigene Waffe gegen die Schläfe, der Mann sackte zu Boden, die Vordertür wurde aufgerissen, Blaze und Thorne kamen ins Haus gestürmt. Alles ging so schnell, dass jedes Mal, wenn Daria geblinzelt hatte, sich die Situation schon wieder verändert hatte.

Thorne riss den Deckel des Schaltpanels auf und stellte die Anlage ab, Blaze zog Handschellen aus seiner Jeans und übergab sie an seinen Vater. Rogue holte sich einen der Küchenstühle ins Wohnzimmer und fesselte den Killer auf den Stuhl. Daria sah wie gelähmt zu, während in ihrem Kopf eine beängstigende Leere herrschte. Vor ihr saß der Mann, der ihr noch schlimmere Albträume bescherte als Manuel. Ein Mensch, der Kinder ermordet hatte, Menschen umbrachte. Der sie töten wollte. Darias Magen zog sich schmerzhaft zusammen, ihr Blut rauschte durch ihre Ohren.

Moreno stöhnte und öffnete die Augen. Sein Blick traf sofort auf Daria und jagte ihr einen Schauer über den Rücken. Diese Augen, immer wieder lösten sie in ihr Grauen aus. Aber sie fühlte auch

Genugtuung, denn jetzt saß dieser Mann vor ihr, so hilflos wie sie es auch gewesen war.

»Ehrlich, Mann? Ein bisschen Theater und du fällst darauf rein?«, wollte Rogue kopfschüttelnd wissen und hieb dem Mann seine Faust gegen die Kiefer.

Thorne sah sich mit hochgezogenen Augenbrauen um. »Das nennst du ein bisschen Theater, Bruder? Ihr habt das Haus zerlegt.«

Rogue warf Daria ein Grinsen zu. »Mein Mädchen ist eben heißblütig.«

Darias Herz machte einen Satz. Er hatte sie *sein Mädchen* genannt. In ihrem Magen flatterte es. Sie räusperte sich nervös und sah auf den Boden.

Moreno spuckte mit gerunzelter Stirn Blut auf den Boden. »Sie gehört mir«, stieß er hervor.

Rogue lachte nur bitter. »Wieso erklärst du uns nicht einfach, was dich dazu bringt, Menschen auszustopfen?«

»Würde mich auch interessieren. Warum denkt ein krankes Gehirn so?«, wollte Blaze wissen und verengte abschätzig seine Augen zu Schlitzen.

»Leck mich«, stieß Moreno aus. »Ihr wisst gar nichts. Was wollt ihr jetzt tun? Die Polizei rufen? Und was sagen? Dass ich hier rein bin, um sie vor euch zu retten und ihr mich überwältigt habt?« Er lachte auf und legte den Kopf in den Nacken, dann schüttelte er sich und zog an seinen Fesseln.

Rogue wiegte den Kopf hin und her, dann zuckte er mit den Schultern. »Er hat recht, wir haben gar nichts. Nicht einmal seine beschissenen Leichen.«

Thorne verschränkte lässig die Arme vor der Brust. »Aber wen sollte das interessieren?«

»Wir reden nicht mit Bullen«, sagte Blaze achselzuckend.

Daria wurde ganz wirr im Kopf. Hatten die Biker Spaß an der Situation? Nahmen sie das nicht ernst? Vor ihnen saß ein Serienmörder, sie mussten doch etwas unternehmen. Die Polizei musste ihnen doch glauben. Daria atmete tief aus. Sie wusste, dass die Polizei ihnen ohne Beweise nicht glauben würde. Und Moreno wusste das auch.

»Was wollt ihr sonst machen? Mich foltern, bis ich verspreche, mich zu benehmen? Ich werde euch niemals verraten, wo die Leichen sind. Dann bringt mich lieber gleich um.« Er schnaubte verächtlich. »Nach mir wird gesucht werden, ich bin Polizist.«

Rogue und seine Brüder lachten und Daria sah sie verwundert an. Was war so lustig? Und der Killer hatte recht, man würde ihn suchen. Was sollte also mit ihm geschehen? Daria wich einen Schritt zurück, sie fühlte sich ganz schwach.

»Wir könnten ihn in den Keller sperren zu dem anderen Idioten«, schlug Blaze gelangweilt vor. »Auf jeden Fall haben wir Zeit, ihn ausgiebig zu foltern, seine Kollegen sind damit beschäftigt, vor dem Club herumzusitzen und darauf zu hoffen, dass etwas Interessantes bei uns passiert. Was soll schon Interessantes in einer Werkstatt passieren?«

»Manchmal passiert schon etwas Interessantes, wenn Race einem heißen Mädchen den nackten Hintern tätowiert«, warf Thorne ein.

Rogue ließ seinen Blick grinsend über Darias Körper gleiten. »Stimmt, ganz schön heiß. Aber das passiert ja nicht in der Werkstatt.«

»Glaubt ihr wirklich, dass es sich für euch lohnt, wegen dieser Schlampe in den Knast zu gehen?«, stieß Moreno zornig aus und rutschte auf dem Stuhl herum.

Rogue donnerte seine Faust gegen die ohnehin schon lädierte Nase des Mannes. Sofort schoss Blut heraus und lief ihm über die Lippen, tropfte auf seine Jeans und bildete einen dunklen Fleck. »Was hab ich dir gesagt? Nenn mein Mädchen nicht Schlampe!«, brüllte er und Daria zuckte zusammen, als er noch einmal gegen den Kopf des Mannes schlug.

Daria sah weg, ihr Magen zog sich zusammen, als sie das ekelhafte Brechen eines Knochens hörte. Hatte Rogue ihm den Kiefer gebrochen, das Jochbein? Sie wollte nicht darüber nachdenken, aber ihr wurde übel und sie bekam wieder Angst vor Rogue und den Dingen, zu denen er fähig war. Wie einfach es ihm fiel, auf jemanden einzuschlagen, der sich nicht wehren konnte. Daria wollte kein Mitleid mit dem Killer empfinden, aber sie tat es doch, weil sie die Schmerzen kannte, die ihm jetzt zugefügt wurden. Wieder ein dumpfer Schlag. In seinen Magen? Daria sah auf und in die wütenden, eiskalten Augen des Mannes, der sonst zärtliche, warme Gefühle in ihr weckte. Der dafür gesorgt hatte, dass sie sich in ihn verliebte. *Nein, nicht in diesen Mann, in den anderen*, sagte Daria sich.

»Ich warte draußen«, stieß Daria hervor und rannte in den Garten. Vor der Tür holte sie tief Luft, sie musste den bitteren Eisengeruch aus der Nase bekommen. Das knackende Geräusch aus den Ohren.

Rogue konzentrierte sich darauf, Daria nicht hinterher zu sehen, aber er war froh, dass sie gegangen war. Er wollte nicht, dass sie sah, was er jetzt tun musste. Er wollte nicht einmal, dass sie ihn sah, wenn er Gewalt anwenden musste. Aber jetzt musste er noch viel weitergehen. Aber ihr nicht nachzusehen, brachte gar nichts, das Grinsen auf dem Gesicht des dreckigen Bastards zeigte ihm, dass der Kerl genau wusste, was in Rogue vorging. Rogue holte noch einmal aus und rammte dem Kerl seine Faust ins Gesicht. Den Schmerz, der seine Knöchel traf, dann den Arm hochschoss, ignorierte er einfach. Früher hatte er dieses Gefühl als Erleichterung wahrgenommen, mittlerweile war das nicht mehr so. Mit vierzig Jahren wurde er ruhiger, hielt weniger davon, Menschen zu verletzen, und mehr davon, mit einer Frau oder einem Bruder einfach nur ein paar Stunden vor dem Fernseher zu verbringen. Das Auspowern hob er sich für den Fitnessraum auf.

»Wer redet denn von Knast?«, wollte Rogue wissen und starrte das Arschloch an. »Wir werden dich im Wald verscharren. Oder hast du geglaubt, einen Irren wie dich lassen wir frei rumlaufen? Keine Leichen, kein langes Leben für dich. Außer du überlegst dir das mit den Leichen nochmal.«

»Das würde mich enttäuschen«, wandte Thorne ein, der mit in die Taschen geschobenen Händen lässig an einer Wand hinter Rogue lehnte. »Der Knast ist doch für einen Bullen kein Spielplatz.«

»Nein, ist er nicht«, bestätigte Rogue. »Kannst du dich noch an Tex erinnern?«, fragte er Thorne gespielt nachdenklich. Tex gab es gar nicht, aber das musste der Bulle ja nicht wissen.

Thorne lachte hinter ihm auf, Rogue warf ihm einen Blick über die Schulter zu und grinste. »Ja, der Bulle aus dem Knast in Glasgow. Verdammt, wie viele Stunden der wohl auf dem Rücken verbringen musste, bevor sie ihn dann endlich umgebracht haben?«

Rogue beobachtete mit Genugtuung, wie der Kerl vor ihm schwer schluckte. Die Vorstellung, dass es jemandem wie Tex ergehen könnte, würde sogar Rogue dazu bringen, schockiert zu schlucken. Für den einen oder anderen Bullen konnten Vergewaltigungen im Knast durchaus an der Tagesordnung stehen. Rogue sah sich im Wohnzimmer um, das reinste Chaos, überall lagen Glassplitter herum, hier Blut wegzuwischen würde ein zu großer Aufwand werden. Schon der kleinste Schnitt durch einen Glassplitter im Bodenbelag beim Wischen und das Blut würde für immer im Riss nachweisbar sein.

»Ein Duschvorhang wäre jetzt ein Geschenk«, sagte Rogue trocken.

»Dann muss es eben eine Decke tun«, schlug Blaze vor und nahm eine rotblau karierte Wolldecke vom Sofa, breitete sie im Korridor auf dem Boden aus und nickte Rogue zu.

»Was habt ihr vor?«, schrie der Irre auf und zappelte auf dem Stuhl herum.

»Das Einzige, was wir tun können, damit du nicht weiter unschuldige Frauen umbringst. Ohne die Leichen haben wir nichts gegen dich in der Hand, und wer glaubt schon ein paar Bikern, wenn sie behaupten, dass ein Bulle munter Leute umbringt?«

»Wenn du uns ersparen willst, deinen Scheiß vom Boden wischen zu müssen, dann sag uns, wo die Leichen sind und wir schauen mal vorbei. Wir rufen sogar deine Kollegen an und du kannst dann den Rest deines Lebens auf dem Rücken verbringen«, warf Blaze ein und Rogue grinste breit.

»Ja, so machen wir es.«

Moreno hörte auf zu zappeln und erstarrte, presste die Lippen aufeinander und schwieg.

»Also nicht?«, wollte Rogue wissen. »Dann bleibt uns nur der Wald.«

Der Mann reagierte nicht mehr. Er hatte nicht vor, ihnen etwas zu sagen und Rogue war es eigentlich auch egal. Nein, es war ihm lieber. So konnten sie sichergehen, dass der Kerl nie wieder rumrannte und mordete. Rogue griff nach dem Stuhl, auf dem der Kerl saß, Thorne sprang ihm zur Seite und schnappte sich die Rückenlehne, dann hoben sie den Stuhl mit dem Bastard darauf an und stellten ihn auf die ausgebreitete Decke im Flur.

»Seine Waffe«, sagte Rogue zu Blaze und nickte dorthin, wo sie auf dem Boden lag. Blaze hob sie auf und gab sie Rogue. Das hier wollte er weder Blaze noch Thorne tun lassen. Blaze hatte noch nie einen Menschen erschossen. Thorne war da schon abgehärteter. Thorne und Rogue hatten gemeinsam mit dem Rest des Clubs harte Zeiten in Glasgow hinter sich. Sie alle waren in der Hoffnung hier runtergekommen, dass diese Zeiten endgültig vorbei waren. Na ja, in ein paar Sekunden vielleicht. Wer konnte schon damit rechnen, dass sie ausgerechnet in einer Stadt landen würden, in der ein Bulle die Nachbarschaft umbrachte.

Rogue richtete die Mündung des Schalldämpfers auf den Kopf von Moreno. In seinen letzten Sekunden bewies der Mann noch einmal, dass er Eier hatte. Manuel hätte sich längst schon wieder bepisst, aber Moreno verzog nicht mal das Gesicht. Er starrte Rogue nur ganz ruhig an. Fast, als würde er den Tod begrüßen. Vielleicht tat er das auch, war froh, dass er gleich von dem befreit wurde, was ihn zu den Dingen getrieben hatte, die er getan hatte. Irgendwelche inneren Dämonen. Jeder hatte doch welche. Rogues saßen immer direkt unter der Oberfläche und erinnerten ihn daran, dass genau solcher Mist ihn seine erste Frau gekostet hatte. Er würde nicht zulassen, dass noch ein Wahnsinniger ihm jemanden nahm, den er liebte. Rogue drückte ab, die Pistole gab einen kurzen peitschenden Knall von sich und Blut spritzte Rogue auf die Hand, in der er die Waffe hielt. Die Kugel durchschlug Morenos Stirn, riss seinen Hinterkopf auf und riss ein Loch in die Decke, die Blaze und Thorne hinter Moreno ausgebreitet nach oben hielten, damit die Wände nicht versaut wurden, dann blieb sie im Holz der Tür stecken.

»Packen wir ihn ein«, sagte Rogue teilnahmslos. »Blaze, du holst die Kugel aus der Tür und machst das Loch zu.«

Kapitel 17

Ein leiser Knall ließ Daria zusammenzucken, dann lief ihr ein Schauer über den Rücken. Sie musste nicht ins Haus sehen, um zu wissen, was eben passiert war. Sie rieb sich fröstelnd über die Arme. In ihrem Haus wurde soeben ein Mensch getötet. All das tiefe Atmen an der frischen Luft im Garten hatte nichts gebracht. Die Übelkeit überrollte sie von neuem. Darias Magen krampfte sich zusammen. Sie erinnerte sich plötzlich wieder daran, wie es sich angefühlt hatte, als der Mörder ihrer Mutter das Haus verlassen hatte und sie mit ihren nackten Kinderfüßen ins Schlafzimmer ihrer Eltern gelaufen war. Das Gefühl von klebrigem Blut an ihren Füßen, das Gesicht ihrer Mutter, ihre weit aufgerissenen Augen. Ihr Kopf war vom Bett gefallen, hing über die Kante. Ihr Körper war nackt, sie hatte einen riesigen Blutfleck auf ihrem Oberkörper und ihre Beine waren weit gespreizt gewesen. Erst Jahre später war ihr klargeworden, dass der Junkie ihre sterbende Mutter vergewaltigt hatte. Es hatte viele Albträume gebraucht, um zu verstehen, warum ihre Mutter genau so auf dem Bett gelegen hatte. Die Erinnerung daran überflutete ihr Gehirn ausgerechnet jetzt.

Sie schüttelte sie ab, aber sie wurde nur von den Bildern aus dem Haus im Wald ersetzt. Es schien, als würde ihr Lebensweg von Leichen gepflastert. Sie hob eine zitternde Hand an ihre Stirn und versuchte, die Kopfschmerzen und die Bilder weg zu reiben, aber es half nicht. Ihre Stiefmutter hatte für die Dinge, die Daria in jener Nacht gesehen hatte, nie Mitleid mit ihr. Sie hatte sie aufgenommen, nach Spanien geholt, wahrscheinlich nur, weil ihr Ehemann es verlangt hatte, aber sie hatte Daria nie wirklich akzeptiert und war froh gewesen, sie schnell auf ein Internat abschieben zu können.

Es war diese Kälte in Darias Leben, die Manuel damals erfolgreich ausgelöscht hatte. Vielleicht erhoffte sie sich auch nur das von Rogue. Aber konnte ein Mann, der dazu fähig war zu töten, überhaupt ihre innere Kälte löschen? Vielleicht war das Feuer, das er in ihr in den letzten Tagen geweckt hatte, nicht mehr als das: ein Waldbrand, der viel zu schnell wieder gelöscht wurde. So wie damals, als Manuel sein wahres Gesicht gezeigt hatte.

Daria wandte ihr Gesicht ab, als Rogue und Blaze zur Tür herauskamen, sie trugen einen eingewickelten Körper. Sie hatte genug Filme gesehen, um zu wissen, wie so etwas aussah, trotzdem erstarrte sie innerlich zu Eis und schloss die Augen, bis ihr das Quietschen des kleinen Gartentores verriet, dass sie den Garten durchquert hatte.

»Gibt es in der Hütte dort einen Spaten?«, wollte Thorne wissen und riss sie aus ihren Gedanken.

Daria schluckte trocken und nickte.

Sie wusste plötzlich nicht mehr, was sie tun sollte, wohin sie gehen sollte, aber sie wollte definitiv nicht länger hier draußen stehen. Aber in ihr Haus gehen? Konnte sie das? Sie sah Thorne nach, der die Hütte öffnete und darin verschwand. Ihre Beine setzten sich ganz von allein in Bewegung und trugen sie ins Haus. Im Flur lag ein Küchenstuhl umgekippt auf der Seite. Daneben offene Handschellen auf dem Boden. An der Rückenlehne klebte Blut und … Knochensplitter … Gehirnmasse?

Darias Magen zog sich zusammen, als hätte eine Faust sie getroffen. Hier war ein Mann gestorben, durch die Hand des Mannes, von dem Daria glaubte, dass sie ihm restlos verfallen war. Dass sie dabei war, sich in ihn zu verlieben, obwohl er zu solchen Taten imstande war. Warum war sie jetzt also erschrocken? Sie hatte doch gewusst, dass Rogue nicht ungefährlich war.

Aus dem Keller hörte sie Manuels Schreie. Sie hätte ihn fast vergessen. Plötzlich übermannte sie der Gedanke, dass auch er von Rogue in den Wald gebracht werden könnte. Würde er das wirklich tun? Sie wusste es ehrlich gesagt nicht. Was wusste sie denn schon? Nur, dass sie Manuel einmal geliebt hatte und nicht zulassen konnte, dass auch er sterben musste. Als sie ihn im letzten Schuljahr kennengelernt hatte, war er ein liebevoller Mann gewesen, gebrochen hatte ihn nur der Verlust seiner kleinen Schwester, die eine Überdosis genommen hatte. In den ersten Monaten, nachdem er sich verändert hatte, hatte Daria sich deswegen eingeredet, er würde sie einsperren, um sie nicht auch noch zu verlieren. Ihr Herz raste. Sie rannte zur Kellertür, getrieben von dieser inneren Angst, dieser Klaue, die ihr Herz zerquetschte. Dass Manuel getötet wurde, wegen ihr, das konnte sie nicht zulassen.

»Mach mich los«, brüllte er. »Was ist los da oben?« Er sah müde aus und erschöpft, sein Gesicht war geschwollen und farbig genug, dass sie es selbst bei der etwas kümmerlichen Beleuchtung im Keller gut sehen konnte. Rogue hatte ihn an ein Rohr gebunden.

Daria sah sich nach einem Messer um, suchte das Regal mit den Werkzeugen ab, die Werkzeugbank und den kleinen Schrank und fand ein Teppichmesser. Das würde es auch tun, sagte sie sich erleichtert, kniete sich vor Manuel und begann, das Seil zu zerschneiden. Ein wenig erinnerte sie die Szene an den Film Titanic. Sie hatte immer gefunden, dass die Sache mit der Axt doch völlig unglaubwürdig war. Rose hätte Jack die Hand abhacken müssen, zumindest hätte sie ihn schwer verletzen müssen. Zum Glück musste Daria nur ein Seil durchtrennen und keine Handschellen aus gehärtetem Stahl.

Daria blinzelte. Komisch, was ihr plötzlich alles durch den Kopf ging. Dieser Tag, diese Ereignisse, sie fühlte sich, als drehe sich alles in ihrem Kopf. Mal dachte sie an dies, mal an das. Ihr war ganz schwindlig.

»Nun mach schon«, drängelte Manuel und zog an seinen Fesseln.

»Nur noch ein bisschen«, murmelte Daria angestrengt. Ihre Finger krampften schon um den Griff des Messers herum. So ein Teppichmesser war nicht gut geeignet, um Fesseln zu durchschneiden, irgendwie nicht griffig genug, überlegte sie. Vielleicht waren auch ihre zitternden Finger schuld.

Endlich riss das Seil, Manuel sprang auf und rannte zur Kellertreppe, dann sah er sich nach ihr um. »Sind sie noch da oben?«, wollte er wissen und atmete angestrengt.

»Im Wald.« Sie schüttelte sich innerlich bei dem Gedanken, weswegen sie im Wald waren. Wie lange dauerte es wohl, eine Leiche zu vergraben? Daria ließ der Gedanke nicht los, wie offensichtlich routiniert sie mit der Situation umgingen. Erst versteckten sie die Leiche des Jungen aus dem Haus, damit die Spuren nicht auf sie weisen konnten. Jetzt töteten sie einen Mann und vergruben ihn einfach im Wald. Und dort, wo sie den Mann getötet hatten, gab es kaum Spuren von diesem Mord. Daria schüttelte sich.

Er wandte sich von ihr ab, rannte nach oben und stieß die Tür auf, die Daria nur angelehnt hatte, damit sie hörte, wenn Rogue zurückkam.

Daria folgte Manuel durch den Flur, dann blieb er plötzlich vor ihr stehen, drehte sich zu ihr um und legte eine Hand um ihre Kehle. Er drückte sie gegen die Wand, atmete heftig ein und drückte so fest zu, dass der Schmerz Darias ganzen Körper erfasste und sie kaum noch Luft bekam. Aus Angst, oder weil er so fest zudrückte?

Er stieß ihren Kopf gegen die Wand, seine Augen waren rot vor Wut. Sie kannte diesen Ausdruck. Sie wagte nicht, sich zu wehren, hielt ganz still, um ihn nicht noch wütender zu machen. »Ich sollte dich umbringen, aber irgendwann wird das dein neuer Freund für mich erledigen. Du hast diesen dreckigen Biker wirklich verdient«, sagte er abfällig.

»Er ist nicht dreckig«, sagte Daria leise. Aber er war ein Mörder, und das durfte sie auch nicht vergessen. Jemand, der einen wehrlosen Menschen einfach so hinrichtete.

Sie hörte das Quietschen des Tores und Angst griff nach ihr. Erschrocken starrte sie Manuel an. »Du solltest jetzt gehen«, flüsterte sie.

Manuel verzog das Gesicht, löste seinen Griff um ihren Hals und trat einen Schritt zurück. »Ich bin sowieso fertig mit dir«, sagte er wütend und ging zur Vordertür raus, ohne sich noch einmal nach Daria umzudrehen.

Daria wusste nicht, weswegen sie erleichterter war, weil Rogue ihm nichts mehr antun oder weil Manuel ihr nichts mehr anhaben konnte?

»Du hast ihn gehen lassen?«, grollte Rogue neben ihr. Sie zuckte zusammen und wandte ihm ihren Blick zu. Er ragte groß, dunkel und mächtig neben ihr auf. Und sein Gesicht strahlte Wut und Enttäuschung aus. Es war wohl richtig, Manuel zu befreien.

»Habe ich«, sagte sie bestimmt und ihr Blick wirkte leer, sie sah ihn kaum an. Sah vielmehr durch ihn hindurch. Rogue streckte eine Hand nach ihr aus, doch sie zuckte zurück und wich einen Schritt von ihm weg. Sie verurteilte ihn, verstand nicht, warum er getan hatte, was er getan hatte, und ging auf Distanz.

Rogue verschränkte die Arme vor der Brust und setzte eine teilnahmslose Miene auf. Etwas, das er automatisch immer dann machte, wenn er andere Menschen auf Distanz halten wollte. Wenn sie auf Abstand ging, dann sollte er es auch machen. Er war enttäuscht von ihrer Reaktion, aber er würde sie hinnehmen. Was hatte er auch erwartet? Dass sie einfach wegsteckte, wenn er einen Menschen umbrachte, und weitermachte, als wäre nichts geschehen? Die Old Ladys im Club hinterfragten die Dinge nicht, die nötig waren, um sie alle zu schützen. Und wenn doch, hatten sie trotzdem gelernt, damit umzugehen. Weil sie die Konsequenzen kannten, die Gefahr, die auf alle lauerte, wenn sie die Probleme nicht aus der Welt schafften. Daria wusste von alldem nichts. Sie hatte nicht miterlebt, wie schlimm der Krieg zwischen den Helldogs und der Mafia gewesen war.

»Heute sind genug Menschen gestorben«, sagte sie leise und riss ihn aus seinen Gedanken.

Rogue schloss die Augen und atmete tief ein, als er sie wieder öffnete, zog Thorne gerade die Tür hinter sich zu. Er lugte durch einen Spalt und deutete mit den Händen an, dass sie draußen warten würden.

»Glaubst du wirklich, ich hätte Manuel umgebracht?«, fragte er ungläubig. Hielt sie ihn für einen Killer, der einfach jedes Problem mit seiner Waffe löste? Ja, genau das musste sie von ihm denken.

»Ich weiß nicht, was ich glaube«, sagte sie schnippisch, wandte sich von ihm ab, ging in die Küche und setzte sich seufzend auf einen Stuhl. »Ich weiß es nicht.«

Rogue folgte ihr um die Ecke und blieb vor ihr stehen. »Dir wäre es lieber gewesen, wir hätten Moreno nicht getötet«, stellte Rogue teilnahmslos fest. Er fühlte sich bei diesem Gespräch nicht wohl, weil er es nicht brauchen konnte, dass diese Frau Schuldgefühle in ihm weckte für Dinge, die sie nun mal im Club regelten, wie sie sie regelten. »Was hätten wir tun sollen?«

Sie sah zu ihm auf und auf ihrem Gesicht konnte er die Tränenspuren sehen, konnte sehen, wie verquollen ihre Augen waren und es tat ihm leid, dass er so grob geworden war. Sie hatte schon genug, mit dem sie im Augenblick kämpfen musste.

»Ich weiß es nicht«, sagte sie leise und sah auf den Küchenboden. »Ich muss darüber nachdenken und mir klarwerden, was das alles für mich zu bedeuten hat. Wie ich damit umgehen soll.«

Er nickte, äußerlich völlig kalt und gelassen, aber ihre Worte ließen ihn innerlich kein bisschen kalt. Sein Herz krampfte sich so fest zusammen, dass er das Gefühl hatte, keine Luft mehr zu bekommen. Er fühlte sich plötzlich schuldig, schmutzig. Unverstanden. Er verstand aber auch sie, der Tod eines Menschen, nicht einmal der von einem solchen Drecksack, war nicht leicht wegzustecken. Sie war verwirrt, schockiert und wusste nicht, wie sie damit umgehen sollte.

Diese Frau hatte nur ein paar Tage gebraucht, um wie eine Abrissbirne über ihn zu kommen. Und sie beide wussten, dass es jetzt an der Zeit war, das einzig Vernünftige zu tun und jeden wieder zurück in seine Welt kehren zu lassen.

»Es tut mir leid, Süße«, sagte er und wandte sich von ihr ab. Jeder Schritt von ihr fort kostete ihn Überwindung, sein einziger Antrieb war der feste Glaube, dass das der einzig richtige Weg war. Er schützte sie beide damit.

Daria schloss erleichtert die Tür hinter den Frauen aus dem Club. Es war zwar nett von ihnen, ihr beim Aufräumen zu helfen, aber sie brauchte jetzt Abstand von dem, was passiert war, um nachzudenken. Sie hier zu haben, hatte sich viel zu gut angefühlt. So gut, dass sie vergessen wollte, dass Rogue heute einfach gegangen war, sie einfach zurückgelassen hatte mit ihren Ängsten. Als wäre da nichts zwischen ihnen gewesen, und mit dem Einlösen seines Versprechens wären die letzten Tage bedeutungslos. Er hatte seine Aufgabe erfüllt.

Daria hatte sich verloren gefühlt und er war einfach gegangen. Was hatte er von ihr erwartet? Dass sie den Tod eines Menschen genauso auf die leichte Schultern nehmen konnte wie er? Vielleicht hatte sie ihr Gefühl getrogen, aber da war doch für sie beide mehr als nur Sex gewesen. Etwas hatte sie verbunden.

Daria schüttelte den Kopf über ihre Gedanken. Sie trennten Welten, und die Gewalt, mit der er sich umgab, erschreckte sie, ließ sie innerlich erstarren, schockierte sie. Aber sie sehnte sich auch nach ihm. Danach Trost bei ihm zu finden, von ihm gehalten zu werden, sich einfach an ihn zu schmiegen. Sie fühlte sich, als würde sie zwischen diesen beiden Rogues hin und her geworfen.

Daria setzte sich auf das Sofa und ihr Blick haftete sich sofort auf den kleinen Blutfleck, der jetzt ihre Wand zierte. Sie hatte ihn vorhin beim Aufräumen entdeckt. Es war nicht der Fleck an sich, der ihren Magen vor Übelkeit krampfen ließ, es war dessen Aussage: Hier in diesem Haus wurde ein Mensch getötet und Daria hatte nichts dagegen unternommen. Sie war einfach in den Garten gegangen und hatte abgewartet, bis alles vorbei war. Auch sie hatte diesen Tod nicht verhindert. Dieser Fleck klagte nicht nur Rogue an, Blaze oder Thorne. Er klagte auch sie an.

Und obwohl sie sich all das immer wieder fragte und vorbetete und sich vorhielt, wie falsch alles gelaufen war und wie es besser hätte laufen sollen, wurde sie halb wahnsinnig, weil Rogue nicht bei ihr war. Weil sie sich danach verzehrte, dass er sie tröstete und ihr erklärte, dass die Dinge richtig gelaufen waren. Weil Moreno ihnen nie gesagt hätte, wo er die Leichen versteckt hatte, weil sie ihn nicht ein Leben lang hätten einsperren können. Weil jeder Tag ein Tag hätte sein können, an dem dieser Mann wieder zur Gefahr geworden wäre. Und weil sie genauso wenig das Recht gehabt hätten, ihn einzusperren wie über sein Leben zu entscheiden.

Es klopfte an der Tür und Daria zuckte mit hämmerndem Herzen zusammen. Sie setzte sich auf und versuchte, durch die Scheibe zu erkennen, wer draußen stand, aber durch das Milchglas funktionierte das nicht. Sie warf einen Blick auf die Alarmanlage, ihr grünes Licht signalisierte, dass sie in Betrieb war. In diesem Haus war Daria sicher. Sollte jemand hier reinkommen und den Alarm auslösen, bekam Oz eine SMS auf sein Handy und jemand vom Club wäre in wenigen Minuten hier.

Daria stand auf und öffnete die Tür, sie achtete darauf, dass sie nicht auf den Kontakt unter den Teppich trat. Vor der Tür stand die schwangere Polizistin. Die Kollegin von Moreno. Darias Herzschlag beschleunigte sich sofort. Sie versuchte, ruhig zu atmen. »Hallo«, sagte sie mit Verwunderung in der Stimme.

»Daria, Sie erinnern sich doch noch an mich? Ich bin Kathrin. Ich wollte nur mal nachsehen, wie es Ihnen geht. Meine Kollegin hat mir mitgeteilt, dass Sie wieder zu Hause sind.«

Daria streckte hinter der Tür den Arm aus und schaltete unauffällig die Alarmanlage aus, dann öffnete sie die Tür weiter und ließ die Polizistin rein. »Mir geht es gut. Ich wohne jetzt allein hier. Manuel ist gegangen«, sagte sie schnell, in der Hoffnung, die Polizistin würde sich nur kurz umsehen und dann wieder gehen.

Die Frau blieb vor ihr im Flur stehen, ihr Blick glitt zur Wohnzimmertür, mit zusammengepressten Lippen registrierte sie die Überreste des Glastischs, von dem nur noch das Untergestell vor dem Sofa stand.

»Er hatte einen Sprung, gestern habe ich ein Glas zu schnell darauf abgestellt und da ist er zersprungen«, warf Daria schnell ein und überraschte sich selbst damit, wie ruhig sie bei dieser Lüge blieb. Darias Blick zuckte zum Blut an der Wand, das sich auf Hüfthöhe hinter der Polizistin befand. Sie leckte sich über die Lippen und riss die Augen davon los, bevor die Polizistin etwas bemerken konnte.

»Setzen wir uns kurz«, sagte sie und ging vor Daria ins Wohnzimmer.

Der Sessel stand wieder an seinem Platz, aber Daria wollte ihn so schnell wie möglich loswerden. Immer wenn sie ihn sah, überkam sie Abscheu. Aus irgendeinem Grund verband sie gerade ihn so sehr mit Manuel wie nichts anderes in diesem Haus. Und das lag nicht allein daran, dass er seine Blase auf dem Sessel entleert hatte.

Die Polizistin setzte sich neben Daria. »Ich will nur wissen, ob es Ihnen gut geht. Nur ein paar allgemeine Fragen, um sicherzugehen, dass Sie mit Ihrem neuen Leben klarkommen. Vielen Frauen fallen die ersten Wochen ohne ihren Mann sehr schwer ohne Unterstützung. Sie sollen wissen, dass wir da sind, wenn Sie Hilfe brauchen. Ihr Mann ist doch ausgezogen, oder?« Sie lächelte und nahm Darias Hand. Daria genoss für einen Moment die freundliche Geste, bevor sie ihre Hand zurückzog.

»Ja, ist er. Mir geht es gut, ich muss mir nur überlegen, welche Arbeit ich jetzt machen möchte.«

»Was können Sie denn? Oh nein, sagen Sie nichts«, sagte die Polizistin. »Ihr Garten.«

Daria versteifte sich. »Sie haben meinen Garten gesehen?«

Sie nickte. »Als Ihr Mann Sie vermisst gemeldet hat, da haben wir das Grundstück und den Wald abgesucht. Routine«, fügte sie an. »Sie sind sehr kreativ, das können Sie gut. Ihr Mann hat gesagt, Sie haben ihn ganz allein angelegt.«

Daria lächelte unsicher. Sie liebte die Gartenarbeit, liebte es, wenn sie einen Garten betrat, ihn in Gedanken so zu gestalten, wie ihre innere Stimme es ihr zuflüsterte. Ihr eigener Garten war englisch, mit einer kleinen Ruheoase aus Granitbänken in der Mitte. Aber ihr Garten war auch ihre einzige Ablenkung in der Ehe mit

Manuel gewesen, deswegen hatte sie all ihre Zeit und Geduld in ihn gesteckt.

»Ich weiß nicht, ob ich damit meinen Lebensunterhalt verdienen könnte«, warf Daria zweifelnd ein.

Die Polizistin lachte und deutete mit dem Zeigefinger auf ihren Bauch. »Fangen Sie doch mit meinem an und machen Sie ihn kinderfreundlich. Mein Garten ist eine Wüste«, sagte sie heiter.

Daria rutschte unbehaglich hin und her, aber eigentlich hatte sie Lust darauf, auch wenn sie nicht glaubte, dass sie damit wirklich genug Geld verdienen könnte. »Ich seh mir Ihren Garten an«, versprach sie. Was konnte es schon schaden?

Die Polizistin klatschte begeistert in die Hände. »Wann hätten Sie denn Zeit? Sie bringen meinen Garten auf Vordermann und ich werde ihn danach all meinen Kollegen zeigen, die sie ihren Freunden und Verwandten zeigen. Sie werden sehen, bald werden Sie sich vor Aufträgen nicht mehr retten können.«

Daria lachte. »Wie wäre es mit nächster Woche?«

Die Polizistin holte ihr Handy aus ihrer Brusttasche. »Am Mittwoch? Da habe ich den ganzen Tag frei.«

Das Vibrieren der Harley unter ihm erstarb, als er den Motor abstellte. Rogue stieg von der Maschine, nahm seinen Helm ab und ging an der Reihe Bikes entlang ins Clubhouse. Er war wütend auf sich. Seit Tagen fuhr er jeden Tag mehrmals die gleiche Strecke, parkte sein Bike ein paar Häuser von Darias Zuhause entfernt am Straßenrand, lief dann zu Fuß bis zum Haus gegenüber und starrte auf den hellgelben Anstrich und den weißen Gartenzaun.

Er redete sich ein, dass er es tat, um sicherzugehen, dass ihr Schlappschwanz von Ehemann sich dort nicht wieder sehen ließ, aber das war nicht der Grund. Race kümmerte sich doch blendend um Daria. Fuhr jeden Tag zu ihr, besuchte sie, trank mit ihr Kaffee im Garten, als wären sie alte Freunde. Was wollte Rogue also noch da?

Die Wahrheit war, er wurde fast verrückt, weil er sie nicht sehen konnte, weil sie ihm fehlte und er an nichts anderes mehr denken konnte, als an dieses dumpfe Pochen in seiner Brust. Sie kreiste in seinen Gedanken, war immer da und ließ ihn nicht los. Er wollte schreien vor Frustration. Sie nicht um sich zu haben, fühlte sich an wie ein kalter Entzug. Verdammt, sie hatten kaum eine Woche miteinander verbracht. Wie konnte es sein, dass er sich aufführte wie ein Idiot? Seine Brüder gingen ihm deswegen seit Tagen aus dem Weg.

Rogue riss die Tür zum Clubhouse auf und ging mit großen Schritten auf den hinteren Bereich zu. Um diese Zeit war hier so gut wie niemand. Die Abriegelung war aufgehoben und die Polizei war wohl damit beschäftigt, ihren Kollegen zu suchen. Und sie würden nicht bei den Helldogs anfangen, die sie ja überwacht hatten.

Ein paar Brüder arbeiteten an seinem Entwurf für das Bike eines der Devils. Race arbeitete in seinem Studio, Rage und Blaze trainierten im Fitnessraum, beide wollten an dem Untergrundkampf in ein paar Tagen auf dem Clubgelände teilnehmen. Und wahrscheinlich fand man dort auch ein paar der Frauen. Deren Höschen wurden schon feucht, wenn die Brüder sich nur über den bevorstehenden Kampf unterhielten.

»Rogue«, stieß Vera aus und wedelte mit der Hand, als sie aus der Küche kam. Nicht alle Frauen also, dachte Rogue genervt.

»Um was es auch geht, frag Bear.« Rogue winkte ab und lief weiter, aber Vera stellte sich ihm in den Weg und sah ihn grimmig an. Sie verschränkte die Arme vor ihren Brüsten und knurrte, als wäre sie ein Hund.

»Kann ich aber nicht, weil ich mit dir darüber reden muss.«

Rogue verdrehte die Augen. »Ich hab keine Zeit.«

»Was gibt es denn so Wichtiges in deinem Büro? Mehr Platz zum Schmollen?«

Rogue schnappte erst nach Luft, dann verengte er die Augen zu Schlitzen und feuerte den bedrohlichsten Blick auf Vera ab, den er draufhatte. Aber Vera konnte er damit nicht beeindrucken. »Keine Frauen«, sagte er. »Und ich schmolle nicht«, fügte er noch schnell an.

»Also gut«, warf Vera genervt ein. »Wenn du keine Zeit hast, dann übernehme ich die Babyparty für Phoebe und Andrew.«

Rogue zog eine Augenbraue hoch, aber eigentlich war ihm diese Party herzlich egal, er interessierte sich nur dafür, dass der Testkampf gut lief. »Bear soll dir helfen«, sagte er und ging um Vera herum.

In seinem Büro ließ er sich auf das Sofa sinken, schloss die Augen und rieb sich über die Stirn. Er war stinksauer auf sich, weil er unfähig war, zehn Minuten nicht daran zu denken, einfach in Darias Haus zu stürmen und sie in seine Old Lady-Kutte zu stecken, damit sie ihm nicht mehr weglaufen konnte. Sie sollte wissen, wie sehr sie ihm unter die Haut ging. Und es war ihm egal, wie sie über das Leben im Club dachte und über die Dinge, die sie manchmal gezwungen waren zu tun. Seit er sie vor ein paar Tagen verlassen hatte, konnte er nur noch daran denken, dass er sie zurückwollte. Seit dem Tod seiner Frau stand für ihn fest, dass er keine weitere Frau mehr in sein Leben holen würde, aber jetzt konnte er an nichts anderes mehr denken, als Daria seine Kutte anzubieten. Er wollte jeden wissen lassen, dass sie zu ihm gehörte. Und auf keinen Fall wollte er, dass jemand anders sie sich holte. Ob da draußen oder im Club, sie konnte doch überall in Gefahr sein. Und es war doch der Club, der sie erst aus der Gefahr geholt hatte. Er war es gewesen. Aber er konnte ihre Augen nicht vergessen, die Abscheu in ihrem Blick, nachdem er Moreno getötet hatte.

Das hier waren die Momente, in denen ihm alles egal war, wenn sie nur wieder bei ihm war, er sie in sein Bett zerren konnte und endlich wieder hören durfte, wie sie seinen Namen stöhnte. In den anderen Momenten hörte er auf die innere Stimme, die ihm zuflüsterte, dass es gut so war, wie es war. Er wollte sie nicht zu einem Leben zwingen, das sie nicht verstand, das sie verängstigte.

Es klopfte an der Tür und sofort darauf wurde sie aufgerissen. Eine der Frauen aus dem Lux kam hereingestürmt, baute sich vor ihm auf und wedelte aufgeregt mit den Händen. Unter ihrem rechten Auge leuchtete ein blauer Fleck.

»Ihr müsst was gegen diese Hengste tun.«

Rogue zog eine Augenbraue hoch und legte seinen Fuß auf dem Knie des anderen Beins ab. Er musterte die dunkelblonde Frau mit den vollen Brüsten. Sie hatte heiße Kurven, war hübsch anzusehen und einen Augenblick überlegte Rogue, ob er sie benutzen könnte, um Daria aus seinem Kopf zu bekommen.

»Hengste? Wohl eher Ponys. Du meinst den spanischen MC?«, hakte er nach, ließ weiter seinen Blick über ihren Körper gleiten. Als sie das bemerkte, trat sie näher. So nah, dass ihre Beine gegen Rogues stießen.

Sie beugte sich nach unten und legte eine Hand auf Rogues Oberschenkel. »Ich arbeite gern für euch, aber nicht, wenn das bedeutet, ich brauch einen Bodyguard, um einkaufen zu gehen.

Rogue sah in ihre dunkelgrünen Augen auf. Er wusste, sie wollte mehr Schutz von ihm und dafür würde sie all das mit ihm machen, was er wollte. Er dachte darüber nach, wie es wäre, einfach seine Hose zu öffnen, seinen Schwanz rauszuholen und dabei zuzusehen, wie sie ihm einen lutschte. Aber nichts regte sich bei ihm.

Rogue stieß ihre Hand grob weg, was sie mit einem lauten Fluch kommentierte. »Ich kann mich erinnern, dass ich dir erst vor ein paar Wochen gesagt habe, dass es uns nichts angeht, wenn ihr euch Drogen bei den Arschlöchern besorgt und dann Ärger mit ihnen bekommt. Du kennst unsere Einstellung zu Drogen. Und jetzt raus!« Rogue stand von dem Sofa auf, packte die Tänzerin und begleitete sie aus seinem Büro. Sie mussten sich um das Problem mit den süchtigen Tänzerinnen kümmern. Wenn sie die Stadt frei von dem Dreck bekommen wollten, mussten sie bei ihren eigenen Leuten anfangen.

Kapitel 18

Als Daria dieses Mal die Tür öffnete, wurde sie von lautem Gekreische begrüßt.

»Wir sind es nur, schalt die Anlage aus«, sagte Sweety und wedelte mit einer Flasche Sekt in der Hand herum. Sie grinste breit und freute sich über Darias betretenen Gesichtsausdruck. Hinter ihr standen noch Vera, Phoebe und Angel. Auch sie hatten reichlich Alkohol und Snacks mit dabei. So munter wie die Frauen waren, hatten sie auch schon ein paar Gläser getrunken, bevor sie hierher kamen, um Daria zu überrumpeln. Hatte Rogue beschlossen, dass es nicht mehr ausreichte, ihr seinen Wachhund Race zu schicken und selbst mehrmals am Tag vor ihrem Haus herumzulungern? Musste er ihr jetzt auch noch die Frauen aus dem Club schicken?

Daria klappte den Mund zu, stellte die Anlage ab und ließ die Frauen unwillig rein. Eigentlich hatte sie vor, sich einen gemütlichen Abend vor dem Fernseher zu machen, einen lustigen Film zu sehen und Rogue für einige Zeit einfach zu vergessen. Aber mit den Frauen aus dem Club um sich war es unmöglich, nicht an ihn zu denken.

»Was macht ihr denn hier? Schickt Rogue euch?«, fragte sie und verzog das Gesicht.

Vera drängte sich an Daria vorbei ins Wohnzimmer. »Könnte man so sagen, seine schlechte Laune hat uns aus dem Club getrieben.«

Angel stellte Plastikbecher auf den Tisch, Sweety öffnete eine Flasche Sekt und Vera zauberte Tacos und Dip auf die Holzplatte, die Daria als Übergangslösung auf das Gestell des Tischs gelegt hatte.

»Schlechte Laune?«, hakte Daria nach und setzte sich neben Angel auf den Boden.

Angel drückte ihr einen Plastikbecher in die Hand und stieß mit ihrem eigenen dagegen. »Er ist nicht zu ertragen, sitzt den ganzen Tag in seinem Büro und tut so, als würde er neue Bikes entwerfen, aber eigentlich macht er gar nichts.«

»Er hatte eine harte Zeit«, meinte Daria mit gerunzelter Stirn, nahm einen Schluck von dem Sekt und verzog das Gesicht, als der saure Geschmack über ihre Zunge rollte. Vera winkte ab. »Er schmollt rum wie ein Baby, weil ihr beide euren Kram nicht hinbekommt.«

»Wir haben keinen Kram. Er hat versprochen, mich zu beschützen, das hat er gemacht. Mehr war da nicht.«

Ein wenig mehr war da schon, aber Daria war überzeugt, dass es ihr mehr bedeutet hatte als ihm. Sie hatte gesehen, wie die Männer im Club das mit dem Sex sahen, er bedeutete ihnen nichts. Für die meisten von ihnen schienen Frauen austauschbar zu sein. Und nach dem, was Rogue ihr über seine erste Frau erzählt hatte, verstand sie sogar, dass er nicht mehr als Sex suchte.

»Eigentlich sind wir hier, weil Phoebe und Andrew ein Baby erwarten und wir am Samstag eine Party planen.«

»Das freut mich für dich«, sagte Daria ehrlich und legte Phoebe eine Hand auf den Unterarm, deswegen war sie die Einzige die nur Saft trank. Daria hatte schon angenommen, dass sie einfach nur keinen Alkohol mochte. »Wie lang weißt du es schon?«

»Erst ein paar Tage. Die Mädchen wollen das unbedingt feiern.«

»Das ist toll, aber was hat das mit mir zu tun? Ich gehöre nicht zum Club.«

»Du wirst auch kommen. Du gehörst vielleicht nicht zum Club, aber zu uns«, warf Angel ein.

»Ich weiß nicht.« Daria fühlte sich unbehaglich. Nicht nur wegen Rogue, sondern auch, weil sie eigentlich nichts mehr mit dem Club zu tun hatte. Und sie versuchte Abstand dazu zu bekommen, um nicht immer an Rogue erinnert zu werden und wie verletzt sie sich fühlte, weil er sie einfach alleingelassen hatte. Sie hatte mit ihren Gefühlen zu kämpfen, immerhin war ein Mann in ihrem Haus gestorben, und er hatte sie damit alleingelassen.

»Trink schneller, du musst unbedingt etwas lockerer werden«, schimpfte Phoebe Daria aus. »Und du wirst kommen, sonst schicken wir jemanden, der dich holt.«

»Aus deinem Haus zerrt«, fügte Sweety bestimmt an.

Die Frauen lachten und sie sah ihren Gesichtern deutlich an, dass sie es ernst meinten. Sie würden sie nötigenfalls abholen lassen. Daria fühlte sich nicht wohl bei dem Gedanken, Rogue zu begegnen, ihm vielleicht nicht aus dem Weg gehen zu können, aber sie nickte.

»Also gut.«

Dann können wir jetzt endlich mit unserem Frauenabend beginnen.

»Frauenabend?«

Sweety nickte. »Der findet jeden Donnerstag bei einer anderen von uns statt. Heute bist du dran.«

Daria riss verwundert die Brauen hoch. Wie kamen die Frauen darauf? Sie wussten doch, dass Daria kein Teil von ihnen war. »Und wieso bei mir?«, wollte Daria verwirrt wissen.

»Weil wir dachten, du brauchst etwas Aufmunterung. Wir finden dich nett. Und eine Freundin mehr kann nie schaden.« Sweety nahm einen Taco und dippte ihn in die Käsesoße, biss seufzend ab und verdrehte die Augen. »Außerdem brauchen wir dich, wenn wir die miese Stimmung aus dem Club bekommen wollen«, murmelte sie kauend.

»Angel«, ermahnte ihre Mutter sie.

»Was kann ich denn da machen?«, hakte Daria nach.

»Blaze hat gestern gegen Rage im Ring gestanden«, warf Sweety schnell ein und Daria bekam das Gefühl, dass sie nur von ihrer Frau-ge ablenken wollte. »Du hast was verpasst.«

Angel pflichtete ihr seufzend bei.

»Im Ring?«

»Manchmal kämpfen die Männer im Club, aber Rage ist ungeschlagen. Du solltest mal sehen, wie er sich bewegen kann, so schnell, dass niemand seinen Schlag voraussehen kann.« Angel schenkte allen nach. Die Frauen lachten und schwärmten von seinen Boxhieben, dem Spiel seiner Muskeln und dem Schweiß auf seiner Haut. Daria hörte ihnen erstaunt zu und überlegte, was so toll sein sollte an Männern, die sich gegenseitig verletzten.

»Sie kämpfen nur zum Spaß gegeneinander?« Daria zog eine Augenbraue hoch.

»Ist ja nichts dabei«, meinte Angel. »Es sieht nur gut aus.« Sie grinste und Vera gab ihr einen Klaps auf den Hinterkopf.

»Immer langsam Töchterchen, ich bin noch dabei, die Tattoos zu verarbeiten. Noch bin ich nicht alt genug, um Großmutter zu werden.«

Daria lachte auf und sah Angel bedauernd an. Offensichtlich hatte sie was übrig für Rage, obwohl er viel älter war als sie. Aber Daria hatte ja auch etwas für Rogue übrig und er war auch viel älter als Daria.

»Dein Haus ist hübsch«, warf Vera ein.

»Oh ja, ich mag den Tisch.« Sweety klopfte lachend auf die schäbige Sperrholzplatte, die ganz rissig war und nicht mehr gerade. Daria hatte sie ihm Keller gefunden.

»Ich hab den Tisch vom Designer unten an der Ecke.« Daria trank von ihrem Sekt und lachte. Sie war noch immer misstrauisch den Frauen gegenüber, denn sie glaubte ihnen nicht so recht, dass Rogue sie nicht geschickt hatte. Aber sie fühlte sich zunehmend besser mit ihnen. Sie fühlte sich weniger allein. Seit Manuel weg war, hatte sie niemanden mehr. Nicht, dass sie ihn zurückwollte. Aber so war es nun mal, es hatte außer ihm niemanden gegeben in ihrem Leben. Vielleicht war es doch nicht so schlecht, dass die Frauen hier waren. Sie konnte wirklich ein paar Freundinnen gebrauchen. Das mit Rogue würde sie schon irgendwie hinbekommen.

Kapitel 19

Der Prospect hinter dem Tor erkannte Daria sofort wieder. Er schenkte ihr ein Lächeln und zog das große Tor gerade weit genug auf, damit Daria auf das Gelände der Helldogs schlüpfen konnte. Sie bedankte sich bei dem Mann, von dem sie sicher war, dass sie ihn Red nannten, was wahrscheinlich an seinem kupferfarbenen Haar lag. Er nickte nur zur Antwort und schloss das Tor hinter Daria wieder.

Auf dem Gelände war schon einiges los, dabei war es gerade erst kurz nach neun am Abend. Daria eilte mit verbissenem Gesicht an einer Gruppe Devils vorbei, die ihr grinsend hinterher sahen und Kommentare über ihren »zu dürren Arsch« zum Besten gaben. Die Devils mussten seit Blazes Kuttentaufe irgendwo in der Nähe gewesen sein.

Daria ging weiter und sah sich nervös nach einem bekannten Gesicht um, am liebsten wäre ihr eine der Frauen. Plötzlich empfand sie die Idee, auf diese Party zu kommen, genau als das, was sie war: blöd. Aber sie wollte Phoebe natürlich auch nicht enttäuschen, und in den letzten Tagen waren die Frauen immer auf irgendeine Art und Weise für sie da gewesen: Sie hatten vorbeigeschaut, angerufen, mit ihr Nachrichten ausgetauscht und Daria irgendwie das Gefühl gegeben, sie würde zu ihnen gehören. Und sie hatten sie mit allen möglichen Infos über Rogue gefüttert, weswegen Daria sich jetzt ziemlich sicher war, dass sie etwas planten, was ihr sehr unangenehm sein würde. Warum sonst hätte Daria sich wohl dafür interessieren sollen, dass Rogue »den ganzen Tag rumläuft, als hätte er sein Bike zu Schrott gefahren«.

Die meisten Gäste hielten sich vor der Werkstatt auf und standen um irgendetwas herum, das Daria nicht sehen konnte, die Männer aber zu lautstarken Protesten und Buhrufen veranlasste. Deswegen bezweifelte Daria auch, dass sie um die Bikes herumstanden, die dort sonst immer geparkt waren. Die Bikes parkten heute vor dem Wohnhaus.

Als Daria Angel entdeckte, die gerade jubelnd ihre Arme und Hüften schwang, lief sie direkt auf sie zu und blieb neben ihr mit offenem Mund stehen.

»Stripper?«, entfuhr es ihr.

»Das war Veras Idee. Sie fand, da es ja auch Phoebes Party ist, wäre es nur gerecht, heute mal männliche Stripper zu engagieren.«

Daria starrte auf die eingeölten, glänzenden Männerkörper, die in einem Boxring eine Art Balztanz aufführten. Es war ein Wunder, dass die zwei Männer überhaupt noch dazu in der Lage waren sich zu bewegen, denn sie wurden mit Plastikbechern beworfen und mussten den grimmigen Blicken einer Horde Biker widerstehen.

»Offensichtlich finden die Männer die Idee nicht so gut«, gab Daria kopfschüttelnd zu.

»Als ob uns das interessieren würde.« Vera stellte sich zwischen sie und klatschte im Takt von irgendwas in die Hände, denn die Männer brüllten so laut, dass von der Musik kaum etwas zu hören war, zu der die Stripper in ihren knappen Höschen eigentlich tanzen sollten.

»Du siehst toll aus«, sagte Vera mit einem respektvollen Nicken.

Eigentlich hatte Daria sich kaum Mühe gegeben bei ihrer Kleiderwahl heute. Sie wollte nicht zu herausgeputzt aussehen, damit Rogue nicht auf den Gedanken kam, sie hätte sich wegen ihm schöngemacht. Also hatte sie nur ein einfaches Sommerkleid angezogen.

»Findest du? Die Devils glauben, mein Arsch wäre zu dürr«, warf Daria mit einem Augenzwinkern ein. »Wo ist denn Phoebe?«

»Wie immer in der Küche, aber sie kommt gleich.« Plötzlich riss Vera die Augen weit auf und fing an zu schimpfen. »Was soll das? Nein, hört auf!« Sie schob sich vor bis an den Ring und wedelte entrüstet mit den Händen. »Sofort aufhören!«

Zwei Biker waren in den Ring geklettert und halfen den fast nackten Tänzern unter lautem Beifall aus dem Ring. Kaum waren die Männer unfreiwillig aus dem Ring verschwunden, wurde ein leicht bekleidetes Mädchen nach oben gehoben, das sich sofort lasziv zur Musik rekelte, begleitet vom lauten Gebrüll der Männer, die jubelnd einräumten, dass die Frau einen besseren Anblick bot.

»Du hast doch nicht wirklich geglaubt, dass sie es zulassen, dass sich dort oben Kerle ausziehen?«, warf Angel ein.

Vera schnaubte. »Der Pres hat gesagt, ich darf mich um die Planung allein kümmern.«

»So hatte er das bestimmt nicht gemeint.« Angel schob sich zwischen Vera und Daria und legte einen Arm um Darias Schultern. »Ich wusste, dass du kommen wirst.«

»Ich habe lange mit mir gerungen«, gestand Daria.

»Wenn du nicht gekommen wärst, hätten wir dich abholen lassen. Du willst doch nicht den ersten Kampf verpassen.«

»Will sie nicht, Rogue wird den Pres der Riders so fertigmachen.« Vera schnappte sich zwei Flaschen vom Tablett eines weiteren leicht bekleideten Mädchens und gab eine an Daria weiter. »Einen Prosecco zum Auftauen.«

»Rogue wird kämpfen?« Darias Kehle schnürte sich zu. Deswegen war sie jetzt hergekommen, um dabei zuzusehen, wie Rogue verprügelt wurde? Am liebsten wäre Daria sofort wieder geflohen, aber in dem Moment verstummte das Gebrüll der Männer um sie herum und jemand klopfte gegen ein Mikrofon. Daria sah zum Ring hoch, wo Race mit einem breiten Grinsen stand.

»Brüder, Freunde, Mädchen, es ist uns ein besonderes Vergnügen, euch heute unseren ersten Kampf zu präsentieren. Wie ihr wisst, ist das hier nur eine Testrunde, schaut es euch einfach mal an und entscheidet dann gemeinsam mit euren Brüdern, ob das auch etwas für euren MC wäre.«

»Um was geht es denn da?«, wollte Daria beunruhigt wissen.

Angel nahm einen Schluck aus Darias Flasche, die sie noch immer nicht angerührt hatte. »Ich weiß es nicht, aber soweit ich gehört habe, soll es zwischen den MCs wohl Turnierkämpfe geben.«

»Wetten?«, hakte Daria nach und sah sich nervös um, alle Männer klatschten und jubelten begeistert. Sie alle wollten sich freiwillig in einen Ring stellen und sich schlagen lassen. Daria rieb sich die Gänsehaut von den Armen.

»Vielleicht«, gab Angel zu. »Ich denke schon.«

»Unsere ersten beiden Kämpfer sind Salem, der Pres der Red Riders, und Rogue, Pres der Helldogs.« Lautes Klatschen und Gebrüll ertönte, während Daria Race nur fassungslos anstarrte.

»Er will das wirklich tun?« Darias Herz begann heftig zu hämmern, als zwei Mädchen in den Ring stiegen, sich jeweils in eine Ecke stellten und dann zwei Männern in den Ring halfen.

Rogue trat zuerst in die Mitte, auf seine Lippen trat ein knappes Lächeln, als er in die Menge blickte. Er entdeckte Daria, sein Blick verharrte etwas länger auf ihr, dann wandte er sich dem Mann zu, der sich auf Races andere Seite gestellt hatte. Salem war ein sehr großer, dunkelhäutiger Mann mit einem dunklen, beängstigenden Blick und sehr breiten Schultern. So beängstigend, dass Daria nicht glauben konnte, dass Rogue gegen ihn antreten wollte. Versuchte er sich umbringen zu lassen?

»Das ist ein Berg«, stieß Daria erschrocken aus. Rogue war schon ein muskulöser Mann, aber Salem hatte einen wuchtigen, angsteinflößenden Körper.

Angel nickte. »Das macht nichts, je massiger ein Kämpfer ist, desto schlechter kann er sich bewegen. Rogue wird ihn besiegen.«

»Tragen sie keine Handschuhe? Irgendeinen Schutz?« Beide Männer standen nur in ihren Lederhosen im Ring. Daria machte sich ernsthafte Sorgen um Rogue.

»Nein, so ist es doch viel hübscher«, warf Vera ein.

Daria wusste nicht, was sie davon halten sollte. Sie sah zu Rogue auf, der eben seinen Gegner umarmte, dann etwas Abstand zwischen sich und ihn brachte, seinen Kopf bewegte und mit den Fäusten ein paar Schläge in die Luft machte. Der Berg machte nichts von alldem, er stand nur im Ring, die Augen zusammengekniffen und sah ernst und gefährlich aus.

Race gab den Ring frei und verließ ihn.

»Kein Schiedsrichter?«, hakte Daria nach.

»Nein«, sagte Vera und hakte sich bei Daria unter. »Es gibt fast keine Regeln. Waffen sind verboten.«

Daria schnappte nach Luft. »Aber sie werden sich doch nicht gegenseitig umbringen?«

Vera und Angel lachten auf. »Hältst du die Männer für Barbaren? Das hier soll ein Spaß sein.«

Rogue näherte sich jetzt seinem Gegner und versetzte Salem einen Schlag gegen den Kopf, den dieser aufhielt, indem er seine Deckung hochzog. Daria zuckte zusammen. Und gleich noch einmal, als Rogue nahe an seinen Gegner heranging, dieser ihm seine Arme um den Körper schlang und fest zudrückte. *Er wird ihm noch die Rippen brechen*, dachte Daria verängstigt und schloss die Augen, öffnete sie aber sofort wieder, weil sie etwas in ihrem Inneren dazu zwang, nichts zu verpassen. Rogue wehrte sich, indem er seine Stirn gegen die von Salem hieb. Der Riese taumelte und ließ Rogue los. Vera und Angel jubelten neben ihr. Sweety, die ganz in der Nähe stand, sabberte fast, so angestrengt starrte sie zum Ring auf.

»Das ist heißer als deine lahmen Stripper«, rief sie Vera zu.

Vera zuckte mit den Schultern und sah zum Ring. »Sieh dir seinen Körper an«, sagte sie zu Daria. »Ist das nicht ein toller Anblick?«

Angel bestätigte mit einem lauten Stöhnen. »Für sein Alter ist der Pres wirklich heiß.«

Daria sah zu Rogue auf, sie musste zugeben, dass er erregend gut aussah dort oben, aber jeden Schlag, den er einsteckte, fühlte sie körperlich. Es nahm ihr die Luft, so schwer fiel es ihr, ihm zuzusehen. Und gleichzeitig konnte sie sich nicht von dem Kampf lösen, weil sie befürchtete, wenn sie nicht hinsah, würde er verletzt oder sie würde auch nur eine Sekunde davon verpassen, wie er sich bewegte, sich in Szene setzte, seinen Gegner verwirrte. Daria fühlte sich zwischen der Angst um Rogue und der Faszination, die sein Körper auf sie ausübte, hin und her geworfen.

In der einen Sekunde sah es so aus, als würde er unterliegen und Salem würde ihn einfach niederwalzen mit seinem Gewicht, in der nächsten Sekunde schon gewann Rogue die Oberhand, steckte einen heftigen Schlag gegen seinen Oberkörper einfach weg, als hätte er keine Bedeutung. Und am Ende geschah, was Angel vorausgesagt hatte, Schnelligkeit siegte über Masse.

Darias Magen zog sich zusammen, als sie Rogues lädiertes Gesicht sah, die Platzwunde über seiner Braue, die blutete und eine Spur auf seiner Wange hinterließ. Sein zugeschwollenes Auge und der Riss in seiner Lippe. Daria wollte gerade zu ihm gehen, um sich um seine Verletzungen zu kümmern und ihm den Kopf zu waschen, als eins der Mädchen sich ihm in den Weg stellte und begann, sein Gesicht abzutupfen. Rogue setzte sich auf eine Bank neben dem Ring und ließ sie ihn behandeln. Daria fühlte einen eifersüchtigen Stich im Herzen und wandte den Blick schnell ab. Sie sollte nicht eifersüchtig sein, von Anfang an hatte sie gewusst, dass es zwischen ihnen nur Sex gab, dass sie beide nur ein wenig Spaß haben würden, weil sie nicht zusammenpassten und Rogue keine Beziehung suchte. Trotzdem fiel es ihr schwer, ihn mit einer anderen Frau zu sehen.

»Das war ein guter Kampf«, sagte Salem, schlug Rogue auf die schmerzende Schulter und grinste, als Rogue zusammenzuckte und das Gesicht verzog.

»Stimmt«, pflichtete ihm Oz bei. »Unser Pres hat dir ganz schön zugesetzt.«

Salem brummte, hob dann aber seine Flasche Bier und stieß mit Oz und Rogue an. »Ich hatte Spaß und wäre für eure Pläne. Natürlich muss ich das erst mit meinen Brüdern besprechen, aber so wie die gebrüllt haben, denke ich nicht, dass sie was gegen ein paar Kämpfe hätten.«

Rogue war ebenfalls zufrieden damit, wie es gelaufen war. Auch der Kampf danach, den Rage und Blaze sich geliefert hatten, um für noch ein bisschen Stimmung zu sorgen, war gut gelaufen. Obwohl Rogue sich ein wenig Sorgen um Blaze gemacht hatte, der Rage in seinem derzeitigen Zustand weit unterlegen war. Wurde Zeit, dass Rage sein Messer wiederbekam.

Rogue suchte den Hof nach Daria ab, auch um sie hatte er sich Sorgen gemacht. Er hatte nicht damit gerechnet, sie noch einmal auf dem Gelände der Helldogs zu sehen, aber dass sie hier war, hatte er wohl den Frauen zu verdanken. Dafür würde er ihnen am liebsten die Hälse umdrehen. Er hatte die Angst in Darias Augen gesehen. Sie hasste Gewalt, selbst, wenn es nur um einen Wettstreit zwischen Männern ging. Bei ihrer Vergangenheit konnte man es ihr nicht verübeln. Wäre dieser Kampf nicht so wichtig für die finanzielle Absicherung des Clubs gewesen – als Ausrichter dieser Turniere würde der Club eine Menge Geld damit verdienen -, wäre Rogue nicht angetreten. Dann hätte er gar nicht kämpfen lassen. Aber nicht nur ihre Angst hätte ihn fast den Sieg gekostet, auch ihren Blick auf sich zu spüren, zu wissen, dass sie so nah war.

»Ich danke dir, Salem. War toll, dass du mitgemacht hast und dir von mir den Arsch hast aufreißen lassen.« Rogue setzte ein breites Grinsen auf und rächte sich für den Schulterklopfer, indem er Salem grob gegen die Rippen auf seiner rechten Seite boxte. Dort hatte er ihn während des Kampfes mehrmals empfindlich getroffen.

Salem ächzte auf. »Ich werd mir jetzt ein Mädchen suchen, das sich um mein Wohlergehen kümmern darf.« Seine Augen verengten sich zu Schlitzen. »Vielleicht die Kleine, die ständig hersieht.«

Rogue verzog das Gesicht und boxte noch einmal zu, diesmal trieb ihn nicht der Spaß an. »Sie sieht nicht dich an.«

»Woher willst du das wissen?«, wollte Oz mit hochgezogenen Augenbrauen wissen. »Vielleicht sieht sie ja mich an?«

Rogue knurrte düster. »Vorsichtig, Junge!«

»Ist sie deine Old Lady? Ich wusste nicht, dass du eine hast«, hakte Salem jetzt nach. »Dann kann man dir zu dem scharfen Teil nur gratulieren.«

»Ist sie nicht.« Wenn es nach Rogues niederen Instinkten und seinem Schwanz gehen würde, wäre sie seine Old Lady. Er hatte seit Tagen keinen Sex mehr gehabt, und wenn er es versuchte, endete das in dem Desaster, dass er Darias Blick vor sich sah, den sie damals hatte, als sie ihn mit einem der Mädchen im Büro erwischt hatte. Sein Verstand sagte ihm noch immer, dass es besser so war, wie es war. Sie sollte ihr Leben leben, er das seine. Damit er nie wieder diesen wahnsinnig machenden Schmerz ertragen musste, den er hatte erfahren müssen, nachdem er seine erste Frau verloren hatte. Er wollte nie wieder einen so starken Schmerz fühlen müssen, der ihn dazu brachte, seine Brüder oder seine Kinder in Gefahr zu bringen. Aber dann tauchte sie hier auf dem Gelände auf und lachte mit den Frauen, half ihnen bei der Arbeit und redete mit seinen Brüdern, und Rogue wurde klar, dass sie längst dazugehörte. Sie war schon ein Teil dieser Familie, weil er nicht der einzige war, der sie hier haben wollte. »Sollte sie aber sein«, antwortete Rogue Salem teilnahmslos, weil er in diesem Augenblick nur Augen für die Frau hatte, die er mehr wollte als alles andere. Mehr als die lähmende Angst, die ihm all die Jahre eine Beziehung verwehrt hatte.

Er ließ Oz und Salem einfach stehen und ging hinüber zum Buffet. Bei keinem einzigen Schritt, den er machte, löste er seinen Blick von Daria, die in diesem lockeren Sommerkleid noch verführerischer aussah als sonst. Wie eins dieser Mädchen aus den Siebzigern, fehlte nur noch der Blumenkranz im Haar. Sie lachte über etwas, das Race zu ihr sagte, und wieder einmal war er eifersüchtig, weil sie sich so gut mit seinem Bruder verstand. Er wünschte sich, dass was auch immer zwischen ihm und Daria stand, sich einfach in Luft auflösen würde. Er wusste nicht einmal wirklich, was da zwischen ihnen stand. Doch, er wusste es: ein Mord. Etwas, das er getan hatte, das sie aus der Bahn geworfen hatte. Das sie beide aus der Bahn geworfen hatte. Für ihn war Moreno nur ein weiterer Toter auf einer recht langen Liste in seinem Leben. Jemand, der den Tod verdient hatte. Aber Daria war so voll Mitgefühl, selbst für den schlimmsten Abschaum, dass sie glaubte, niemand hätte den Tod verdient.

Er blieb neben ihr und Race stehen, sie sah zu ihm auf, musterte sein Gesicht und verzog traurig die Lippen, dann richtete sie ihren Blick wieder auf Race.

»Ich wollte sie gerade nach Hause fahren, sie hatte vor, den Bus zu nehmen«, sagte Race mit strengem Tonfall.

Rogue schluckte, nicht wegen ihrer Pläne, den Bus zu nehmen, gegen die er aber auch etwas hatte, sondern wegen der Vorstellung, dass sie in diesem Kleid gezwungen war, ihre nackten Schenkel an Races Seiten zu drücken. »Ich fahre sie.«

Ihr Mund klappte auf und sie sah ihn wieder an. Sein Herz machte einen Satz, als ihr Blick über seinen Körper glitt und an ein paar blauen Flecken hängenblieb, von denen er geglaubt hatte, dass sie unter seiner Kutte keinem auffallen würden. Besonders ihr nicht, denn ob jemand anders sie sah, interessierte ihn nicht. Aber er wusste, wie diese Verletzungen auf sie wirken würden. Er ließ sich auch nicht gern verprügeln, aber manchmal hatte er nichts gegen einen Kampf wie diesen. Ein paar Schläge verteilen, ein paar einstecken, den Körper verausgaben und über nichts mehr nachdenken müssen. Einfach den Druck mal loswerden.

»Kannst du denn noch fahren?«, wollte sie besorgt wissen.

Rogue lächelte, ihre Stimme zu hören und diese Sorge um ihn, das schoss ihm direkt in die Lenden. »Ich kann immer fahren«, sagte er ruhig und sah ihr tief in die Augen. Sie leckte sich über die Unterlippe. Mittlerweile wusste er, dass sie das immer tat, wenn sie nervös war. Und dass er hier vor ihr stand, schien sie sehr nervös zu machen. Denn obwohl es schon Nacht war und nur die Laternen und das Feuer in der Mitte des Hofs ihr Gesicht beleuchteten, konnte er gut sehen, dass ihr Hitze in die Wangen geschossen war.

»Danke«, sagte sie. »Ich bin müde und ich treffe mich in ein paar Tagen mit einer Kundin. Ich muss mich noch vorbereiten.«

»Eine Kundin?«, wollte Rogue neugierig wissen, wandte sich um und lief neben ihr her zu seinem Bike.

»Ich sehe mir ihren Garten an und werde dann entscheiden, was sich daraus machen lässt. Vielleicht mache ich meine eigene kleine Dienstleistung auf.«

Dass Darias Garten sehr schön angelegt war, war Rogue aufgefallen, aber er hatte nicht wirklich ein Gefühl dafür. Wenn sie jetzt aber plante, das zu ihrem Beruf zu machen, dann musste sie wohl gern in Gärten arbeiten. Er fand, dass das irgendwie sogar zu ihr passte. Wer so viel Mitgefühl für andere Menschen hatte, hatte es wohl auch für Pflanzen. »Wer ist deine Kundin?«, wollte er trotzdem wissen. Aus Neugier natürlich nur.

»Eine Polizistin. Sie war ein paar Mal bei mir, wenn Manuel mich geschlagen hat, und hat vor ein paar Tagen auch nach mir gesehen. Sie hat wohl von meinem Anruf auf der Dienststelle erfahren.«

»Klingt als wäre sie ganz nett.« Warum hatte Rogue dann trotzdem so ein Ziehen in den Eingeweiden? Zusätzlich zu den zahlreichen Schmerzen, unter denen er nach dem Kampf bei jeder Bewegung litt. Er rieb sich über das Gesicht. Weil das Wort *Polizist* an sich schon ein schlechtes Gefühl in ihm auslöste.

Er nahm seinen Helm vom Sitz seines Bikes und wandte sich Daria zu, um ihn ihr aufzusetzen. Er strich ihre Haare nach hinten und sah sie einen Augenblick lang an, dann wich sie seinem Blick aus und räusperte sich. Sein Magen zog sich zusammen. Die Dinge standen offensichtlich noch immer zwischen ihnen. So sehr es ihn enttäuschte, er beugte sich zu ihr herunter, legte seine Wange an ihre und flüsterte: »Es wird mir ein Vergnügen sein, dich hinter mir auf meinem Bike zu haben und zu wissen, dass du nur dieses Kleid anhast, Süße.«

Sie leckte sich über die Lippen und atmete tief ein, bevor sie einen Schritt zurückging. Rogue lächelte zufrieden, stieg auf sein Bike und sah sie abwartend an. »Dann mal los, rauf mit deinem Hintern!« Er sah kurz auf ihre Schiene am Fuß, aber das dürfte kaum ein Problem sein.

Sie setzte sich hinter ihn, und als sie sich zurechtgerückt und ihre Arme um seinen Bauch gelegt hatte, ließ er seine Hand über ihren nackten Oberschenkel gleiten: ihr Kleid war bis zu ihrem Po hochgerutscht. »Genau so habe ich mir das vorgestellt. Und da hast du gedacht, ich würde dich mit Race fahren lassen?«

Daria erschauerte unter der sanften Berührung von Rogues Fingern, die langsam ihren Oberschenkel nach oben glitten und erst dort Halt machten, wo ihr Hintern in ihr Bein überging. Bis dorthin war ihr Kleid nach oben gerutscht. Kleine Flammen zuckten in ihrem Körper und sie schloss die Augen, als sie seine raue Stimme vernahm. Es ging ihr durch und durch, ihm nach Tagen endlich wieder so nahe zu sein. Sie fühlte sich, als wäre sie Glibbermasse.

Rogue startete das Motorrad und zwischen ihren Schenkeln begann die Maschine zu vibrieren. Ihr wurde noch viel heißer. Daria konnte den Seufzer, der über ihre Lippen kam, nicht verhindern.

»Halt dich richtig fest, du tust mir nicht weh«, sagte Rogue, nahm ihre Arme und schlang sie fester um seinen Körper. Er sah über die Schulter zurück. »Es geht mir gut«, sagte er, dann fuhr er los.

Daria schloss die Augen, genoss den Fahrtwind, das Gefühl, ihm so nah zu sein, das Leder seiner Kutte riechen zu können, den würzigen Geruch seines Shampoos. Er war nach dem Kampf duschen gewesen. War plötzlich verschwunden gewesen, so wie auch das Mädchen, das sich um seine Verletzungen gekümmert hatte. Der Gedanke, dass er mit ihr zusammen unter der Dusche gewesen sein könnte, bohrte sich plötzlich wie ein Wurm durch ihr Hirn. Sie presste die Lippen fest zusammen und versuchte, sich nicht vorzustellen, was die beiden getan haben könnten. Vielleicht hatte sie sich auch geirrt und das Mädchen war woanders gewesen. Trotzdem mochte sie seinen frischen Duft plötzlich doch nicht mehr.

Das Motorrad hielt vor Darias Haus. Daria zögerte nicht lange und stieg sofort ab. Sie nahm den Helm von ihrem Kopf und gab ihn Rogue. »Danke, dass du mich gefahren hast«, sagte sie.

Er stellte den Motor ab und legte den Helm zwischen seine Schenkel. Daria liebte die Form seiner Schenkel, die Art, wie das Leder seiner Hose sich um seine Muskeln legte.

»Du hältst uns wahrscheinlich für einen Haufen Barbaren nach heute Abend«, sagte er leise. »Aber so ein Kampf hat manchmal auch eine heilende Wirkung. Zumindest ist es bei den meisten Männern so. Das hat nichts mit dem zu tun, was du erlebt hast. Das waren nur Hass und unkontrollierte Wut. Zu boxen hilft vielen Männern, die Kontrolle nicht zu verlieren«, sagte er und sah Daria so ernst an, dass sie über seine Worte nachdachte.

Sie musterte den Riss über seiner Augenbraue und den in seiner Lippe sowie die ein wenig gekrümmte Haltung, die er eingenommen hatte, weil ihm wohl die Rippen auf der rechten Seite wehtaten. »Ich halte euch nicht für Barbaren, das habe ich nie. Es fällt mir nur schwer zu glauben, dass sich jemand freiwillig Schmerzen zufügen lässt.«

Rogue legte eine Hand auf ihre Wange und strich ihr mit dem Daumen über die Lippen. »Und ich kann gut verstehen, dass du so fühlst«, sagte er. Er löste seine Hand von ihrer Wange, genau in dem Augenblick, in dem sie ihre hob, um sie auf seine zu legen, um sich noch tiefer in seine Berührung schmiegen zu können.

»Rogue«, setzte sie an. Sie wollte ihm sagen, wie sehr sie ihn vermisste, wie sehr sie wollte, dass er sie weiter berührte, sie weiter so ansah, wie er es im Augenblick tat, aber sie schaffte es nicht. Stattdessen sah sie zu Boden, atmete tief aus und blickte dann wieder auf. Er hatte die Stirn gerunzelt und sein Blick war wieder kalt. So wie sie es schon einmal erlebt hatte, bevor er sich von ihr zurückgezogen hatte.

Er sah sie nur an, als würde er ihr Gesicht studieren, dann schüttelte er den Kopf. »Gute Nacht, Süße«, sagte er und fuhr los.

Daria schluckte gegen den dicken Kloß in ihrem Hals an. Mal benahm er sich, als wollte er sie oder wenigstens ihren Körper verführen, und dann wieder war er kalt und abweisend. Sie sollte aufhören, sich zu ihm hingezogen zu fühlen. Rogue würde nie vergessen, was mit seiner Frau geschehen war. Und solange er das nicht konnte, war er nicht bereit für eine neue Beziehung.

Kapitel 20

Mit einem nervösen Flattern im Magen stieg Daria aus dem Bus und lief dann die Straße runter, vorbei an einer Reihe Einfamilienhäusern mit kleinen Vorgärten. Sie betrachtete einen davon im Vorbeigehen genauer und fand, dass die wie eine flache Kugel geformte dichte Hecke inmitten des sonst nur mit Rasen bepflanzten Vorgartens sehr angenehm wirkte. Sie mochte es, wenn Vorgärten nicht zu überfrachtet waren, klar und strukturiert, ohne erdrückend zu wirken.

Als sie das tiefe, satte Röhren eines schweren Bikes vernahm, wandte sie sich um und konnte gerade noch sehen, wie ein Bike über die Kreuzung schoss und auf der anderen Seite hinter den Häusern verschwand. Sie hatte nicht einmal die Kutte erkennen können, also hätte sie auch nicht sagen können, von welchem MC der Rocker stammte. Oder er überhaupt ein Rocker war.

Die Party war vor vier Tagen gewesen, seither hatte sie niemanden mehr vom Club gesehen. Nicht einmal Race, der manchmal vorbeigekommen war, nur um mit ihr zusammen einen Kaffee zu trinken, hatte sich in den letzten Tagen bei ihr gemeldet. Nur Sweety hatte kurz angerufen, während sie mit den Kindern auf dem Spielplatz gewesen war. Sie hatten über Phoebe gesprochen, die das Geschlecht des Babys schon kannte, es aber niemandem verraten wollte, nicht einmal Andrew. Und sie hatten über Darias ersten

Termin bei einer Kundin heute gesprochen. Sie hatten nicht über Rogue gesprochen.

Daria betrachtete das Haus der Polizistin, es war ein kleines, weißes Häuschen mit einem flachen Dach und einer Treppe, die an der Seite des Hauses nach oben auf eine Terrasse führte. Der Vorgarten war nicht groß, es gab kaum Grün, fast alles war mit Platten ausgelegt, dafür stand eine schöne alte Vogeltränke aus Stein vor dem Haus, die aussah wie eine weit geöffnete Blüte.

Daria klingelte und während sie wartete, überprüfte sie noch einmal, ob sie ihren Notizblock und einen Stift dabeihatte.

»Schön, dass Sie da sind«, sagte die Polizistin, kam die wenigen Stufen vor dem Haus herunter und öffnete das kleine Gartentor.

Daria gab der Frau zur Begrüßung die Hand. »Es ist ganz ungewohnt, Sie nicht in Ihrer Uniform zu sehen.«

»Mit diesem Bauch sind Stoffhosen und ein Shirt einfach bequemer«, sagte sie lächelnd und strich über ihre deutliche Rundung. »Wie geht es Ihnen?«

»Danke, gut«, sagte Daria und folgte der Polizistin in den Garten.

»Ich freue mich sehr, dass Sie Zeit gefunden haben«, sagte sie und blieb am Eingang zum Garten stehen.

Daria sah sich um, hier wurde wohl schon sehr lange nichts mehr gemacht. Das Gras war vertrocknet und dunkelgelb, an vielen Stellen war die Erde kahl. Es gab ein paar Büsche, die wohl mal eine Art Grundstücksgrenze dargestellt hatten, und eine Holzbank. Die Terrasse hinter dem Haus war von einer Steinmauer umgeben, von der die Farbe bröckelte. »Ein schönes Grundstück«, sagte Daria und nahm alles in sich auf. »Es gibt viel zu tun, aber ich mag den mediterranen Flair. Den werden wir auf jeden Fall auch für den Garten übernehmen.«

»Das klingt, als hätten Sie schon Ideen«, sagte Kathrin erstaunt.

Daria schüttelte lächelnd den Kopf. Sie holte ihren Block und den Stift aus ihrer Tasche. »Nein, nur ein paar Bilder in meinem Kopf.«

»Möchten Sie etwas trinken? Ich könnte uns Zitronenlimonade machen, während Sie sich in Ruhe umsehen.«

»Danke, das klingt gut.« Daria wischte sich über die Stirn, heute war es wirklich extrem heiß. Die Sonne schien beschlossen zu haben, alles in Flammen aufgehen zu lassen.

Daria wandte sich um und begann damit, eine Skizze vom Haus und vom Garten zu machen. Vom Grundstück aus konnte man die Straße vor dem Haus sehen, das hieß, von der Straße aus hatte man auch Einblick in den Garten. Daria dachte daran, dort einen Sichtschutz zu bauen, damit das Kind später einmal unbeobachtet im Garten herumtollen konnte. Oder Kathrin sich auch mal nur in einem Bikini einen entspannten Nachmittag gönnen konnte. Dabei fiel Daria ein, dass sie noch gar nichts über Kathrins Mann wusste. Sie würde die Polizistin nach ihm fragen müssen, um auch ihn ein wenig einschätzen zu können: Was er mochte, was er nicht mochte, ob er vielleicht sogar allergisch auf bestimmte Pflanzen reagierte. Die gleichen Dinge musste sie Kathrin fragen. Nur dem Baby konnte sie diese Fragen noch nicht stellen.

Daria ging zur Terrasse und sah sich den Garten von dort aus an, lief dann auf dem Grundstück herum und nahm alles genau in Augenschein. Als Kathrin wieder aus dem Haus kam, stellte sie ein

Radio auf den Terrassentisch und Gläser mit einer hellgelben Flüssigkeit.

»Setzen Sie sich zu mir«, forderte Kathrin Daria auf.

Daria beendete schnell ihre Skizze und ging dann zurück zur Terrasse. Für einen Moment war es ihr so, als hätte sie ein Motorrad gehört, aber dann war das Geräusch wieder weg. Sie sollte aufhören, immer nach Motorrädern zu lauschen und Rogue aus ihren Gedanken streichen, dann würde sie auch nicht andauernd welche hören.

Daria setzte sich auf den Stuhl, den Kathrin ihr anbot, und nahm dankbar das eisgekühlte Getränk entgegen. Mit ein wenig Faszination betrachtete sie, wie ein Tropfen das beschlagene Glas hinunterlief, bevor sie einen großen Schluck von der erfrischenden Flüssigkeit zu sich nahm. »Man schmeckt die Minzblätter«, sagte Daria. »Ich mag den erfrischenden Geschmack. Meine Mutter hat die Limonade früher fast genauso gemacht.« Daria schwelgte kurz in der Erinnerung an ihre Mutter.

»Danke.« Kathrin lächelte, setzte sich auf die andere Seite des kleinen Tischs und wippte mit dem Fuß im Takt der Musik.

»Dort hinten zwischen dem Kirschbaum und der Mauer zum Nachbargrundstück würde ich gern ein Sonnensegel spannen. Darunter würde sich eine Bank und ein kleiner Sandkasten für das Baby gut machen«, überlegte Daria und nahm einen weiteren Schluck von ihrem Getränk.

»Mir gefällt die Idee mit dem Sonnensegel«, sagte Kathrin.

»Wir könnten dort eine Tafel zum Malen an die Wand machen und den Rest der Wand bepflanzen wir mit hängenden Blumentöpfen«, schlug Daria vor und blinzelte, als ihr ein bisschen schwindlig wurde. Sie griff sich an die Stirn.

»Geht es Ihnen gut?«, wollte Kathrin wissen, ihre Stimme verschwamm in Darias Ohren. Oder war es in ihrem Kopf?

»Nur die Hitze«, meinte Daria und winkte lächelnd ab. »Ich achte viel zu oft nicht darauf, dass ich genug trinke.« Daria nahm ihr Glas und trank es halb leer. Die kühle Flüssigkeit breitete sich wohltuend in ihrer Speiseröhre aus.

»Mein Lebensgefährte schimpft auch immer mit mir.« Kathrin prostete Daria zu und trank von ihrem Glas.

Daria nahm einen weiteren Schluck und die Welt schien sich um sie zu drehen. Alles wankte und Daria wurde müde, fühlte sich, als wäre sie betrunken. Schnell stellte Daria ihr Glas auf den Tisch, bevor sie es fallenlassen würde. »Ich glaube, ich werde ohnmächtig«, nuschelte sie, verstand sich selbst kaum, war sich nicht einmal sicher, dass sie wirklich etwas gesagt hatte.

Sie beobachtete, dass Kathrin aufstand, sie besorgt anblickte und ihr dann in die Augen sah. »Kommen Sie, wir gehen lieber ins Haus, raus aus der Sonne.«

Daria wusste nicht warum, aber sie folgte Kathrin ins Haus, wo es kühler war. Kathrin hatte sie am Arm genommen und führte sie durch eine kleine Küche hindurch. Daria schwankte ein wenig, das Gefühl betrunken zu sein, verstärkte sich.

»Gleich haben wir es geschafft«, sagte Kathrin und Daria hatte das Gefühl, sie würde ihr wie ein willenloses Schaf folgen. Sie durchquerten einen Flur. Als sie am Wohnzimmer vorbeikamen, warf Daria einen Blick hinein und lachte schallend auf, als sie einen Mann auf dem Sofa sitzen sah, neben ihm ein Mädchen. Die Gesichter kamen ihr vage bekannt vor, nur die Augen waren nicht so blass wie in ihrer Erinnerung.

»Tragen sie Kontaktlinsen?«, wollte Daria kichernd wissen und ging weiter neben Kathrin her, die eine Tür öffnete und mit Daria eine Treppe nach unten ging.

»Ja, Kontaktlinsen«, murmelte die Polizistin. »So wirken ihre Augen nicht so tot. Hast du das auch so gruselig gefunden?«

Sie wandte sich zu Daria um, die sich jetzt so müde fühlte, dass nicht einmal mehr starkes Blinzeln ihr dabei half, einigermaßen klar sehen zu können. Etwas in ihrem Kopf sagte Daria, dass sie Angst haben sollte, dass sie hier wegmusste, aber ihr Körper wollte einfach nicht mitmachen. »Ja, gruselig«, bestätigte Daria. »Tote Augen«, stieß sie mühsam hervor. Und dann verschwamm die Welt noch mehr.

Rogue stand vor dem Nachbarhaus der Frau, die offensichtlich Darias erste Kundin war, und ärgerte sich. Er hatte sich selbst das Versprechen abgenommen, Daria nicht mehr zu folgen, sich nicht mehr um sie zu sorgen, aber er konnte nicht raus aus seiner Haut. Seit er sie vor ein paar Tagen nach Hause gefahren hatte, hatte er sich mit der Vorbereitung für die ersten Kämpfe abgelenkt, hatte an ein paar Bikes geschraubt und war in die Polizeiwache eingebrochen, um Rages Messer zu holen. Was für ein Glück, dass die Dienststelle so schlecht ausgestattet war, wie fast alles in dieser Kleinstadt. Aber all das hatte ihn immer nur für kurze Zeit abgelenkt.

An dem Abend vor dem Haus hätte er sie fast geküsst. Alles in ihm hatte danach geschrien, sich einfach zu nehmen, was er wollte. Er war dabei gewesen, alle Bedenken einfach wegzuschieben, doch dann hatte sie plötzlich diese Wand um sich herum wieder hochgezogen und er war einfach gefahren, hatte jedem im Club verboten, sie tiefer in ihre Gemeinschaft zu ziehen, und hatte das vor sich selbst damit begründet, dass es das war, was sie wollte, aber eigentlich hatte er nur versucht, sich selbst zu schützen.

Bis er heute Morgen aufgewacht war und wieder dieses verdammte Ziehen in seinen Eingeweiden gespürt hatte. Dieses Gefühl, das er immer dann bekam, wenn der Mist meterhoch auf sie einzustürzen drohte. Dass sie für diese Polizistin arbeiten wollte, stieß ihm übel auf. Bisher hatte ihn sein Gefühl wegen Bullen noch nie im Stich gelassen, also war er ihr gefolgt, hatte sich in der Nähe hinter einem Baum versteckt und gewartet. Und jetzt wartete er schon zwei Stunden.

Rogue schlich sich näher an das Haus heran und versuchte, einen Blick in den Garten zu erhaschen. Von hier vorne konnte er zwar den Garten einsehen, aber nicht die Terrasse. Also beschloss Rogue, es vom Nachbargrundstück aus zu versuchen. Er musterte einen Augenblick die Fenster des kleinen Flachbaus und entschied dann, dass es ihm egal war, ob jemand ihn sehen würde. Er öffnete das kleine Tor, schlich sich an der Steinmauer entlang nach hinten, die beide Grundstücke trennte, und richtete sich nur so weit auf, bis er drüber sehen konnte. Schweiß stand auf seiner Stirn und lief ihm in die Augen. Er wusste, was er hier machte, ihr einfach zu folgen und sie auszuspionieren, war falsch, und wenn sie ihn entdeckte, würde sie ihn wahrscheinlich verabscheuen. Aber im Moment war ihm das egal, denn sein nervöser Magen gab ihm alles Recht der Welt dazu, jetzt hier zu sein.

Er sah über die Mauer in den Garten, der leer war. Aber auf der Terrasse saß eine Frau, von der er annahm, dass sie die Polizistin sein musste. Sie trank aus einem von zwei Gläsern. Zwei Gläser! Das bemerkte Rogue sofort. Nur wo war Daria? Er wartete mehrere Minuten, vielleicht war sie nur ins Bad gegangen. Dann stand die Frau auf, nahm ihr eigenes Glas und das zweite. Das zweite Glas kippte sie einfach auf den Terrassenboden, wandte sich dem Radio auf dem Tisch zu und drehte die Musik lauter. Viel lauter. Dann ging sie ins Haus. Wieso hatte sie das Radio laut gedreht, wenn sie ins Haus ging und sogar die Terrassentür hinter sich schloss? Rogues Puls begann warnend zu rasen.

Er löste sich von der Mauer. »Komm runter«, flüsterte er, um sich zu beruhigen. »Vielleicht ist sie schon nach Hause gegangen und du Trottel hast es nicht gesehen.« Er zog sein Handy aus der Tasche und wählte Darias Nummer. Es klingelte im Garten. Rogue sah wieder über die Mauer und entdeckte Darias Handtasche auf der Terrasse. Er fluchte innerlich, beendete den Anruf, bevor die Frau etwas mitbekommen konnte, und steckte das Handy weg.

Er musste in dieses Haus. Nur wie sollte er das anstellen, ohne gesehen zu werden? Es gab rund um das Haus kaum eine Möglichkeit, ungesehen auf das Grundstück zu gelangen. Nur die Mauer, die ihm etwa bis knapp über die Brust reichte. Daria würde die Mauer nicht überragen, weil sie ihm auch nur bis zur Brust reichte, überlegte er nachdenklich mit einem versonnenen Lächeln auf den Lippen. Er ging an der Mauer entlang, bis er auf die Seite des Hauses blicken konnte. Hier gab es auf jeder Etage nur ein Fenster. Und darunter eine Kohlenschütte zum Keller, die offenstand. Sein Weg ins Haus. Wenn das Kellerfenster am Ende der Schütte groß genug war, damit er hindurch passte.

Rogue zog sich hoch, stemmte die Schuhe gegen den Putz und suchte Halt, um sich hoch genug zu schieben, stemmte seinen Oberkörper ächzend auf die Mauer und hob dann ein Bein darüber. Verdammt, dachte er, wann war er so alt geworden, dass er eine beschissene Mauer kaum hochkam? Er sprang auf der anderen Seite nach unten und überwand die drei Schritte bis zur Schütte. Er stütze seine Hände auf die Knie und sah nach unten. Die Schütte war nicht besonders tief, aber wie eine Rutsche. Wenn er dort runterrutschte, würde er auf direktem Weg durch das Fensterglas segeln, was wahrscheinlich nicht nur die Polizistin aufschrecken würde, sondern die ganze Nachbarschaft. Rogue musste sich wohl einen anderen Weg suchen.

Ein lauter Knall peitschte durch die Luft, in dem Augenblick, in dem ein heftiger Schmerz durch Rogues Oberschenkel schoss. Er kippte vornüber, bevor er kapierte, was passiert war, und fiel durch das Fenster gute drei Meter in den Keller, wo er hart auf dem Boden aufschlug und die Besinnung verlor.

Kapitel 21

Es kam Rogue wie eine Ewigkeit vor, seit er im düsteren Keller aufgewacht war und festgestellt hatte, dass er mit einer etwa einem Meter langen Kette, die auf der einen Seite in einer Handschelle um seinem Handgelenk endete, an ein Rohr gebunden war, das in der Wand verschwand. Die Kohlenschütte über seinem Kopf war jetzt verschlossen, es kam also kaum Licht in den sonst leeren Raum.

Außer ihm lag da nur noch Daria, sie war bewusstlos und weit genug von ihm entfernt, dass er sie nicht erreichen konnte. Rogue hatte ihren Namen jetzt schon gefühlte einhundert Mal gerufen, aber sie reagierte nicht, und Rogue drehte halb durch vor Panik, weil er nicht wusste, ob sie überhaupt noch lebte. Er wollte so sehr zu ihr, dass er sich bei seinen wiederholten Versuchen, sie zu erreichen, schon mehrfach schmerzhaft verrenkt hatte. Wenn sie wenigstens stöhnen würde, damit er wusste, dass sie noch bei ihm war. Nur ein leises Wimmern, irgendein Zeichen. Das Licht, das eine verdreckte Lampe an der Wand über der Feuerschutztür, die aus diesem Raum führte, abgab, war zu schwach, um ihre Atemzüge zu erkennen. Und das Radio, das die Verrückte in den Keller gestellt hatte, schrie zu laut, um die Atemzüge hören zu können.

Rogues Oberschenkel schmerzte, die Kugel musste bis in den Muskel vorgedrungen sein, aber sie hatte die Arterie nicht erwischt. Zumindest würde er also nicht verbluten, wenigstens nicht schnell.

Er hatte versucht, sein Bein mit seinem Bandana zu verbinden, aber das Tuch war kaum groß genug, um etwas ausrichten zu können.

Außerdem war Rogues Handy weg, und da er sein Motorrad ein paar Straßen weiter abgestellt hatte, würde es für seine Brüder unmöglich sein, ihn zu finden. Sie konnten schlecht jedes Haus in der Gegend auf den Kopf stellen, obwohl er damit rechnen musste, dass sie genau das tun würden.

»Daria«, rief Rogue über irgendeinen spanischen Popsong hinweg. Die Luft hier unten war zumindest kühler als draußen, trotzdem klebte seine Zunge am Gaumen und seine Kehle war so trocken, dass sie beim Schlucken rieb. Zu seiner Schusswunde kamen auch noch eine Kopfverletzung und eine Gehirnerschütterung. Kaum war Rogue aufgewacht, hatte er sich übergeben müssen, deswegen stank der Raum jetzt nach seiner Kotze. Das verbesserte seine Situation auch kaum. Erst als er fertig war, hatte er den Eimer entdeckt, den die Verrückte in die Ecke neben ihn gestellt hatte. Sie hatte zumindest daran gedacht, was aber auch hieß, sie hatte vor, sie einige Zeit hier festzuhalten. Was zur Hölle war also hier los?

Rogue renkte sich fast den Arm aus beim Versuch, Daria irgendwie zu erreichen, aber das hatte die unzähligen Male zuvor auch schon nicht geklappt. Trotzdem streckte er sich, schob seinen Fuß in ihre Richtung und ächzte verzweifelt, als Schmerz durch seinen Oberschenkel schoss. Er sah sich nach etwas um, das er zu ihr werfen konnte, aber es gab nicht einmal einen winzigen Kieselstein auf dem Betonboden, nur den Eimer, und den wollte er nicht nach Daria werfen.

»Verdammt, Daria«, brüllte er in seiner Verzweiflung. Der Gedanke, sie könnte wirklich tot sein, versetzte ihn so sehr in Panik, dass er glaubte, seine Brust würde zerreißen. »Daria«, sagte er ruhiger, atmete tief durch und drängte den Schmerz in seiner Brust zurück. »Süße?«

Plötzlich bewegte sich ihr Arm, rutschte über den Boden, erhob sich in die Luft und fiel dann schwer auf ihre Stirn. Hatte sie gestöhnt? Rogue war sich nicht sicher, aber in ihm tobte ein Sturm der Erleichterung.

»Süße, wach auf«, sagte er ungeduldig.

»Rogue«, stöhnte sie und dann fiel ihr Kopf in seine Richtung. Sie zwinkerte und sah ihn an, lächelte. »Hallo.«

»Hallo?«, fragte er lachend.

»Ja«, sagte sie, dann bewegte sie ihren Kopf, sah sich um und schnappte nach Luft. »Wo sind wir?«

»Im Keller deiner ersten Kundin.«

Daria richtete sich mühsam auf und zog beide Augenbrauen hoch. »Im Keller?« Verwirrt sah sie sich um, kahle, graue Wände, zerbrochenes Glas auf dem dreckigen Steinboden und nur wenig dunkelgelbes Licht. Und Kopfschmerzen, Daria fühlte sich, als hätte sie die ganze Nacht durchgefeiert und ihr Körper würde sich jetzt für den übermäßigen Alkoholgenuss rächen wollen. Alles um sie herum schien zu schwanken, als befände sie sich auf einem Schiff und Wind und Wellen würden es herumwerfen.

»Geht es dir gut?«, wollte Rogue besorgt wissen.

»Nein«, sagte sie mit belegter Stimme. »Haben wir schon wieder Whisky getrunken?«

Rogue lachte dunkel. »Nein, ich vermute, sie hat dir Drogen eingeflößt.«

»Diese Musik ist grauenvoll«, stöhnte Daria, rieb sich über die Stirn. »Drogen?«

»Du kannst das Radio ausschalten«, sagte Rogue. »Meine Kette ist leider nicht lang genug.«

Daria sah Rogue blinzelnd an. »Kette?« Ihr Hirn fühlte sich an, als wäre es eingestaubt. Alles brauchte viel länger, bis sie es verarbeiten konnte.

Rogue hob eine Hand. »Du bist gefesselt?«, stieß sie hervor und richtete sich viel zu schnell auf alle Viere auf. Sie krabbelte besorgt auf Rogue zu, um seine Hand zu untersuchen und drückte ihre Hand dabei in eine klebrige Pfütze. Nachdenklich hob sie die Hand an, hielt sie sich vor das Gesicht und betrachtete die dunkle, dicke Flüssigkeit.

»Das ist Blut«, stieß sie hervor und wischte angeekelt ihre Hand ab.

»Es ist meins«, sagte Rogue lächelnd.

Daria musterte ihn irritiert, dann ließ sie ihren Blick über ihn gleiten und entdeckte das Tuch, das er sich um den Schenkel gebunden hat. Tränen schossen ihr in die Augen und sie begann zu zittern.

»Was ist passiert?« Daria schob sich noch näher an Rogue heran, am liebsten würde sie ihm um den Hals fallen, ihn nie wieder loslassen und seine Wärme tief in sich saugen, nur um sichergehen zu können, dass er wirklich da war, dass er noch lebte, dass es ihm gut ging.

»Sie hat mich angeschossen, als ich in ihr Haus einbrechen wollte.«

Darias Finger schwebten über dem Verband, dass sie zitterten, konnte sie nicht verhindern, all das Blut zu sehen, Rogues angespannten Gesichtsausdruck und seine schweren Atemzüge, waren zu viel für sie. Sie hatte kaum die Kraft, sich mit ihrer derzeitigen Situation zu befassen. Die Sorge um Rogue war einfach größer.

»Es tut mir leid«, meinte sie und legte eine Hand auf seine Wange. Sie wusste, hieran war nur sie schuld. Wie hatte sie so blind sein können? »Ich hab die Leichen aus dem Haus im Park gesehen, als sie mich durch ihr Wohnzimmer geführt hat. Sie sitzen fast genauso dort oben wie damals.« Daria spannte sich an, als ihre Erinnerungen wiederkamen. Sie versuchte, sich an noch mehr zu erinnern, daran, wie sie in den Keller gekommen war, oder daran, was seither passiert war, aber die Toten auf dem Sofa waren ihre letzten Erinnerungen, danach war alles schwarz in ihrem Kopf. Und der Gedanke, nicht zu wissen, was mit ihr geschehen war, verängstigte sie. Sie fühlte sich hilflos, so als wäre sie einer Wahnsinnigen ausgeliefert gewesen, ohne etwas dagegen tun zu können. Es war ein komisches Gefühl, nicht zu wissen, was mit einem passiert war. So wie damals, als Manuel sie an das Bett gefesselt hatte, während sie ohnmächtig gewesen war.

»Fuck«, stieß Rogue aus. »Wer hätte gedacht, dass der Irre nicht allein gewesen war?« Er verzog wütend das Gesicht.

Plötzlich erstarb die Musik im Raum und die Lichter am Radio verloschen, die Batterien waren leer und Daria wurde klar, wie lange sie wohl schon hier unten sein mussten. Ganz von allein glitt ihr Blick zum kaputten Fenster, aber durch die verschlossenen Luken fiel kein Licht. Vielleicht, weil draußen schon Nacht war. Oder weil die Luken einfach gut verschlossen waren und kein Tageslicht hindurchließen. Es fühlte sich beunruhigend an, nicht zu wissen, ob Tag oder Nacht war.

Rogue hatte ihre Gedanken wohl in ihrem Gesicht ablesen können. »Ich weiß nicht, wie lange wir schon hier sind«, sagte er. »Komm her«, murmelte Rogue und wies auf seine andere Seite.

Daria wollte viel lieber an der Tür rütteln, schreien oder wild herumtoben vor Wut und Hilflosigkeit, aber dazu fehlte ihr die Kraft. Ihr Kopf hämmerte, ihre Glieder waren noch immer weich wie Pudding und sich an Rogue zu kuscheln klang einfach viel verführerischer im Moment. Sie kroch um ihn herum, lehnte sich gegen seine Seite und legte den Kopf auf seine Brust. Sie lauschte dem Klopfen unter ihrem Ohr und atmete den Geruch seiner Haut ein.

»Du hast den Boden vollgekotzt«, sagte sie leise, froh, dass das Radio endlich ruhig war und ihre Ohren nicht mehr so protestierend rauschten.

»Tut mir leid«, sagte er.

»Ich putz das nicht weg«, sagte sie und grinste zu ihm hoch. »Was glaubst du, wie lange brauchen deine Brüder, um uns zu finden?«

»Lange, meine Maschine steht einige Straßen entfernt. Ich bin gelaufen, damit du mich nicht hörst.«

»Dann ist dir das nicht ganz gelungen, ich hab dich über die Kreuzung fahren sehen.«

Daria blinzelte gegen die Tränen in ihren Augen an und schluckte den Kloß herunter, der sich in ihrem Hals gebildet hatte. Wie konnte das hier nur passieren? Warum geschah das? Wie konnten sie das nicht ahnen? Weil einem Menschen nicht ins Gesicht geschrieben stand, dass er ein Mörder war. »Was glaubst du, warum sie das tut?« Daria malte mit ihren Fingern Kreise auf Rogues nackte Brust.

»Ich weiß es nicht. Liebe? Sie wird wissen, dass ich ihn umgebracht habe.«

Umgebracht, wie hart das klang. Aber jemanden zu töten war hart. Daria fuhr weiter über Rogues Brust, zeichnete die Linien eines Piratenschädels nach. »Sie hat dir deine Kutte weggenommen«, sagte sie traurig. »Ich kann das Leder nicht mehr riechen, das macht mir Angst.«

»Ich bin hier«, sagte er. »Auch ohne Ledergeruch.«

»Ich weiß. Es ist nur, ich vermisse den Geruch.«

Er lachte und schob seine Hand in ihr Haar, dann küsste er ihren Scheitel. »Ich hab es vermisst, meine Finger in dein Haar zu schieben.«

»Ich hab es vermisst, dass du mich vorwurfsvoll ansiehst.«

»Ich hab es vermisst, tief in dir zu sein«, flüsterte Rogue. »Verdammt, Babe, ich hab dich vermisst.«

Sie sah ihn ungläubig an und versuchte, in seinen Worten oder in seinem Blick die Lüge zu enttarnen, aber er sah sie ernst an. Da war keine Spur einer Lüge. Sie schob sich ein Stück zu ihm hoch und küsste ihn vorsichtig auf seine Lippen. »Kannst du mich dort hochheben?« Daria wies nach oben zur Luke. »Vielleicht kann ich sie öffnen und Hilfe holen.«

»Sie wird sie wahrscheinlich verriegelt haben, aber wir können es versuchen«, sagte Rogue.

Daria erhob sich widerwillig, aber ihr war auch klar, so gut es sich anfühlte, Rogue zu spüren, sie mussten etwas tun, nichts zu tun, war, als würden sie den Tod akzeptieren.

Daria half Rogue auf die Beine, aber eigentlich war es lächerlich, sie behinderte ihn wohl eher, als dass sie ihm half. Mit ihrer Schiene am Fuß hatte sie kaum mehr festen Stand als er. Er stöhnte auf, als er endlich stand und lehnte sich dann mit der Schulter gegen die Wand unter dem Fenster. Er faltete seine Hände und legte sie auf das Knie seines unverletzten Beins. »Du musst vorsichtig sein, im Rahmen werden noch jede Menge Scherben stecken.«

Als müssten die Scherben Rogues Worte bestätigen, knirschte es unter Darias Füßen, als sie sich neben Rogue stellte, ihre Arme auf seine Schultern legte und dann einen Fuß in seine Hände setzte. Er verzog das Gesicht und amtete zischend ein, Daria erstarrte erschrocken und wollte soeben ihren Fuß zurückziehen.

»Nein, schon gut, nur etwas Glas unter deiner Schuhsohle. Mach weiter«, befahl er.

Daria suchte sich mehr Halt, dann stemmte sie sich nach oben, suchte sich ein Stück im Rahmen, in dem kein Glas steckte und hielt sich mit einer Hand fest, mit der anderen versuchte sie, an die Luke heranzukommen, aber es fehlten noch immer fast dreißig Zentimeter. »Es reicht nicht«, sagte sie.

Rogue richtete sich noch mehr auf, hob seine Arme höher und Daria streckte sich, aber es reichte nicht.

»Soll ich nach Hilfe rufen? Vielleicht hört uns jemand.« Sie stieg wieder herunter und half Rogue, sich zu setzen. Er streckte sein verletztes Bein ächzend aus und schüttelte den Kopf.

»Wenn wir anfangen herumzubrüllen, hört sie das auch. Das können wir nicht riskieren, weil wir nicht wissen, wie sie darauf reagieren wird. Und ich habe vor, dich hier rauszubringen.«

Daria setzte sich enttäuscht neben Rogue und lehnte sich gegen die Wand. »Was willst du denn tun? Eine schwangere Frau niederschlagen?«

Rogue lachte bitter auf. »Ich glaube nicht, dass ich das könnte. Aber das sind wohl die Dinge, die du von mir erwartest, dass ich immer alles mit Gewalt löse«, sagte er traurig.

Daria zog sich bei der Enttäuschung, die aus seiner Stimme sprach, das Herz zusammen. »Du hast recht, es ist nicht richtig von mir, so zu denken. Das tut mir aufrichtig leid.«

»Komm wieder her«, befahl er leise, legte einen Arm um sie und zog sie auf seine Brust. »Uns wird etwas einfallen.«

Kapitel 22

Es mussten Stunden vergangen sein, vielleicht ein halber Tag, als Rogue vom Geräusch des Schlüssels im Schloss geweckt wurde. Die Tür öffnete sich und die Polizistin trat in den Raum. In einer Hand trug sie einen Korb, in der anderen eine Walter, mit der sie auf Rogue und Daria zielte. Sie stellte den Korb auf dem Boden ab, ohne die Waffe auch nur einen Zentimeter zu verziehen, griff hinter sich und schloss die Tür wieder.

»Wie wunderbar«, sagte sie und kommentierte damit offenbar, dass Daria zur Hälfte auf Rogues Körper lag und schlief.

»Bist du gekommen, um uns auf die Nerven zu gehen? Wenn es nichts Wichtiges gibt, dann verschwinde wieder«, sagte Rogue mit ruhiger Stimme und schloss die Augen. Nur für eine Sekunde, nur um sie zu provozieren, um ihr zu zeigen, dass er keine Angst vor ihr hatte. Dass sie ihm völlig egal war.

Daria bewegte sich auf ihm. Ohne es zu wollen, verstärkte er den Griff um ihren Körper, ließ sie dann aber los, weil es besser war, wenn sie nicht auf ihm lag. Er ließ zu, dass sie sich neben ihn setzte, rutschte sogar ein wenig vor, um sie mit seinem Körper zu verdecken.

Die Frau nahm den Korb auf, kam näher und stellte ihn dann so vor Rogue ab, dass er herankommen würde, wenn er wollte. Aber an den Korb wollte er nicht herankommen, er wollte an sie herankommen. Schwanger oder nicht, er wollte ihr seine Faust ins Gesicht donnern, zumindest stark genug, um sie auszuknocken und Daria die Flucht ermöglichen zu können. Er wollte sie zerreißen, sie für das büßen lassen, was Daria erleiden musste.

»Ich bringe euch Essen und Wasser«, sagte sie und runzelte die Stirn. Sie sah aus, als fühlte sie sich unsicher, als wüsste sie nicht, ob sie das hier wirklich tun wollte.

»Willst du uns wieder unter Drogen setzen?«, wollte Daria wissen, sie griff nach Rogues Hand und verschränkte ihre Finger mit seinen. Ihre Berührung zu spüren war, als würde er mit Energie aufgeladen. Aber egal, wie viel Energie er hatte, er durfte keinen Fehler machen.

»Nein, ich will euch nur noch etwas am Leben halten.«

»Wozu?«, wollte Rogue wissen. Jede Information, die sie bekommen konnten, könnte ihnen weiterhelfen.

Sie machte einen Schritt zurück, als Rogue sich bewegte und mit seinem Fuß nach dem Korb angelte, um ihn näher heranzuziehen. Auch wenn das Risiko bestand, dass sie etwas in das Essen oder das Wasser getan hatte, sie mussten bei Kräften bleiben, wenn sie überhaupt eine Chance haben wollten. »Ich ...« Sie fuhr sich durch die Haare, seufzte laut und blinzelte heftig. »Ich ... muss herausfinden, wie es geht.« Sie wischte über den Ärmel ihres Oberteils, eine züchtige, weiße Bluse, die sie über einem schwarzen Rock trug, als wäre sie eine verdammte Sekretärin. Aus den Fünfzigern. Ja, sie hatte sich rausgeputzt, die Uniform gegen das Outfit und die Frisur von Jane Fonda getauscht, wie so eine kleine perfekte Hausfrau aus der Werbung. Rogue konnte sich bei dem Gedanken ein Grinsen nicht verkneifen.

»Du bist nicht deutlich genug«, fuhr Rogue sie an und freute sich, als sie noch weiter zurückschreckte. Wenn er sie genug verängstigen konnte, würde sie Fehler machen. Er musste sie also nur hart genug angreifen. »Etwas schreckhaft für einen Bullen.« Er setzte sein teuflischstes Lächeln auf. Daria rückte noch näher an ihn heran, seine Haut prickelte, wo sie ihn berührte. Er war sich ihrer sehr bewusst, nicht sexuell, es war in diesem Moment Zuneigung und Liebe für sie, die ihn durchflutete. Nichts war ihm wichtiger, als sie hier raus zu holen. Und wenn er dafür die Angst nutzen musste, die diese Verrückte offensichtlich vor ihm hatte, dann würde er das tun.

»Ich muss erst lernen, wie man Leichen haltbar macht«, sagte sie und versuchte wohl trotzig zu klingen, aber ihre Stimme zitterte und das nahm Rogue deutlich wahr. »Mario hat das immer gemacht.«

»Moreno?«, fuhr Daria dazwischen.

»Ihr habt ihn umgebracht«, schrie die Frau plötzlich laut auf und fuchtelte mit der Waffe so heftig herum, dass Rogue seinen Oberkörper vor Daria schob. »Er hat mir eine Familie versprochen, ohne Gewalt. Keine Onkel, die sich an den Kindern vergehen, keine Väter, die schlagen. Meine Tochter ...«, sie berührte ihren Bauch, »... sollte das nicht ertragen müssen.«

Rogue versteifte sich, als er die Tränen in den Augen der Frau sah, die Abscheu in ihrem Gesicht. Er konnte in diesem gebrochenen Blick die Enttäuschung und den Vorwurf erkennen, aber Mitleid würde Daria nicht retten. »Dir wurde also wehgetan und da dachtest du, eine tote Familie ist besser als eine prügelnde. Tut mir leid, Mädchen, aber dein Kind wird das sicher anders sehen, wenn es erstmal auf der Welt ist. Wer umgibt sich schon gern mit Leichen?«

Daria schnappte laut nach Luft, wahrscheinlich glaubte sie, dass die Irre zu provozieren nicht der richtige Weg war. Vielleicht hatte sie auch recht, aber Rogue setzte auf ihre Unsicherheit, darauf, dass Moreno derjenige gewesen war, der das Zepter in dieser abgefahrenen Beziehung in der Hand hatte.

»Wieso hat Moreno das für dich getan?«, hakte er nach, weil er diesen Wahnsinn verstehen wollte. Um sie in falscher Sicherheit zu wiegen, nahm er den Korb auf seinen Schoß, warf einen Blick auf die Sandwiches mit Ei und biss in eins rein, bevor er Daria auch eins gab.

»Ich mag nicht«, sagte sie leise.

»Iss«, befahl er knurrend. Sie nahm das Sandwich und eine Plastikflasche Wasser.

»Er hat mich geliebt und er hätte alles für mich getan.«

Daria hustete. »Du wolltest das alles?«

Die Frau runzelte wieder die Stirn, das tat sie öfters und jedes Mal hatte Rogue das Gefühl, dass sie in ihrem Kopf abschweifte. So als wäre sie für kurze Zeit nicht da oder würde jemandem zuhören, der nicht da war. Ihr Blick wirkte dann leer. Rogue hatte schon einiges erlebt, aber etwas, das ihm so sehr eine Gänsehaut einjagte wie diese Frau, noch nicht. Rogue rieb unbewusst über seinen Oberschenkel, ein Stück über der Schusswunde. Er versuchte zwar die ganze Zeit, das Pulsieren in seinem Bein nicht zu bemerken, aber es war nicht zu verdrängen. Es war da und es erinnerte ihn jede Sekunde daran, dass er nicht ewig Zeit hatte. Die Frau bemerkte, was Rogue da tat und blinzelte nervös.

»Es ist ja nicht so, als hätte Mario nicht vorher schon getötet. Er hatte schon viel länger Spaß daran. Und ich wollte eben eine Familie«, schrie sie plötzlich, als müsste sie sich verteidigen. Wahrscheinlich tat sie das auch.

Rogue verzog die Lippen zu einem Lächeln. »Ihr seid Bullen, hat man euch nicht beigebracht, dass ihr nicht morden sollt?«

Sie ging rückwärts zur Tür und zeigte mit der Pistole auf Rogue. »Ich bin gar keine Polizistin, das denken die nur alle. Meine Schwester war Polizistin. Mario hat sie umgebracht, weil sie wusste, was mein Onkel mit mir gemacht hat und weggeschaut hat. Jetzt bin ich sie.« Sie öffnete mit einem breiten Lächeln die Tür und zeigte auf Daria. »Sie brauche ich nicht mehr. Mario wollte sie unbedingt haben, aber ich will sie nur tot sehen, weil sie Mario so gut gefiel.« Sie wies mit der Pistole auf Daria. »Ich töte sie als erstes und entsorge sie gleich dort, wo ihr Mario entsorgt habt. Und du wirst Mario ersetzen«, sagte sie selbstsicher. Irgendetwas hatte ihr Mut verliehen, vielleicht die Entfernung?

Rogue verzog angewidert das Gesicht. Wenn er die Verrückte richtig verstanden hatte, war Moreno schon eine Weile als Serienmörder unterwegs, bevor er auf sie getroffen war und angefangen hatte, ihr ihren Traum einer perfekten Familie zu erfüllen. Was für ein Traumpaar!

Besorgt strich Daria Rogue über die verschwitzte Stirn. Er fühlte sich heiß an, war blass, fast grau und seine Augen sahen fiebrig aus. Daria hatte keine Ahnung, wie lange sie jetzt schon hier unten festsaßen – mittlerweile war sie sogar schon das Risiko eingegangen und hatte laut um Hilfe gerufen -, aber es mussten mindestens zwei

Tage sein, wenn sie davon ausging, dass Kathrin schon zweimal gekommen war, um ihnen etwas zu Essen zu bringen. Daria redete sich zumindest ein, dass sie nur einmal am Tag etwas zu essen und zu trinken bekamen, denn was sie bekamen, reichte kaum aus, um bei Kräften zu bleiben.

Rogue ging es schlechter, Daria war sich sicher, dass er ein Antibiotikum brauchte, weil die Wunde sich entzündet hatte. Vielleicht verblutete er auch einfach nur langsam. Was wusste sie denn schon über Schusswunden? Oder infizierte Wunden? Das Verbluten? Einfach alles. Sie fühlte sich so hilflos und verzweifelt und fragte sich, wie es sein konnte, dass niemand sie rufen hörte. Irgendjemand musste sie doch hören.

»Rogue?«, flüsterte sie und hielt ihm eine Flasche mit Wasser an die Lippen.

Er öffnete die Augen, sah sie träge an und lächelte. »Babe? Du bist ja noch hier.«

Sie lachte. »Wo soll ich auch hin? Nirgends ist es so schön wie bei dir.«

»Überall ist es schöner«, sagte er, hob den Kopf und nahm ihr die Flasche ab. »Mir geht es gut«, sagte er. »Ich hab nur etwas geschlafen.«

»Es geht dir nicht gut«, warf sie ihm vor, dann setzte sie sich auf seinen gesunden Schenkel, schmiegte sich fest an ihn und küsste seine Wange. Sie wischte sich eine Träne vom Gesicht, wahrscheinlich war sie mindestens genauso verdreckt wie Rogue. Oder noch schlimmer. »Ich will dich nicht verlieren. Ich kann dich nicht verlieren«, flehte sie ihn an.

Er lachte dunkel auf und schob eine Hand in ihr Haar. »Du wirst mich nicht verlieren, ich kann ja gar nicht weg.«

Sie boxte ihm gegen die Brust. »Hör auf damit, das ist nicht lustig. Ich habe Angst. Warum findet uns niemand?«

»Das werden sie.« Er zog sie auf seine Brust. »Du erinnerst mich manchmal an meine Mum.«

Sie fuhr hoch und sah ihn mit weit aufgerissenen Augen an. »Es ist eine Weile her seit wir Sex hatten, aber keine Frau will von dem Mann, mit dem sie geschlafen hat hören, dass sie ihn an seine Mutter erinnert.«

Rogue lachte. »So meinte ich das auch nicht. Und wenn wir nicht hier unten wären, dann wäre es keine Weile her, höchstens Minuten, denn wenn wir hier erst raus sind, werde ich nicht mehr aufhören, dich zu ficken.«

»Ich werde nicht rot«, sage sie, weil sie wusste, was er versuchte.

»Ganz sicher bist du rot geworden, man kann es bei diesem beschissenen Licht nur nicht sehen. Und unter all dem Dreck.«

»Also, warum erinnere ich dich an deine Mutter?«

»Sie hat sich auch ständig Sorgen um Charlie gemacht. Selbst dann noch, als sie wusste, dass sie bald sterben würde. Der Krebs hat sie ausgezehrt und vor Schmerzen halb wahnsinnig gemacht, und trotzdem hat sie sich nur um ihn und mich gesorgt.« Er strich ihr die Haare hinter die Ohren. »Wir sitzen hier unten fest und du denkst nur an mich. Wenn ich dich nicht schon längst lieben würde, dann würde ich mich deswegen in dich verlieben.«

Daria schluckte und kämpfte gegen das Zittern ihrer Unterlippe an. Ihr Herz raste so heftig, dass ihr ganz schwindlig wurde. »Du liebst mich?« Sie legte die Hände auf seine Brust, weil sie sich abstützen musste, aber als sie das Trommelfeuer seines Herzens unter ihren Fingern spürte, zog sie die Hände schnell wieder zurück.

»Ich bin mir ziemlich sicher«, sagte er mit einem breiten Grinsen. »Meine Mum war eine stolze Old Lady, könntest du das auch werden?«

Daria richtete sich weiter auf. Sie war unschlüssig, ob er es wirklich ernst meinte, oder ob er sie nur beruhigen wollte. Dieser Mann war jetzt im Augenblick hier bei ihr, aber was, wenn sie hier rauskämen, würde er dann wieder einfach verschwinden? Und wenn nicht, könnte sie das Leben, das er lebte, akzeptieren? Tat sie das nicht schon längst? Hatte sie nicht schon längst akzeptiert, dass ein Mensch durch seine Hand gestorben war? Wie konnte sie nicht, immerhin saßen sie auch wegen Moreno hier unten fest. Er hatte Kathrin geholfen, ihren Wahnsinn wahr werden zu lassen.

»Erzähl mir von ihr«, sagte sie ausweichend, denn sie konnte Rogues Frage nicht beantworten.

Rogue nahm Darias Hand und küsste ihre Fingerknöchel. Sie saß noch immer auf seinem Schoß, das wurde ihr in diesem Moment nur allzu bewusst, und es kam ihr nie falscher vor, dass sie diesen Kuss bis zwischen ihre Schenkel fühlte. Hier, an diesem Ort. Aber er hatte ihr an diesem Ort auch gesagt, dass er sie liebte, und das fühlte sich nicht falsch an. Es durchströmte sie wie warmer Honig: tröstend und hoffnungsspendend.

»Charlie war damals Pres der Helldogs. Der Club war beliebt in dem Viertel in Glasgow, weil er die Straßen sauber hielt, die Kids beschützte und viel für die Familien im Viertel tat. Deswegen hat meine Mum sich in ihn verliebt. Deswegen hat sie auch den Club geliebt.«

»Ihr wart also mal gute Biker?«

Rogue grinste sie an. »Sind wir noch immer, Süße. Wir hatten nur ein paar schwache Stunden.« Rogue schob ihr seine Hand ins Haar und zog ihren Mund auf seinen. Er küsste sie zärtlich, stieß seine Zunge in ihren Mund und knabberte an ihren Lippen. »Du musst es nicht verraten, dass du den dreckigen Biker liebst, Süße. Ich sehe in deine Augen und weiß es. Wenn ich hier unten sterbe, dann als glücklicher Mann«, murmelte Rogue, drückte ihren Kopf auf seine Brust und hielt Daria fest in seinen Armen, bis er eingeschlafen war.

Daria konnte nicht schlafen, denn egal, wie stark sich Rogue gab und mit was er versuchte, sie von der Wahrheit abzulenken, es ging ihm nicht gut. Das konnte sie fühlen, sie wusste es einfach, ihr Herz sagte es ihr, sie würde ihn verlieren und dann könnte sie ihm nicht mehr sagen, dass auch sie ihn liebte. Warum hatte sie nicht den Mut dazu gehabt, es ihm zu sagen? Weil er so intensiv war, dass sie Angst davor hatte, sich in ihm zu verlieren, jetzt wo sie sich gerade erst von Manuel befreit hatte. Aber was hatte das hier unten in diesem Keller schon zu bedeuten? Sie hätte es ihm sagen können, denn es wäre egal gewesen.

»Ich liebe dich auch, Rogue.«

»Ich hab es gehört, Babe«, sagte er leise und seine Brust bebte, als er lachte.

»Kathrin!«, schrie Daria und hämmerte mit beiden Fäusten verzweifelt gegen die Tür. »Kathrin, du musst hier runterkommen«, schrie sie wieder und wieder. Ihre Fäuste schmerzten schon.

Sie sah zu Rogue zurück, der zusammengesunken gegen die Wand gelehnt saß, als sich plötzlich ein Schlüssel in das Schloss schob.

»Geh von der Tür weg, sonst öffne ich nicht«, hörte Daria die Polizistin sagen. Daria stellte sich neben Rogue und starrte auf die Tür.

»Bin ich«, rief sie und atmete tief ein. Sie versuchte, sich zu beruhigen, aber sie war von so tiefer Verzweiflung erfüllt, dass ihr ganzer Körper zitterte. Wie sollte sie sich da beruhigen?

Die Tür öffnete sich langsam, erst konnte Daria nur den Lauf der Waffe sehen, dann folgte der Kopf der Frau. Auch sie sah mit jedem Mal, das sie hier runterkam, angespannter und zerzauster aus, als triebe sie etwas in die gleiche Verzweiflung wie Daria.

»Wenn du uns nicht töten kannst, dann lass uns gehen«, sagte Daria noch einmal, denn sie war davon überzeugt, dass Kathrin es aus irgendeinem Grund nicht fertigbrachte, in die Fußstapfen ihres Partners zu treten. Sie war nicht dazu in der Lage zu töten.

Kathrin trat in den Raum, zielte mit ihrer Pistole auf Daria und schüttelte den Kopf. »Ich bin fast soweit«, sagte sie, schloss die Tür hinter sich und kam näher. »Was ist mit ihm?«, wollte sie nach einem Blick auf Rogue wissen.

»Es geht ihm nicht gut. Er braucht einen Arzt«, sagte Daria mit zitternder Stimme und kniete sich neben Rogue, der noch immer teilnahmslos an der Wand lehnte, das Kinn auf die Brust gesunken. »Die Wunde hat sich infiziert, er hat Fieber.«

Kathrin kam langsam näher, blieb wenige Zentimeter von Rogue entfernt stehen und beugte sich ein wenig nach unten. »Ich kann nichts sehen, er hat die Hose noch an.«

Daria löste das Tuch um Rogues Oberschenkel mit zitternden Händen, sie wollte ihm nicht noch mehr wehtun. Das Leder der Hose fühlte sich ganz klebrig an, teilweise krustig. »Es ist zu widerspenstig, ich bekomme es nicht zerrissen«, gestand Daria leise.

Kathrin kam näher und stieß einen genervten Seufzer aus. Sie trat Rogue gegen das ausgestreckte Bein, er reagierte nicht. Sie beugte sich über ihn, mit der Waffe stieß sie ihm gegen das Kinn, kippte seinen Kopf etwas zur Seite und Rogue stöhnte nur leise.

»Er ist ohnmächtig«, fuhr Daria sie ungeduldig an.

Kathrin kniete sich auf Rogues gefesselte Seite, legte ihre Pistole neben sich auf den Boden – weg von Rogue - und zog ein Messer aus dem Bund ihrer Hose. »Wenn er sich bewegt, ersteche ich ihn«, sagte sie hart.

»Er bewegt sich nicht«, stieß Daria wütend zwischen den Zähnen hervor. Sie beugte sich von der anderen Seite über Rogues Bein und versuchte, nicht zu nervös zu wirken. Ihr Herz hämmerte, als sie das blutige Bandana vom Boden zwischen Rogues Beinen aufhob und es um ihre Fäuste wickelte.

Kathrin griff nach dem Hosenbein, hob den Stoff über der Wunde etwas an und drückte die Spitze ihres Jagdmessers in das Loch, das die Kugel hinterlassen hatte, dann begann sie, die Hose aufzuschneiden. Daria musste sich anstrengen, nicht nach Luft zu schnappen, als die Frau den Stoff auseinanderklappte und die Wunde freilegte. Sie zog das Tuch zwischen ihren Fäusten noch straffer. Sie wartete auf Rogue, machte sich bereit, um ihren Teil des Plans zu erfüllen.

Blitzschnell griff Rogue nach der Frau, riss sie an ihren Haaren zwischen seine Schenkel, Daria kickte die Pistole über den Boden,

Rogue entriss Kathrin das Messer und klemmte ihren Kopf zwischen seinen Schenkeln ein. Daria hatte keine Zeit, um Mitleid mit Rogue zu haben, sein Gesicht war schmerzverzerrt. Die Frau lag jetzt mit ihrem Oberkörper über seiner Verletzung. Daria ging auf die andere Seite, sie wusste nicht, wie sie es anstellen sollte, weil die Frau sich so sehr wehrte und strampelte, aber sie setzte sich auf ihre Beine, klemmte sie zwischen ihren Schenkeln fest und schnappte sich mit Rogues Hilfe ihre Hände. Sie umwickelte die Gelenke mit dem Bandana, so straff sie konnte, genau so wie Rogue es mit ihr geübt hatte. Der Körper unter ihr wand sich immer wieder, sie gurgelte und Daria hatte große Angst um das Baby im Bauch.

Rogue und sie hatten lange mit sich gerungen, keiner von ihnen war besonders erpicht darauf gewesen, eine Schwangere anzugreifen, aber welche Wahl hatten sie schon?

»Zieh es richtig straff«, befahl Rogue, seine Stimme klang gepresst. Er kontrollierte mit seiner freien Hand die Knoten, bevor er sein unverletztes Bein vom Oberkörper der Frau hob. Er hielt sie weiter an ihren Haaren fest, hob sie von seinem verletzten Bein und drückte sie neben sich auf den Boden, wo er sie mit seinem Gewicht fixierte. »Die Pistole«, befahl er.

Daria sprang auf, lief zur Waffe und brachte sie zu Rogue, der damit auf den Kopf der Frau zielte. Darias Magen zog sich krampfend zusammen, obwohl sie wusste, Rogue würde der Frau nichts tun. Er hatte es Daria versprochen, bevor sie diesen Angriff geplant hatten. Er hatte ihr auch versprochen, sie nicht zu schlagen oder zu verletzen, um das Baby zu schützen. Eigentlich war er sogar wütend gewesen, als sie ihm dieses Versprechen abgenommen hatte. Er schlage keine Frauen, hatte er bestimmt gesagt.

Rogue keuchte angestrengt, als er sich langsam aufrichtete. Er musste große Schmerzen haben, wahrscheinlich konnte Daria sich nicht annähernd vorstellen, wie schlimm sein Bein schmerzte. Deswegen war sie auch fast zu allem bereit, weil sie ihn unbedingt hier wegbringen wollte. Nur töten würde sie diese Frau nicht. Und das Baby durfte auch nicht verletzt werden. Sie hoffte sehr, dass sie es noch nicht verletzt hatten.

»Schau um ihren Hals nach«, sagte Rogue und Daria kniete sich neben die Frau, tastete über ihr Dekolleté und fand eine Kette, an der zwei Schlüssel hingen: ein ganz kleiner und ein größerer. Daria riss die Kette einfach durch, stand auf und lief eilig zu Rogue. Sie nahm seine gefesselte Hand, während er mit der ungefesselten weiter auf die Frau zielte und öffnete die Handschelle.

»Es hätte schön sein können«, sagte die Frau plötzlich und klang heiser.

Daria sah sie an, aber Kathrin hatte nur Augen für Rogue. Sie starrte ihn mit einem versonnenen Lächeln an. »Du und ich und unser Baby. Vielleicht hätte ich dich gar nicht getötet, sondern nur sie.«

Rogue schnaubte abfällig. »Mit so was wie dir hätte ich nie ein Kind gehabt.«

Die Frau lachte. »Du hättest es trotzdem geliebt. Du bist einer dieser Männer, der sogar ein fremdes Kind wie sein eigenes lieben könnte.«

Daria griff nach Rogues Oberarm. »Lass uns gehen«, flehte sie ihn an. Sie wollte hier nur noch raus. Zwei Tage in dieser Hölle, immer die Sorge um Rogue und zusehen zu müssen, wie einem so starken Mann wie ihm die Kräfte schwanden, waren genug. Jetzt konnte sie nur noch daran denken, endlich frische Luft zu schnappen, die Sonne auf der Haut zu fühlen und für ein paar Minuten keine Wände mehr um sich zu haben.

»Heb das Messer auf«, sagte Rogue. »Ich will nicht, dass sie sich oder dem Kind etwas antun kann.«

Daria bückte sich eilig nach dem Messer, dann lief sie aus dem Keller und als Rogue die Tür hinter ihnen schloss, holte sie so tief Luft wie noch nie in ihrem Leben. Sie atmete die Freiheit tief in ihre Lungen, die Erleichterung und blinzelte gegen die Tränen an. Rogue lehnte sich stöhnend gegen die Tür, er senkte die Arme und atmete angestrengt ein. Die Frau unter Kontrolle zu halten, musste ihn seine letzte Kraft gekostet haben.

Daria steckte den großen Schlüssel schnell in das Schloss der Tür und drehte ihn um. Das Gefühl, das sie dabei durchströmte, war kaum zu beschreiben. Sie lehnte sich für einen Moment gegen Rogue und genoss es, seine Arme um ihren Körper zu spüren. Nach all dem, was sie in den letzten Tagen gemeinsam durchgestanden hatten, fühlte sie sich ihm so nahe wie keinem anderen Menschen in ihrem Leben.

»Wir müssen die Polizei informieren, damit die so schnell wie möglich nach ihr sehen«, sagte Rogue. Daria nickte und löste sich von ihm. Er machte sich größere Sorgen um das Baby als sie.

Sie schlang sich seinen Arm um die Schulter, auch wenn sie kaum dazu in der Lage war, ihn zu stützen, sie gab ihr Bestes, als sie die Stufen nach oben gingen. Daria gab sich alle Mühe die grauenvollen Gesichter der Toten nicht zu sehen, als sie Rogue im Wohnzimmer gegen die Wand lehnte, um auf der Terrasse nach ihrer Tasche zu suchen. Sie stand da, wo Daria sie gelassen hatte. Daria hoffte nur, dass ihr Handy noch nicht leer war. Aber als sie die Tasche öffnete, war das Handy aus. Sie stieß einen frustrierten Seufzer aus, drückte auf den Knopf des Handys und ließ einen leisen Schrei los, als das Handy sich anschalten ließ.

Ungeduldig starrte sie auf das Logo, lief zurück zu Rogue und hoffte, dass der Akku nicht leer war. Vielleicht hatte Kathrin es ausgeschaltet, damit niemand es orten konnte. »Es funktioniert«, sagte sie erleichtert zu Rogue, als das Handy endlich hochgefahren war. Den Gestank der Leichen zu ignorieren, fiel ihr nicht leicht, aber sie gab sich alle Mühe. Sie reichte Rogue das Telefon, der hastig eine Nummer eintippte und es dann an sein Ohr hielt.

»Wir brauchen einen Transport«, sagte er grinsend.

Kapitel 23

Oz drückte auf den Notknopf der Alarmanlage und zog die Tür hinter sich zu. »Ihre Kollegen werden sie gleich finden«, sagte er zu Daria, als er ihr in den Laderaum des Transporters half.

»Komm her«, sagte Rogue und winkte Daria zu sich heran. Sie setzte sich neben ihn, lehnte sich gegen seine Seite und schlang ihren Arm um seinen Bauch. »Du hast es geschafft, Süße«, sagte er zu ihr und war froh, dass sie aus diesem Wahnsinn raus waren.

»Du hast es geschafft«, sagte sie. »Danke, dass du mutig genug warst, eine Schwangere in den Schwitzkasten zu nehmen.« Sie lachte leise.

Race schloss die Tür des Transporters, jetzt war es stockdunkel auf der Ladefläche, aber das machte Rogue nichts aus. Er zog Daria noch fester gegen seine Brust, legte einen Finger unter ihr Kinn und küsste sie. »Ich war fast gewaltfrei«, sagte er grinsend, obwohl er wusste, dass sie es in der Dunkelheit nicht sehen konnte. Der Transporter setzte sich in Bewegung, in der Ferne konnte Rogue die näherkommenden Sirenen hören. Es war warm hier drin und er schwitzte stark, außerdem war er müde und fühlte sich, als hätte er eine schwere Grippe. Aber sie waren dem Horror entkommen, und das war das Wichtigste. Daria war in Sicherheit.

»Dafür danke ich dir«, sagte sie. Ihre Finger malten wieder über seine nackte Brust. Daran könnte er sich gewöhnen. »Du riechst wieder nach Leder, gut, dass wir deine Kutte gefunden haben.«

Das war wirklich gut. Sie hatten auch sein Handy gefunden und auch sonst alles, das auf ihn oder Daria hinweisen könnte. Selbst den kleinen Notizzettel, der am Kühlschrank haftete, auf dem Darias Adresse stand, hatten sie entdeckt. Trotzdem hoffte er, dass sie nichts übersehen hatten. Das Haus mit der Schwangeren darin anzuzünden, kam ihm etwas zu extrem vor, also hatten Rogue, Race und Oz alles auf den Kopf gestellt.

»Ich bin sicher, Race sieht das anders. Er hat vorhin die Nase gerümpft, als er mir in den Transporter geholfen hat.«

Daria kicherte. »Es könnte sein, dass wir stinken. Wir waren drei Tage dort unten gefangen.«

Daria wurde gegen ihn gedrückt, als der Transporter um eine Kurve fuhr. »Wenn ich nicht so schwach auf den Beinen wäre, würde ich mit dir zusammen duschen, aber das müssen wir wohl verschieben.«

»Wirklich schade«, murmelte Daria, legte ihre Hände an seine Wangen und küsste ihn. Sie leckte mit ihrer Zunge über seine Lippen, bis er seinen Mund für sie öffnete und sie einließ. Ihre freche kleine Zunge schob sich sofort in seinen Mund. Rogue schob seine Hand in ihr Haar und drückte ihr Gesicht fester gegen seins. Er fühlte sich zwar ausgelaugt, aber sein Schwanz schien noch genug Kraft zu haben, um aufzustehen. Rogue löste sich mit einem Seufzen von ihr. »Vielleicht bin ich doch noch nicht zu schwach.« Er nahm ihre Hand und legte sie auf seine pochende Erektion. »Gut, dass wir gleich im Club sind, sonst könnte es gefährlich für dich werden.«

»Vielleicht habe ich gelernt, mit der Gefahr zu leben«, sagte sie und rieb über seinen Schaft. Rogue stieß zischend die Luft zwischen den Zähnen aus.

»Lass uns das lieber noch verschieben. Ich will erst sichergehen, dass es dir gut geht.«

»Du bist der mit der Schusswunde«, sagte sie entrüstet.

Der Transporter blieb stehen, er hörte laute, aufgeregte Stimmen, dann wurde er von gleißendem Licht geblendet. Er musste blinzeln, als es so plötzlich hell wurde und auch Daria drückte ihr Gesicht gegen seine Brust.

»Der Doc wartet schon auf euch«, sagte Oz, kletterte auf die Ladefläche und half Daria auf.

Sie waren zu Hause. Rogue konnte nicht sagen, wann er zum letzten Mal in seinem Leben so erleichtert gewesen war, aber sie hatten es geschafft. Daria war in Sicherheit, nur darum war es ihm in den letzten Tagen gegangen. Jetzt war alles gut. Ein Zittern fuhr durch Rogues Körper, als alle Anspannung von ihm abfiel. Diesmal hatte er seine Frau beschützen können.

Daria stieg aus der Dusche und griff dankbar nach dem Badetuch, das Vera ihr gebracht hatte. Ihre verdreckte Kleidung lag auf dem Boden und konnte wohl nur durch ein Feuer keinen Schaden mehr verursachen. Jetzt, wo sie geduscht war, konnte selbst sie riechen, wie sehr ihre Sachen stanken. Sie trocknete sich ab, stieg in die weichen, pinkfarbenen Stoffhosen und das graue Shirt und hoffte, dass der Doc die Kugel aus Rogues Oberschenkel entfernen konnte.

Daria wäre es viel lieber gewesen, wenn Rogue in ein Krankenhaus gegangen wäre, aber alle im Club waren sich darüber einig gewesen, dass das keine gute Idee wäre. Eine Schusswunde würde die Polizei auf den Plan rufen und die würde viel zu schnell eine Verbindung zwischen den Leichen, Kathrin und Rogue ziehen. Irgendjemand musste die schwangere Frau ja in den Keller gesperrt haben. Nach dem, was die Polizei im Haus vorfinden würde, würden sie zwar nicht glauben, dass Rogue der Mörder der Opfer war, aber sie würden eine Menge Fragen stellen wollen. Niemand im Club fand die Vorstellung gut. Selbst Daria wollte sich den unangenehmen Fragen nicht stellen.

Es war besser, die Polizei glaubte, dass nur Kathrin schuld an allem war, dass sie verrückt war – woran es keine Zweifel gab – und, sollte Morenos Leiche jemals auftauchen, dass sie auch ihn auf dem Gewissen hatte. Vielleicht, weil sie ihn aus dem Weg geschafft hatte, als ihr Partner hinter ihr Geheimnis gekommen war. Daria schüttelte innerlich den Kopf, als ihr auffiel, wie entspannt sie mittlerweile mit Morenos Tod umging. Aber eine leise Stimme in ihrem Inneren flüsterte ihr zu, dass es gekommen war, wie es hatte kommen müssen für ihn. Jemand hatte ihn und Kathrin aufhalten müssen, zwei Menschen, die sich gefunden hatten, jeder auf seine eigene Weise kaputt, und zusammen hatten sie etwas getan, das so unfassbar war, dass Daria auch noch in vielen Jahren Albträume davon haben würde. Nach den letzten Tagen war sie kaum noch dazu in der Lage, Mitleid mit Moreno zu empfinden. Oder Rogue Vorwürfe wegen seines Todes zu machen. Was nicht hieß, dass sie die Hinrichtung eines Menschen billigte. Sie verstand nur besser, dass es manchmal nötig war, Entscheidungen zu treffen, die man nicht gern traf, um andere Menschen zu schützen.

Daria kämmte ihre Haare durch, verließ das Bad und ging in Rogues Apartment, um nachzusehen, wie weit der Doc war. Aus dem Schlafzimmer hörte sie verschiedene Stimmen, eine Frau sagte etwas, dann erkannte sie Rogues volles Lachen. Er war also wach. Darias Herz machte einen aufgeregten Sprung. Sie würde sich um ihn kümmern, bis er wieder kräftig genug war, sie zu verscheuchen. Sie war davon überzeugt, dass das nicht lange dauern würde, weil ihn wohl nichts für ewig im Bett halten würde. Nötigenfalls musste Daria etwas nachhelfen, indem sie ihn und seinen Penis verwöhnte.

Sie bog um die Ecke und erstarrte mit rasendem Herzschlag vor Entsetzen. Eine Frau lag auf seiner Brust. Sie hatte die Arme um seinen Hals geschlungen, Rogue hielt sie ganz fest. Genau so, wie er Daria immer hielt. Sie lachte über etwas, das er sagte, stützte ihr Kinn auf seine Brust auf und sah ihn mit sanftem Blick an. Alles, was Daria noch registrierte, bevor ihr Blick verschwamm und sie aus dem Apartment flüchtete, war, dass die Frau etwa in Rogues Alter war. Und sie war sehr schön.

Daria lief zurück in ihr Zimmer, schnappte sich ihre Handtasche und humpelte unten vor dem Haus Race in die Arme. Sie fühlte sich kopflos, enttäuscht, verwirrt und ihre Brust schmerzte schlimmer, als sie es jemals zuvor erlebt hatte. Sie fühlte sich verraten. Sie blinzelte die Tränen aus ihren Augen, bevor sie zu Race aufsah, weil sie ihm nicht zeigen wollte, dass sie litt, aber wahrscheinlich war es vergebens, der Schock saß einfach zu tief. »Tut mir leid«, brachte sie mühsam hervor. Ihr Herz schlug so laut, dass sie ihre eigenen Worte kaum hörte.

»Wohin willst du denn so eilig?«

Daria atmete tief ein und versuchte, sich zu beruhigen. Sie wollte hier weg und Race würde sie nur weglassen, wenn er keinen Verdacht schöpfte, da war sie sich sicher. »Ich muss dringend nach Hause, wahrscheinlich ist mein Garten schon vertrocknet. Das wäre eine Katastrophe. Rogue geht es gut, er schläft, also kann ich mich erstmal um meine Blumen kümmern«, log sie, obwohl sie es hasste zu lügen. Sehr sogar. Besonders Race anzulügen, fiel ihr schwer. Er war immer nur nett zu ihr gewesen. Ein Freund. Aber sie konnte nicht hierbleiben. Sie hatte kaum Kraft, sich aufrecht zu halten und zu wissen, dass Rogue dort oben in seinem Bett mit einer anderen Frau lag, die beiden so vertraut wirkten, dass Daria nur zu einem Schluss kommen konnte: die beiden kannten sich. Wahrscheinlich schon lange, und sehr gut.

»Ich fahr dich«, schlug Race vor und Daria atmete erleichtert aus.

Sie stieg hinter Race auf sein Motorrad und ignorierte die fragenden Blicke, die Vera und Angel ihr zuwarfen, als sie aus dem Clubhouse kamen. Neben Angel stand ein Mädchen, das nicht ganz in deren Alter sein dürfte, ein wenig jünger, vielleicht gerade achtzehn. Daria wandte den Blick ab und schlang die Arme um Races Taille. Es fühlte sich komisch an, einem anderen Mann als Rogue so nahe zu kommen. Das Erlebnis, auf einem Motorrad mitzufahren, hatte sie bisher nur mit Rogue geteilt und es als etwas sehr Intimes empfunden. Aber so war das nicht bei Race. Hinter Race zu sitzen war einfach nur eine Fahrt auf einem Motorrad. Mehr nicht.

»Manchmal sind die Dinge kompliziert«, sagte Race, nachdem er vor Darias Haus gehalten und ihr den Helm abgenommen hatte. »Aber es ist nicht meine Aufgabe, das mit dir zu klären.«

»Was soll das heißen?«, wollte Daria wissen, aber Race schüttelte nur den Kopf und startete die Harley.

»Schalt den Alarm an, wenn du drinnen bist.« Er rollte die Maschine ein paar Zentimeter vom Bordstein weg, sah Daria noch einmal an und verzog das Gesicht. »Sie ist seine Ehefrau.« Dann fuhr er einfach fort und Daria sah ihm mit rasendem Puls und enger Brust nach, starrte auf das Helldogs Logo auf seiner Kutte und hatte irgendwie das Gefühl, dass sie diese Logos in Zukunft nur noch sehen würde, wenn einer der Brüder auf der Straße an ihr vorbeifahren würde. Obwohl sie es nicht erwartet hätte, zog sich bei dem Gedanken etwas in Darias Brust zusammen.

Rogue war noch immer verheiratet. Wieso hatte sie das nicht gewusst? Er hatte nie davon gesprochen, dass er sich von seiner zweiten Frau getrennt hatte. Sie war einfach davon ausgegangen, weil sie sie nie getroffen hatte. Und weil er Sex mit Daria hatte, so wie wohl auch mit einigen anderen Frauen. Sie schloss die Haustür auf und warf einen nachdenklichen Blick auf den Fußabtreter, unter dem der Kontakt war, der den Alarm erst dann auslösen sollte, wenn Moreno das Haus betrat. Oz hatte das ganze Haus gesichert und jetzt war es das noch immer. Die Rocker hatten einfach alles so gelassen. Daria machte einen Schritt über die Matte, weil sie nicht wusste, ob die Anlage noch angeschaltet war.

Sie sah hinter die Tür, wo das Licht grün blinkte, und überlegte, ob sie die Anlage einfach abschalten sollte. Sie brauchte sie jetzt nicht mehr. Sie abzuschalten würde bedeuten, auch noch den letzten Kontakt zum Club abzubrechen. Die Nabelschnur zu durchtrennen. Rogue hinter sich zu lassen.

Sie sah ihn wieder vor sich, die Frau, die auf seinem Körper lag, in seinem Bett, und Tränen schossen in ihre Augen. Sie warf die Tür zu und ließ die Anlage einfach an. Sie würde sie ausschalten, wenn sie bereit dazu war, Rogue zu vergessen. Dieser dünne Faden, der sie jetzt noch mit ihm verband, fühlte sich beruhigend an, obwohl er es nicht sollte. Warum hatte Rogue ihr gesagt, dass er sie liebte? Weil es nichts zu bedeuten hatte, weder er noch sie hatten gewusst, ob sie lebend aus dem Keller kommen würden. Es war also einfach, es zu sagen, zu lügen, um Daria zu beruhigen. Vielleicht hatte er es sogar so gemeint, liebte sie wirklich, aber es bedeutete einfach nichts. Daria wischte sich über die feuchten Wangen. Sie wollte nicht mehr darüber nachdenken, was sie jetzt wollte, dringend brauchte, war Schlaf. Sie war erschöpft, viel zu müde, um sich mit Gedanken zu befassen, die so schmerzhaft waren.

Rogue schlug die Augen auf und das erste, das er bemerkte, war, dass er allein in seinem Bett lag. Er hob den Kopf, es war dunkel und nur das Display seines klingelnden Handys schenkte etwas Licht. Die Medikamente, die der Doc ihm gegeben hatte, mussten dafür gesorgt haben, dass Rogue den halben Tag verschlafen hatte, wenn jetzt schon wieder Nacht war. Er konnte sich noch erinnern, dass Ariana bei ihm gewesen war. Sie war zusammen mit Lesley, seiner Ehefrau, nach Tolosa gekommen. Rogue hatte sich sehr gefreut, seine Tochter und auch Lesley wiederzusehen. Er hatte beide seit fünf Jahren nicht mehr gesehen. Er hatte ganz vergessen, dass Ariana mit achtzehn Jahren kein Kind mehr war. Er hatte sich eine

Weile mit Lesley unterhalten und irgendwann musste er eingeschlafen sein.

Er griff nach dem nervenden Telefon, obwohl er viel lieber herausfinden wollte, warum Daria nicht in seinem Bett lag. »Ja?«, knurrte er unwillig in das Telefon, bewegte sich zum Rand des Bettes, um aufzustehen und nach Daria zu suchen, und verzog das Gesicht, als er eine falsche Bewegung machte, und Schmerz durch sein Bein hämmerte. Die Tabletten vom Doc waren gut genug, um Rogue schlafen zu legen, aber nicht gut genug, um den Schmerz komplett auszuschalten.

»Oz hier. In Darias Haus ging der Alarm los.«

Rogue setzte sich auf und spannte alarmiert jeden Muskel an. »Wie kann in ihrem Haus der Alarm losgehen, wenn sie hier sein sollte?«

»Sie ist nicht hier, sie wollte nach Hause«, sagte Oz.

»Fuck, ich bin unterwegs.« Rogue legte auf und nahm keine Rücksicht mehr auf den Schmerz. Warum zur Hölle war sie in ihrem Haus, statt hier bei ihm? Er schlüpfte eilig in eine Trainingshose und warf sich seine Kutte über, holte seine neue Sig unter seinem Kissen hervor und lief aus der Wohnung. Wenn er die Sig schon bei sich gehabt hätte, als er Daria zum Haus der Verrückten gefolgt war, wäre alles ganz anders gelaufen. In seinem Leben war er nicht oft ohne Waffe unterwegs gewesen, aber seit er seine Sig im Park verloren hatte, beim Kampf gegen Moreno, war er etwas nachlässig geworden. Das würde ihm nicht noch einmal passieren.

Im Flur vor den Apartments begegnete er Race. Er hatte wohl auch einen Anruf von Oz bekommen. Race sah mit hochgezogener

Augenbraue an Rogue runter. »Du kannst doch nicht mal richtig laufen, lass mich nachsehen. Wahrscheinlich nur ein Fehlalarm.«

»Vergiss es, ich erledige das. Oder wen auch immer«, fügte Rogue schlecht gelaunt an. Danach würde er ihr den Kopf waschen. Und dann würde er ihr Verstand einvögeln.

»Du solltest wirklich mich fahren lassen«, sagte Race in einem merkwürdigen Tonfall und lief neben Rogue her.

»Wieso?«

»Sie hat dich mit Lesley gesehen.«

Rogue sah ihn verwundert an. »Ich versteh nicht.«

»Im Bett.«

Rogue stieß frustriert die Luft aus. »Verdammt.« Lesley hatte sich zu ihm ins Bett gelegt, ihnen beiden bedeutete das gar nichts. Sie waren schon so lange gute Freunde, hatten viele Nächte im selben Bett verbracht, ohne dass etwas gelaufen war, dass ihm das nicht komisch vorkam. Aber Daria war es komisch vorgekommen. Musste es. Wenn er sich vorstellte, er würde sie mit Race im Bett vorfinden, er würde ... seinen Bruder umbringen.

Rogue stieg auf seine Maschine, ohne weiter auf Race einzugehen. Zuerst musste er die Frau, die er liebte, retten, dann musste er sich um die Schadensbegrenzung kümmern. Rogue verließ das Clubgelände, bog auf die Straße ab und brachte sein Bike auf Touren. Er raste mindestens so schnell durch die Nacht, wie sein Herz gegen seine Brust hämmerte. Er hatte Angst vor dem, was er vorfinden würde. In seinem Kopf spielten sich die schlimmsten Vorstellungen ab: die Polizei hatte Kathrin nicht aus dem Verkehr gezogen, es gab noch jemanden, der in die Morde verwickelt war, oder ein ganz neuer Wahnsinniger hatte es auf seine Frau abgesehen. Die

Frau, die vor ihm davongelaufen war, weil er ein Idiot war. Wie konnte er zulassen, dass Lesley ihm so nahekam? Er hätte wissen müssen, wie das auf Daria wirken würde.

Rogue hielt vor dem Haus. Die Tür stand offen und er hörte das wütende Brüllen eines Mannes, der jemanden als Hure beschimpfte. Rogue zog die Sig aus ihrer Halterung unter dem Tank, schluckte den rasenden Schmerz in seinem Oberschenkel runter und lief ins Haus. Hinter sich hörte er die Maschinen von Race und Oz kommen, aber er hatte nicht die Zeit zu warten, denn die weinerliche Stimme dieses Arschlochs würde er überall erkennen. Er nahm seine Waffe, hielt sie vor sich und trat durch die Tür in das Haus.

»Nimm deine dreckigen Pfoten von meiner Frau«, brüllte er mit donnernder Stimme. Manuel hielt Darias Haar in seiner Faust. Daria selbst lag auf dem Boden, die Hände schützend vor ihrem Gesicht. Als Rogue durch die Tür getreten war, war Manuel gerade dabei gewesen, Daria in den Unterleib zu treten, jetzt starrte er erschrocken auf, und als er Rogue erkannte, riss er die Augen weit auf, ließ Darias Haar los und rückte mit erhobenen Händen von ihr weg.

»Tut mir leid, Mann. Ich wollte nur meine Sachen holen, sie hat mich dabei erwischt.«

Rogues Blick richtete sich auf eine Tasche auf dem Boden, in der Kleidung und einige Papiere zu stecken schienen. »Du wolltest also deine Klamotten holen und dachtest, wenn du einmal dabei bist, vergreifst du dich auch gleich an meiner Frau?«

Manuel hob wieder die Hände. Er schwankte, roch nach einem ganzen Schnapsladen. »Ich weiß ja, dass sie jetzt dir gehört, deswegen wollte ich verhindern, dass sie dich herruft.«

Rogue lachte bitter und machte einen Schritt auf das Arschloch zu. »Ich bin trotzdem hier.« Er hatte nicht wenig Lust, den Kerl einfach zu erschießen. Hinter ihm standen seine Brüder, er wusste es, dazu musste er sich nicht umdrehen. Aber sie würden sich nicht einmischen, denn es war Rogues Sache, sein Mädchen zu verteidigen. Rogue gab Oz seine Sig, das hier würde er mit seinen Fäusten klären. Er ging auf Manuel zu, der sich gegen die Wand in seinem Rücken drängte, packte ihn am Kragen seines Shirts, zog ihn ein Stück von der Wand und stieß ihn dagegen, ballte seine Faust und wollte gerade zuschlagen, als sein Blick auf Daria fiel, die sich mit der Schiene an ihrem Bein aufkämpfte und ihn flehend ansah. Sie hatte noch immer Mitleid mit dem Kerl, trotz des blutenden Risses in ihrer Lippe, trotz, dass er sie zu Boden gezerrt hatte. Rogue war stinksauer auf dieses Arschloch und sie hatte Mitleid.

Rogue nahm seine Faust runter, zerrte den Kerl von der Wand und stieß ihn in Richtung Haustür. Er schnappte sich die Tasche und warf sie hinterher. »Wenn du dich hier noch einmal sehen lässt, machst du Bekanntschaft mit meiner Sig.« Ihm nicht die Scheiße aus dem Leib geprügelt zu haben, fühlte sich nicht befriedigend an, aber es fühlte sich gut an, dass Daria ihm ein dankbares Lächeln schenkte.

Rogue half Daria, sich im Wohnzimmer auf das Sofa zu setzen, während Race und Oz Manuel aus dem Haus halfen. Er setzte sich neben Daria, nahm ihre Hand und legte seine freie Hand auf ihre geschwollene Wange. »Ich hab zu lange gebraucht«, entschuldigte er sich.

Sie zuckte zurück und er wusste für einen Moment nicht, ob er ihr wehgetan hatte, aber dann entdeckte er die Enttäuschung in ihrem Blick und wusste, der Schmerz, den sie gerade fühlte, war nicht körperlich, er war seelisch. Als Race seinen Kopf um die Ecke streckte, nickte er nur kurz, damit er wusste, dass Rogue hier noch etwas zu erledigen hatte. Sein Bruder schloss die Haustür und ließ Rogue mit Daria allein zurück.

Rogue wischte das Blut aus Darias Mundwinkel und war froh, dass sie zumindest das zuließ. »Ich hab dich enttäuscht«, setzte er an, rieb sich dann kopfschüttelnd über sein Kinn. »Eigentlich hab ich dir nur nicht alles über mein Leben erzählt. Oder besser, meine Ehe. Ich hatte nicht gedacht, dass es zwischen uns so werden würde, wie es jetzt ist.« Er seufzte und suchte in ihrem Blick nach einem Zeichen. Irgendeine Art Verständnis. Aber was sollte sie schon verstehen? Sie saß nur schweigend da, sah ihn aus ihren dunklen, großen Augen an, und was ihn halb wahnsinnig machte, sie hatte nichts weiter als eine kurze Shorts und ein Shirt an. Er hatte noch nie eine Frau gesehen, die in einem Pyjama so heiß aussah.

»Was hast du mir nicht erzählt? Dass du noch immer verheiratet bist, noch immer in einer Beziehung mit deiner Ehefrau steckst und es uns eigentlich nie gegeben hat?« Ihre Stimme zitterte, er konnte die Mühe, die sie beim Sprechen hatte, körperlich fühlen. »Ich bin müde, Rogue, ich werde jetzt ins Bett gehen, und wenn ich morgen aufstehe, will ich einfach alles hinter mich lassen und neu anfangen.« Daria stand auf und wollte gehen, ohne dass er ihr alles erklärt hatte.

Er stieß einen tiefen Seufzer aus, griff nach ihrem Handgelenk und zog sie auf seinen Schoß. »Fuck«, stöhnte er ächzend auf, als sie mit ihrem Hintern unsanft auf seiner Wunde landete. Sie wollte mit erschrockenem Gesichtsausdruck wieder aufspringen, aber er hielt sie fest, indem er seine Arme um ihre Taille schlang und sie fest gegen seinen Oberkörper zog. »Wenn du dich wehrst, tust du mir nur weh, Süße«, stieß er hervor.

»Dann lass mich gehen«, flehte sie ihn mit traurigem Blick an. In ihren Augen schwammen Tränen und er wäre fast weich geworden, aber alles in ihm schrie, dass das hier seine letzte Chance war, diese Frau zu seiner zu machen, also musste er es gut machen, denn er wollte sie. Mit allen Konsequenzen: mit der Angst vor dem Verlust, wenn er sie irgendwann verlieren würde, mit ihrer Abscheu vor Gewalt, dann würde er eben lernen, sich unter Kontrolle zu halten, keine Boxkämpfe für ihn, und mit ihrem Hang zum Ungehorsam, den er manchmal sogar erregend fand.

»Erst hörst du mir zu. Ich liebe dich, nur dich. Ja, ich bin noch immer verheiratet, aber das hatte rechtliche Gründe. Lesley hatte das Sorgerecht für die Kinder. So war alles etwas einfacher für uns. Und bisher war es vollkommen egal, ob wir nun verheiratet sind oder nicht. Es gab niemanden, den es gestört hätte, also haben wir uns den Papierkram einfach gespart.«

»Du warst mit ihr im Bett.« Daria betrachtete ihn aufmerksam, das machte ihm Hoffnung. Er legte seine Hand auf ihren Oberschenkel und streichelte mit seinem Daumen die Innenseite. Sie erschauerte unter seiner Berührung, so wie immer, wenn er sie irgendwo anfasste. Er grinste zufrieden.

»Ich war nicht *mit* ihr im Bett, wir waren zusammen in einem Bett. Wenn ich *mit* jemandem ins Bett gehe, dann mit dir.« Er seufzte auf. »Lesley und ich sind seit sehr vielen Jahren enge Freunde, wir haben uns eine Weile nicht gesehen, sie hat meine Kinder aufgezogen, ich war verwundet, also hat sie sich kurz zu mir gelegt.

Es hatte nichts zu bedeuten, nicht mehr, als hätte sie mich zur Begrüßung umarmt.«

Daria musterte seine Gesichtszüge und suchte nach der Unwahrheit, aber sie glaubte ihm. Trotzdem war sie der Meinung, dass er nicht so einfach davonkommen sollte für den Schreck, den er ihr eingejagt hatte. Sie befreite sich von ihm und stand auf. »Wir haben jetzt so viel von Betten geredet und ich bin wirklich müde, also gehe ich jetzt schlafen und werde morgen über all das nachdenken«, sagte sie, wohlwissend, dass sich unter dem locker sitzenden Stoff seiner Hose eine stahlharte Erektion befand. Sie hatte sie an ihrem Hintern gespürt und war kaum in der Lage gewesen, sie zu ignorieren.

Rogue sprang auf, stöhnte, entlastete sein Bein und legte die Arme um sie. In Darias Magen flatterte es, als sie die Hitze in seinem Blick sah. Ihre Haut kribbelte dort, wo seine Arme unter ihr Shirt gerutscht waren, und ihr wurde ganz heiß und schwindlig. »Lass mich nicht betteln, Babe«, flüsterte er rau. »Wir sind das perfekte Liebespaar. Sieh uns nur an, wir teilen uns sogar den Schmerz und humpeln beide.«

»Ich seh besser aus, wenn ich humple«, sagte sie und lehnte sich gegen ihn. »Rogue, ich weiß nicht, ob wir gut füreinander sind.«

»Du bist gut für mich und das reicht mir vollkommen«, gestand er. »Wenn es dich nicht gäbe, hätte Manuel jetzt keinen heilen Knochen mehr im Leib.«

»Wenn es mich nicht gäbe, hättest du ihn nie getroffen«, erinnerte sie ihn.

Mit einem breiten Grinsen legte er seine Hände auf ihren Hintern und drückte grob zu. »Siehst du, Babe, wie gut du für mich bist? Ohne dich hätte ich nie gelernt, dass es Vorteile haben kann, Arschlöcher nicht zu verprügeln.« Er drückte seine Erektion gegen Darias Bauch und rieb sich seufzend an ihr.

»Rogue«, stöhnte sie auf und legte ihre Hände auf seine muskulösen Oberarme. Sie erkundete seine Muskeln und versuchte nicht länger, die Hitze zwischen ihren Schenkeln zu bekämpfen. Es war zwecklos, nichts konnte sie davon abhalten, diesen Mann zu lieben.

»Ja, Süße?«

»Geh mit mir ins Bett.«

Er zog eine Augenbraue hoch. »Wenn du wüsstest, wie sehr ich dich will, Süße.« Er drängte sie rückwärts aus dem Wohnzimmer, den kleinen Flur runter und dann in das Schlafzimmer, wo er sie vor sich herschob, bis sie mit den Beinen gegen das Bett stieß und mit dem Hintern darauf landete.

Er stand vor ihr, sah wie ein Krieger auf sie herunter und half ihr dabei, ihm seine Hose auszuziehen. Er streifte seine Kutte ab und wartete geduldig, bis Daria den Verband studiert hatte, der seitlich auf seinem muskulösen Schenkel klebte.

»Ich werde dir wohl helfen müssen«, sagte sie mit einem schelmischen Grinsen und klopfte neben sich auf das Bett.

Seine Augen blitzten auf. »Genau das wollte ich hören«, sagte er mit dem breitesten Grinsen, das Daria je bei ihm gesehen hatte.

Sie legte ihre Hand auf die Beule in seiner Unterhose, rieb über die Länge und erkundete dann seine Hoden, bevor sie vorsichtig seine Shorts auszog und ihn in ihre Faust nahm. Er keuchte auf und sein Becken zuckte ihr entgegen.

»Nimm ihn zwischen deine Lippen«, flehte er heiser.

Daria strich mit ihrer freien Hand über seinen unversehrten Schenkel, erkundete die harten Muskeln und die kurzen, dunklen Härchen und sah zu ihm auf. Sie leckte sich langsam über die Lippen, nur um ihn noch ein wenig hinzuhalten. Er starrte sie ungeduldig an und zuckte in ihrer Hand. Sie leckte mit ihrer Zunge über seine Eichel. Sie war so dankbar, dass Rogues Ehe nur noch auf dem Papier existierte, sie hätte nicht gewusst, was sie getan hätte, wenn der Mann, nach dem sie sich so sehr verzehrte, einer anderen gehören würde. Sie ließ ihre Zunge über seine Eichel flattern und leckte den salzigen Tropfen von seiner Spitze.

»Sag, dass du mir gehörst«, forderte sie ihn auf und genoss die Macht, die sie über ihn hatte. Eine Macht, die ihn erzittern ließ, als sie ihn in ihren Mund saugte, nur, um ihn gleich darauf wieder herausgleiten zu lassen.

»Sag, dass du meine Kutte tragen wirst«, antwortete er keuchend und drängte seine Erektion an ihre Lippen. Sie leckte über ihn, entlockte ihm ein tiefes, frustriertes Grollen, als sie wieder aufhörte, ihn zu bearbeiten. »Ich will, dass jeder weiß, dass du und ich zusammengehören.«

Sie umkreiste mit ihrer Zunge seine Eichel, nahm seine Länge tief in sich auf, saugte an ihm, rieb mit ihrer Faust seine Peniswurzel und spielte mit seinen Hoden.

»Sag ja, Babe«, keuchte er stockend und stieß ihr sein Becken entgegen.

»Ja, Rogue. Ich werde deine Kutte tragen.«

»Verdammt, ja«, stieß er hervor, zog sich aus ihrem Mund zurück und drückte sie mit feurigen Augen auf das Bett.

Er beugte sich über sie, aber sie hielt ihn mit ihren Händen auf seiner Brust auf und sah ihn ermahnend an. »Du tust dir nur weh.« Sie grinste frech und zwang ihn, sich auf das Bett zu legen, schlüpfte aus ihrem Pyjama und stieg dann über ihn. Daria beugte sich zu ihm nach unten, küsste ihn, drängte ihre Zunge in seinen Mund und genoss seinen Geschmack, die wilde, stürmische Art, mit der er sie küsste, seine Hände in ihrem Haar, die sie festhielten. Sie drückte ihre Hände auf seine Brust, setzte sich auf seine Erektion und rieb sich an ihm. Sie stöhnte laut auf, als ihr Körper vibrierte vor Hitze und das Pochen zwischen ihren Schenkeln immer drängender wurde.

Rogues Zunge leckte über ihren Hals, tauchte in ihre Ohrmuschel ein. »Fick mich, Babe«, hauchte er.

Sie erschauerte und Hitze flutete durch ihre Adern. Sie richtete sich über ihm aus und senkte sich auf seine Erektion.

»Fuck«, brüllte Rogue auf und zitterte am ganzen Körper vor Anstrengung, nicht sofort in ihr zu explodieren. Sie war heiß, sie war eng und sie war so unglaublich nass. Sie umschloss ihn wie eine Faust und er musste sie zwingen, sich nicht zu bewegen, damit er erst wieder zu Atem kommen konnte. Erst als er sich sicher war, dass er nicht bei der kleinsten Bewegung ihrer Hüften abspritzen würde, löste er seine Hände von ihrem Hintern und legte sie auf ihre Brüste. Sie saß nackt auf ihm, ihre Haare streichelten über ihre Brustwarzen, die sich ihm verführerisch entgegenstreckten. Rogue hatte noch nie etwas Schöneres gesehen. Er umfasste ihre Brüste, spielte mit ihren harten Knospen, zupfte an ihnen. Sie schrie auf, begann sich auf ihm zu bewegen, stöhnte, warf den Kopf kurz in den Nacken, nur um Rogue gleich darauf wieder in die Augen zu sehen.

Er liebte diese Frau, betete sie an, sie war seine exotische Göttin und sie würde für immer ihm gehören. Jeder, der versuchte ihr wehzutun, würde dafür büßen, das schwor er sich. Er würde sie nie wieder gehenlassen, niemals zulassen, dass jemand sie ihm nahm.

»Rogue«, schrie sie keuchend auf. Ihre Bewegungen wurden schneller, er packte ihre Hüften, hielt sie über sich fest und pumpte von unten in sie so fest und hart er konnte. Seine Eier zogen sich fest zusammen, in seinen Lenden zog es, ihre Wangen färbten sich rot. Sie war fast soweit. »Ich fick dich, Babe«, sagte er keuchend, weil er wusste, wie sie darauf reagierte. Sie erschauerte und zog sich fest um ihn zusammen. Ihr Höhepunkt war so heftig, dass er in ihr explodierte. Er stieß noch einmal in sie und zwang sie dann auf seine Brust und in seine Arme. Er konnte ihren rasenden Herzschlag spüren, der sich mit seinem vermischte. Diese Frau gehörte zu ihm. Und er wollte zu ihr gehören. Nichts wollte er mehr.

Sie hob ihren Kopf und sah ihn lächelnd an. »Ich liebe dich, Old Man.«

Er zuckte in ihr, als sie ihn so nannte. Aus ihrem Mund wollte er es immer wieder hören. »Ich liebe dich auch, Old Lady.«

»Ich werde nicht im Clubhouse wohnen«, murmelte sie gegen seine Brust und küsste eine seiner Brustwarzen.

»Dann muss ich wohl hier einziehen. Auf keinen Fall wohnst du allein, du ziehst die Irren an wie ein Magnet.«

Daria lachte und bewegte ihr Becken auf ihm. »Ich weiß.«

Epilog

Das Tor zum Clubgelände öffnete sich und Rogue steuerte die Maschine bis vor die Werkstatt, wo schon einige andere Bikes standen. Es war Samstag und im Club war an den Samstagen am meisten los, das hatte Daria inzwischen gelernt. Unter der Woche gingen viele ihren Jobs nach, Darias neuer Job war die Pflege der Gärten der meisten Familien, die zum Club gehörten. Sie hatte auch schon den einen oder anderen Kunden in der Stadt. Damit Rogue jederzeit wusste, wo sie war, musste sie ihm immer eine Nachricht mit Namen und Adresse schicken, weil sie ja ›ein Magnet für Irre‹ war. Daria war froh darüber, dass Rogue und seine Brüder ein Auge auf sie hatten. Sie fühlte sich manchmal noch immer nicht wohl in ihrer Haut.

Sie stieg von dem Bike, wartete darauf, dass Rogue auch abstieg – mit seiner Verletzung brauchte er jetzt immer ein wenig länger, um vom Bike zu kommen, aber das würde er natürlich nie zugeben -, dann nahm sie seine Hand und lief mit ihm auf das Clubhouse zu. Sie trug heute die Kutte, auf der ›Property of Rogue‹ stand, zum ersten Mal auf einer Party im Club und fühlte sich deswegen ein wenig kribbelig. Obwohl sie das nicht musste, denn es wusste im Club längst jeder, dass sie jetzt zu Rogue gehörte.

Lesley und Rogue hatten die Scheidung eingereicht. Auch wenn Daria jetzt wusste, warum er mit einer anderen Frau verheiratet war, hatte es sich für sie schlecht angefühlt. Und weil sie sich schlecht damit gefühlt hatte, war sie sich sicher gewesen, dass auch Rogue sich mit dem Gedanken, dass sie mit Manuel verheiratet war, nicht gut fühlte, hatte auch Daria die Scheidung eingereicht.

Sie nickte Blaze zu, der vor dem Clubhouse stand und sich mit seiner Schwester unterhielt. Ariana hatte beschlossen, eine Weile in Tolosa zu bleiben und wohnte derzeit in dem Apartment, das für ein paar Tage Daria gehört hatte. Wenn sie Daria sah, wirkte sie immer distanziert, aber Daria verstand das. Ihre neue Stiefmutter war nur wenig älter als sie selbst. Blaze hingegen schien das gar nicht zu stören.

Rogue lächelte Daria an, zog sie an sich und küsste sie stürmisch. Er war ganz verrückt danach, sie zu küssen, und tat es bei jeder Gelegenheit. Daria beschwerte sich deswegen nicht, sie war mindestens genauso verrückt danach, ihn zu küssen.

Rogue riss mit einem breiten Grinsen die Tür zum Clubhouse auf und erstarrte. Daria wäre fast gegen ihn gelaufen. Sie blickte neugierig um ihn herum, weil sie herausfinden wollte, was ihn zur Salzsäule hatte erstarren lassen. Darias Mund klappte auf und sie blinzelte ungläubig. Vor der Bar stand ein junges Mädchen mit dunklen Haaren, in den Händen hielt sie ein Tablett, sie hatte eine kurze Jeans an und ein Bustier. Und an ihrem Fuß trug sie eine Kette, die offensichtlich gerade lang genug war, um die Männer im Clubhouse mit Getränken versorgen zu können.

»Ist da eine Frau an die Bar gekettet?«, wollte Daria fassungslos wissen.

»Enzo!«, brüllte Rogue.

Ende

18249214R00194

Printed in Poland
by Amazon Fulfillment
Poland Sp. z o.o., Wrocław